John Shirley

Es werde Licht

Deutsch von Hannes Riffel

SF - Social Fantasies 2046
Argument/Ariadne

SF - Social Fantasies
Redaktion: Iris Konopik und Else Laudan
www.argument.de/sf.html

Titel der amerikanischen Originalausgabe: *Silicon Embrace*

Lektorat: Else Laudan und Julia Solis

Deutsche Erstausgabe
in der durch Julia Solis geprüftenund von John Shirley autorisierten Übersetzung

www.argument.de
Eppendorfer Weg 95a, 20259 Hamburg
Telefon 040 / 40 18 00 0 – Fax 040 / 40 18 00 20
Texterfassung durch den Übersetzer
Umschlaggestaltung & Satz: Martin Grundmann
Belichtung: Satzwerk, Göttingen
Druck: Alfa Druck,Göttingen
Gedruckt auf säure- und chlorfreiem Papier
ISBN 3-88619-946-0

Prolog

Peter, Jakob und Johannes folgten Jesus von Nazareth, den sie Yeshua nannten, den Bergpfad hinauf und der fortschreitenden Abenddämmerung entgegen. Auf der einen Seite die Legionen der Nacht, all die Schatten, die auf das Ende des Tages gewartet, sich im Schoße des Berges versammelt hatten; in weiter Ferne, von den Siedlungen nahe des salzigen Binnenmeeres stieg der Rauch in Kringeln empor. War das ein Olivenhain dort unten, an den Hängen des Berges, jadefarben und wie aus gehämmertem Eisen?

Allein Peter war bereits so weit oben gewesen, hatte sogar einmal einen Berg bestiegen, auf dem Schnee gelegen hatte, und er fürchtete sich nicht. Gab es nicht einen Pfad?

»Ein Pfad für Ziegen«, sagte Jakob, Jesu Bruder, der oft mürrisch war.

»Herr«, fragte Johannes vorsichtig, »könnten wir nicht anhalten und etwas essen? Ich habe Hunger, und ich habe etwas Brot und Käse dabei.«

Yeshua schien ihn nicht gehört zu haben, sondern schritt voller Zuversicht weiter, als wäre er bereits einmal hier gewesen, obwohl Peter das eher für unwahrscheinlich hielt.

Sie gingen um einen Fels herum, und der Pfad wurde noch schmaler, steiler und holpriger; Nebelschwaden zogen über den Boden und ewiger Tau glitzerte wie abgestreifte Schlangenhaut auf den stumpf roten und grauen Steinen.

Peters Füße taten weh, denn er war gegen Steine gestoßen, und seine Sandalen fielen auseinander. Doch er wäre dem Herrn durch das Feuer gefolgt, wenn der es von ihm verlangt hätte. Und irgendwie wurden die Unannehmlichkeiten in Yeshuas Gegenwart zu alltäglichen Nebengeräuschen, wie die nächtlichen Rufe der Tiere des Berges, die immer öfter unter den verwachsenen kleinen Bäumen erklangen. In Yeshuas Gegenwart fand man einen anderen Schwerpunkt, einen losgelösten Ort in sich, der der kargen Perspektive der Berggipfel selbst nahe kam. Zumindest Peter empfand dies so.

Jakob dagegen, obwohl er seinem Bruder nachwehte wie ein Blatt im Wind, sah Yeshua mit anderen Augen an und konnte das Kind nicht vergessen, das er gekannt hatte, bevor es zum Manne geworden war.

»Yeshua«, sagte Jakob, »ich bin müde und es wird kalt; und es wird Nacht. Sicherlich wäre es besser …«

Doch Jakob sprach kein weiteres Wort mehr, denn sie hatten den Rücken des Berges erreicht, einen ebenen Ort, und ein starkes Licht sammelte sich dort, schien sich mit der Luft selbst zu vereinigen, ein Licht, das auf sie gewartet hatte. Es war, als fielen die Sterne wie Regen herab; und dieser Lichterregen fiel auf Yeshua und er ward verklärt.

Yesua wandte sich ihnen zu und er war immer noch derselbe Mann, mit denselben kantigen schwarzen Augen und der spitzen Nase, demselben stoppeligen schwarzen Bart, den Rücken leicht gebeugt von einer Rachitis in jungen Jahren; und doch schien er in jenem Augenblick eine andere Bedeutung in sich aufzunehmen, wie die Bedeutung von Zahlen und der Astronomie; wie eine Figur auf den Jadetäfelchen, die die Anhänger des ägyptischen Glaubens verwendeten.

Und sein Gesicht – es loderte wie die Sonne! Und seine Kleidung wurde zu Licht!

Und dann gebar das Licht über ihm etwas, das bisher unsichtbar gewesen war: eine Wolke vielleicht, jedoch eine Wolke so massiv wie ein Schiff und aus feinstem Silber gebaut, den Eindruck hatte Peter zumindest. Und aus dieser Wolke stiegen zwei Männer herab, in weißen Roben und mit wehenden weißen Bärten.

Diese beiden, sprach Yeshua zu Peter in der Sprache seiner Gedanken, *sind Elias und Moses, die uns das Licht bringen.*

Und die Propheten wurden begleitet von Wesen, die Kobolde sein mussten oder Kind-Engel, denn sie waren nicht größer als Kinder, und ihre Augen glichen Ovalen aus Onyx, und ihre Gewänder waren aus Silber, dessen Farbe sich veränderte, wenn sie sich bewegten, wie Muskovit. Ihre Köpfe waren größer als die Köpfe der Menschen, ihre Körper kleiner; sie hatten nur vier Finger an jeder Hand. Als Peter in ihre Augen blickte, glaubte er etwas zu sehen, das nicht unbedingt das Böse, aber doch ebenso hart und unnachgiebig wie das Böse war. Waren dies gefallene Engel, Elias und Moses zu Diensten gegeben?

Yeshua sprach mit den beiden Männern in Weiß, mit lautloser Stimme, und Peter glaubte einen von ihnen leise lachen gehört zu haben, als er sich den beiden kleinen Schwarzäugigen zuwandte; und Peter sah, wie Elias Yeshua auf die Schulter schlug, als wären sie Saufkumpane. Dann wandte sich Yeshua Peter zu; sein Gesicht leuchtete immer noch, obwohl das Licht ein erträgliches Maß angenommen hatte.

Jakob und Johannes fielen auf die Knie und weinten vor Angst. Obwohl sein Mund so trocken war, dass er kaum sprechen konnte, und obwohl seine Knie zitterten, blieb Peter stehen und krächzte: »Herr Meister ... es ist gut, dass wir hier sind. Wenn du es wünschst ... werde ... werde ich hier drei Unterkünfte bauen ... Stiftshütten aus Holz, eine für dich und eine für Moses und eine für Elias ...«

Er hörte seine eigene Stimme wie aus weiter Ferne und er dachte: »Was rede ich nur daher?«

Und da erschien eine weitere Wolke aus Licht, ein anderer Streitwagen über dem silbrigen Streitwagen der Schwarzäugigen, und das Licht dieses höheren Streitwagens schien daraus herauszuschwappen gleich einer schwerelosen, leuchtenden Flüssigkeit, die sie überspülte und Logos mit sich trug wie auf einer Welle: *Sehet, dies ist mein Sohn, den ich liebe und in den ich mein Vertrauen setze. Höret auf ihn. Höret auf ihn ...*

Das Wort durchdrang die Jünger wie die Ausläufer eines Erdbebens; das Wort warf sie zu Boden; sie lagen zitternd da, ihre Gesichter auf die Erde gepresst, und Peter hatte sich noch nie so gefürchtet: Es ist den Menschen nicht gegeben, die Stimme Gottes zu hören, und schon geringere Erscheinungen haben wahnsinnige und gebrochene Menschen zurückgelassen.

Und das Licht – es schien ihr Innerstes abzutasten, so dass jeder nichtswürdige Gedanke aus seiner ekligen Wohnstatt hervorgezerrt und untersucht wurde.

Peter drückte seine Augenlider fest aufeinander, als ob das diese schmerzliche Prüfung verhindern konnte, doch erst als er um Erlösung betete, ließ es langsam nach …

Und er spürte Yeshuas Hand auf seiner Schulter; er erkannte ohne hinzusehen, an der Kraft, die er verspürte, wessen Hand es war.

Peter öffnete seine Augen, sein Kopf schmerzte, sein Blick war verschwommen, und er sah, dass die Wolke aus festem Silber verschwunden war, und auch das höhere Wolkenschiff war verschwunden, und auch Elias und Moses waren verschwunden, und die schwarzäugigen Engel.

»Erhebet euch und fürchtet euch nicht«, sprach Yeshua. »Unsere Aufgabe wurde erfüllt. Lasst uns ins Dorf zurückkehren.«

Noch ganz betäubt machten sich Peter und Johannes und Jakob auf den Weg den Berg hinunter. Sie sahen einander an, als suchten sie nach Antworten, doch es gab keine.

Peter schritt neben Yeshua, der leise zu ihm sagte: »Sprecht nicht über die Visionen, die ihr gesehen, bis dass der Menschensohn von den Toten auferstanden ist …«

Jakob wollte von Jesus etwas über Elias wissen, doch Peter hörte weder auf die Frage noch auf die Antwort, sein Kopf war immer noch erfüllt von der Stimme und dem Licht, und von den Onyxaugen der kleinen Engel, wenn es denn Engel gewesen waren.

Nach einiger Zeit ergab es sich, dass Johannes und Jakob, die sich nach Essen und Ruhe sehnten, ein Stück vorauseilten, und Peter und Yeshua fielen zurück. Da nahm Peter seinen ganzen Mut zusammen und fragte: »Herr – du und ich, wir sind doch Freunde, oder?«

Yeshua blickte ihn mit leichter Überraschung an. »Ja.«

»Und wenn ich dich nach etwas frage und dir verspreche, die Antwort niemandem zu verraten, wirst du mir dann vertrauen, Rabbi Yeshua?«

»Ich vertraue dir und würde dir noch vertrauen, wenn du mit einem Messer mein Herz durchbohrt hättest.«

Peter kam zu dem Entschluss, sich nicht durch Widersprüche und Parabeln ablenken zu lassen. Er sprach leise, so dass die anderen sie nicht würden hören können. »Yeshua, mein Freund und Meister, dann sagt mir dies: Die kleinen Begleiter von Moses und Elias – waren das Engel oder Dämonen?«

»Dämonen? Nicht so wie du das meinst. Manche mögen denken, sie hätten Gewalt über mich, weil sie einst meine Macht freisetzten. Und sie halten sich für die Väter von Elias und Moses, die sie nicht sind. Sie haben eine Kraft freigesetzt und glauben, sie hätten sie geschaffen; sie leben an den Gestaden des Himmels und wissen es nicht. Sie sind von Gott unsrem Herrn zu ihrem Werkzeug erkoren und doch glauben sie, der Herr sei ihr Werkzeug, der Herr sei ein Traum, den sie geschaffen haben. In ihnen wiegt das Wissen schwerer als das Sein, so wie der Mond schwerer wiegt als der Tempel in Jerusalem. Doch ich sage dir, sie werden noch das Staunen lernen, so sicher wie der Frühling auf den Winter folgt; auch wenn es zweitausend Jahre und länger dauern wird, sie werden es lernen.«

Peter seufzte; dies war eine der Reden Jesu, den sie Jesus Christus nannten, von der er den anderen nie erzählen würde, denn er verstand sie selbst nicht. Und er nahm sich vor, sie zu vergessen.

Teil Ahainz

Watch me face me
dress me baby me
phone me wire me
house me bug me fire me
people: are the mainspring
spinning the world around
people, they're the mainspring
turning this world inside out

- King Crimson,
von der LP »Thrak«

There's UFOs over New York
And I ain't too surprised
Nobody told me
there'd be days like these
Strange days indeed

- John Lennon

Erstes Kapitel

Sein Kopf, sein Kopf

Nur ungefähr, na, zweitausend Jahre nach Yeshuas Plauderei mit Peter auf dem Berg. Eine Epoche, die unseren Vorstellungen ziemlich nahe kommt: Das 21. Jahrhundert steckt immer noch in den Kinderschuhen. Spürt ihr das? Falls ihr nach draußen geht, könnt ihr es fast hören.

In dem alten Volvo aus dem 20. Jahrhundert (mit Benzinmotor) saßen: ein bleichgesichtiger junger Mann, Quinn Hero – hager, mit dünnen blonden Haaren; Zizz, die einzige Frau; Qarma, ein Schwarzer um die vierzig, schwarzbärtig; der Deutsch-Ire Mahler; und sonst niemand. Quinn Hero fuhr die Autobahn entlang der kalifornischen Küste südwärts und drosselte wegen einer Straßensperre die Geschwindigkeit.

Weiter vorne parkten zwei Jeeps quer über der Straße. Die verbeulten, schmutziggrünen Militärfahrzeuge standen Heck an Heck. Auf einer Ladefläche war ein 16mm Maschinengewehr montiert. Sah intakt aus.

Ein Typ mit struppigen Haaren in einer Uniform der US Army saß an dem MG und blinzelte in das Gegenlicht der Nachmittagssonne, die sich auf der stahlgrauen Oberfläche des Meeres spiegelte. Auf der einen Seite des Pacific Coast Highway fielen die Klippen auf Felsen und den Ozean hinab; auf der anderen Seite befand sich ein steiler, sumpfiger Hügel. Es führte kein Weg daran vorbei. Und

Quinn war sich angesichts dieser Gestalten ziemlich sicher, dass ihnen auch die Flucht zurück nach Norden nicht gelingen würde. Diese Typen würden sie verfolgen. Die hatten es auf sie abgesehen. Wenn sich heute jemand entlang der zersplitterten Front des Zweiten Amerikanischen Bürgerkrieges für dich interessierte, dann machte er Jagd auf dich.

Im Kofferraum des Volvo lagen Gewehre, klar, aber Mahler hatte darauf bestanden, dass sie im Wagen nur diese eine Pistole bei sich behielten. Für einen Kerl, der sich als Revolutionär bezeichnete, konnte Mahler ein ziemliches Weichei sein, dachte Quinn.

Mit seinem Bart und seinen struppigen Brauen und Augen, die die Wärme einer Digitalanzeige ausstrahlten, sah Mahler wirklich wie ein moderner Bolschewik aus; die Apotheose der armseligen, zum Scheitern verurteilten Renaissance des Kommunismus am Anfang des 21. Jahrhunderts. Quinn fand, dass sein Gesicht gut auf eine Briefmarke unter einen roten Stern gepasst hätte.

Zizz dagegen war eine kulturelle Schimäre. Sie hatte sich ihnen nur angeschlossen, weil ihr Paps Kodirektor beim Alternative Media Channel war. Zizz mit ihren neopunkigen, morphenden Tätowierungen – eine davon mit grinsenden Tänzerinnen und den dreidimensionalen Worten:

IRONIE IST ALLES

Zizz, die ihren Körper geschlechterübergreifend stylte, in ihrem hübschen Pluderröckchen, ihre erogenen Zonen polymorph gepierct; aber sie hatte Titten und eine Muschi und die Soldaten würden sich auf sie stürzen. Ob sie nun wirklich Soldaten waren oder nicht. Was zum Teufel auch immer sie waren.

Qarma war ein Schwarzer, desertiert aus der moslemischen Miliz. Er behauptete, er habe »Seite an Seite« mit der so genannten Medienterroristin Black Betty gearbeitet, aber Quinn hielt ihn für einen gottverdammten Dummschwätzer. Der Mann trug einen zerfetzten Farrakhan-Anzug und hatte sich anfangs noch dankbar dafür gezeigt, dass Mahler die anderen überredet hatte, ihn aus dem Flüchtlingslager der Muslim Nation in San Francisco mitzunehmen; inzwischen schmollte er und seine Ansprüche arteten während ihrer gemeinsamen

Reise immer weiter aus. Er ließ sie nicht vergessen, dass er ihnen schließlich den Wagen besorgt hatte. Geklaut hatte.

Und Quinn … Quinn hatte früher über eine medial vermarktbare kulturelle Identität verfügt und hielt sich für ein Kind des Films, der Künste, weil seine Mutter eine mäßig erfolgreiche linksgerichtete Filmschauspielerin, sein Vater vorübergehend ein Rockstar gewesen war. All das kam ihm jetzt ziemlich lächerlich vor. Jetzt versuchte er nur noch, bei der Durchquerung des Kriegsschauplatzes, zu dem Kalifornien außerhalb der FedControl-Schirmherrschaft der Selbstständigen Vereinigten Staaten geworden war, nicht getötet zu werden. Der Versuch zu überleben und seine befleckte Würde zu bewahren war alles, was ihn noch ausmachte. Den Bart und die langen Haare trug er nur aus Nachlässigkeit, doch er versuchte immerhin ansatzweise, sich nicht völlig unterkriegen zu lassen von der Angst, man könnte ihn totschlagen oder abfackeln oder sonst was; und sich Zizz gegenüber ordentlich zu benehmen; und Mahler nicht allzu sehr zu hassen; und den Wagen nicht sofort panikartig zu wenden, denn die Typen an der Straßensperre würden das Feuer eröffnen, den Wagen durchsieben, Blut und Benzin würden sich mischen …

Quinn hielt an der Straßensperre. »Hallo, Jungs«, sagte er.

Er machte sich Gedanken, weil der Wagen gestohlen war. Aber diese Typen – sieben auf den ersten Blick, sieben schmalärschige, halb verhungerte Soldaten in dreckigen Uniformen – diese Typen hatten erstens garantiert keine Onlineverbindung zu irgendeinem Polizeicomputer, zweitens gab es im Jahr 2017 südlich von Sacramento keine Polizeigewalt mehr, nur Hungersnot und den neuen Amerikanischen Bürgerkrieg, Separatisten, die Kalifornien in sich verschiebende Fetzen entlang ethnischer und religiöser Grenzen rissen – die Christlichen Funs und die Islamischen Funs und die Hispanische Nation hielten einander an den Eiern gepackt, und dazwischen stritten sich die Kriegsherren um die Reste –, das Gesetz stand bewaffneter Interpretation offen und …

»Steigen Sie aus'm Auto, Sir«, sagte der Kerl, der wie ein Offizier gekleidet war. Er hatte rote Augen und einen Flachmann fraglichen Inhalts in der Jackentasche. Der Wind schnappte nach seinem Bart.

Gehörten die wirklich zum Militär, fragte sich Quinn erneut, oder waren das Herumtreiber, die eine Militärpatrouille überfallen und ihrer Ausrüstung beraubt hatten? Spielte wahrscheinlich keine Rolle; fast alle Friedenstruppen in Kalifornien waren zu Banden verkommen. Es war wohl ziemlich egal.

Qarma murmelte: »Ein paar von den Pissern werden wohl dran glauben müssen, Zizz …«

Zizz griff nach der Pistole in ihrer Tasche.

»Sei nicht blöd«, flüsterte Mahler von der Rückbank her. Er starrte Qarma böse an.

Ihre Hand blieb reglos auf der Pistole liegen. »Quinn?«, fragte sie.

Es war wieder einmal so weit. Er sollte den Mast für ihre Segel spielen; sie erwarteten von ihm, dass er aufstand, sich in den Wind legte und sie hier rausholte.

Er hatte das Gefühl, sein Bezug zur Realität genügte nicht mehr, um sich dem allem entgegenzustemmen. Bis auf seine Furcht war nichts mehr wirklich. Seit dem Massaker im Einkaufszentrum nach den Hungeraufständen in San Francisco – zusammengefaltete Körper in Einkaufswagen, die durch das Drahtgitter bluteten; seitdem fühlte er sich, als wäre er in eine unerbittliche, unüberwindliche Strömung geraten …

»Steigen Sie jetzt bitte aus dem Wagen, *Sir?«*, fragte der Offizier. Quinn kam zu der Feststellung, dass der Kerl wirklich mal ein echter Soldat gewesen war. Das Verhaltensmuster stimmte immer noch.

»Eigentlich wollten wir«, sagte Quinn, dessen Mund plötzlich so ausgetrocknet war, dass er kaum sprechen konnte, »nach Long Beach fahren, ein paar Freunde auftreiben und eine Möglichkeit finden, in den Osten zurückzugelangen. Wir sind Journalisten.«

»Journalisten«, schnaubte der Kerl am Maschinengewehr. »Wen zum Teufel interessiert das.«

Quinn schluckte. Sollte er diesem Offizier noch mehr erzählen? Manchmal war es besser, bei einem Verhör zumindest teilweise die Wahrheit zu sagen.

Und die Wahrheit war größtenteils harmlos: Er und Mahler und Zizz waren für den Alternative Media Channel in Portland unterwegs gewesen, und von dort waren sie in das nordkalifornische Kriegsgebiet weitergefahren, vorgeblich um vielleicht an ein paar Interviews mit Flüchtlingen aus San Francisco ranzukommen; in Wirklichkeit wollten sie herausfinden, ob das Gerücht stimmte, dass

»Black Betty«, eine schwarze Frau mit einer eindrucksvollen Ausstrahlung, vom CIAD für FedControl entführt worden war; dass die Central Intelligence Agency Domestic, die für die innerstaatlichen Belange zuständig war, sie zur Verurteilung hinter verschlossenen Türen kassiert hatte, dem Blick der Öffentlichkeit entzogen …

Dann hatte ein Vorstoß der christlichen Fundamentalisten sie abgeschnitten und sie saßen außerhalb des Flüchtlingslagers in der Falle; es gab weder nordwärts noch im Osten eine Ausweichmöglichkeit – ohne unter Beschuss zu geraten –, und der einzige Fluchtweg führte in den Süden, in die Bay Area; sie hatten einige heruntergebeamte Internetsources aufgefangen, denen zu entnehmen war, dass die Straßen nach Los Angeles entlang der Küste frei sein müssten. Diese Internetsources waren offensichtlich Idiotenwerk. Oder von Kadern wie diesem hier gründlich fehlinformiert.

Er kam zu dem Entschluss, es nicht erst mit weiteren Erklärungen zu versuchen. Zumal diese Typen, sofern sie sich noch ein Quentchen Loyalität für den Pentagon bewahrt hatten, auf den AltMed Channel wohl eher schlecht zu sprechen waren.

»Wir haben gehört, der Pacific Coast Highway läge außerhalb des kontrollierten Gebiets«, sagte Quinn, »aber das stimmt wohl nicht, also denk ich mal, wir … wir drehen einfach um und fahren zurück nach, äh, Monterey …«

»Mach schon, hol uns hier raus, Quinn«, zischte Qarma.

»Was hat er gesagt?«, fragte der Offizier und blickte Qarma scharf an.

»Keine Ahnung, er ist vor lauter Müdigkeit ziemlich durch'n Wind«, antwortete Quinn. Er wandte sich um und formte mit den Lippen ein lautloses »Halt's Maul«.

»Wie kommt's, dass diese Ratten nicht in der Armee sind?«, wollte ein rotgesichtiger Soldat wissen und schlurfte heran; der Kerl sah aus, als hätte er sich den Bart mit einem Taschenmesser abgekratzt. Seine Haare waren kurz und struppig, als hätte er auch die selbst geschnitten. Seinen Augen fehlte jeglicher Glanz, wie bei der Wandfarbe in einem Gefängnis. »Wir stecken in einer bundesweiten Krise, da gehören junge gesunde Arschlöcher wie die hier eingezogen.«

»Steigt jetzt endlich aus«, sagte der Typ am Maschinengewehr. »Alle zusammen. Hee – Lowry?« Der Typ am MG sprach jetzt mit dem Offizier. »Ich zuerst. Du hast gesagt, ich bin das nächste Mal zuerst dran.«

Er sah Zizz an.

»Und wenn schon«, sagte der Offizier und zuckte missmutig mit den Schultern.

Unterdessen waren einige Soldaten von den Jeeps rübergekommen, schlurften um den Wagen herum, betrachteten Zizz durch das Fenster hindurch und bleckten lüstern ihre belegten Zähne. »Was hamm' wir denn da, einen Rekruten«, sagte der MG-Schütze, »und ein Herzensmädchen für die Kaserne – aber erst müssen wir ihr diesen Piercing-Scheiß ziehen, sonst bleiben wir noch dran hängen ...« Alle lachten. »Und –«, er sah Mahler an, »ein Kandidat für Schwerstarbeiten, der im Stützpunkt beim Mauerbau helfen kann.«

»Jetzt langt's aber«, sagte Qarma.

Quinn musste ihm Recht geben.

Quinn hatte den Wagen im Rückwärtsgang, er konnte sich nicht erinnern, den Rückwärtsgang eingelegt zu haben. »Los, Zizz«, sagte er.

Sie zog die Pistole und schoss aus nächster Nähe durch die Windschutzscheibe auf einen der sabbernden Pseudosoldaten. Im selben Augenblick trat er aufs Gas. Blut und Scherben und Schreie folgten ihnen rückwärts die Straße entlang ...

Dann das Maschinengewehr ... Qarmas Kopf ... Qarmas Kopf ...

Schau nicht hin. Fahr zu, wende das Auto, ab nach Norden, mach schon.

Die Jeeps folgten ihnen ein Stück, aber sie waren zu langsam, und die Soldaten bekamen sie nicht noch mal ins Visier; schließlich gaben sie auf. Es war in Kalifornien so schwierig geworden, an Benzin ranzukommen, dass sie es nicht für eine Vergewaltigung und ein paar Zwangsarbeiter vergeuden mochten.

Doch als der Volvo den Jeep abgehängt hatte, blieb auch ihnen nur noch ein Achtel der Tankfüllung, das Auto war überall voller Blut, Stückchen von Qarmas Schädel auf ihren Kleidern, und sie wussten nicht, wie es weitergehen würde oder wohin sie sich wenden sollten. Nach Süden konnten sie nicht, an der Straßensperre gab es kein Durchkommen ...

Sie hielten an, um Qarmas Leiche zu begraben und den Wagen zu putzen, da entdeckte Quinn die getarnte Zufahrt einer Privatstraße.

Er war sich nicht sicher, dass es diese Straße wirklich gab. Aber er konnte sie spüren: *Versteckter Zugang*, sagte das Gefühl. *Versteckter Zugang …*

* * *

Farraday vermutete, dass es wichtig war, sich die Angst nicht anmerken zu lassen.

Er wurde von zwei Marines in tadellosen Uniformen und Lackschuhen eskortiert, die beide eine M18 trugen, eine geladene M18 wahrscheinlich, durch einen unterirdischen Stützpunkt, von dem der Kongress nichts wusste; durch eine Reihe von Hochsicherheitskontrollen, an denen ihm erst sein Daumenabdruck, dann sein Netzhautmuster und schließlich seine zitternde Stimmen-ID abverlangt wurde, um sie mit den Identitätsvorlagen abzugleichen, die Darrick ihm vor einer Weile abgenommen und vorausgeschickt hatte.

Jeder einzelne Schritt Farradays wurde auf Video aufgezeichnet, sein Herzschlag überwacht und seine Atmung analysiert.

War das alles aus Sicherheitsgründen notwendig? Vielleicht, dachte er, beabsichtigten sie genau das, was sie erreichten: Sie wollten ihm Angst machen. Ihm so Angst machen, dass er … wohl kaum etwas preisgab, nein, das war absurd, schließlich war das seine einzige Fähigkeit, seine ganze Daseinsberechtigung: für die Verbreitung von Informationen zu sorgen. Andererseits schloss seine Arbeit auch ein, manche Sachen herunterzuspielen oder sogar zu vertuschen.

Farraday war ein PR-Mann. Er war ein fünfundvierzig Jahre alter Fachmann für Öffentlichkeitsarbeit, der von der Regierung der Vereinigten Staaten unter der Schirmherrschaft des Stabschefs aus den Glastürmen Chicagos heraus angeheuert worden war; ein USMC-Hubschrauber hatte ihn nach Wright-Patterson gebracht, und von dort war er in einem überraschend komfortablen Truppentransporter nach Nevada geflogen worden. Jetzt befand er sich in einem geheimen Stützpunkt, um eine Werbekampagne vorzubereiten – was keinen Sinn ergab, wirklich keinen.

Nun gut. Das Militär war für seine platten, humorlosen Absurditäten bekannt: Toilettenbrillen für fünfhundert Dollar, Beschuss der eigenen Linien und groß angelegte Invasionen diverser Grenadas.

Er war sich bewusst, dass er, während er im Gleichschritt zwischen den beiden Marines marschierte (nicht auf einen Befehl hin, sondern unwillkürlich angepasst), irgendein wenigstens annähernd vertrautes Muster zu finden versuchte, um seine Angst zu beruhigen.

Er dachte an Lyn, seine Frau, und ihren Antrag, ein Kind bekommen zu dürfen, der sich in der Schwebe befand; er dachte an sein Zuhause am See, in Chicago. Er versuchte, nicht in Panik zu geraten.

Sie passierten Stahlschiebetüren, so dick wie die Zugänge von Tresorräumen, und betraten eine weitläufige Flugzeughalle von der Größe eines Kolosseums, und Farraday wunderte sich erneut, wie es ihnen gelungen war, dies alles in einen Berg in Nevada hineinzubauen, ohne dass ein Großteil der Regierung ihnen auf die Spur gekommen war.

Darrick behauptete jedenfalls, dass ein Großteil der Regierung nichts von diesem Ort wusste: Dale Darrick, Colonel, USMC, der ältere Schwarze, der ihn angeworben hatte. Der Kerl, der zu viel über ihn wusste und ihm das auch unter die Nase rieb.

* * *

»Sie sind seit achtzehn Jahren verheiratet, haben eine Tochter namens Della auf dem College, benannt nach einem schwarzen Kindermädchen, das sich um Sie gekümmert hat, als Sie klein waren«, hatte er gesagt, an jenem Tag, als Farraday angeworben worden war. »Ihre Tochter Della hat einen geisteswissenschaftlichen Magister. Ihr anderes Kind, Ihr Sohn, ist vor fünf Jahren an einer Überdosis Drogen gestorben. Sie haben einen Antrag gestellt, ein weiteres Kind bekommen zu dürfen, vielleicht wegen des Sohnes, den Sie durch Drogen verloren haben.«

Darrick hatte all dies heruntergespult, beim Mittagessen vor einem Monat. Und während desselben Mittagessens, irgendwann zwischen Vorspeise und Dessert, hatte Darrick ihn ungeniert an die Sekretärin erinnert, die er geschwängert hatte, und an das ganze Theater, das er hinter den Kulissen veranstaltet hatte, damit Lyn nichts herausfand, wie er das Baby illegal an Adoptiveltern vermittelt und der Frau Schweigegeld bezahlt hatte.

Darrick zählte das alles auf, in nervtötend freundlich-zynischem

Ton. Er war ein weißhaariger Schwarzer um die sechzig, vielleicht fünfundsechzig, kräftig und adrett. Seine Augen wurden langsam gelb, doch seine Zähne strahlten wie Elfenbein, seine Uniform war frisch gewaschen und gebügelt, und er trug einen goldenen Verbindungsring an seinem dicken kleinen Finger.

Das Mittagessen war opulent gewesen, von Washington bezahlt, im *Supermodel*, einem anspruchsvollen Restaurant in Chicago – einem der wenigen Luxusrestaurants, die den wirtschaftlichen Abschwung nach dem Zweiten Amerikanischen Bürgerkrieg überstanden hatten.

»Ziemlich beeindruckend, was Sie da alles wissen«, sagte Farraday nüchtern und bemühte sich, unbeeindruckt zu bleiben. Das war das erste Mal gewesen, dass sie ihm Angst eingejagt hatten, und auch damals hatte er versucht, sich nichts anmerken zu lassen.

»Ich könnte Ihnen etwas über Ihr psychologisches Profil erzählen, von der dritten Klasse angefangen.«

»Erst ab der dritten?«

»Über die erste und zweite Klasse haben wir nicht viel, lediglich Zeugnisse, die üblichen Akten und ein paar Interviews. Glückwunsch übrigens zu den zwei Goldsternen, die Sie in der Zweiten für den mündlichen Vortrag zu Erntedank bekommen haben.«

»Vielen herzlichen Dank. Mein ganzer Stolz.«

»Was das psychologische Profil angeht … Wussten Sie, dass man zu dem Entschluss gekommen war, Sie als manisch expulsiv einzustufen? – Sie verbergen einige Dinge, indem Sie andere bloßlegen. Wie ein Zauberer, der die Aufmerksamkeit auf eine Hand lenkt, während er mit der anderen die Münze verschwinden lässt. Sagt einiges über Ihre Berufswahl, finden Sie nicht?«

»Das wusste ich allerdings nicht.« Er kannte diese Veranlagung bei sich – aber er hatte keine Ahnung, dass die Schulleitung Bescheid gewusst hatte. »Ist es wirklich notwendig, über den müden, entmutigten, leicht übergewichtigen Steuerzahler Mike Farraday so viele Nachforschungen anzustellen?«

»Sie zahlen tatsächlich Ihre Steuern – mit Ausnahme des Geldes, das George Harris Ihnen gezahlt hat, damit Sie aus dem *Death-Monkey Vodka*-Konto aussteigen. Diese neun Tausender haben Sie nie angegeben.«

»Versuchen Sie mir Angst zu machen?«

»Ich möchte Ihnen nur offen zeigen, woran Sie mit uns sind«, sagte Colonel Darrick, nahm eine Zigarre aus der Seitentasche seiner Jacke und sah sie sehnsüchtig an. Hier drin würden sie ihm nie gestatten zu rauchen.

»Wissen Sie was?«, sagte Farraday, um auszuprobieren, wie weit er gehen konnte, »alle Amerikaner wissen, woran sie mit dem ›Großen Bruder‹ sind. Insbesondere angesichts des ›Vorläufigen Kriegsrechts in zehn Staaten‹.«

»Wirklich? Sie wissen also, woran Sie sind?« Darrick schenkte ihm ein warmes Lächeln. »Ich glaube nicht, dass Sie das wissen, wirklich nicht. Sehen Sie, Sie sind auserwählt worden. Und wen Majestic 15 – wir nennen es MJ15 – einmal auserwählt hat, dessen Leben liegt in ihren Händen, völlig und ausschließlich. Ich sollte vielleicht hinzufügen, dass diese Situation nicht ohne Vorzüge ist. Sie bekommen zehnmal mehr bezahlt, als Sie jemals zuvor für einen einzigen Auftrag erhalten haben. Und das ist erst der Anfang. Sie bekommen alle möglichen Vergünstigungen und langfristigen Schutz. Sie werden in Sicherheit sein. Aber das hat seinen Preis ... Sie müssen wissen, wie Sie sich zu verhalten haben, mein Freund ...«

In diesem Augenblick hatte Darrick dem Ober signalisiert, er möge die Rechnung bringen, und die Geräusche des Restaurants schienen schwächer zu werden, Farraday konnte nur noch die klassische Musik hören, ein Streichquartett von Bruckner, das er noch nie gehört hatte, an das er sich jedoch immer erinnern würde, eine unbeschwerte Melodie – für einen Komponisten wie Bruckner –, doch für Farraday hatte sie den Nachhall eines Grabgesangs.

Jetzt ...

* * *

Jetzt. In Halle 18 ihres liebsten, strahlendsten unterirdischen Stützpunktes. Darrick hatte die Rolle des weißen Kaninchens gespielt, das auf die Uhr sah und ihn in den Kaninchenbau lockte. Farraday stand in dem hallenden Gebäude, das einem Amphitheater glich, und überall rannten Menschen um ihn herum, Techniker, die in ihren gelben Strampelanzügen wie die Häscher Goldfingers aussahen, und entlang der Wände standen bewaffnete Marines, zwei an jeder Tür, einer vor jedem der riesigen Spielzeugkreisel …

Kreisel? Farraday fand, sie sahen wie Kreisel aus: dreistöckige Kinderkreisel für ein riesiges Kind, verchromt, an ihrer äußersten Ausbuchtung knapp vierzig Meter im Durchmesser, in der Mitte, wo sie den Boden berührten, kaum zwei Meter. Bewegungslos, als warteten sie darauf, gedreht zu werden …

»Yeah«, sagte Darrick und schüttelte seine Hand, »die Simulatoren stechen ganz schön ins Auge, was?«

»Simulatoren?«

»Yeah. Die sind nicht echt. Was Sie da sehen, sind nur Trainingsgeräte. Eins nach dem anderen, mein Freund. Schön, Sie wiederzusehen. Wie wär's mit einer Tasse Kaffee? Ich möchte Ihnen gern einen unserer Jungs vorstellen.«

Die Eiserne Hand hatte ihren Auftritt gehabt, dachte Farraday, jetzt waren wieder Samthandschuhe dran. Simulierte Samthandschuhe.

Auf ihrem Weg kamen sie an einer Menge technischer Betriebsamkeit vorbei, die ebenso gestellt aussah wie alles andere, vielleicht war sie auch gestellt, vielleicht war sie aber auch echt.

Langsam war Farraday klar geworden, dass dies alles ein einziger Test zur Beeinflussung seiner Gedanken sein mochte, eine kunstvolle Desinformationsmasche, um die Öffentlichkeit auf eine falsche Fährte zu locken. Die landesweite Krise dauerte bereits zwei Jahre an, und die Hundesöhne verzweifelten langsam. Was Darrick ihm über »die Jungs« erzählt hatte, mochte völliger Blödsinn sein. Wahrscheinlich würde er gleich ein paar Typen mit Kontaktlinsen aus Hollywood treffen, die er für –

Der Außerirdische war plötzlich da, stand direkt vor ihm. Er war aus dem »Simulator« gekommen, die Metallstufen herunter, und blickte ernsthaft – wenn seine Gesichtszüge dies ausdrückten – zu Farraday auf.

Er? War es ein er? Farraday war jedenfalls davon ausgegangen, denn sie nannten die Außerirdischen »die Jungs«. Doch wer wusste schon, ob diese Kreatur über ein Geschlecht verfügte.

Es gab keine Spezialeffekte. Das war kein Kostüm. Wenn doch, dann war es eine Höchstleistung robotischer Kosmetik, die gelungenste Verkleidung aller Zeiten, und – aber nein, er wusste, dass er sich etwas vormachte: Er konnte das außerirdische Leben dieses Dings spüren, wie man ein starkes elektromagnetisches Feld spürt, wenn man neben einem Tesla-Generator steht.

Es war ein Grauer, der klassische Graue aus zahllosen Begegnungen der Dritten Art, ein Alien in normaler menschlicher Kleidung, Calvin Klein-Jeans, ein kurzärmliges Hemd von Arrow, Halbschuhe; ein Außerirdischer mit überproportional großen ovalen Augen aus farbigem Onyx, etwas, das wie eine Nase aussah, ein schlitzförmiger Mund, keine Haare, Löcher an Stelle von Ohren, und die Hände ...

Er starrte die Hände an. Vier Finger, die eine Hand unablässig in Bewegung, die andere unheimlich still.

Das Gesicht besaß eine gewisse Beweglichkeit, aber die Bedeutung des Gesichtsausdrucks fand in seiner Erinnerung keine Entsprechung.

Eine Welle der Orientierungslosigkeit lief durch seinen Körper. Diese Orientierungslosigkeit war erstaunlich schwach: Sie waren darauf vorbereitet worden. Durch Steven Spielberg, durch Roswell und vielleicht durch absichtlich durchgesickerte Informationen.

Darricks Stimme sprach zu ihm, aber sie kam nicht von Darrick. »Wie fühlen Sie sich? Haben Sie sich auf mich eingestellt?«

Der Mund dieses Dings bewegte sich nicht, die Stimme kam aus seiner Kehle, er konnte die Vibration sehen.

Darrick grinste. »Kaum denkst du, du hast dich daran gewöhnt, spricht dich Jaron mit deiner Stimme an.« Er zuckte mit den Schultern. »Das ist eben ihre Art. Irgendeine uralte Überlebensstrategie, die sie entwickelt haben – wenn du einem anderen Wesen mit dessen Stimme antwortest, greift es dich nicht an. So was in der Art.«

»So was in der Art«, sagte der Außerirdische mit Darricks Stimme.

»Einige von ihnen haben sich unsere alten Sprachen angeeignet«, erklärte Darrick. »Andere lernten erst während der 50er Jahre Englisch, als es zur ersten Auge-in-Auge-Verständigung zwischen den Leuten vom MJ15 und den Zetanern kam. Untereinander verständigen sie sich mittels abgestufter Telepathie. Oder vielleicht sollte ich es eher als ... biologischen Rundfunk bezeichnen. Sie können ziemlich gut differenzieren, was sie senden oder empfangen, wenn sie miteinander sprechen.«

»Ähhhh ...«, sagte Farraday.

»Mögen Sie heiße Schokolade?«, fragte der Außerirdische.

Zwanzig Minuten später saßen sie in einer ansonsten menschenleeren Kantine unter Leuchtstofflampen und tranken heiße Schokolade. Der Außerirdische blinzelte nie, er besaß keine Augenlider. Stattdessen gab es eine Art Iris, eine dunklere Fläche in der Schwärze, die im hellen Licht kleiner wurde.

»Die Jungs können einige menschliche Nahrungsmittel zu sich nehmen, aber nur in flüssigem Zustand. Sie essen noch auf eine andere Art und Weise, eine Art Osmose durch die Haut für ihre eigene Nahrung, unterhalb des Nackens befindet sich eine Membran ...«

»Ämmm ...«, sagte Farraday.

»Aber Schokolade mögen sie wirklich. Schokolade ist ihre Lieblingsnahrung auf der Erde. Und sie wissen alles über unsere Art der Nahrungsaufnahme. Sie beobachten uns seit über zweihunderttausend Jahren.«

Farraday blickte den Außerirdischen offen an, das Alien leckte sich einen Rest Schokolade von den Fingern. Sofern dieser gummiartige Körperteil ein Finger war. Irgendwie entspannte sich Farraday angesichts dieser sehr menschlichen Bewegung, es sah aus wie ein Kind mit Süßigkeiten. Die Kleider hatten das nicht vermocht, für Farraday sah er in menschlichen Kleidern fremdartiger aus als in, sagen wir, einem hautengen silbrigen Raumanzug. Möglicherweise weil er ansonsten Schwierigkeiten hatte, ihn von den Aliens zu unterscheiden, die er aus dem Fernsehen kannte. Als wären ihm die Film-ETs aus den X-Akten seiner Kindheit bereits so vertraut, dass sie in der öffentlichen Wahrnehmung die schwarzen Schafe innerhalb der Menschheit abgaben. Schließlich ... vielleicht –

»Sie sind mit uns verwandt, stimmt's?«, platzte Farraday heraus, obwohl er instinktiv spürte, dass das nicht zu den für ihn vorgesehenen Informationen gehörte.

Er hatte Recht. Die finstere Ausdruckslosigkeit in Darricks Blick sagte alles.

»Und das bezeichnet ihr als Geheimhaltung?«, sagte der Außerirdische zu Darrick – mit Farradays Stimme.

Farraday fröstelte.

»Woher wissen Sie das?«, fragte Darrick scharf.

»Das hat mir niemand verraten«, antwortete Farraday. »Es ist schlicht ... offensichtlich. Wie groß ist die Wahrscheinlichkeit, dass sich auf einem anderen Planeten ein weiterer Zweifüßler entwickelt, mit zwei Augen, einem Schädel, der dem unseren gleicht, einem Mund, der dieselbe Luft atmet, einige unserer Nahrungsmittel isst –«

Darrick versuchte ihn zu unterbrechen: »Nun, man weiß aber –«

»Oh, ich kenne die Theorie. Nur eine begrenzte Zahl von Körperformen entsprechen dem Prinzip der Funktionalität, und die Wahrscheinlichkeit für humanoide Zweifüßler ist sehr hoch. Das schluck ich nicht. Wir sind miteinander verwandt ... aber wie?«

»Wissen Sie, wir müssen Ihnen verdammt noch mal überhaupt nichts erklären«, sagte Darrick leise und sah ihn ausdruckslos an, »außer es fällt in Ihren Bereich. Und das fällt eindeutig nicht in Ihren Bereich.«

»Und ob. Denn Sie wollen dies alles doch der Öffentlichkeit vermitteln, oder? Bin ich nicht deswegen hier? Und wir werden eine Erklärung dafür bieten müssen, warum die Außerirdischen uns ähnlich sehen.«

»Die Erklärung mit der größeren Wahrscheinlichkeit werden sie schon fressen«, sagte Darrick.

»Eher fressen sie Scheiße.«

»Scheiße?«, sagte der Außerirdische.

»Das wird nicht reichen«, blieb Farraday bei seiner Meinung.

»Wir werden der Öffentlichkeit nicht jede verdammte Einzelheit erklären«, sagte Darrick mit Entschiedenheit. »Genau genommen werden wir ihnen vielleicht sogar rein gar nichts erklären – vielleicht beschließen wir nämlich, dass das ganze Projekt *Vereinigung* überhaupt nicht stattfindet. Und dann müssten Sie auf Leben und Tod Ihre Verschwiegenheit beeiden, mein Freund. Und ich mache mir ehrlich langsam Sorgen um Ihre Einstellung.«

»Das tut mir Leid ... Ihnen ist sicher bekannt, dass ich es abgelehnt habe, für Zigarettenhersteller zu arbeiten, weil sie lügen ... vor neunzehn Jahren habe ich Aufträge von Nike und Adidas abgelehnt, weil sie ihre Herstellung nach Asien in Fabriken mit Kinderarbeit verlegt haben – reine Sklavenarbeit ... Wenn Sie all das wussten, warum haben sie mich dann eingestellt?«

»Weil wir dachten, deswegen könnten wir Ihnen vertrauen. Eine verdrehte Interpretation der Tatsachen, zugegeben, aber schließlich habe nicht ich Sie ausgesucht.« Der Ausdruck in Darricks Gesicht gefiel Farraday überhaupt nicht. Als würde er seine Möglichkeiten abwägen.

Farraday wusste instinktiv, worauf eine dieser Möglichkeiten hinauslaufen würde. Man würde Mike Farraday irgendwo tot auffinden, ›offensichtlicher Selbstmord‹.

»Hören Sie – ich probiere im Augenblick nur aus, wie weit ich gehen kann«, sagte Farraday in der Hoffnung, das würde überzeugend klingen, »um herauszufinden, was, ähm, zur Debatte steht und was nicht.«

»Sie hätten Ihre Anweisungen schon noch erhalten.«

»Ich bin Zivilist, Colonel. Ich bin mit Ihren Vorgehensweisen nicht vertraut. Ich war nie beim Militär.«

»Nein, das waren Sie nicht. Sehr richtig. Nun gut. Wir werden schrittweise vorgehen. Wir werden Ihnen nicht sofort sagen, worin Ihre schlussendliche Zielsetzung besteht ... Im Großen und Ganzen suchen Sie natürlich nach einem Weg, die Zetaner der Öffentlichkeit zu präsentieren. Aber im Speziellen ... Nun, wir werden sehen. Wir werden sehen.«

Darrick griff in seine Jacke und nahm eine große kubanische Zigarre und eine einzelne Zigarette heraus.

»Ist es in Ordnung, wenn ich rauche, Jaron?«, fragte er und bot dem Außerirdischen die Zigarette an.

»Sie werden es General Wescomb nicht erzählen?«, fragte der Außerirdische, mit Darricks Stimme, in liebenswürdigem Ton.

»Nein, nein, das bleibt unter uns.«

Der Außerirdische griff nach der Zigarette, Darrick gab ihm mit einem antiken Zippo Feuer und zündete dann seine Zigarre an.

Ein junger Infanterist mit ›Cpl. Collins‹ auf der Hemdtasche blickte stirnrunzelnd durch die Tür herein. »In dieser Anlage herrscht absolutes Rauchverbot –« Dann erkannte er Darrick. »Tut mir Leid, Colonel, ich wusste nicht, dass Sie es sind.«

»Erst denken, dann handeln, mein Sohn. Verschwinden Sie.«

»Jawohl, Sir,« sagte Collins und verschwand.

»Die Grauen rauchen?«, wollte Farraday wissen, ohne jede Scham, nach etwas so Offensichtlichem zu fragen.

»Einige von ihnen haben über die Jahre damit experimentiert, aus reiner Neugier. Eigentlich sollen sie nicht rauchen. Sie sind eine wertvolle Investition, unsere Jungs, und General Wescomb – der Leiter unserer nicht existenten Abteilung hier – sieht das nicht gern. Nikotin hat auf sie eine vergleichsweise starke Wirkung.« Er paffte an seiner Zigarre, der Außerirdische zog an seiner Zigarette, ohne den Mund zu bewegen, sein Blick bewegte sich zwischen den beiden Gesichtern hin und her, seine Brust hob und senkte sich langsam wie die eines Menschen. Er gab laute saugende Geräusche von sich, einem kleinen Jungen nicht unähnlich, der versucht, seine erste Zigarette zu rauchen. »Übrigens nennen wir sie nicht ›die Grauen‹. Sie können Jungs oder Zetaner zu ihnen sagen. Sie kommen von einem Planeten, der den Stern Zeta Reticuli umkreist.«

»Zeta Reticuli ... Betty Hills Sternenkarte.«

»Betty Hill«, wiederholte Darrick. Er dachte laut, damit Jaron es mitbekam. »Die erste ›Entführte‹. Sie hat ein Buch geschrieben, *Unterbrochene Reise*, wie sie und Barney Hill entführt wurden – hast du das Buch mal gesehen, Jaron?«

»Ja«, antwortete Jaron, mit Farradays Stimme. »Sehr amüsant.«

Sie können sich also auch amüsieren, dachte Farraday. Oder zumindest so tun, als würden sie sich amüsieren.

»Aber wissen Sie«, fügte der Außerirdische hinzu, »wir mögen das Wort ›Entführte‹ nicht besonders. Wir bevorzugen ›Gäste‹.«

»Richtig – das sollten Sie sich merken, Farraday. Wir können diese Entführungsgeschichten genauso gut gleich abhaken. 99,9 Prozent davon sind komplette Scheiße. Der größte Teil ist nie passiert – und unter uns, das ist wirklich die Wahrheit und nicht die ›öffentliche‹ Wahrheit. Es hat auch nie jemand etwas irgendwo reingerammt bekommen. Einige Entführungen sind allerdings vorgekommen – wie die Sache mit Betty Hill –, und sie wurden von den Zetanern ausdrücklich deshalb durchgeführt, *weil* es sich herumsprechen sollte. Sie haben sogar die Sternenkarte für sie angefertigt, den ganzen Kram. Sie und ihr Mann *sollten* an die Öffentlichkeit gehen.«

»Und die Viehverstümmelungen?«

Darrick warf einen Blick zur Tür und senkte die Stimme. »Die Viehverstümmelungen hätten geheim bleiben sollen. Aber sie benötigten frische Körperteile ... irgendein genetisches Experiment. Die

Zetaner haben versucht, das unterm Deckel zu halten. Sie wollten nicht, dass man sie mit der Viehsache in Verbindung brachte. Sehen Sie, sie haben von Anfang an auf Öffentlichkeitsarbeit geachtet. Teufel auch, sie haben uns seit inzwischen fünfundsiebzig Jahren auf die Vereinigung vorbereitet.«

»Die ›Vereinigung‹?«

»Das ist der Deckname für den hypothetischen Fall, dass wir die Öffentlichkeit schließlich über die Zetaner informieren. Wir wissen erst seit 1947 sicher über sie Bescheid. Die toten Außerirdischen in Roswell ... Und wir haben uns drei oder vier Mal darauf eingestellt, an die Öffentlichkeit zu gehen, aber die CIA oder die NSA haben jedes Mal ihr Veto eingelegt. Sie befürchten, wir würden die Technologie noch nicht angemessen beherrschen und eine fremde Macht würde sich mit den Zetanern in Verbindung setzen und sich ihrer Technologie bemächtigen und all ihrer ... Macht. Aber dieses Mal ... dieses Mal sind sie, glaube ich, bereit ...«

»Die Zeit ist gekommen«, sagte Jaron mit Darricks Stimme. Er drückte seine Zigarette im Bodensatz seiner Trinkschokolade aus. »Genug Zeit.«

»Jahre ...«, murmelte Farraday. »Wie alt ist ... Jaron? Wie lange leben sie?«

»Das verraten sie uns nicht«, gestand Darrick.

»Das ist eine Frage, deren Beantwortung von Zuständigkeiten abhängt«, sagte Jaron mit Darricks Stimme. »Sie fällt nicht in euren Bereich.«

Also beließen die Aliens die Regierung über einige Dinge im Unklaren, dachte Farraday. Vielleicht war das nur klug. Oder vielleicht gab es noch einen anderen Grund.

Zweites Kapitel

Dieser geschmacklose Film über die Autopsie eines Außerirdischen

»Ich sehe immer Qarma vor mir, wie er erschossen wird«, sagte Zizz mit lebloser Stimme.

Mahler ließ einen seiner berüchtigten kaltblütigen Sprüche vom Stapel. »Immer noch besser als wie Johnny Castro zu Tode gefoltert zu werden.«

»Es tut mir Leid, dass es Qarma erwischt hat, aber wir sind ohne ihn besser dran«, fügte Quinn hinzu, während er auf den Geröllhaufen am Straßenrand kletterte. »Mir war völlig klar, dass er Black Betty nie gekannt hat und nie auch nur in die Nähe vom Projekt Medienterrorismus gekommen ist. Er hat sich einfach bei uns eingeklinkt, um nach L.A. zu kommen. Zumindest wollte er das.«

»Irgendwie fand ich ihn ganz nett, wenn er nicht gerade am Meckern war«, sagte Zizz und malte mit einem Fuß langsam ein Kreuz auf das flache Grab, das sie im Straßengraben ausgehoben hatten.

Versteckter Zugang … Quinn spürte es erneut. *Versteckter Zugang …*

Wenn ihn die Vorahnungen überkamen, überkamen sie ihn mit Macht, und sie trafen fast immer zu.

Also war Quinn auf die Spitze dieses hohen Haufens aus Geröll und Schrott geklettert, um einen besseren Rundblick zu haben. Er hielt sich neben einer rostzerfressenen umgekippten Tanksäule im Gleichgewicht und sah die Straße vor sich liegen.

Die Ruine einer alten Tankstelle, einschließlich des *Shell*-Schildes, war mit irgendeinem Erdräumungsfahrzeug an die Kreuzung geschoben worden, wahrscheinlich um die Straße vor den Banden der Warlords und Crips zu verstecken. Das zersplitterte käsegelbe Schild beherbergte ein Wespennest.

Nachdenklich betrachtete er das Wespennest und spürte eine weitere seiner Ahnungen: Er konnte die eigentümliche Ordnung des Nestes von dem Chaos um ihn herum unterscheiden, die Muster sprachen zu ihm. *Es sind Menschen mit Gewehren in der Nähe* – dann ging es wieder verloren.

Er blickte nochmals auf die Straße hinunter. »Hier hinten ist ganz eindeutig eine Zufahrt, und sie sieht auch mehr oder minder befahrbar aus.«

»Wahrscheinlich der Stützpunkt eines Warlords«, sagte Mahler.

»Vielleicht. Aber dann wäre hier alles voller Graffiti ... Und ich sehe keine.«

Die anderen beiden kraxelten hinter ihm schwerfällig den Haufen hinauf und sahen sich um. Zizz entdeckte ein altes Sperrholzschild, das mit der Schrift nach unten am Straßenrand auf der Erde lag. Sie kletterte über die gesprungenen Betonplatten hinunter und rannte wie ein aufgeregtes Kind auf das Schild zu. Sie drehte es um, ging daneben in die Hocke und wischte den Schmutz beiseite.

WOHNKOMPLEX WEST
Komfortabel und sicher leben

Quinn lief hin und sah sich das Schild genauer an. Und blickte mit einem Mal in Zizz' Ausschnitt, in ihr Dekolletee.

Fast getötet zu werden turnt ganz schön an, dachte er. Ihn zumindest. Bei ihr führte es vielleicht dazu, die Beine zusammenzupressen und sich einzurollen wie ein Kartoffelkäfer.

Sie hatte sich ihm nie angeboten und er hatte nicht gefragt, er hielt sie für eine dieser Frauen, die sich ihrer erotischen Ausstrahlung bewusst sind, die männliche Aufmerksamkeit ungeheuer genießen, jedoch keineswegs beabsichtigen, sich auf jemanden einzulassen.

Schon gut, rief er sich zur Ordnung, das kannst du respektieren. Sei kein sexistisches Arschloch.

Laut sagte er: »Hier in der Gegend gibt es einige Siedlungen, die die Bewohner entweder nicht verlassen konnten oder nicht verlassen wollten. Mit massiven Verteidigungsanlagen, aber, ihr wisst schon, zivilisiert. Vielleicht ist das eine von denen. Vielleicht können wir dort Hilfe bekommen …«

»Oder es sind die Warlords, und sie vergewaltigen mich unablässig, und euch bringen sie um, und ich werde natürlich die Königin der Bande«, sagte Zizz fröhlich. Sie stand da und trat nach einer alten Plastikdose mit der Aufschrift Shell Motoröl. Ironie ist alles.

Quinn drehte sich um und sah sich die Straße an. »Wir müssen es riskieren. Wisst ihr was? Ich habe ein gutes Gefühl.«

Etwas flatterte auf dem Geröllhaufen herum, ein vergilbtes Blatt, ein Ausdruck einer Online-Zeitung, der Quinn fast magisch anzog. Er schlenderte hinüber und zog es unter einem schmutzigen Asphaltbrocken hervor. Die Überschrift lautete:

MEDIENTERRORISTIN IN ABWESENHEIT ANGEKLAGT

Ein Bild von Black Betty. Zeitliche Zusammentreffen.

Er erinnerte sich an das erste Mal, als er schlagartig auf Black Betty aufmerksam wurde. Vor ein paar Jahren, auf einem Mono-Rave. Eine Party, auf der sie den ganzen Abend lang dasselbe Lied spielten. Sie hatten einen Jerome X Acidhouse-Dancemix eines alten Iggy Pop-Stücks aufgelegt, *Raw Power*.

… Dance to the beat of the livin' dead
lose sleep baby, stay away from bed
RAW POWER is sho to come runnin to you …

… Tanz im Takt der lebenden Toten
keinen Schlaf, Baby, bloß nicht ins Bett
die REINE MACHT ist auf dem Weg zu dir …

Und auf einem der allgegenwärtigen, durchsichtigen, gesplitteten, hauchdünnen Ravevideo-Bildschirme, jeder einzelne so groß wie eine Reklametafel, sah er ein Bild von Black Betty, von einer ihrer Videoaktionen: Sie hatte eine Aufzeichnung von sich über eine C-SPAN-Liveübertragung aus dem Kongress gelegt – Black Bettys Video-Perfomancekunst, so genannter Medienterrorismus, in Wirklichkeit hatte sie eher eine Frank Capra-Figur geschaffen: schlicht eine filmische Überlagerung Bettys, groß und schlank und schwarz, im Gewand einer Beduinin – Betty tanzte zwischen den Kongressabgeordneten herum, die sie nicht bemerkten, ein für sie unsichtbarer Geist, der vom Rest der Menschheit in seiner ganzen Bedeutung wahrgenommen wurde, Betty, die eine Art Großstadtvoodoo heraufbeschwor, sie mit einem »Ehrlichkeitszauber« belegte. Während des Raves konnte man nichts hören, aber er lud sich die Aufzeichnung der Sendung herunter.

»Ich rufe euch, im Namen all eurer inneren Dämonen, ich rufe euch in die Wirklichkeit zurück, in die wirkliche Welt: Ihr seid nur zur Hälfte wirklich, ihr Frauen und Männer, ihr Senatoren und Repräsentanten, ihr lebt in einer Ecke eures Ichs; ihr seid nicht in der Lage, euch selbst gegenüber ehrlich zu sein und folglich auch nicht in der Lage, gegenüber den Menschen ehrlich zu sein, die euch zu ihren Repräsentanten gewählt haben. Ich beschwöre euch, treibt die Lügen aus, lasst die darunter verborgenen Wahrheiten in die Welt; sagt uns, wie ihr gekauft und verkauft werdet, wem ihr gehört und wem ihr wirklich angehören wollt, wenn ihr den Mut hättet: wie ihr euch danach sehnt, eurem höheren Selbst zu gehören, Gott und dem Volk ... Wie ihr in eurer Angst all eure Ideale an FedControl verraten habt, wie ihr den Blick abgewendet habt, als ethnische und religiöse Sündenböcke in die Schlachthäuser geführt wurden ... Ihr seid die lebenden Toten, ihr seid im Schlaf gefangen, eure Schreibtische sind eure Betten; ich beschwöre euch mit der reinen Macht, die Gott dem Volk verliehen hat: Wacht auf! Wacht auf und sprecht die Wahrheit!«

Quinn erinnerte sich; und er wusste wieder, warum er hier war. Auf der Suche nach Black Betty.

Er faltete das Blatt Papier zusammen und steckte es in seine Hosentasche.

* * *

Auf den fünf Morgen Land um den Wohnplex West standen Palmen, die langsam grau wurden, große hängende Eukalyptusgewächse und kleine violette Zierpflaumen, die wild gewachsen waren. Unter den Bäumen gediehen Yuccas in dolchartigen Büscheln, moosbewachsener, mit Flechten überwucherter Sandstein, staubiger roter Ton, gefallene Palmstämme und hartes gelbes Gras.

Es wäre der ideale natürliche Spielplatz für einen dreizehnjährigen Jungen wie Anatole – wären da nicht die ständigen Anzeichen von Invasion und Tod.

Anatole war ein Junge mit strohblonden struppigen Haaren und kobaltblauen Augen. Er trug abgeschnittene Jeans, und sein T-Shirt forderte die Welt auf:

HALTET AUSSCHAU NACH BLACK BETTY

Seine Tennisschuhe waren mit Isolierband umwickelt, damit sie nicht auseinander fielen. Seine Hände waren rot vor Erde.

In diesem Augenblick schlich er zusammengekauert durch das Gebüsch und versuchte, nicht gesehen zu werden.

Er kam an eine Stelle, an der der Schutz der Bäume dem offenen Himmel wich. Er blickte auf. Man konnte nie wissen: Ein oder zwei Mal sah er RPVs über sich hinwegfliegen, ferngesteuerte Aufklärungsflieger auf der Suche nach Truppen der Separatisten. Manchmal dachte er, er hätte silbrige Flecken gesehen, hoch oben am Himmel, Flugzeuge von Menschenhand vielleicht. Oder sogar UFOs, vielleicht sogar eine verschissene fliegende Untertasse. Man konnte wirklich nie wissen. Eines Tages würde er ein echtes UFO sehen.

Er flankte über einen dicken umgefallenen Baumstamm, sprang in Deckung, lauschte, sah sich um ... hastete weiter, vornübergebeugt ...

Und blieb vor einer Reihe elektrischer Drähte stehen, die halb im Gebüsch versteckt waren. Geschickt rollte er unter den Drähten hindurch, rannte los, sprintete auf die nächstliegende Terrasse des Plex zu –

»Mist!«

Er meinte den Laserbewegungsmelder gespürt zu haben, obwohl er sich das wahrscheinlich nur einbildete, eigentlich bemerkte man sie nicht. Doch sowie er den Strahl unterbrach, hörte er die kratzende Frauenstimme vom Band:

»EINDRINGLINGE! DIE LINIE WURDE ÜBERSCHRITTEN. DIE LINIE WURDE ÜBERSCHRITTEN. ORTUNG: METER ACHTUNDSECHZIG E-SECHS. ALLE EINDRINGLINGE WERDEN HIERMIT AUFGEFORDERT UMZUKEHREN, BEVOR …«

Die Stimme brach ab, und Jack Sullivan trat aus dem Gebüsch, das Sturmgewehr schussbereit. »Alle Eindringlinge werden hiermit aufgefordert umzukehren, bevor ich ihren Arsch in Hamburger verwandle«, sagte er und grinste den Jungen an.

Sullivan war ein großer durchtrainierter Mann, der wie ein Filmstar ausgesehen hätte, wäre da nicht das schartige Loch gewesen, wo man ihm sein rechtes Ohr weggeschossen hatte, und die Narbe, die unterhalb des rechten Auges seine Mundpartie zweiteilte. Er trug ein ärmelloses khakifarbenes Hemd, Jeans und Arbeitsstiefel; die langen, dünnen Haare mit den weißen Strähnen waren zurückgebunden, und tausend Fältchen legten sich um seine kobaltblauen Augen, als er das Gesicht des Jungen sah.

»In Ordnung«, sagte Anatole, »bla-Schiss-bla, der Laser funktioniert also. Was ist mit der Video-Überwachung? Ich glaub nicht, dass sie den Aufwand wert ist, Dad.«

»Eigentlich nicht, nein. Du hast den toten Winkel gefunden, ich konnte dich nicht sehen – aber vielleicht machen die Kameras den Leuten Angst und sie denken, sie werden aus allen Richtungen beobachtet.«

»Wenn wir frei bewegliche Kameras hätten, dann vielleicht.«

»Na gut – falls ich je wieder einen Versorgungskorridor freibekomme …« Er bemerkte den ängstlichen Blick, der über das Gesicht des Jungen zuckte. Er hatte *falls* gesagt. Und sein Sohn wusste, wenn es ihm nicht gelang, sie alle hier rauszuholen, wären sie in weniger als einem Jahr tot.

Sullivan legte einen Arm um seinen Sohn und ging zum Plex zurück und überlegte, ob er nicht einfach einen Fluchtversuch unternehmen sollte, querfeldein. Ihre Chancen standen jedoch nicht besonders gut …

Wenn er wartete, würden früher oder später Bundestruppen eintreffen. An manchen Tagen klang es, als kämen die Kämpfe, die

Bomben näher. Kamen sie nahe genug, konnte das ihre Rettung bedeuten – oder ihren Tod.

»Wir haben immer noch ein paar Bewegungsmelder in Reserve«, sagte Anatole, während er sich von seinem Vater löste, um einen umgefallenen Baumstamm entlangzubalancieren.

»Die werden nur dauernd von Schlangen und Eichhörnchen ausgelöst. Ich möchte keine Munition auf Tiere verschwenden ... zumindest nicht auf diese Sorte Tiere.«

Sie erreichten die freie Fläche, die Sullivan mit der Planiermaschine gerodet hatte. Das U-förmige Wohngebäude, in fünfzig Meter Entfernung auf der anderen Seite der roten Erde, fiel fröhlich auseinander, mit jeder Jahreszeit etwas mehr. Nur eine Hand voll Menschen war in dem ganzen Komplex geblieben. Es war ein großes Anwesen, dreistöckig, dreißig Parteien in jedem Gebäude; drei Gebäude ursprünglich, zwei davon mehr oder minder intakt.

»Auf jeden Fall«, fuhr Anatole fort, »haben wir noch einen ganzen Lagerraum voller Munition.«

»Tja. Wir müssen damit trotzdem sparsam umgehen.« Sullivan blickte zum Dach hinauf, während sie über die zerfurchte Erde schritten.

»Bald müssen wir Kian beibringen, wie man schießt.«

»Nur sehr ungern. Seine Großmutter wollte ihn von Schusswaffen fern halten. Aber mir wird nichts anderes übrig bleiben, tja.«

Anatole stellte sich Kian mit einem Gewehr vor. Kian war noch jung, halb Koreaner, halb Mexikaner, ein wirklich liebes Kind, wenn auch etwas ungeduldig und penetrant, wie alle kleinen Kinder. Sie kümmerten sich um ihn. Anatole konnte sich ihn nicht mit einem Gewehr vorstellen ...

Ein Leuchten ließ sie beide aufblicken.

Die Sonnenkollektoren auf dem Dach blitzten in der Spätnachmittagssonne.

* * *

Quinn lenkte das Auto um den Geröllhügel herum, die Straße hinunter und um die Kurve – und blieb vor einem weiteren Schild stehen. Dieses war zwei mal anderthalb Meter groß, stand noch und war aus einer großen Felsplatte angefertigt worden, gestützt von Balken, die am Ende der Straße in die Erde gerammt waren, die Schrift mit einer Schablone und leicht wässriger roter Farbe aufgetragen.

GEFAHR!
UNBEFUGTES BETRETEN VERBOTEN – WIR SCHIESSEN!
WIR KÖNNEN KEIN RISIKO EINGEHEN
Wohnplex West

Quinn stieg aus dem Auto und sah sich das Schild an, und das Wohngebäude, das durch das Wäldchen vor ihnen zu sehen war. Die ursprüngliche Asphaltstraße war mit Einschlagskratern eines Gefechts des Zweiten Bürgerkrieges übersät und eindeutig nicht passierbar. Es gab einen primitiven ungepflasterten Weg, der durch die Bäume hindurchführte und aussah, als wäre er von dem gleichen Erdräumungsfahrzeug geschaffen worden, das auch den Geröllhügel aufgetürmt hatte. Auf beiden Seiten befanden sich mit Büschen überwucherte Hänge, durch einen der Hänge verlief ein mit Graffiti bemalter Kanal.

»Da hast du deine Graffiti«, sagte Mahler, stieg aus dem Auto und deutete auf den Kanal, der zwanzig Meter entfernt war.

»Die sind alle verblasst, aus dem 20. Jahrhundert«, sagte Quinn. »Und die Wortwahl auf dem Schild – *Wir können kein Risiko eingehen … Wohnplex West* – scheint sich um brave Bürger zu handeln. Wenn sie noch da sind und nicht nur irgendwelche Banden dort untergekrochen sind …«

»Oder sie möchten für rechtmäßige Bewohner gehalten werden.«

»Genau, das sollen wir von ihnen denken. Selbst wenn sie legal dort wohnen, werden sie wahrscheinlich auf uns schießen, wenn wir ihnen zu nahe kommen – aber vielleicht kommen wir in Rufweite und können mit ihnen reden, sie überzeugen, dass sie uns reinlassen. Und dann können wir unser weiteres Vorgehen überlegen.«

»Klingt nach einem Plan«, sagte ein fremder Mann und stieg aus dem Kanalgraben, eine M18 auf Quinn gerichtet.

»O Scheiße«, sagte Quinn, »nicht schon wieder.«

»O Gott, wie langweilig«, fügte Zizz hinzu.

Doch das Zittern ihrer Stimme sagte Quinn etwas anderes. *Sterben wir jetzt?*

Der Kerl trug einen Tarnanzug. Sah nach Armee aus. Zwei weitere kamen mit erhobenen Gewehren aus dem Graben. War das die gleiche zusammengewürfelte Bande desertierter Soldaten, die Qarma erschossen hatte?

Mahler sah sie etwas genauer an und murmelte: »Sehen wie echte Soldaten aus ... die Uniformen passen, die Haare sind geschnitten, ein bisschen verhungert vielleicht, aber ...«

Die drei Soldaten kamen auf sie zu. Der Anführer war ungefähr dreißig, ein Weißer mit Bürstenschnitt, den Helm am Rucksack, die Abzeichen eines Sergeants auf den Schultern. Auf seiner Hemdtasche stand METZGER. Hinter ihm kam ein Schwarzer, BUFORD, Anfang zwanzig. Dann ein jüngerer rothaariger Weißer, HUXLEY.

Huxley sah verängstigt aus. Die anderen beiden blickten sie misstrauisch, wenn auch neugierig an. Metzger warf Zizz immer wieder einen kurzen Blick zu.

Quinn dachte: Ich Idiot habe die Waffen nicht aus dem Kofferraum geholt.

»Hallo, Jungs«, sagte Zizz lächelnd, mit nur ganz leicht zitternder Stimme. »Was ist los? Ihr müsst eure Gewehre nicht auf uns richten.«

»Wir halten erst mal jeden in Schach, den wir nicht kennen«, sagte Buford. »Wir waren zu fünft, nach dem Überfall der Plünderer, und eine Frau mit einem Kind hat die anderen beiden erstochen, während sie geschlafen haben. So läuft das hier, in diesem Teil des Landes. Also, was habt ihr hier zu suchen?«

»Wir sind nur auf der Durchreise«, sagte Mahler. »Wir sind ... Journalisten.«

»Journalisten«, sagte Metzger. »Das ganze Kampfgebiet liegt weit, weit außerhalb des für Medien zugelassenen Bereiches.«

»Das wissen wir«, sagte Zizz, »wir haben uns verirrt, wir sind weiter oben im Norden von der Straße abgeschnitten worden.«

»Ihr gehört nicht zu den Leuten in diesem Gebäude?«, fragte Huxley enttäuscht.

»Nein«, sagte Quinn. »Ihr auch nicht, was?«

»Nein, wir sind –«

»Huxley«, schnauzte Metzger ihn an. »Halt's Maul.«

»Metzger, Scheiße, beruhig dich«, sagte Buford, »irgendwem müssen wir vertrauen oder wir werden nie aus diesem Schlamassel rauskommen. Diese Leute hier haben ein Auto.«

»Und wir sind bevollmächtigt, uns das verdammte Auto zu schnappen, wenn es sein muss«, sagte Metzger.

»Ihr gehört also zu den regulären Truppen?«, wollte Quinn wissen. »Wir sind vor kurzem auf ein paar Ex-Soldaten gestoßen, weiter unten im Süden. Oben im Norden gibt's nur die Warlords und den Krieg.«

»Wir sind echte Soldaten, von der 210ten«, sagte Metzger. »Soweit wir wissen, sind wir die einzigen Überlebenden unserer Division ... Unser Uplink ist hinüber, wir haben den Kontakt zum Mainframe verloren ...«

»Wir haben seit zwei Tagen nichts mehr gegessen«, sagte Buford. »Hee, überlegt euch das mal, ich bin in die Armee eingetreten, damit ich regelmäßig was zu essen bekomme. Und der ganzen Armee geht das Essen aus. Wir bekommen nur noch halbe Ration.«

»Jetzt bekommen wir gar nichts mehr«, fügte Huxley mit einem Blick auf den Wagen hinzu. »Habt ihr was zu essen dabei?«

»Nein, ganz eindeutig nicht«, antwortete Quinn. Er hatte den ganzen Tag versucht, nicht an Essen zu denken.

»Ihr habt euch also auch verirrt, was?«, fragte Zizz.

Metzger zögerte, gab es dann aber zu. »Yeah. Verdammt, und ob wir das haben. Hinter der Front und vom Weg abgekommen.«

»Nur mal so ein Gedanke, Quinn«, sagte Zizz. »Diese Jungs sind, na ja, richtige Soldaten, und wir sind Journalisten, das verleiht uns vielleicht eine gewisse Glaubwürdigkeit, wenn wir bei dem Wohnplex fragen, ob sie uns reinlassen.«

»Ja«, sagte Quinn. »Wenn ihnen das passt.«

Buford senkte sein Gewehr. »Wollt ihr damit sagen, dass wir gemeinsam dorthin gehen?« Er blickte zu Metzger hinüber.

Metzgers Gewehr zitterte. Dann senkte sich die Mündung und er nickte. »Wir könnten behaupten, wir würden die Journalisten eskortieren ...«

Irgendetwas an dieser Formulierung gefiel Quinn nicht. Aber immerhin zielten sie nicht mehr mit ihren Gewehren auf ihn.

* * *

Sullivan saß mit dem Rücken zur Wand zwischen den beiden mit Brettern zugenagelten Fenstern und beobachtete Anatole und den Jungen, Kian. Manchmal glitt sein Blick zu dem gerahmten Bild auf der Konsole des Heimcomputers: Anatole, noch ein Kleinkind, auf dem Schoß seiner Mutter. Jenny war während der ersten Aufstände umgekommen und Sullivan war froh, dass Anatole sich nicht mehr daran erinnern konnte.

Anatole montierte eine kleine Videokamera auf ein dreibeiniges Stativ, das an die Konsole angeschlossen war, und Kian versuchte ihm zu helfen und kam ihm dauernd in die Quere.

Kian war Sullivans inoffizieller Adoptivsohn, seine Eltern waren während der gleichen Aufstände ums Leben gekommen wie Jenny.

»Kian – *warte!*«, sagte Anatole gerade, er versuchte, die Geduld nicht zu verlieren, während der kleine Junge versuchte, die Kamera auf das Stativ zu drücken. »Du lässt es noch *fallen!*«

Yamahira kam herein, mit seiner Tochter Lila, einer jungen amerasiatischen Frau – hübsch und selbstbewusst –, die Sullivan nicht mehr aus dem Kopf ging.

Yamahira war dünn und mürrisch, hatte grau gesprenkelte Haare und trug selbst hier drin eine Sonnenbrille, weil er schmerzhaft empfindliche Augen hatte.

Lila lächelte Sullivan zu, er nickte und löste mit großer Willensanstrengung seinen Blick von ihrem hautengen schwarzen Hemd und ihren Minishorts …

Ich bin zu alt für sie, dachte Sullivan, mit einem weggeschossenen Ohr und einem Gesicht, das aussieht, als … vergiss es einfach. »Ich habe nichts von ihnen gehört, Yamahira«, sagte Sullivan.

»Vielleicht bin ich aus einem anderen Grund hier«, sagte Yamahira bockig.

»Wenn Sie nach Nachrichten suchen möchten – bitte schön. Ich hätte es Ihnen gesagt, wenn wir etwas von den Bundestruppen gehört hätten.«

»Ich muss es mit eigenen Augen sehen«, gab der ältere Mann verdrießlich zu. »Ich weiß nicht warum.«

Er ging zur Konsole hinüber und tippte auf das Eingabefeld für die Satellitenverbindung.

Sullivan konnte den Bildschirm von hier aus nicht sehen, aber er konnte die Antwort der Konsole an Yamahiras frustriertem Nicken ablesen:

KEINE VERBINDUNG WÄHREND DER LETZTEN 24 STUNDEN

Yamahira fluchte leise auf Japanisch. »Warum versuchen sie nicht ...«

Seine Tochter ging zu ihm hinüber, legte ihm von hinten die Arme um die Taille und ihr Kinn auf eine Schulter. »Hunderttausende von Menschen befinden sich in der gleichen Situation, Vater.«

»Wir sind genauso wichtig wie alle anderen! Sie überlassen uns dem *Tod!*« Er löste sich von ihr und rannte wütend aus dem Zimmer, die Hände zu Fäusten geballt.

Kian und Anatole blickten auf. Kians Mund zitterte. »Kian!«, sagte Anatole schnell, »ich glaube, ich hab es geschafft, lass es uns ausprobieren.«

»Ömm ... na gut.«

Lila kam mit einem entschuldigenden Lächeln auf Sullivan zu und sagte leise: »Tut mir Leid, Jack. Er wollte die Kinder nicht erschrecken ...« Sie wusste, dass Sullivan Wert darauf legte, vor den Kindern optimistisch zu bleiben.

»Schon in Ordnung. Das schafft jeden.«

Sie nickte und setzte sich neben ihn. Ihr Parfum roch nach Gardenie.

Anatole trat mit der Geste eines Regisseurs vor die Kamera. »Wir versuchen eine Übertragung zu meiner Schule zustande zu bringen, Lila – willst du irgendwo ein Video hinschicken?«

»Nein, nein danke.«

»Ich will etwas schicken«, sagte Kian und tanzte um die Kamera herum.

»Das wirst du, du musst noch einen Aufsatz abliefern. Deine Schule kommt als Nächstes dran.« Anatole drückte auf einen Knopf, der die Verbindung zur Konsole herstellte, tippte dann auf die Konsolentastatur, um die Verbindung mit dem Satelliten vorzubereiten, der die Übertragung zu seiner Schule ermöglichte.

Jeder in seiner Schule wusste natürlich, dass er hier festsaß, hinter den feindlichen Linien; die Behörden wussten, dass sie hier waren.

Aber es galt den Preis eines Rettungsversuches in Erwägung zu ziehen, eine Boden-Luft-Rakete der Freischärler genügte …

Anatole legte einen Schalter um, vor der Kamera bildete sich eine Lichtsäule. Er trat in das Licht und die Aufzeichnung begann. Kian beobachtete ihn ehrfürchtig. Anatole war sein Held.

Anatoles Abbild erschien auf einem der vier Bildschirme der Konsole, darunter bestätigte der Computer in grüner Schrift:

AUFZEICHNUNGSBEGINN

Anatole räusperte sich. »Mein Videoaufsatz über *Unsere Situation* für Gemeinschaftskunde Zwei, Netzwerk-Fernschule 7, von Anatole Sullivan.« Er blickte auf das Blatt Papier in seinen Händen und las vor. »Das Problem lässt sich folgendermaßen zusammenfassen: Es gibt zu viele hungrige Münder und zu wenig Nahrungsmittel. Das ist das grundsätzliche Problem unserer Situation im Wohnplex West. Die Weltbevölkerung hat in den vergangenen zwei Jahrzehnten rapide zugenommen, und die Lebensmittelknappheit wurde von der...« Er hielt inne und schielte nach den Wörtern.»… von der Plutoniumkatastrophe im Pazifik nur noch verschärft, die den größten Teil des Lebens in diesem Ozean effe– effektiv auslöschte, und von der zunehmenden Pestizidverdichtung im Grundwasser, die die Ernte vernichtet und den ökologischen Kreislauf gestört hat. Zusammen mit den Dioxinen haben sie das Immunsystem der Tiere angegriffen, ins– insbesondere der Meerestiere, so dass sie an einfachen Viren sterben. Die globale Erwärmung hatte desgleichen eine katastrophale Wirkung auf die Nahrungsmittelproduktion … und …« Er leckte sich die Lippen. »Die Auseinandersetzung um die verbliebenen Ressourcen hat zu ex–«, er rang mit dem Wort, »… extensiver politischer Zersplitterung geführt, oft auf Grund religiöser und ethnischer Unterschiede, so dass sich unser Abschnitt des Landes im Bürgerkriegszustand befindet. Eine der Hungersnot vorausgehende Tendenz zu religiösem und ethnischem Fanatismus bildete die Blaupause zu den Auseinandersetzungen um die Ressourcen –«

Sullivan runzelte die Stirn und dachte: *Blaupause zu den Auseinandersetzungen um die Ressourcen …?* Woher hatte er das Zeug?

»… die an der Westküste, in New York und in der Gegend von

Louisiana besonders hart geführt wurde ... Bestimmte Elemente der hispanischen Bevölkerung in Kalifornien schlossen sich zur Nordamerikanischen Hispanischen Nation zusammen.«

Sullivans Verwunderung nahm zu, je länger der Junge weitersprach.

»... Aus einem Gefühl der Bedrohung durch die Hispanische Machtbasis heraus riefen die moslemischen Immigranten ihre eigenen paramilitärischen ethnischen Armeen ins Leben ... Die christlich-fundamentalistische Armee, wie sie sich nannte, war nicht bereit, sich von diesen ethnischen Mächten um die örtliche Vorherrschaft bringen zu lassen und erklärte als Erstes ihren Anspruch auf das Sacramento Valley in Kalifornien, und von da war es nur ein kleiner Schritt bis zu einer Sezessionserklärung.

Ausgehend von den moslemischen Fundamentalisten im Jahre 2010 verkündeten weitere ethnische und religiöse Gruppen in einer Reihe von widersprüchlichen Erklärungen ihre Unabhängigkeit, Versuche ethnischer Säuberung im Orange County führten zu offenen Kampfhandlungen, die Bundestruppen waren in Washington DC und New York City mit ähnlichen Problemen beschäftigt. Der Drogenhandel wurde vom Waffenhandel verdrängt, insbesondere Handwaffen zum Abfeuern wärmesuchender Geschosse. Kalifornische Militärstützpunkte wurden nach überraschenden Angriffen –«, er betonte langsam und sorgfältig, »ethnisch-religiöser Truppen eingenommen. Die Souveränen Vereinigten Staaten reagierten mit der Gründung von FedControl, einem partiellen Kriegsrecht in weiten Teilen des Landes einschließlich der Übernahme der meisten Medien durch Regierungsstellen –«

»Anatole?«

Anatole blickte erschrocken auf, überrascht, dass sein Vater die Aufzeichnung unterbrochen hatte.

»Was ist?«

»Schalt ab.«

Anatole starrte ihn an. Sullivan ging zur Kamera und schaltete sie eigenhändig aus.

»Mein Sohn – du hättest selbst recherchieren und den Aufsatz mit deinen Worten schreiben sollen. Du hast irgendeinen Artikel genommen oder vielleicht auch zwei, und ganze Sätze und Abschnitte wörtlich abgeschrieben. ›Eine Tendenz zu religiösem und ethnischem Fanatismus bildete die Blaupause zu den Auseinandersetzungen um die Ressourcen‹ – das stammt nicht von dir. Du weißt nicht mal, was Ressourcen sind.«

»Und ob.«

»Dann erklär's mir.«

»...«

»Das dachte ich mir. Anatole, was du da machst, ist Betrug –«

»Ich will das nicht mit meinen eigenen Worten schreiben, Dad.« Seine Stimme zitterte.

»Warum nicht?«

»Ich will einfach nicht so viel darüber nachdenken!« Er war den Tränen nahe. »Warum hast du mir diese blöden Hausaufgaben gegeben! *Verdammt!*«

Er warf die Blätter nach seinem Vater, sie flatterten wie verwirrte Tauben zwischen ihnen in der Luft, und der Junge lief aus dem Zimmer.

»Alle rennen heute weg«, sagte Kian.

»Tja«, stimmte Sullivan ihm zu und nahm Kian auf die Arme. Er wollte seinem Sohn sofort hinterherlaufen, aber er wusste, dass er ihm Zeit lassen musste.

Er war davon ausgegangen, dass ein Aufsatz über die historischen Grundlagen ihrer Situation Anatole eine nüchterne Betrachtungsweise ermöglichen würde, so dass er mit ihr umgehen lernte. Aber er hatte versucht, dem Jungen das Erwachsenwerden aufzuzwingen. Er hätte ihn den Aufsatz schreiben lassen sollen, den er sich gewünscht hatte, über die mutierten Meeresalgen oder sogar über fliegende Untertassen.

»Er wird schon klarkommen«, sagte Lila und hob die Blätter auf.

Sullivan drückte Kian an sich und wünschte, er könnte zum Fenster hinausschauen.

In diesem Augenblick heulten die Sirenen los und die krächzende Stimme sagte: »EINDRINGLINGE! DIE LINIE WURDE ÜBERSCHRITTEN ...«

Sullivan griff nach seinem Gewehr.

* * *

Quinn und Buford erstarrten, als die Sirene losheulte und die Warnung erklang – wohin jetzt?

Quinn wollte loslaufen – Buford packte seine Arme und sagte so laut, dass auch die anderen hinter ihnen es hören konnten: »Hier gibt's vielleicht Minen! Nicht wegrennen!«

»DIE LINIE WURDE –«

Die Stimme brach ab. Eine andere, nicht vom Band, erklang an ihrer Stelle aus der krachend verstärkten PA.

»WER SEID IHR UND WAS WOLLT IHR?«

»Journalisten und Bundestruppen!«, rief Quinn. »Wir sind zu sechst! Können wir reinkommen? Wir lassen unsere Waffen liegen, wo ihr sie einsammeln könnt –«

»Hee, Augenblick mal!«

»Der Mann hat Recht«, sagte Buford zu Metzger. »Sie werden uns nie reinlassen, wenn wir die Waffen nicht rausrücken.«

»Egal was«, sagte Huxley, »ich hab solchen Hunger.«

Aus dem Haus kam keine Antwort. Quinn fiel ein, dass die Unbekannten in dem Gebäude vielleicht einen von Hand abfeuerbaren Wärmesucher ausrichten könnten, sie mochten die Verzögerung nutzen, um auf sie zu zielen. Sie umbringen statt ein Risiko einzugehen. Was vernünftige Menschen eben so taten.

Er würde es wahrscheinlich selbst tun, würde er hier draußen leben.

* * *

Der Wohnkomplex stand auf dem Kamm eines flachen Hügels. Auf einer Seite lag der Wald an einem Hang, der zum Plex hin leicht anstieg; auf der anderen Seite befand sich ein Parkplatz – belegt nurmehr mit einem halben Dutzend Wracks, durchlöcherter Schrott in Parklücken. In einem ausgebrannten Saturn Electric hockte noch ein Skelett. Die Türen waren von einer Brandbombe zugeschmolzen worden, die gleichzeitig den Asphalt in eine Lache verwandelt hatte, Fleischreste verbanden das Skelett mit dem verschmorten Kunstleder, und Sullivan hatte die Leiche »begraben«, indem er den Wagen mit einer Kunststoffplane abdeckte.

Sensoren und Drähte verliefen kreuz und quer über den Parkplatz und das angrenzende minenübersäte Gelände.

Jenseits des Parkplatzes lag ein steiler Abhang und an seinem Fuß eine Autobahn, die nicht mehr befahren wurde; die Trümmer einer Überführung blockierten die von Artilleriekratern durchlöcherte Fahrbahn. Dahinter kam Buschland, auf dem Sullivan eigenhändig rasiermesserscharfen Draht gespannt hatte. Früher hatte sich dort ein Park erstreckt, die halb geschmolzenen bunten Überreste eines Klettergestänges aus Hartplastik waren noch zu erkennen. Und dahinter befand sich die Ruine des Einkaufszentrums Westward Mall.

Im zweiten Stock des Wohnplex, auf der Seite mit der Holzwand, war der Beobachtungsbunker untergebracht. Er bestand aus einzementierten Sandsäcken, mit Zement gefüllten Aschekästen und diversen Schichten von Metallplatten mit Schießscharten darüber; drinnen befanden sich Feuerlöscher, Munitionskisten und der von Hand abfeuerbare Wärmesucher, für den sie genau vier Granaten besaßen.

Sullivan blickte in den speziell dafür ausgerichteten Spiegel, den er vor einer Schießscharte angebracht hatte, so dass er nicht direkt in die Öffnung schauen musste, um zu sehen, wer sich dort draußen befand. Manche Leute zielten auf Schießscharten.

Er konnte die Gruppe Fremder sehen, allerdings nur undeutlich. Er beschloss, einen etwas direkteren Blick mit dem Fernglas zu riskieren.

Gut, ja. Die Männer in Tarnuniformen sahen nach regulären Soldaten aus, nicht allzu heruntergekommen. Doch was bedeutete das schon – vielleicht waren sie erst kürzlich desertiert, es war besser, niemandem zu trauen. Die Soldaten hätten mit Hilfe eines Funkgerätes mit ihm Verbindung aufnehmen sollen, und offensichtlich besaßen sie nicht einmal das.

Er war sich bewusst, dass Yamahira hinter ihm stand. »Was ist?«, fragte Sullivan, die Augen am Fernglas.

»Diese Menschen sind unsere einzige Verbindung zur Außenwelt, sie könnten eine Möglichkeit bieten, hier rauszukommen«, sagte Yamahira.

»Sie sind ein Risiko«, sagte Sullivan. »Es wäre besser, wir würden sie verjagen – oder gleich niederschießen. Wir haben Kinder bei uns, Mann, wir sollten uns nicht auf eine so zweifelhafte Geschichte einlassen.«

»Jetzt oder nie, Jack.«

Sullivan wandte sich um und sah ihn an. Er hatte keine Befehlsgewalt über Yamahira. »Sie haben sich entschieden?«

Yamahira sagte: »Ich gehe raus und hole ihre Waffen.«

* * *

Yamahira hielt die alte M16 fest auf Quinn und die anderen gerichtet, während Lila die Waffen einsammelte, die sie am Rand des offenen Geländes zwischen Wald und Plex auf einen Haufen gelegt hatten.

Lila selbst trug eine Uzi, an einem Riemen über ihrer Schulter. Ihr Gesicht war ebenso ernst wie das ihres Vaters. Sie waren sich beide des Risikos bewusst, das sie eingingen. Sie erwiderte nicht einmal Zizz' Lächeln. Sie konnte es sich nicht leisten zurückzulächeln, bevor die Fremden entwaffnet waren und sich in ihrer Gewalt befanden.

Sullivan gab ihnen aus dem Bunker heraus Feuerschutz. Er hatte einen Schuss in die Luft abgefeuert, um die Fremden wissen zu lassen, dass er da war.

»Vorwärts, die Hände auf die Köpfe«, sagte Yamahira.

»Ich hoffe, du weißt, worauf wir uns da eingelassen haben, Quinn,« sagte Mahler und legte die Hände auf den Kopf.

Worauf wir uns eingelassen haben!, dachte Quinn, legte reumütig seine eigenen Hände auf seinen Kopf und marschierte vor dem Alten mit der Schnellfeuerwaffe her. Guter Witz. Schließlich hatte Mahler ihn an der Filmhochschule in Orlando rekrutiert, ihm einen Dokumentarfilm über Black Betty versprochen, und wenn der Alternative Media Channel ihn auch nicht bezahlen konnte, würden sie seine Spesen übernehmen.

Doch das Projekt entbehrte von Anfang an einer stabilen Grundlage. Dann war ihnen noch Zizz aufgehalst worden, angeblich Journalistikstudentin, die Tochter eines Kerls aus dem Dunstkreis von AltMedia. Er hatte Zizz gegenüber gemischte Gefühle.

Und dann noch Mahler; er und Quinn waren politisch Hemisphären voneinander entfernt. Quinn stand dem Anarchismus näher als dem Kommunismus – doch er bewunderte Mahlers ideologische Beharrlichkeit. Mahler mochte ein Dogmatiker sein, aber sein Dogmatismus war nicht so brüchig wie der vieler politischer Windhunde, die Quinn kannte. Und doch landete Quinn jedes Mal in der Position des Anführers, wenn es ernst wurde.

Quinn war kein Feigling. Bevor er nach Orlando gezogen war und beschlossen hatte, die Filmerei als seine Waffe einzusetzen, hatte er mit Neunmillimeter-Kanonen gegen die Neofaschisten gekämpft, gegen die Miliz der Neuen Rechten, in den Straßen von Brooklyn und in New Orleans.

Sie hatten New Orleans verloren – es war nur noch dem Namen nach ein Bundesstaat. Und es war nur noch äußerst widerwillig Teil des Bundes. Aber die christlichen Funs in Louisiana, selbst die, die sich nicht vollständig losgesagt hatten, setzten sich mit schöner Regelmäßigkeit über die Verfassung hinweg, verboten Abtreibungen, schrieben nicht nur Gebete, sondern ausschließlich christliche Gebete in Schulen vor und vertrieben die Moslems und Hindus aus dem Staat, indem sie ihnen Geschäftslizenzen verweigerten. Die meisten Mormonen waren weggegangen und hatten sich dem unabhängigen Utah angeschlossen …

Quinn war noch jung, aber er hatte bereits auf Menschen geschossen, und er glaubte an den bewaffneten Kampf.

Doch hier? Hier war all das bedeutungslos. Er war zwischen sich bekriegende Fraktionen und kriminelle Banden geraten, und seine Sympathie oder seine Loyalität gehörte keinem von ihnen. Sein Tod hätte keinerlei politische Bedeutung. Bei dem Versuch, näher an die legendäre Black Betty heranzukommen, war er stattdessen zu nahe an das Chaos und den Wahnsinn im Kern der neuen gesellschaftlichen Wirklichkeit geraten.

Black Betty hatte versucht, den Flüchtlingen in NordKal politisches Gewicht zu verleihen. Quinn und Zizz und Mahler hatten versucht, an der allgemeinen Nachrichtensperre vorbeizukommen, Black Bettys Aktionen an die Öffentlichkeit zu bringen, und irgendwie waren sie selbst zu Flüchtlingen geworden.

Und jetzt hatte er sich diesen bewaffneten Fremden ausgeliefert, die ihn vielleicht einfach aus Prinzip hinrichten würden. Ein bedeutungsloser Tod …

Doch eine Stunde später waren sie noch immer nicht an die Wand gestellt worden. Sie warteten in dem Kellergeschoss, das dem Wohnplex als Speisezimmer diente, auf etwas zu essen. Die Fenster waren mit zementierten Aschekästen abgedichtet.

Die entwaffneten Soldaten und Quinns Gruppe saßen um den langen Metallklapptisch und beobachteten Lila, die Doseneintopf in die Mikrowelle stellte.

»Muss sie immer kochen?«, fragte Zizz.

Quinn zuckte zusammen. »Zizz – lass die Politik aus dem Spiel …«

»Schon in Ordnung«, sagte Lila lächelnd und holte die Teller. »Ich koche gerne … wenn man das als Kochen bezeichnen kann. Vielleicht ist das mein weibliches asiatisches Erbe. Ich denke, es gefällt mir einfach, Leute zu verpflegen. Sullivan und Dad kochen genauso oft wie ich. Sullivan hat ziemlich heftige Makkaroni mit Käse auf dem Programm …«

»*Heftig* ist der passende Ausdruck«, murmelte Anatole. »Reißt dir ein Loch in den Magen.«

Sullivan lächelte. Er lehnte neben Yamahira an der Wand und beide trugen ihre Waffen an Riemen über der Schulter, ein Achselzucken entfernt vom ersten Schuss.

Anatole saß mit den Soldaten am Tisch, Kian ganz nah bei sich, beide außer Reichweite der Neuankömmlinge.

»Also, äh, erzählt mir mal«, wollte Metzger wissen, »wie ihr an was zu essen rangekommen seid, während alle anderen in diesem Abschnitt mehr oder minder am Verhungern sind?«

»Mein Vater war darauf vorbereitet, als die Hungersnot angefangen hat«, platzte Anatole heraus. »Er hatte schon die Sonnenkollektoren angebracht und einen großen Vorrat Waffen und Munition –«

»Anatole!«, bellte Sullivan. Er sah den Jungen an und schüttelte den Kopf.

»Dein Dad traut uns noch nicht«, sagte Metzger.

»Kann ich ihm nicht verdenken«, sagte Huxley. »Er weiß nichts über uns. Wahrscheinlich versuchen dauernd irgendwelche Leute hier einzubrechen …«

»Zwei Mal bisher«, sagte Kian unvermittelt. »Warlords und ihre Banden. Wir mussten sie töten.«

Sullivan zuckte zusammen.

Die sechs Neuankömmlinge drehten die Köpfe wie ein Mann, als die Mikrowelle klingelte. Lila löffelte Eintopf in ihre Plastikteller.

»Wenn ihr seit ein paar Tagen nichts mehr gegessen habt«, sagte sie, »solltet ihr euch Zeit lassen.«

Die Neuankömmlinge aßen mit Heißhunger und ignorierten ihren Ratschlag.

Sie lächelte. »Die Dosen sind ungefähr zwei Jahre alt, also schmeckt es vielleicht etwas nach Blech …«

»Es schmeckt *großartig*«, schwärmte Huxley. »Mit oder ohne Blech. Ich bin euch wirklich dankbar, Leute.«

»Da hat er Recht«, sagte Buford, »die meisten Menschen kämen gar nicht mehr auf die Idee, so etwas zu tun.«

Sullivan schnaubte und sah Yamahira an. »Zurechnungsfähige Menschen sicher nicht.«

»Mein Dad ist nicht wie andere Leute«, sagte Kian schlicht, stolz.

»Das stimmt«, sagte Lila mit einem leisen Lächeln und schenkte Pulverkaffee ein.

In sehr zurückhaltendem Tonfall fragte Metzger: »Werden Sie unsere Gewehre behalten, Mr. Sullivan?«

»Erst mal schon. Irgendeine Vorstellung, warum es uns nicht gelungen ist, über Funk mit dem Militär Kontakt aufzunehmen?«

Huxley antwortete mit vollem Mund. »Sie haben die Frequenzen geändert. Wir waren mit einem Versorgungskonvoi unterwegs, hauptsächlich Waffen, und die Plünderer haben die alten Frequenzen benutzt, uns in die Falle gelockt und niedergemacht … nur wir und zwei Offiziere haben überlebt …«

»Feige Hunde von Offizieren«, knurrte Metzger, »haben sich in einem Minikopter davongemacht, um ›Hilfe zu holen‹.«

Buford schnaubte verächtlich. »Was für ein Witz. Ihren Arsch haben sie gerettet, sonst gar nichts.«

»Wir haben das Militär und die Behörden schon seit einiger Zeit nicht mehr erreicht«, sagte Yamahira. »Sie *müssen* wissen, dass wir hier sind. Wir haben überlegt, eine Flucht querfeldein zu riskieren …«

Buford schüttelte den Kopf. »Wenn ihr nicht von den Warlords oder den Crips überrascht werdet, schnappen euch die moslemischen Milizen, und die beschließen, dass ihr Spione seid und erschießen euch. Irgendwann werdet ihr vielleicht mal aus der Luft hier rausgeholt.« Er trank einen Schluck Kaffee. »Das Problem ist, dass unsere Uplinks zur Computer-Kommandantur nicht mehr klappen.

Und Anrufe von Zivilisten bleiben im Papierkrieg stecken, wegen der Täuschungsanrufe.«

»Täuschungsanrufe?«, fragte Lila.

»Sicher. Die Separatisten – alle drei Gruppen – täuschen Hilferufe vor und stellen Fallen. Terroristenscheiße, aber was soll man machen.«

»Deshalb werden wir also ignoriert …« Lilas Stimme klang zunehmend verzweifelt. Sie beschäftigte sich damit, eine Schüssel zu säubern.

»Das«, sagte Metzger, »und die EMI-Bomben«

»Gibt's die wirklich?«, wollte Sullivan wissen.

»Und ob. Die Separatisten wissen ganz genau, dass unsere Armee heutzutage um Computer und Fernsteuerung herum aufgebaut ist. Der größte Teil des Budgets wurde in Langstreckenkram gesteckt, stimmt's? Fernsteuerungen, ferngesteuerte Fahrzeuge, clevere Flugkörper, EP7, all das. Wenn du allerdings durch eine Bombe einen elektromagnetischen Impuls auslöst, bringst du den ganzen Scheiß durcheinander, und mit etwas Glück setzt du die ganze Anlage außer Gefecht. Die Schwachköpfe beim Militär haben die Bodentruppen auf ein Minimum reduziert – sie haben gedacht, sie könnten sich auf ferngesteuerte Geräte verlassen, computerisierte Langstreckenverbindungen, und dann stellt sich heraus, dass der ganze Hightech-Kram super anfällig ist, und nun können wir kaum mehr als die Hälfte davon benutzen, ohne alles zu schrotten, und wir haben nicht genug ausgebildete Leute und … und jetzt stehen wir da. Das Land ist nicht mal mehr stark genug, einen verdammten Bürgerkrieg zu verhindern …«

»Das ferngesteuerte Militär schien seinerzeit eine gute Idee zu sein«, sagte Lila. »Ein geringeres Risiko für die Truppen …«

»Ehrlich gesagt hat das Pentagon im Augenblick keinen Durchblick mehr«, ergänzte Metzger.

»Uns eingeschlossen«, murmelte Huxley.

»Das hört sich ja großartig an«, sagte Quinn, »einfach großartig. Ein größeres Durcheinander heißt mehr Chaos, mehr Flüchtlinge, mehr allgemeines Leid.«

Zizz sah ihn an. »Ich war zur Genüge damit beschäftigt, mir selbst Leid zu tun, bevor du das gesagt hast.«

»Tut mir Leid, dass ich dir den Spaß an deinen … Neurosen verdorben habe.«

»Das Leid ist Teil des Kampfes«, stellte Mahler fest.

»Und Leid ist keine Bohne wert«, murmelte Zizz vieldeutig und löffelte Erbsen und Karotten, bevor Lila mit dem Nachschöpfen fertig war. Hinter ihrer Leichtfertigkeit versteckten sich bittere Erfahrungen, dachte Quinn.

»Ich hab ehrlich gesagt keine Ahnung, was zum Teufel wir machen sollen«, sagte Huxley.

Sullivan las die Enttäuschung in Yamahiras gesenktem Blick: Diese Leute würden ihnen nicht helfen können.

Aber vielleicht war es schon eine Hilfe, dachte er, wenn ein paar Fremde hier waren: für die Kinder. Weil es zivilisiert war. Weil es gesellschaftlichen Umgang lehrte. Sicher, es wäre gut.

Wenn die Neuankömmlinge sie nicht im Schlaf ermordeten und ihre Vorräte mitnahmen, dann vielleicht.

* * *

Farraday wollte die Untertasse nicht betreten.

Auf den ersten Blick sah die Untertasse so aus, als hätte ein Fachmann für Spezialeffekte aus Hollywood sie entworfen.

Die Oberfläche war nahtlos, soweit er das feststellen konnte, aber auch das konnte ein Trick sein. Sie hatte einen Durchmesser von ungefähr dreißig Metern und glich aus seinem Blickwinkel betrachtet einem stumpfen, aluminiumfarbenen Oval, das auf etwas stand, was er noch nicht sehen konnte. Wirklich nichts … Beängstigendes.

Er wollte das verdammte Ding einfach nicht betreten. Der Außerirdische, Jaron, steckte irgendwo dort hinten und unterhielt sich mit einem Techniker mit der Stimme des Technikers, und Colonel Darrick stand direkt neben Farradays Ellbogen und drängte ihn vorwärts, aber er wollte da nicht hinein.

Der Untertasse entströmte ein beängstigender Geruch, obwohl Farraday nichts außer dem Kaffee in der Kanne auf dem Arbeitstisch des Technikers riechen konnte – als würde die Untertasse ein irritierendes Geräusch verursachen, obwohl sie lautlos war, als würde sie ihn mit einem schmerzhaften Lichtstrahl blenden, ohne überhaupt zu leuchten.

»Warten Sie«, sagte Colonel Darrick plötzlich, »ich spüre es jetzt auch. Tut mir Leid, das hab ich vergessen ... Manche Menschen reagieren empfindlicher darauf als andere. Jaron!«

»Ja?«, sagte der Außerirdische und kam herüber. Er sprach wieder einmal mit Darricks Stimme.

»Das Feld ist noch an.«

»Ich schalte es ab«, sagte der Außerirdische und ging zur Untertasse. Ein kleines bewegliches Metalltreppchen, identisch mit den Treppen, die an Passagierjets herangeschoben werden, führte zu der ovalen Türöffnung der Untertasse. Jaron stieg hinauf; meist bewegte er sich sehr natürlich, aber beim Treppensteigen sah er merkwürdig aus – als ob es seinen Gelenken missfiel, sich auf diese Art und Weise zu krümmen.

Er betrat die Untertasse, und fast augenblicklich fiel der größte Teil des undefinierbaren Angstgefühls von Farraday ab.

»Das ist ein Feld, das Menschen psychoaktiv abstößt«, sagte Darrick, während sie sich der Untertasse näherten. »Daher dieses Gefühl, das Sie verspürt haben. Dringt direkt in einen bestimmten Bereich des Gehirns ein. Dieses Ding wird von den seltsamsten Feldern umgeben.«

Aus einem Impuls heraus beugte sich Farraday hinab und schaute unter die Untertasse, um herauszufinden, worauf sie stand. Sie stand, wie er halb erwartet und halb befürchtet hatte – auf nichts. Offensichtlich schwebte sie.

»Stimmt«, sagte Darrick, »das Gravitations-Feld ist stabil.«

Ob sie an Drähten hing? Oder von Stangen gestützt wurde, die an den Wänden befestigt waren? Als Kind hatte er gesehen, wie der Zauberer David Copperfield ein Auto sich in die Luft erheben ließ. Natürlich war das ein Trick gewesen, aber es hatte Tausende von Zuschauern getäuscht, die live zusahen. War dies, überlegte er erneut, eine einzige große Desinformationskampagne? Wollten sie ihn benutzen, um den Glauben an die Aliens zu verbreiten?

Doch als er die Untertasse betrat und Jaron ansah, lösten sich seine Zweifel einmal mehr in Luft auf; sie entglitten ihm, als er sich in die Gegenwart eines Wesens von einer anderen Welt begab. Irgendein unbekannter sechster Sinn bestätigte ihm, dass Jaron auf dieser Welt ein Fremder war.

Das Innere der Untertasse war annähernd kreisförmig, die nahtlosen Wände bestanden aus einem kopfsteinartigen Rauputz, allerdings auch alle aus einem Stück, in einer leicht irisierenden metallischen Farbe, und es gab Nischen, in denen sich Regale befanden, die Konsolen sein mochten, doch er konnte keine Instrumente auf ihnen erkennen. Genau genommen gab es auch keine Sitzgelegenheiten ... und keine Fenster.

Auf dem glatten Boden befand sich ein schwach leuchtender unregelmäßiger Abschnitt, wo das metallische Deck allmählich in so etwas wie einen wächsernen Kristall überging. Als er sich dem ein Meter großen Fleck flachen Kristallbodens näherte, drangen Stimmen von halluzinatorischer Klarheit in seinen Kopf: die Stimme seiner Mutter, die ihn ausschalt. »Ich weiß nicht, wo du mit deinen Gedanken bist – sobald du das Badezimmer betrittst, verstreust du überall Handtücher und schmutzige Kleider auf dem Boden ...« Er hörte die Stimme seines toten Sohnes, schmeichlerisch: »Wenn du es mir jetzt kaufst, bitte ich um nichts mehr, bis –« Die Stimme seines Ex-Bosses, leise greinend: »Ich kann einfach nicht glauben, dass Sie mir das antun würden ...«

Hastig trat er von dem Feld zurück. Die Stimmen verstummten.

Darrick lachte. Jaron »lachte« auch, mit Darricks Stimme. Wahrscheinlich wollte er ihm nur Gesellschaft leisten.

»Das Feld, das von der Antriebskraft verursacht wird, wie wir es nennen, wirkt auf Menschen ebenfalls psychoaktiv«, sagte Darrick.

»Eure Gehirne sind nicht besonders gut abgeschirmt« fügte Jaron hinzu.

Plötzlich wurde Farraday wütend, obwohl er nicht genau wusste, weshalb. »Haben sie eine natürliche Abschirmung oder eine – künstliche?«

»Was soll das heißen?«, fragte Darrick.

»Ich meine ... sie verbergen manche Dinge vor uns, stimmt's? Woher wissen Sie ... es klingt bescheuert, wenn ich es ausspreche, aber ... woher wissen Sie, dass das sein Kopf ist? Woher wissen Sie, dass es kein ... kein biologischer Helm ist?«

»Sie haben zu viel Science Fiction gelesen«, sagte Darrick.

»Das sagen Sie mir, während ich in einer fliegenden Untertasse stehe? Woher wissen Sie, dass das sein Kopf ist? Ich meine – vielleicht verfügen sie über eine Abschirmtechnik, die sie uns nicht verraten … Als ich ein Kind war, gab es diese Autopsie eines Außerirdischen – diese Geschichte, die sie auf Fox Channel zeigten. Wenn dieser Film echt war, dann sind die Augen –«

»*Das*«, unterbrach ihn Jaron und wurde deutlich lauter, vielleicht sogar wütend, »war nicht echt. Wir hätten so etwas *nie* zugelassen.«

»Santilli – der Kerl, der den ganzen Autopsie-Kram an Fox Channel verkauft hat – hat den ›Autopsie eines Außerirdischen‹-Film machen lassen«, sagte Darrick und zuckte mit den Schultern. »Das Schwarze Projekt, wie er es nannte. Das Team für die Spezialeffekte stammte aus dem Untergrund. Von der CIA finanziert, natürlich. Das Ganze war Teil einer langen Tradition von UFO-Desinformationskampagnen – da gab es den alten Donald Menzel, es gab Keyhoe … alles Vorbereitungen auf die Vereinigung –«

»Das war eine *schlechte* Vorbereitung«, sagte Jaron. »Es war falsch. Das war ein Ausrutscher. Sie wollten die Überlegenheit der Menschen über mein Volk zeigen, um eure Menschheit … zu beruhigen. Doch eure Menschheit – wurde nur noch mehr verunsichert.«

Der Außerirdische schien wirklich sauer zu sein: Er war noch lauter geworden und seine Finger zuckten hin und her. Der Autopsie-Film war für die »Brüder aus dem Weltraum« offensichtlich ein ziemlicher Fauxpas.

Zweimal, stellte Farraday fest, hatte der Außerirdische die Erdbevölkerung als »eure Menschheit« bezeichnet. Interessante Ausdrucksweise.

Farraday ging in die Nische, in der er am ehesten die Steuerungskonsole vermutete. »Irgendwo müssen doch Instrumente untergebracht sein.«

»Sie befinden sich vor Ihnen«, sagte Jaron mir Farradays Stimme. »Halten Sie Ihre Hand über die Konsole.«

Farraday streckte seine Hand aus und hielt sie über das lange irisierend-graue Bord, das in einer der flachen Nischen der Biegung der Wand folgte. Seine Hand kribbelte – und er spürte einen Widerstand, obwohl er nichts Sichtbares berührte. War dort etwas Unsichtbares? Doch als er seine Handfläche über der Konsole nach unten bewegte, spürte er keinen körperlichen Widerstand – nur das Gefühl eines *Da-Seins*, das dagegendrückte, und das leichte Kribbeln. Er ließ seine Hand entlang der Konsole hinauf- und hinuntergleiten und spürte das Kribbeln nur an bestimmten Stellen.

»Noch mehr umlaufende Felder«, sagte Darrick. »Sie reagieren auf die bioelektrischen Felder Ihres Körpers und übermitteln dem Mechanismus sehr genaue Steuerungsbefehle ... woraus dieser Mechanismus auch immer bestehen mag. Wenn unsere Jungs von der Technik daraus schlau geworden sind oder jemand sie schlau gemacht hat, dann haben sie es mir nicht verraten. Auch ich erfahre nur die Dinge, die in meinen Bereich fallen.« Er räusperte sich und fügte hinzu: »... Ich hoffe, die Steuerung ist vom Antrieb abgekoppelt, Jaron.«

»Selbstverständlich«, sagte Jaron. »Er kann nichts anstellen. Ich habe die Schlüssel aus der Zündung entfernt. Aber ich werde Ihnen Sitzplätze anbieten.«

Farraday wandte sich um und sah Jaron zu einer anderen Konsole hinübergehen, eine einzige fließende Geste vollführen, seine Finger einen guten Zentimeter über der Oberfläche, und augenblicklich wölbte sich der Boden zwischen Darrick und Farraday, schüttelte sich empor und floss in die ungefähre Form von Stühlen.

»Das darf doch nicht wahr sein«, sagte Farraday.

»Hab mich auch noch nicht dran gewöhnt«, sagte Darrick.

Farraday setzte sich langsam hin. Fast wäre er wieder aufgesprungen, als der Stuhl sich unter ihm zu bewegen schien – bis er bemerkte, dass er sich seinen Körperformen anpasste. Plötzlich war es der bequemste Stuhl, auf dem er je gesessen hatte.

Er sah sich mit einem Mal einem Fenster gegenüber, das einen Augenblick vorher noch nicht da gewesen war; ein Fenster so groß wie die Windschutzscheibe eines Busses – aus dem gleichen wächsernen Kristall wie das Feld auf dem Boden – war in der Mitte der Wand vor ihm aufgetaucht, er konnte zuschauen, wie es völlig durchsichtig wurde, und er konnte den Hangar aus einer völlig neuen Perspektive betrachten; Männer in Overalls arbeiteten am Rahmen einer von Menschen gefertigten Kopie der Untertasse, die flach auf dem Zementboden lag.

Dieses Ding, dachte er, und betrachtete die Kopie, *kann keine wirkliche Kopie der Untertasse sein. Das gleicht eher der Konstruktion eines Cargo-Kultes.*

Er stand auf und der Stuhl verschwand im Boden wie ein ausgesprochen abgenutzter Gag in einem Zeichentrickfilm.

Er wandte sich an Jaron. »Sie haben ihnen ... uns ... wirklich den Antrieb erklärt, der dieses Ding beschleunigt? Überlichtgeschwindigkeit?«

»Wir haben Ihnen die Grundlagen erläutert. Genug für diese Welt.«

»Das fällt nicht unbedingt in seinen Bereich, Jaron«, warnte Darrick.

»Das ist eins der ersten Dinge, die die Leute fragen werden, wieder und wieder fragen werden, bis sie eine Antwort erhalten, Colonel. *Werden die Zetaner uns den Zugang zu den Sternen ermöglichen?*«

»Die Leute werden mit anderen Themen beschäftigt sein«, sagte Darrick, holte eine Zigarre hervor – und steckte sie wieder weg.

»Und was für Themen wären das?«

»Die Meta«, sagte Darrick. »Die Meta werden eine Herausforderung darstellen.«

»Die Meta? Wer sind die Meta?«

Darrick stand auf und streckte sich, sein Stuhl verschmolz wieder mit dem Boden. »Die Meta sind die anderen Aliens, mein Freund. Die feindseligen Aliens.«

* * *

Im selben mausetoten Gebäudekomplex wie das teilweise zerstörte Einkaufszentrum, jenseits der überwucherten Wiese und der kaputten Autobahn und des riesigen Plexparkplatzes und der Wohnanlage, befand sich die Ruine eines geplünderten Supermarktes. Ein *Safeway*. Es war eine Stunde nach Sonnenaufgang. Der riesige Verkaufsraum war leer bis auf die umgefallenen Regale, von knöcheltiefem Müll umgeben, teils zu Brei verrottet durch lang zurückliegende Regenfälle und ein undichtes Dach.

Ein paar aufgebrochene Kassen lagen mitten unter den Abfällen auf der Seite, ein vergilbter, mumifizierter menschlicher Fuß, eine Öllache, das Wrack eines Laser-Strichcodelesers.

Ein hagerer Weißer mit langen verfilzten Haaren und Bart, in einem zerfasernden Mechanikeroverall und ohne Hemd, stocherte mit einem Stock in den Trümmern herum. Unter einem Arm trug er ein Gewehr. Eine Ratte regte sich unter den Abfällen und weckte in dem Mann keinen Ekel, sondern Hunger – doch sie war zu schnell für ihn und flitzte in ein Abflussrohr.

Der Mann entdeckte eine Blechdose und hob sie eilig auf – sie war leer. Er warf sie weg … und entdeckte eine weitere, drei Meter entfernt. Und diese sah ganz aus!

Er leckte sich die Lippen und lief darauf zu. Eine ungeöffnete Dose Thunfisch! Dann wurde ihm plötzlich bewusst, dass er nicht allein war.

Der andere Mann sah nach einem Pakistani aus, ebenfalls bärtig, langhaarig und dreckig. Er trat hinter einem der wenigen leeren Regale hervor, die noch standen. Dieser Pakistani hatte eine 45er Automatik in der Hand.

Auch er starrte gebannt auf die Thunfischdose.

»Ich war zuerst da«, sagte der Weiße. »Verschwinde.«

Er pumpte eine Ladung in den 12er-Lauf.

»Ich habe Familie«, antwortete der Pakistani.

»Ich habe dich gewarnt.«

Er zielte – der Pakistani tauchte nach einer Seite weg und feuerte. Daneben. Beide Männer gingen in Deckung, der Pakistani hinter einem Metallregal, der Weiße hinter einer Kasse.

Der Pakistani feuerte erneut und die Kugel traf eine Fiberglastheke neben der Computerkasse.

Der Weiße duckte sich, kroch auf dem Bauch durch die Trümmer und versuchte seinen Gegenspieler zu umgehen. Er konnte die Thunfischdose sehen, die zwischen ihnen lag, doch er wäre tot, bevor er sie erreicht hätte.

Der Pakistani ließ es auf einen Versuch ankommen. Er sprang hinter dem Regal hervor, warf sich auf die Thunfischdose und feuerte in den Müllhaufen, durch den der Weiße kroch.

Der Weiße sprang auf, hechtete vor und feuerte sein Gewehr aus der Hüfte heraus ab, aus nächster Nähe, genau als der Pakistani abdrückte, beide waren gleich weit von der Thunfischdose entfernt –

Der Pakistani wurde herumgeschleudert und fiel schreiend zu Boden, Blut spritzte aus einem faustgroßen Loch in seinem Bauch. Er zuckte und starb in einem Knäuel Kassenbonrollen.

Der Weiße bückte sich, ganz langsam, nahm die Thunfischdose in die Hand und betrachtete sie. Dann konnten seine Finger die Dose nicht mehr halten, sie verweigerten ihm den Dienst, sie ließen die Dose fallen, und auch er fiel zu Boden; all seine Kraft war aus dem Einschussloch zwischen seinen Lungenflügeln entwichen, und er japste wie ein gestrandeter Fisch, als er starb.

Siebenunddreißig Sekunden Stille.

Dann das Knirschen von Stiefeln auf Abfällen. Austin betrat die kleine Lichtung in den Trümmern, in der die beiden toten Männer lagen, Körper, aus denen die Hitze des Lebens entwich.

Austins Pistole rauchte noch; er hatte im selben Augenblick abgedrückt wie der Pakistani, denn er hatte aus einem geschliffenen Instinkt heraus gewusst, dass der Pakistani sein Gegenüber verfehlen würde. Und er hatte dem Weißen zwischen die Lungenflügel geschossen.

Austin war »Lieutenant«, wie er es nannte, bei der »Bürgerwehr«, ein wölfischer Weißer, dem genau die Hälfte seiner oberen Zahnreihe fehlte, alle auf einer Mundseite. Sein Bart war in drei lange Spikes zerteilt, seine Haare in ein symmetrisches Stachelgitter. Er trug eine zusammengewürfelte paramilitärische Uniform mit einer schwarzroten Armbinde, die Initialen PM auf den Rücken seiner geklauten Uniformjacke gesprüht.

Er hob die Thunfischdose auf, bewunderte sie und steckte sie in seine Jacke. Dann sammelte er das Gewehr und die 45er ein, durchsuchte die Taschen der toten Männer, fand etwas Munition, und spazierte dann pfeifend und nach Dosen tretend davon. Er verließ das Gebäude durch das Loch, in dem sich einmal die Glastüren befunden hatten.

Fünfundfünfzig Sekunden Stille.

Dann trat eine Frau namens Anja aus ihrem Versteck und sah sich in dem verwüsteten Supermarkt um. Ihr Schädel war rasiert und sie hatte ihre Kopfhaut tätowiert: mit Bildern von Engeln, die mit Teufeln rangen. Sie war hübsch, doch ihr Gesichtsausdruck verriet bittere Erfahrungen. Ihre Unterlippe war zweifach gepierct. Sie trug eine zerfetzte Fliegerjacke, Tarnhosen und schwere Schuhe. Sie hatte sich zwei Messer und Pistolen umgeschnallt, das waren die sichtbaren Waffen.

Sie ging neben den toten Männern in die Hocke, untersuchte sie, beugte sich über den Weißen, zog ein gezacktes Jagdmesser aus ihrem Stiefelschaft und schnitt den Stoff von seinem Bein; dann begann sie am Oberschenkel des Mannes herumzusägen. Sie trennte acht lange Streifen sehniges Fleisch ab, vier von jedem Bein. Auch die Bizepse schnitt sie sich herunter.

Die ganze Zeit über zeigte ihr Gesicht keine Gefühlsregung, sie dachte an etwas völlig anderes.

Während sie an dem Fleisch des Mannes herumsäbelte, blieb ihr Gesichtsausdruck stets gleich.

* * *

Das Mezzaninstockwerk des Einkaufszentrums war weitgehend intakt. Es schloss eine große Terrasse ein, auf der die Gäste des *Dining Court* einst ihre Chimichangas, Curry- und Gyrosgerichte und fritierte Shrimps auf Reis zu sich genommen hatten.

Vom *Dining Court* war nur noch das zerbrochene Glas der Tischplatten übrig; hinter einer Mauerecke lagen umgeworfene Tischrahmen, zerkrümeltes Styroformgeschirr und Papierservietten herum, und der Kot von Menschen und wilden Hunden.

Bremer, der Warlord – oder Stabschef, wie er lieber genannt wurde – der Bürgerwehr, stand an dem handgeschmiedeten Geländer, das die Terrasse umgab, und blickte über das Brachland des Parkplatzes und das Buschland hinweg auf den Highway, die eingestürzte Überführung und schließlich den Wohnplex.

Austin stand neben ihm, fast einen Kopf kleiner; acht weitere Plünderer standen herum und maulten kaum hörbar, ihre gestohlenen Sturmgewehre in den Armen.

Bremers Kopf war rasiert. Er hatte ein rosenumranktes Kruzifix auf seine Kopfhaut tätowieren lassen, mitten auf seinen Schädel. Er war ein großer Mann mit breiten Schultern, vergleichsweise flacher Brust und langen Armen. Wie die anderen trug Bremer eine Uniform zweifelhaften Ursprungs mit PM auf den Rücken gesprüht; Bremers Kluft wurde von der Schildmütze eines Generals ergänzt, die er aus einem

Kostümverleih geplündert hatte. Eine M18 hing an einem Riemen über seiner Schulter. Um seinen Hals baumelte ein Fernglas.

Austin sagte gerade mit seinem texanischen Akzent: »Sie haben Strom. Entweder von einer unterirdischen Leitung aus der Stadt oder –«

»Solarenergie«, sagte Bremer. Sein Akzent war britischen Ursprungs. »Sperr deine beschissenen Augen auf. Die Kollektoren befinden sich mitten auf ihrem verdammten Dach.«

»Die Späher haben Recht, sie haben haufenweise Vorräte, die reichen für Monate. Bis dahin sind die beschissenen Marines hier.«

Bremer nahm die M18 von seiner Schulter und zielte, während er laut überlegte. Seine Stimme war so melodiös wie eine Oboe. »In diesem Teil von Kalifornien sind die Marines sehr, sehr beschäftigt.«

Er feuerte eine Salve mit seiner Automatik auf das Wohngebäude ab und schaute dann durch das Fernglas, um den Schaden zu begutachten, eine Reaktion wahrzunehmen.

Dexie, der Speedfreak aus Arkansas, dessen Mund nie wirklich geschlossen, aber dessen rechtes Auge zugeschwollen war, plapperte: »Versuchst du die Sonnenkollektoren zu erwischen, Brem? Von hier aus schaffst du das nicht, die sind zu weit weg, du hast zu wenig Durchschlag, das Glas ist gehärtet. Wir könnten die ganze Scheiße einfach sprengen ...«

»Ich möchte die Gebäude mehr oder minder unversehrt lassen«, murmelte Bremer.

Austin schüttelte den Kopf. »Mit der Schießerei verrätst du ihnen nur, dass wir hier draußen sind.«

»Sie gehen davon aus, dass wir hier sind, ob wir es wirklich sind oder nicht«, sagte Bremer. »Der Hundesohn hat vor weniger als zwei Monaten unsere Späher umgenietet, alle bis auf einen, und er weiß, dass wir wiederkommen.«

»Wir sind wieder da«, sagte Dexie, »wir sind jetzt schon wieder da, jetzt und heute. Da ist auch ein Mädchen drin, weißt du das?«

»Hab ich mir sagen lassen«, murmelte Bremer melodisch. »Lasst uns einfach hingehen und nachschauen, oder?«

Er verließ als Erster die Terrasse, ging die Treppen hinunter, über den Parkplatz und den Highway auf den Wald zu, der den Wohnplex umgab.

Der Wohnplex ahnte nichts von seinem Kommen. Aber Anja, die vom Hügel aus das Einkaufszentrum beobachtete, kannte das Ziel der Milizionäre.

Sie warf dem Ding im Laderaum ihres verbeulten Lieferwagens einen weiteren Streifen Menschenfleisch vor und überlegte, was für Gelegenheiten sich ihr da boten.

Es gab da ein paar Ideen, die sie gerne ausprobieren wollte ...

Drittes Kapitel

Nichts ist hässlicher als eine Landkrake

Das verlassene Apartment des Wohnplex West war mit einem alten fleckigen Kunststoffteppich ausgelegt, der einmal hellblau gewesen sein mochte und nun die Farbe eines bedeckten Himmels angenommen hatte. An der Wand stand ein Sofa, dem ein Bein fehlte, und ein Großbildfernseher, der längst nach Ersatzteilen ausgeschlachtet worden war und nur noch aus dem Gehäuse bestand, und es gab ein Badezimmer, das »irgendwie« funktionierte, so hatte es Lila ihnen zumindest erklärt, wenn man einen Eimer Wasser aus dem Brunnen verwendete.

Quinn bemühte sich, Zizz etwas zu beruhigen, und fragte: »Hier hat's haufenweise leere Zimmer – gibt es einen Grund, warum nicht jeder eins für sich bekommt?«

»Es gibt einen Grund, ja. Es ist uns lieber, wenn ihr zusammenbleibt«, sagte Lila, die Uzi immer noch über der Schulter. Sie lächelte jedoch. »Ich habe ein paar Eimer Wasser ins Bad gestellt, es sollte reichen, damit ihr euch mal gründlich waschen könnt. Und ruht euch erst mal aus.«

Sie ließ sie allein, Mahler und Zizz und Quinn, allein in der Wohnung. Es war ungefähr elf Uhr nachts. Sie hatten nichts weiter erreicht; immerhin hatten sie keinen Hunger mehr. Und sie hatten Zeit, und ein Dach über dem Kopf, um nachzudenken.

Mahler ging ins Schlafzimmer, wo er eine nackte Matratze auf dem Boden vorfand, sonst nichts. Er legte sich hin und fing fast augenblicklich an zu schnarchen.

Quinn ließ sich der Länge nach auf das Sofa fallen. Zizz saß neben ihm, in der anderen Ecke, die Arme um ihre hochgezogenen Knie geschlungen. »Ich war unten in der Küche und hab versucht, mir Qarmas Blut aus der Hose zu waschen. Ich hab nicht alles rausbekommen«, sagte sie und starrte auf den kaputten Bildschirm.

»Na ja. Morgen können wir uns ein paar saubere Klamotten aus dem Auto holen.«

»Ich bin so eine Dezz«, sagte sie missmutig. Das schien so von Herzen zu kommen, dass er überrascht aufblickte.

»Eine Dezz?« Eine Kurzform von Dezimal, neumodischer Slang für Trottel. »Warum?«

»Ich ... ich hasse es einfach, wenn mein Vater Recht hat – er sagt immer: Es kommt nichts dabei raus, wenn man es sich leicht macht. Und ... er hat Recht. Er hat mir diesen Auftrag verschafft, damit ich auf dem einfachsten Weg zu ... zu *irgendwas* komme. Zu einer Karriere. Ich meine, ich konnte mich nicht einmal entscheiden, was für ein Hauptfach ich nehmen sollte. Und nachdem der Krieg angefangen hatte, war alles so beschissen ... zerstückelt ... und ich ... ich will einfach etwas darstellen, weißt du? Aber ich bin nur eine Dezz.«

»Weißt du, was ich vorhin dachte, als wir diesen Zugang fanden? Ich hab gedacht, wie erstaunlich gut du darin bist, dich zusammenzureißen. Du gerätst nicht in Panik. Du hast nicht mal geschrien, als an der Straßensperre die Schießerei losging. Oder als direkt neben dir jemand umgebracht wurde. Du hast mir geholfen, ihn zu begraben. Die meisten ...« Fast hätte er die meisten Mädchen gesagt, aber er hielt rechtzeitig inne. »Die meisten Menschen wären ausgerastet, wären völlig nutzlos gewesen.«

Sie sah ihn von der Seite an. »Im Ernst?« Sie freute sich so, dass sie Gänsehaut bekam, er sah es auf ihrem Arm.

In diesem Augenblick blickte er in sie hinein: Manchmal konnte er das. Manche Dinge lagen einfach offen vor ihm, manche Situationen; er erkannte, wie sich in dem Chaos ein Muster abzeichnete. Und darin sah er ein Mädchen, das erwachsen wurde und mehr sein wollte als nur ein Mediennymphchen. An der Oberfläche behielt sie ihre »Ironie ist alles«-Nummer bei, weil sie nicht wusste, was sie sonst machen sollte, aber sie wollte etwas Greifbares. Sie wollte all die

Dinge, die jeder wollte … sie war ein Großstadtkind, das sich eine Jeanne d'Arc zum Vorbild genommen hatte. Eine Black Betty.

»Im Ernst«, fuhr Quinn fort. »Ich meine – ich bin durchgedreht, als ich das erste Mal in einen Kampf verwickelt wurde. Ich hab mich nie wirklich daran gewöhnt, dass Menschen auf mich schießen. Oder ich auf sie.«

»War das in Brooklyn?«

»Ja. Ein Freund hat sich einen Bauchschuss eingefangen. Das ist nicht wie im Film. Sie sterben nicht, wenn sie sterben sollen, sie wahren nicht tapfer die Haltung und zeigen dir einen erhobenen Daumen, wenn du losziehst, um sie zu rächen. Wenn deinen Freunden in den Bauch geschossen wird, schreien sie. Dann schreien sie noch mehr und noch lauter und winden sich und schreien pausenlos und brüllen um Hilfe und betteln und schreien und hören nicht auf –«

Er bemerkte ihren Gesichtsausdruck und wechselte die Spur. »Unter meinen Freunden in Orlando war es, na ja, unheimlich angesagt, sich dem Widerstand gegen die Neofaschisten anzuschließen, oben in New York. Es war – ich glaube, das war der Traum, den sie träumten – es war wie bei Hemingway und den Jungs, die im frühen 20. Jahrhundert loszogen, um in Spanien gegen Franco zu kämpfen. Also bin ich mit, und in den ersten zwei Wochen bin ich fast irre geworden. Ich hab zwei Freunde gefunden, und beide sind umgekommen, kaum hatten wir uns näher kennen gelernt. Ich bin im Lieferwagen mit ihren Leichen den ganzen Weg nach Florida gefahren … Glaub mir, als immer mehr Leichensäcke eintrafen, kam es etwas aus der Mode, für die Freiheit zu kämpfen …«

»Du kommst doch nicht aus Orlando, oder? Du hast gar keinen Akzent.«

»Ich komme ursprünglich aus New York – bevor die Schießereien richtig losgingen … Bin in Orlando auf die Filmhochschule gegangen, nachdem sich die Hochburg der Filmerei dorthin verlagert hatte. Erstaunlich, wie viele Linke es dorthin gezogen hat. Aber einer von meinen Professoren – als ich anfing, mich politisch zu betätigen, mit in den Kampf ziehen wollte, da hat er gesagt: Wenn Jean-Luc Godard politisch nicht so radikal gewesen wäre, hätte er viel mehr gute Filme drehen können …«

Sie kicherte so zurückhaltend, dass er gleich begriff, sie tat nur so, als würde sie Godard kennen. Er hätte es ihr gern erklärt: Ganz ruhig, was bringt es, einen obskuren linken Filmemacher aus dem 20. Jahrhundert zu kennen? Sie würde sich nur unterlegen fühlen. Er bemerkte, wie ihr vor Müdigkeit die Augen zufielen, und sagte stattdessen: »Also. Wenn du mir eins von den Sofakissen abgibst, kannst du das Sofa haben, ich schlafe auf dem Boden.«

Sie sah ihn seltsam desinteressiert an. Dann nickte sie. »Sicher.«

Sie löschten das Licht und er legte sich vor der Tür auf den Boden. Er wusste nicht, warum. Irgendein Instinkt vielleicht.

Er schloss seine Augen. Er befand sich mitten im zivilisatorischen Niemandsland, hinter den Linien eines Bürgerkrieges. Er schlief innerhalb von Sekunden ein.

* * *

Jaron wartete bereits in dem Kabuff, das sie als Büro bezeichneten, auf Colonel Darrick. Darrick roch die leicht fremdartige Ausdünstung des Zetaners, sie erinnerte ihn an den Geruch des Wassers im kleinen Plastikterrarium der Schildkröte seines Sohnes, wenn es mal wieder gereinigt werden musste.

Der Außerirdische stand in einer Ecke und zerquetschte eine Zigarette zwischen den Fingern, roch an den Tabakkrümeln und zerbröselte sie noch mehr. Er sah ihn an ohne zu blinzeln und sprach mit Darricks eigener Stimme.

»Ich habe mir ein paar Gedanken gemacht …«

Immer wenn er mit Jaron allein war, und das Alien sprach mit seiner Stimme mit ihm, hatte Darrick mit dem Gefühl zu kämpfen, dies alles doch nur zu träumen. Hatten die Zetaner nicht etwas vom »Zusammenbruch der Paradigmen unserer gemeinsamen Welt« und dem »beunruhigenden Aufdrängen unerwünschter Wunder« gesagt?

»… über die Meta und diesen Farraday. Vielleicht sollten wir nicht mehr mit ihm darüber sprechen. Ihm signalisieren, dass das Thema erledigt ist.«

»Was? Wie sollen wir das machen?« Darrick saß auf dem Rand seines Schreibtischs und starrte blicklos auf einen Kalender der Düsenantriebslaboratorien an der gegenüberliegenden Wand. »Ich meine, wir haben es bereits angesprochen, und außerdem müssen wir die Öffentlichkeit ein weiteres Mal auf die Meta vorbereiten.«

»Ja, aber – es ist besser – ich glaube, die richtige Formulierung lautet: wenn wir uns auf eine Geschichte über ihre Feindseligkeit einigen. Mehr sollten wir ihm über die Meta selbst nicht erzählen.«

»Du schlägst also vor, dass ... dass wir einen feindlichen Außerirdischen am Reißbrett entwerfen? Einen erfinden? Die Meta scheinen mir eigentlich gefährlich genug.«

»Ja. Dir. Deine Gedanken verlaufen in militärischen Bahnen. Genau genommen bist du ein Teil des militärischen Gehirns. Der Schaden ist bereits angerichtet.«

»Wir haben ihm noch nicht viel verraten ...« Er dachte laut darüber nach. Was hatten sie Farraday erzählt? »Ähmm ... die Meta können ihren Körper verlassen. Vielleicht haben die Meta einige Menschen beeinflusst und sind früher fälschlicherweise für Dämonen gehalten worden. Die Meta haben ein anderes Verhältnis zu Zeit und Raum. Wenn sie materialisieren, können sie dies in Form von schwebenden kristallinen Wesen tun ... Das wär's dann aber auch.«

»Das ist bereits zu viel. Es könnte etwas über ihr Verhältnis zum universell Absoluten andeuten, das abergläubische Menschen zu wichtig nehmen könnten. Sie könnten die Gefahr, die von ihnen ausgeht, aus den Augen verlieren ... und er sollte nichts über den interdimensionalen Zusammenhang erfahren.«

»Nun gut – einverstanden.«

»Und, Colonel. Erwähnen sie auf keinen Fall die T-Schiffe.«

»Die – ja natürlich, richtig, sicher, geht in Ordnung.« Es hatte einen Augenblick gedauert, bis er sich an den Begriff erinnerte. Er dachte nicht gerne daran: Tarn-Schiffe, wie sie genannt wurden. Die meisten Raumschiffe in der Form fliegender Untertassen waren so konstruiert, damit sie auffielen. T-Schiffe waren Raumschiffe, die beispielsweise wie eine Boeing 767 aussahen, oder wie ein Hubschrauber.

Der Außerirdische warf die Reste der Zigarette in einen Mülleimer und ging hinaus, ohne sich zu verabschieden.

Darrick ging um seinen Schreibtisch herum und ließ sich auf seinen Stuhl fallen.

Hatte der Außerirdische ihm gerade einen Befehl erteilt? Hatte er selbst Jarons Autorität widerspruchslos akzeptiert?

Nicht zum ersten Mal fragte er sich, ob er telepathisch beeinflusst wurde.

Er schüttelte den Kopf. Paranoia. Er zog eine Schublade auf, holte einen Glenfiddich heraus und schenkte sich einen Schluck ein.

* * *

Anatole lag im Bett und konnte vor Wut und Nervosität nicht schlafen. Während der letzten paar Tage hatte er irgendwie ein merkwürdiges Gefühl. War er einfach nur geil? Aber er hatte bereits masturbiert, wie er es immer tat, wenn Kian endlich eingeschlafen war, und das komische Gefühl war nicht verschwunden.

Ein schmaler Lichtstreifen fiel durch einen Spalt über der Tür auf Black Bettys Augen. Ein Poster von Black Betty. Ihr Bild und ein Zitat: IN JEDER SEKUNDE LIEGT EINE ENTSCHEIDUNG.

Er verstand nicht wirklich, was sie wollte, wenn er die Aufzeichnungen ihrer »Akte des Medienterrorismus« herunterlud; ihr Auftritt auf C-Span während der Rede zur Lage der Nation des damaligen Präsidenten; an die Aktion bei den Vereinten Nationen konnte er sich am besten erinnern. Er hatte sich die Aufzeichnungen ein Dutzend Mal angesehen. Eine Sitzung der Vereinten Nationen, bei der es um Flüchtlinge des Zweiten Amerikanischen Bürgerkrieges ging, die in Kanada um Asyl baten. Den Kanadiern gelang es, sehr geschickt *nein* zu sagen, ohne herzlos zu erscheinen. Dann tauchte Black Betty in einem schwarzen Umhang am Ellbogen des Generalsekretärs auf, gerade als der kanadische Repräsentant seine Rede beendete, Black Betty – von den Vereinten Nationen nicht wahrgenommen, aber für jeden sichtbar, der diesen Auftritt auf dem Bildschirm verfolgte. Milliarden auf der ganzen Welt.

»Ihr alle befindet euch hier im gleichen Raum; ihr verwendet die gleiche Ausrüstung; ihr sendet auf der gleichen Frequenz; ihr esst in den gleichen Cafeterien; ihr geht auf die gleichen Toiletten; ihr befindet euch alle im gleichen Gebäude …«

Sie wiederholte das einfach wieder und wieder. *»Ihr alle befindet euch hier im gleichen Raum; ihr verwendet die gleiche Ausrüstung …*

Warum konnten die Kanadier den Flüchtlingen nicht helfen? Sie konnten es, wenn sie nur wollten. Die Kanadier kauerten furchtsam auf der anderen Seite der Grenze … Aber sie befanden sich wirklich alle im gleichen Raum … Wenn er nur wüsste, wo sich Black Betty befand …

Der Frau namens Zizz war sein T-Shirt aufgefallen, und sie hatte ihm erzählt, dass sie nach Black Betty suchte, die verschwunden war, sogar aus dem Untergrund.

Seine Gedanken kreisten um die Fremden und seinen Dad und die Untertassen und wieder um die Fremden. Die Frau nannte sich Zizz. Sie ließ ziemlich viel Oberschenkel sehen, und eine Tätowierung lenkte die Aufmerksamkeit auf ihren Ausschnitt. Er hatte von ihr geträumt, als er masturbierte, aber er wusste, dass sie zu alt für ihn war.

Masturbieren hinterließ bei ihm keine Schuldgefühle, so wie noch vor ein oder zwei Jahren, als er damit angefangen hatte. Sein Dad hatte nie darüber gesprochen. Aber er nahm die expliziten Sexszenen aus den Filmen, die er ihm anzuschauen erlaubte, was die Vermutung nahe legte, dass Sex etwas war, was man verbarg. Er hatte allerdings auch ein paar Bücher darüber gelesen – Sachbücher, die sein Dad ihm gegeben hatte, als ihm die ersten Schamhaare wuchsen –, und darin stand, dass Masturbieren in Ordnung war, keine große Sache, einfach eine Art Erleichterung.

An Lila dachte er in diesem Zusammenhang nie – sie war wie eine zweite Mutter für ihn –, aber er vermutete, dass sein Vater oft an sie dachte. Er schaute sie jedenfalls verdammt oft an.

Jetzt lag er da, auf dem feuchten Fleck in seinem Bett, und ließ seine Gedanken über die feindselige Landschaft schweifen, die sie gefangen hielt, ließ sie in Träume von Untertassen übergehen, von anderen Welten. Von aufregenden außerirdischen Frauen.

* * *

Die Suchende ließ sich rittlings auf einem Aufwind treiben und ihre Wahrnehmung sich exponentiell ausbreiten, auch nach unten: unten jedenfalls im Verhältnis zur Masse des Planeten, dieser Welt. Sie spürte die Gedanken des männlichen Bewohners, den sie beobachtet hatte. Der Junge versuchte sie zu finden.

Er konnte sie nicht sehen, nicht im rein körperlichen Sinn, er konnte diese schwerelosen Kristallcluster in der Farbe blauen Stahls nicht sehen, die zu verschwinden schienen, die einmal in dieser, im nächsten Augenblick wieder in einer anderen Konfiguration erschienen.

Doch sie spürte sein Bewusstsein, sein schwaches, indirektes Tasten; er wiederum spürte sie als Druck innerhalb der Raumzeit selbst.

Berühre ein in einen Rahmen gespanntes Seidenlaken. Schließe deine Augen. Jemand anderes berührt die Seide, weit weg von deinen Fingen. Doch du spürst es, in der leichten Veränderung der Spannung des Tuches.

Er *spürte* ihre Gegenwart. Doch er hielt es nur für Einbildung.

Sie dehnte ihre Wahrnehmung weiter aus, wie Farbe auf einer Wasseroberfläche; sie genoss den Geschmack der Wellen auf der Quantenebene, die vom Klang der kritischen Masse der Unwahrscheinlichkeiten erfüllt waren: der Ort, an dem aus Unwahrscheinlichkeiten Möglichkeiten wurden.

Sehet! Die Zeit war nah. Die Erfüllung vielfach kopulierender Unwahrscheinlichkeiten stand bevor. Die Zeit des Wunderbaren begann.

* * *

Sullivan wollte gerade an die Tür des Kinderzimmers klopfen, als Yamahira um die Ecke kam.

»Jack? Jemand hat eine unser Solarzellen zerschossen.«

»Ja? Zerschossen, sind Sie sicher?«

»Ich komme gerade vom Dach. Wir haben nur eine verloren. Die Anlage funktioniert noch, aber …«

»Vielleicht war es nur ein zielloser Schuss. Wäre nicht das erste Mal.«

»Oder es war eine Absichtserklärung.«

»Tja … gut. Wer hält gerade Wache?«

»Lila. Sie hat mich eben abgelöst.«

»Ich werde zusammen mit ihr weitermachen, bis morgen früh. Wir werden die Wachen verdoppeln. Wenn Sie ab und zu aufstehen und die Bildschirme überprüfen könnten …«

»Ja. Mach ich.«

Yamahira ging nachdenklich weiter. Sullivan klopfte an der Zimmertür. Keine Antwort. Aber er hatte das sichere Gefühl, dass Anatole wach war.

Leise ging er hinein, um Kian nicht zu wecken, obwohl das alles andere als leicht war. Anatole lag bewegungslos auf der Seite, mit dem Rücken zur Tür, in der unteren Koje; Kian lag oben zusammengerollt und schnarchte.

»Anatole ...«

Keine Antwort. Er ging zum Schreibtisch, setzte sich auf den Stuhl, das Zimmer im Licht der blassgrünen Nachtlampe. Überall hingen fliegende Untertassen.

Ein seltenes *X-Files*-Poster, gut zwanzig Jahre alt. Ein Poster des Silvesterabends 1999. Sullivan konnte sich noch an die Veranstaltung erinnern. Die kalifornischen Sponsoren behaupteten, sie hätten durch ein Medium erfahren, dass ETs in einem bestimmten Stadion im San Fernando Valley landen würden, um erstmals mit der Menschheit öffentlich Kontakt aufzunehmen. Natürlich kamen die Außerirdischen nicht, das konnten die Laser-Light-Show und die Soundeffekte nicht verbergen. Das Poster verkündete:

»WIR LIEBEN UNSERE BRÜDER VON DEN STERNEN«.

Unter dieser Erklärung war Harry S. Robins' phantasievolles Gemälde eines lächelnden ETs abgebildet, der einem kleinen Jungen die Hand reichte, während seine stolzen Eltern zusahen, glücklich und tränenüberströmt – der Künstler hatte versucht, das Thema ernst zu nehmen, und war gescheitert. Daneben hingen Filmposter von *Independence Day* und *AlienNation* und dem ziemlich neuen Film, der vage auf der *Göttlichen Invasion* von Philip K. Dick basierte. Ein Plastiknachbau von Bob Lazars stromlinienförmiger fliegender Untertasse hing an Nylonfäden von der Decke: das geheime, mit außerirdischer Technologie gebaute und mit Antimaterie angetriebene Antigrav-Flugzeug, das angeblich in der Area 51 getestet worden war. Ganze Regale standen voll mit Modellen von Grauen Aliens, es gab Bücher über UFOs, über Roswell, über Entführungen, CD-Rom-Spiele mit fliegenden Untertassen und stapelweise Science Fiction-

Videos. Mit Ausnahme eines Video-Posters der Medienterroristin Black Betty mit leeren Batterien war das Zimmer ein kleines Museum der UFO-Mythologie.

Ein Geschenk von Sullivan befand sich auch darunter, auf der unlackierten Pinienholzkommode: das silberfarbene Plastikmodell eines gelandeten UFOs auf Stützen aus *Invasion von der Vega*, der alten Fernsehserie mit Roy Thinnes. Sullivan hatte als kleiner Junge Wiederholungen davon gesehen.

Sullivan war als Junge selbst Science Fiction-Fan gewesen und sogar UFO-Liebhaber: Beide Fragmente seiner Vergangenheit behielt er für sich. Sie waren ihm peinlich.

Nach vier Jahren bei den Spezialeinheiten und zahllosen Kleinkriegen im Iran, in Libyen und Taiwan war ein bitterer Nachgeschmack zurückgeblieben; es hatte ihm sämtliche Illusionen geraubt, jeglichen Glauben an etwas jenseits der engsten Grenzen von Hoffnung und Optimismus. Das Leben war scheiße, Plünderer schlugen deine Frau tot und irgendwann erwischte es auch dich.

Natürlich fand man manchmal Trost. Wie die beiden dort in ihren Kojen. Kinder konnten schon helfen. Manchmal war das Leben gut zu einem. Es gab Kinder, und Frauen; man konnte Musik hören, in der Arbeit Befriedigung finden.

Das war's dann aber auch. Es genügte.

Doch Anatole brauchte noch etwas anderes. Er konnte die Wirklichkeit hinter der Front sonst nicht verarbeiten.

»Ich habe einen Fehler gemacht, Anatole«, sagte Sullivan. »Ich hätte dir erlauben sollen, den Aufsatz so zu schreiben, wie du es wolltest. Fliegende Untertassen, sicher, warum nicht. Solange du dich ordentlich darauf vorbereitest.« Was bedeutete es schon, wenn alles Quatsch war? Die meisten Aufsätze waren Quatsch. »Ich wollte dir, glaube ich, einfach helfen und hab dich doch nur daran gehindert, auf deine Weise erwachsen zu werden. Wenn deine Mom hier wäre, hätte sie … dann wäre das nicht passiert. Ich tue mein Bestes ohne sie. Und manchmal bau ich Mist. Einverstanden?«

Keine Antwort. Aber eine gewisse Anspannung war aus Anatoles Schultern gewichen, und Sullivan wusste, dass er es gehört hatte.

Er stand auf, beugte sich über den Jungen, küsste ihn auf den Kopf und ging hinaus.

Er holte sein Gewehr und stieg die selbst gebaute Holztreppe auf das Dach hinauf.

* * *

»Ich will ja nur, dass wir einfach mal drüber nachdenken«, sagte Metzger. »Ich meine, gut – wir sitzen außerhalb des Einflussbereichs von FedControl fest, also müssen wir das Beste daraus machen.« Er und Huxley und Buford hatten sich auf drei Matratzen niedergelassen, die auf dem Boden einer ansonsten unmöblierten Wohnung lagen; Huxley schlief und schnarchte mit offenem Mund. Buford lag auf dem Rücken, die Hände hinter dem Kopf verschränkt, und starrte missmutig an die Decke. Metzger saß an die Wand gelehnt da und rauchte seine letzte Zigarette. Eigentlich sein letztes Viertel einer Zigarette. Er rauchte ein bisschen, drückte sie vorsichtig aus, bewahrte sie auf und rauchte später einen weiteren Zentimeter. So hatte sie immerhin zwei Tage gehalten.

»Ist dir an diesem Sullivan etwas aufgefallen?«, fragte Buford.

»Du meinst die Tätowierung?«

»Genau. Die Tätowierung der Special Div Army Rangers. Das sind nicht einfach irgendwelche über-ausgebildeten, halb durchgeknallten Rangers. Das ist die Special Div. Verstehst du das? Wenn du versuchst, ihm irgendwas zu klauen oder den Laden zu übernehmen – der Scheißer reißt dir glatt den Kopf von den Schultern.«

»Von hinten, Bruder, sind sie alle gleich groß.«

Buford schnaubte skeptisch.

Metzger fuhr fort: »Hee – werd mir jetzt nicht zickig. Wer hat erst gestern zu mir gesagt: *Lass dir das gesagt sein, ich werde alles tun, um zu überleben …* ?«

»Genau, überleben. Ich warne dich, weil du das nicht überleben würdest. Wie, glaubst du denn, hat dieser zu groß geratene Lümmel hier die ganze Zeit fast alleine durchgehalten? Denkst du, es liegt an der Unterstützung eines alten Mannes, eines Mädchens und zweier kleiner Jungs? Der ist fit, Mann.«

»Wenn er so fit ist, warum ist er dann hier? Er hätte es voraussehen müssen.«

»Er hatte die Verantwortung für den Laden. Er wollte nicht einfach wie alle anderen in wilder Panik davonlaufen. Eigentlich hätten sie ihn auf dem Luftweg rausholen sollen, also hat er gewartet – der Hubschrauber war schon im Anflug. Und wurde abgeschossen, knapp einen halben Kilometer von hier.«

»Das muss ihn mächtig angekotzt haben.«

»Oh, jaah. Wenn du den Laden hier übernehmen willst, musst du den Mann erst umbringen. Ihn in den Rücken schießen. Und er hat zwei kleine Jungs. Der Typ hat mir was zu essen gegeben. Einen Platz zum Schlafen. Er ist ein Risko eingegangen. Nein, Mann. Manche Dinge müssen sein, aber ich muss auch damit leben können. Scheiß drauf.« Buford drehte sich um und versuchte einzuschlafen.

Metzger blieb noch eine Weile wach und starrte seine Zigarettenkippe an, bis er sie schließlich zwischen den Fingern zerquetschte.

* * *

»Was machen wir denn jetzt, Brem, hast du einen Plan oder laufen wir einfach los und –«

»Halt's Maul, Dexie«, sagte Austin.

Bremer, Dexie und Austin befanden sich in vorgerückter Position und lagen im Gebüsch des Brachlandes auf dem Bauch, zwischen der Überführung und dem Parkplatz des Wohnplex. Die restliche Plünderermiliz wartete weiter unten im Windschatten der Betonmauer am alten Highway.

Bremer schaute durch sein elektronisches Fernglas und drehte die Nachtsicht weiter hoch, während er das Dach des Wohnplex beobachtete. »Ich sehe dort oben nur einen Wachposten ... sieht nach einer Frau aus ... ich kann nicht viel erkennen, sie haben einen ganzen Haufen Zeug aufgetürmt.«

»Ein Mädchen! Scheiße, ein Mädchen!«, schnaufte Dexie. »Ein Mädchen, ein verdammtes Mädchen!«

»Halt's Maul, Dexie«, sagte Austin erneut.

Austin beobachtete die Umzäunung des Geländes, als er aus den Augenwinkeln eine Bewegung wahrnahm, weiter oben.

»Auf dem Hügel dort drüben ist jemand, oberhalb des alten Kanals. Siehst du das, Brem? Ist das einer von uns?«

Bremer richtete das Fernglas neu aus, um 90 Grad nach Süden. »Hmmm ... nein. Das ist auch ein Mädchen, bei Gott.«

»Noch eins!«, keuchte Dexie.

»Dexie – halt's Maul«, sagte Bremer. »Eine große Frau ... sie könnte die Flanken des Plex bewachen, obwohl mich das wundern würde ... ich glaube, die kundschaftet auf eigene Rechnung ... dieser Kopf ... Scheiße, ich glaube, das ist Anja!«

»Anja?«, sagte Austin. »Wirklich? Ich dachte, die ist tot oder so.«

»Oder so. Als Letztes habe ich von ihr gehört, dass sie ihren Freund erschossen hat, der soll komplett hirntot sein, und die Militärpolizisten haben sie vergewaltigt ... Sie lag eine Weile im Koma ... Ich dachte, die sei längst tot, aber bei Gott ... Ich glaube, das ist sie ... Aber sicher, genau so läuft sie ...«

»Darf ich schauen? Darf ich schauen, wie sie läuft?«, fragte Dexie.

Sie ignorierten ihn. »Kann sie uns in die Quere kommen?«, wollte Austin wissen.

Bremer schüttelte den Kopf. »Ich glaube nicht, dass sie sich einmischt. Außer es springt was für sie dabei raus. So, so. Anja.«

»Wann starten wir unseren Angriff?«, fragte Austin. Eigentlich dachte er nur laut, ohne wirklich eine Frage zu stellen.

»Ich denke«, sagte Bremer, senkte das Fernglas und kroch rückwärts den Abhang hinunter, »wir warten, bis die meisten von ihnen schlafen. Aber nicht so lange, dass sie sich ausruhen können. Und dann greifen wir an.«

* * *

Farraday wusste, dass sie mithören würden. Sollten sie doch. Er würde nicht über den Auftrag sprechen. Er wollte wissen, wie es seiner Frau ging; ob sie die Erlaubnis für ein weiteres Kind erhalten hatten.

»Senator Cobbs spricht darüber, den ganzen Genehmigungsvorgang abzuschaffen«, erzählte Lyn ihm gerade; ihre Stimme klang so nah. »Die Menschen sollen einfach wieder Kinder bekommen, wann sie wollen, und zur Hölle mit der Hungersnot und den Immigranten und der Bevölkerungsexplosion und – nun, so bald passiert das jedenfalls nicht. Das weiß er auch. Er will nur ins Fernsehen. Und macht uns grundlos Hoffnung.«

»Ja. Klingt ganz nach Cobbs. Kann nicht genug kriegen.«

Er fragte sich, ob Darrick ihm persönlich zuhörte, oder eine paranoide Geheimdienstdrohne vom MJ15.

»Ich vermisse dich«, sagte seine Frau zu ihm.

»Ich vermisse dich auch.«

»Und … darfst du jetzt darüber reden?«

»Noch nicht.«

»Hmm.«

»Stört dich das?«

»Irgendwie schon. Ja.«

Es macht ihr Angst, dachte er. Mir auch. Nur mal angenommen, er würde nie den Auftrag erhalten, mit dieser Sache an die Öffentlichkeit zu gehen … Würde er es ihr jemals erzählen, unter vier Augen?

Liebling, ich habe mit außerirdischen Wesen aus dem Sonnensystem Zeta Reticuli zusammengearbeitet. Ich weiß nicht genau, ob ihre Krankenversicherung etwas taugt, aber ihr Rentenpaket ist unschlagbar.

Klar doch. Noch mal von vorn …

Liebling, ich habe unsere Regierung bei Fragen der Öffentlichkeitsarbeit beraten. Und dabei würde er es bewenden lassen müssen.

Lyn sprach über seine Tochter, Della konnte sich nicht entscheiden, ob sie auf Lehramt studieren sollte und ob sie vielleicht nach Kanada auswandern sollte, das politisch weit stabiler war, und *ganz* viele Leute, die sie kannten, trafen bereits Vorbereitungen für einen Umzug nach Kanada … »Hörst du mir zu?«, fragte sie plötzlich.

»Ja. Es tut gut zu erfahren, dass sich in letzter Zeit nichts geändert hat …« Wenn deine Paradigmen in die Brüche gehen, klammerst du dich an das, was sich am langsamsten verändert, dachte er.

»Jake hat aus dem Büro angerufen, er wollte wissen, ob deine Entscheidung noch steht, *Street Punishers* nicht zu vermarkten. Was zum Teufel ist das überhaupt?«

»Eine Reality-TV-Show, die in Chicago nicht läuft. Im Großen und Ganzen geht es um Polizisten, die Leute verprügeln wie in manchen Bezirken von Louisiana oder Florida, wo sie über richterliche Vollmachten verfügen. Wenn du einen Verbrecher auf frischer

Tat ertappst, kannst du ihn nach Gutdünken zusammenschlagen – es gibt in einigen Bezirken auch Abschreckungsentscheide, die sexuelle Demütigung gestatten –«

»Das ist nicht dein Ernst.«

»Und ob. Unsere Freunde und Helfer dürfen zu unserer Unterhaltung im Fernsehen live ihre Gefangenen vergewaltigen.«

»O Gott, ist es so schlimm?«

Es könnte schlimmer sein, dachte er. Wir könnten von Invasoren von einem anderen Stern überfallen werden. »Jedenfalls –«, fuhr er fort, »kannst du Jake sagen, dass ich bei meiner Entscheidung bleibe, ich will mit dieser Serie nichts zu tun haben.«

Seine Frau war gleichzeitig auch seine Anwältin. Ein zwiespältiger Segen. »Verdammt richtig … Geht es dir wirklich gut? Du klingst … ich weiß nicht recht … Wenn diese Regierungsgeschichte dir solche Sorgen macht, dann schmeiß es doch einfach hin …«

Könnte ich das?

Laut sagte er: »Mir geht's gut, Schatz. Ich vermisse dich einfach. Ich … ich arbeite nicht gern so weit weg von zu Hause.«

»Darf ich dich nicht besuchen?«

»Nein.«

Wirklich Kopfschmerzen bereitete ihm, dass er sie warnen musste und es nicht durfte. Er wollte sie vor den Meta warnen … oder?

Die Meta waren die Invasoren. Die Zetaner waren unsere Brüder aus dem Weltall, verdammt noch mal.

Er schüttelte den Kopf. Er wusste nicht mehr, was wirklich war. Und wem er trauen konnte.

Außer Lyn. »Hey – ich liebe dich. Ich muss gleich zu einer Sitzung, aber … habe ich dir schon gesagt, dass ich dich liebe?«

»Nur ein oder zwei Mal, glaube ich. Ich liebe dich auch …« Sie wollte noch etwas anderes sagen, er spürte das. Doch offensichtlich entschied sie sich dagegen. »Schön. Ruf mich bald wieder an …«

»Mach ich.«

»Tschau, Schatz.«

»Tschau.«

Und er legte auf. Er lauschte dem Freizeichen, und für den Fall, dass die Aufzeichnung noch lief, sagte er: »War das gut so, Colonel Darrick?«

Und bereute es sofort.

Leg dich nicht mit diesen Leuten an …

Er verließ das Kabuff, das sie ihm zur Verfügung gestellt hatten, und fragte einen Marine nach dem Weg. Der Soldat – schon wieder der junge Collins – überprüfte seine ID-Karte unangemessen gründlich und eskortierte ihn dann durch ein Labyrinth aus Gängen und Betontreppenhäusern.

Schließlich betraten sie einen grauen Flur mit nur einer Tür. GEN-LAB stand darauf. Der Soldat schloss sie für ihn auf, und Farraday ging hinein. Collins blieb draußen, bemühte sich, auf keinen Fall auch nur einen Blick durch die Tür zu werfen.

Drinnen stand ein Gates-Wangchen-Computer neben dem anderen, einige andere Geräte, die wie mutierte Mikrowellenherde aussahen, und Käfige. Farraday sah sich voll schlimmer Vorahnungen um. Er wollte hier nicht bleiben. Was immer es war, er wusste instinktiv, dass er es so genau nicht wissen wollte.

Jaron und Darrick kamen hinter einer Reihe von Computern um die Ecke, in Begleitung des hässlichsten Geschöpfes, das Farraday je gesehen hatte. Die Kreatur schlurfte über den Boden und blickte Farraday mit beunruhigend intelligenten Augen an. Sie sah aus wie ein frei beweglicher Hodensack mit menschlichen Augen, abwechselnd gespickt mit den Beinen eines Kleinkindes und den Tentakeln eines Tintenfischs.

Darrick grinste breit, als er Farradays Gesicht sah.

»Was zum Teufel ist das?« Irgendwie wusste er, dass es nicht … von einer fremden Welt kam. Aber …

»Das ist das Ergebnis eines Experiments unserer Freunde, der Zetaner. Es ist eine Landkrake.«

»Ich bevorzuge die Bezeichnung *cephaloped*«, sagte die Landkrake melodiös, in schmeichlerischem Tonfall.

»Cephalopod …«, sagte Farraday tonlos.

»Nein, nein, mein Freund: Cephalo-*ped*. Kapiert?« Und es winkte ihm mit einem seiner entsetzlichen kleinen Gliedmaßen zu.

* * *

Das Dach des Wohnplexes war eine schrullige Mischung aus Festung, Bunker und Garten.

Überall auf den weiten, mit Dachpappe ausgelegten Flächen zwischen den Wänden aus einzementierten Sandsäcken und Stahlplatten und zwischen den Sonnenkollektoren standen Topfpflanzen und Blumen, die von Yamahira ebenso wie von Lila gepflegt wurden. Einige der Rosen, dachte Sullivan, hätten Preise gewonnen, wenn es in Kalifornien noch Blumenausstellungen geben würde.

Eine Zivilisation ohne Gartenvereine und Blumenausstellungen, hatte Yamahira ihm erklärt, ist eine Zivilisation, die sich zu viele trübsinnige Gedanken macht. Eine Gesellschaft, die in Schwierigkeiten steckt.

Sullivan hatte sich nie fürs Gärtnern interessiert, bis ihm bewusst wurde, dass sie hier jeden Tag, ob sie nun angegriffen wurden oder nicht, im Belagerungszustand verbrachten. Er bekam Angst, seine ausgebildete Seite könnte hervorbrechen, wenn er hier zu lange in der Falle saß; Angst, dass sie die Oberhand gewann und er sich in ein paranoides Tier verwandelte, nur noch aufs nackte Überleben fixiert – und seine Kinder würden darunter leiden und durch sein Vorbild krank werden.

Also blieb er jetzt im Mondlicht stehen und versuchte sich in den Rosen, den Hyazinthen zu verlieren. Manchmal gelang es ihm, sich auf diese bestimmte Wellenlänge zu begeben. Doch jetzt blickte er zu den Solarzellen hinauf. Tja. Ein Einschussloch. Eine zerbrochene Zelle.

Lila trat zu ihm, die Uzi über der Schulter. »Ich glaube, das wurde von einem Gewehrschuss verursacht, vom Einkaufszentrum dort drüben irgendwo.«

Er nickte. »Wie kommst du klar?«

»Mir geht's gut.«

Er sah sie an und musste seinen Blick wieder abwenden. Heute Nacht begehrte er sie noch mehr als sonst. Er ließ seinen Blick über die Bäume schweifen. Nichts regte sich. »Nun ja – ich habe gerade alle Sensoren überprüft, die Bildschirme, alles. Es ist niemand in der Nähe. Ich glaube, die Warlords haben einfach beiläufig einen Schuss abgefeuert, um uns wissen zu lassen, dass sie noch hier sind. Ich rechne nicht damit, dass sie in nächster Zeit einen Angriff vorhaben.«

»Denkst du, wir sind sicher?«

»Ja, eigentlich schon.« Natürlich befanden sie sich hier immer im Belagerungszustand: Ein paar Meter außerhalb der bewachten Umzäunung waren sie in großer Gefahr. Sie konnten hier nicht raus, ohne ein großes Risiko einzugehen. Aber andererseits war er sich sicher, dass ihnen heute keine größere Gefahr drohte als sonst …

»Also gut«, sagte er, »du kannst schlafen gehen, ich löse dich hier ab.«

Er sah sie an – und suchte nach einer Möglichkeit, sie mit einer Blume zu vergleichen, mit dem Licht des Mondes. Etwas, das nicht besitzergreifend, kitschig und dumm klang. »Du siehst … toll aus.«

»Ah, ja? Diese Uzi, passt sie gut zu meinen Schuhen?«

Er lachte, um seine Verlegenheit zu überspielen, ging zu der Geschützstellung hinüber, drehte den Lauf des Maschinengewehrs zur Seite und schaute durch die Schießscharte.

Er spürte ihre Hand auf seinem Arm. Er drehte sich um, und sie blickte zu ihm auf. Das Mondlicht wurde von der MG zurückgeworfen und fiel in Streifen auf ihre Wange. Selbst hier …

Er dachte an sein fehlendes Ohr, sein vernarbtes Gesicht. Ob es sie anwiderte? Berührte sie ihn aus Mitleid?

Ihre Hand lag immer noch auf seinem Oberarm. Es war eine sehr … *bewusste* Berührung.

»Ich bin es müde, darauf zu warten, dass du den ersten Schritt machst«, sagte sie. »Willst du es mir überlassen?«

Selbst in der Dämmerung musste die Überraschung in seinem Gesicht unübersehbar gewesen sein. Sie durchfuhr ihn wie ein heftiger Stromschlag.

»Ich … uhh … Willst du damit sagen –«

»Du willst es wirklich mir überlassen, was?«

Ruhig und zuversichtlich nahm sie die Uzi von ihrer Schulter, hängte sie an einen Haken und zog sein Gesicht zu sich herab.

Sein Schwanz hüpfte wie ein Lachs stromaufwärts.

* * *

Anatole richtete sich in seinem Bett auf. Zumindest glaubte er das. Vielleicht träumte er nur, dachte ein Teil von ihm, denn er schwebte jetzt an der Wand entlang aufwärts. Er fühlte sich leichter als Luft, wie ein Ballon, der unter Wasser losgelassen wird. Dann glitten Holz und Dämmstoff und Nägel und Spinnen an seinen Augen vorbei. Dann ein Zimmer mit den schlafenden Fremden. Huxley spielte im Schlaf an sich herum und wimmerte. Dann wieder Holz und Nägel und Spinnen.

Dann drang er durch das Dach und erhaschte einen kurzen Blick auf seinen Dad – es sah aus, als ob ihm jemand das T-Shirt auszog – war das Lila? Cool! –, dann lauter Sterne, Sterne und ein voller Mond. Im Wald trieben sich einige Männer herum. Waren das Feinde? Irgendwie hatte er hier keine Angst.

Ein Stern kam auf ihn zu. Ein fein gefügter Stern, der ihn an das Bild eines millionenfach vergrößerten Blütenstaubteilchens erinnerte, das er einmal gesehen hatte. In seinem Inneren zirkulierte Blut: Das Blut leuchtete.

Er sprach zu ihm.

»Bist du ein UFO?«, fragte er den Stern.

»Klar, sind wir das nicht alle?«, antwortete er.

»Was soll das heißen?«

»Bist du etwa kein UFO? Du fliegst und du bist unbekannt, oder?«

Er musste zugeben, dass sie Recht hatte. Er spürte, dass der Stern weiblich war. Und voller Glück stellte er fest, dass sie ihre Gestalt verändern konnte.

* * *

Quinn schreckte aus dem Schlaf. Er fuhr so ruckartig auf, dass er sich dabei wehtat.

Er hatte das Gefühl, als sei … etwas passiert. Was? Ein Erdbeben?

Er war sich nicht sicher. Die Luft … die Luft um ihn herum war aufgeladen. Es war – er sah auf seine Uhr – ungefähr vier Uhr in der Früh, kurz bevor …

Etwas passieren würde.

* * *

Lila war umwerfend. Normalerweise war sie so distanziert. Sie hatte ihm noch nicht einmal Zeit gelassen, sich hinzulegen – sie hatte ihn im Stehen an sich gezogen, ihre Beine hinter seine Oberschenkel gehakt und ihn in sich aufgenommen. Er benötigte seine ganze Selbstbeherrschung, um nicht zu früh zu kommen, um nicht beim ersten Stoß in ihrer nassen, engen Wärme zu explodieren. Es war so lange her und sie war so …

Ihre Haut fühlte sich wundervoll an, ihre Lippen fühlten sich wundervoll an. Ihre Gier, ihr Verlangen. Wundervoll.

Als er bis in ihre tiefsten Tiefen in sie eindrang, hatte er das Gefühl, als spürte er einen elektrischen Spannungsbogen von seinem Schwanz zu ihrem Steißbein überspringen.

Sie schrie auf und drückte ihn mit ihren muskulösen Beinen fester an sich, so fest, dass es ihm sogar ein bisschen wehtat, und er lachte vor Verwunderung und küsste ihren Hals und ihre Wange und ihre Augen.

»Halt dich nicht zurück«, keuchte sie. »Komm in mir, jetzt. Wir haben noch die ganze Nacht …«

Seine geschulte Hälfte dachte: Wir sollten die Umzäumung beobachten, nicht vögeln.

Doch er war monatelang eingesperrt gewesen, Monate ängstlicher Erwartung verwandelten sich in sexuelle Energie, Monate unterdrückten Begehrens; all das verband sich miteinander wie zur hungrigen Säule eines Wirbelsturms. Er hätte ebenso gut gegen einen Tornado anschreien können.

Der Wirbelsturm trug die Wasser der Erde in den Himmel hinauf. Irgendwo zerbrach ein Spiegel, ein Güterwaggon sprang aus den Schienen, eine Meteor durchschlug einen Satelliten, ein Delphin sprang weiter aus dem Wasser, als er das je getan hatte und jemals wieder tun würde; auf der anderen Seite der Erdkugel rollte eine Flasche von einem Tisch und lief aus, und Sullivan kam. Er quoll über, er füllte sie mit seinem Wunder: Er spritzte ab wie der Teufel.

Gut fünf Minuten vergingen, bevor sie sich auf die Decken legten, auf denen sie sich sonst sonnte, und erstaunt bemerkte er, dass sein Schwanz bereits wieder steif war. Ihr Rücken blutete, ganz leicht, aufgeschrammt, wo er sie gegen die Wand gedrückt hatte. »Also darf ich dieses Mal oben liegen«, sagte sie.

Siebenundzwanzig Minuten später lagen sie einander in den Armen, der Schweiß auf ihrer Haut trocknete in der kühlen Nachtluft, der Mond grinste über ihren nackten Körpern, und Sullivan bemerkte einen Stern, der sich am Himmel bewegte.

Sein Körper hallte immer noch nach, er war trunken vor Erlösung, er beobachtete den Stern, dachte gedankenverloren darüber nach, ohne ihm wirklich Beachtung zu schenken.

Ein Flugzeug, weit über ihnen, oder vielleicht ein Satellit. Allerdings bewegte es sich äußerst willkürlich. Aufwinde verursachten den Eindruck eines unwahrscheinlichen Zick-Zack-Kurses.

Er drehte sich herum und sah sie an.

»Lila«, sagte er plötzlich. »Warum heute Nacht? Warum hast du beschlossen, mir … mir zu zeigen, dass du mich begehrst?«

»Ich hab das Gefühl … weiß nicht. Irgendetwas passiert. Und …«

Sie hielt inne, drehte sich auf die Seite und runzelte sanft die Stirn. Dann fuhr sie verträumt fort: »Mein Onkel war immer so nett zu mir, als ich ein Kind war … und er … er hat sich in eine virtuelle Realität geflüchtet. Ich meine, er hat sich einfach … eines Tages … eingeloggt, seinen Helm aufgesetzt und ist nicht mehr herausgekommen. Und er …«

»Ist verhungert?«

»Ja.«

»Einem Freund von mir ist das auch passiert …«

»Dad hat ihn gefunden … Mein Onkel, er sah aus wie eine Mumie mit einem Helm. Seine Frau hat ihn mit PermaNent eingesprüht, um ihn zu konservieren, aber er hielt sich nicht besonders gut, also musste sie ihn schließlich doch begraben.«

Er fuhr mit einem Finger die Linien einer Tätowierung auf ihrer linken Brust entlang: japanische Schriftzeichen, von einer geometrischen Figur umgeben, die er nicht kannte. »Was bedeutet das? Diese Tätowierung – was heißt das?«

»Es heißt: ›Ein schlechter Traum endet mit dem Erwachen‹. Aus einem der Bücher meines Vaters. Ich hab mich ziemlich heftig für Philosophie interessiert, als ich noch jünger war …«

»*Noch* jünger? Himmel.«

Sie lachte. Sie legte ihre Finger auf seine Hand und drückte sie an die Tätowierung.

Sie murmelte: »Ein Traum … virtuelle Realität … das ist mir einfach nicht genug, Jack. Irgendjemand dort draußen … will uns umbringen. Vielleicht nicht sofort, aber irgendwann. Jemand. Ich weiß nicht wer oder wann …«

Er nickte.

Sie fuhr fort: »Ich denke viel öfter darüber nach, als jemand ahnt. Ich versuche es zu verbergen.« Sie zuckte mit den Schultern. »Ich denke so oft daran, dass ich nur noch zur Hälfte lebe. Ein Teil von mir ist an einem Ort, an dem ich bereits tot bin … Ich möchte ganz lebendig sein, für einen Augenblick.«

Dann legte sie ihre Hand wieder auf seinen Schwanz.

Er lächelte. »Du wirst diesen armen alten Kerl noch umbringen.«

Sie kicherte und drückte zu. Er stöhnte leise.

Dann fing sie an, ihn sich ernsthaft vorzunehmen.

»Ich will, dass du mich anschaust, Jack … während wir uns lieben. Mit offenen Augen. Ich will, dass du mich siehst. Ich will, dass du siehst, dass ich lebe, und ich will spüren, dass du lebst … wir sind wirklich lebendig … lebendig und wach …«

Er rollte auf sie und wollte gerade in sie eindringen …

In dem Moment schlug die erste Granate auf dem Dach ein, außerhalb des überwachten Gebietes abgefeuert. Lila schrie.

Viertes Kapitel

Himmlisch schnell, irdisch langsam

Lass deinem Mitgefühl für sie freien Lauf; ihr Leben ist nur ein kurzes Aufflackern, ihr Bewusstsein gleicht einem Wachstropfen, ihr Sein einer Seifenblase: Lass dein Mitleid auf sie hinabfallen wie einen sanften Regen, wie das Licht, das aus der Wolke kommt und sternenförmig herabtropft.

* * *

Anatole am Himmel. Anatole, weit oben, fast einen halben Kilometer über dem Wohnplex. Anatole, über allem, an einem Ort, wo der Wind nicht von einem Geist unterscheidbar ist, wo unsichtbare Räder ineinander greifen und sich drehen und dann auseinander fliegen, wo das Unmögliche auf einem Pferd mit Donnerhufen reitet.

Dort unten, bei Anatoles Vater, zählten nur Sinneseindrücke. Und wer konnte es ihnen verdenken? Wer konnte ihnen ihren zerbrechlichen, halb zerbröckelten Glauben übel nehmen? Yamahira war bereits von einer Kugel gestreift worden, und er wusste, das nächste Mal würde er nicht mehr so viel Glück haben, und er wusste nicht, wo Lila steckte, und er suchte verweifelt nach ihr, und er musste dringend auf die Toilette und konnte nicht und sein eigener Schweiß machte ihn krank und er verschoss ein Magazin durch die Schießscharte und er tastete nach einem weiteren Magazin umher und Kugeln schlugen wie wütende Wespen in die Sandsäcke und alle Sensoren und Alarmanlagen heulten los, warum schaltete sie niemand aus, sie erfüllten keinen Zweck mehr und wo ist das nächste Magazin …

Hier unten lag Kian allein im Schlafzimmer mit Anatole – mit Anatoles schlafendem Körper. Anatole, der einfach nicht aufwachen wollte; Kian, der nach seinem Vater rief und keine Antwort erhielt.

Yamahira fiel das Magazin runter, als er es in das Gewehr rammen wollte, und als er es erneut versuchte, klemmte er sich einen Fetzen Haut in der Führungsrinne ab und dachte: *»Meine Panik wird uns umbringen –*

Genau das hatte er immer zu Lila gesagt: *Panik ist tödlich; Panik ist tödlich, Lila.*

Die nächste Salve fetzte in die Sandsäcke und schlug in die Wände ein.

Wer konnte es ihnen übel nehmen, Kian und Yamahira und den anderen dort unten, wer konnte es ihnen wirklich übel nehmen, dass sie nur ihren Sinneswahrnehmungen vertrauten?

Von hier oben, bei Anatole, war die Sinnlosigkeit offensichtlich.

Anatole schwebte der Späherin entgegen und dachte: Ich möchte weiter hoch.

Und schwebte weiter hoch.

»Wird hier alles, was ich mir wünsche, Wirklichkeit?«, fragte Anatole.

»Nein«, sagte sie. »Nur manches. Es gibt überall Gesetze. Naturgesetze. Aber Gesetze bieten zugleich auch Gelegenheiten.«

»Gebt uns ein Gewehr, gebt uns unsere Gewehre, verdammt!«, brüllte Huxley.

»Wir brauchen unsere Waffen, wir müssen zusammenarbeiten, sonst sind wir verloren!«, schrie Mahler. »Ihr müsst die Waffenkammer aufschließen!«

»Hört zu, Mann«, brüllte Quinn, »wir haben uns in gutem Glauben ausgeliefert – ohne Waffen – aber jetzt ist es Zeit –«

»Gesetze bieten …« Anatole rang mit der Vorstellung.

»Gelegenheiten, Möglichkeiten: gangbare Wege. Gesetze sind Mittel. Ein Naturgesetz ist ein Mittel, eine Beziehung zum Universum herzustellen.«

»Warst du irgendwann einmal ein menschliches Wesen? Ich meine, du sprichst Englisch …«

»Ich habe mir einfach die Wörter und die … Grammatik … aus Gehirnen genommen, die deinem Gehirn gleichen … und aus dem kollektiven Bewusstsein …«

Anatole wollte sich nicht vom Thema abbringen lassen. »Dann bist du ein Alien?«

»Natürlich bist du auch für mich ein Alien –«

»Das weiß ich. Klar.«

»Und ich, aus deinem Blickwinkel betrachtet … nun, ich bin kein Alien, wie du es dir vorstellst, Anatole.«

»Kommst du nicht von einem anderen Planeten?«

»Einige Fragen lassen sich nur folgendermaßen beantworten: ja und nein. Bei manchen Fragen ist die einzig ehrliche Antwort eine mehrdeutige Antwort. Gleichzeitig ›ja und nein‹. Ist dir das schon einmal aufgefallen?«

»Ja … ja, klar …«

»Also, das ist meine Antwort auf deine Frage … ja und nein.«

Plötzlich spürte Anatole, wie etwas an ihm zog – und gleichzeitig wurde ihm übel und er hatte das Gefühl, einen Abfluss hinunterzugleiten …

»Ich fühle … ich fühle mich schlecht …«

»Ja, du kehrst in deinen Körper zurück. Ich habe versucht, dich aus dem herauszuhalten, was dort unten passiert. Aber sie lassen dich nicht in Ruhe – sie versuchen dich zu wecken. Du musst gehen.«

»Ich will aber nicht …«

»Ich werde –«

Doch er konnte den Rest dessen, was sie sagte, nicht mehr verstehen. Er glitt den Abfluss hinunter.

Stürzte zurück in:

Schwerkraft und Furcht. »Anatole!« Seine Vater schrie ihn an und schüttelte ihn. Sein Gesicht war blutig. Gewehrschüsse drangen von jenseits der Wand herein.

»Du bist ja getroffen –«, sagte Anatole.

Sein Vater drückte ihn viel zu fest an sich, er schluchzte fast schon. Sein Vater war den Tränen noch nie so nahe gewesen. Dessen war er sich sicher.

»Oh, Himmel … ich dachte, dich hätte eine verirrte Kugel getroffen …«, murmelte Sullivan.

»Ich war nur …« Konnte er es ihm erklären?

Anatole wusste, dass es mehr als ein Traum gewesen war, es hatte ganz andere Eigenschaften gehabt. Und er konnte sich daran erinnern wie an jedes andere normale Ereignis des Tages. Doch er wusste, dass sein Vater es für einen Traum halten würde.

»Ich habe so fest geschlafen … Dad – was ist passiert, was hat die Schießerei draußen zu bedeuten?«

»Wir werden angegriffen. Mich hat nur ein Streifschuss an der Schläfe erwischt, ich bin nicht verletzt. Lila wurde von einem Granatsplitter getroffen, aber sie lebt … mein Sohn, du musst in den Bunker. Wir brauchen jedes verfügbare Gewehr.«

* * *

Quinn und Mahler sahen sich auf dem Dach um und entdeckten gleichzeitig das Loch. Das klaffende Einschlagsloch einer Granate. Direkt daneben bemerkten sie ein kleine Blutlache. Das Gebäude erbebte unter einem weiteren Einschlag; das Blut vibrierte mit – der Himmel spiegelte sich darin: Und einen Augenblick lang sah Quinn darin Verrat und Feuer und ein funkelndes Licht; er spürte, wie sich *etwas* in der Luft um ihn herum bewegte – er hörte einen Lockruf – der Geist dieses Ortes, der sich spontan um ein Prinzip herum angeordnet hatte …

»Quinn?« Mahler klang besorgt. »Alles klar?«

Was es auch gewesen war … ein Aufblitzen … löste sich auf, und Quinn blieb nur noch der körnige Rest, seine gewohnte subjektive Wirklichkeit. Er befand sich wieder mitten im Kampfgetümmel.

Er blickte sich um. Die Sonnenkollektoren waren erneut getroffen worden, ein Volltreffer. Sie waren in Stücke geschossen. Die Satellitenschüssel war ein verdrehtes Stück Schrott und glich im blassen Morgenlicht einem riesigen grauen Pilz.

»Au, Scheiße«, sagte Quinn; er sprach für beide.

Yamahira hatte ihnen je eine M18 und einen Sack voller 16-Schuss-Magazine in die Hand gedrückt. Aus dem Wald wurden erneut Schüsse abgefeuert, eine der letzten verbliebenen Solarzellen spuckte Glasscherben.

Quinn stellte fest, dass er flach auf dem Bauch lag, ebenso Mahler neben ihm. Sie hatten sich unter Beschuss sofort fallen lassen, ohne sich dessen bewusst zu sein. Quinn lachte gequält und schüttelte den Kopf.

»Los, gehen wir in den Bunker«, sagte Mahler.

* * *

Sullivan schaute durch eine Schießscharte und wüschte sich einen Augenblick lang, dass eine Kugel ihn zwischen die Augen treffen möge. Denn Lila würde ganz sicher sterben, und es war seine Schuld, er hatte nicht aufgepasst, er hatte die zerschossene Solarzelle für reine Schikane gehalten, er war unaufmerksam gewesen und hatte sich ablenken lassen, und statt Wache zu halten hatte er mit Lila gevögelt, und jetzt würden sie wahrscheinlich alle sterben, weil er diese Arschlöcher auf Schussweite herangelassen hatte, in Reichweite all derjenigen, die auf ihn zählten –

Anatole und Kian und Yamahira und Lila.

Lila.

Es war seine Schuld, es war –

Wenn du so weitermachst, sagte er sich, *klappst du zusammen, und die Kinder werden mit Sicherheit umgebracht. Lass das hinter dir.*

Nimm dich zusammen. Mach es nicht noch schlimmer.

Tu, was du tun musst.

Er wandte sich von der Schießscharte ab und ging den Granatwerfer holen.

Lila …!

* * *

Zizz hatte Angst, die Frau würde ihr unter den Händen wegsterben. Sie hatte ein Jahr Krankenschwester gelernt, davon geträumt, eine Art coole, linke Florence Nightingale für Widerstandskämpfer zu spielen, aber ihre praktischen Erfahrungen beschränkten sich darauf, bei ein paar kleineren Notfällen assistiert zu haben.

Lila lag auf dem Bett und konnte durch ihre kaum geöffneten Augen vielleicht die Decke sehen, vielleicht auch nicht. Ihr Atem ging flach, sie war weiß wie eine Lilie und lag vielleicht im Koma, vielleicht auch nicht. Sie hatte aufgehört zu bluten, doch in ihrem Inneren mochte sie sich auflösen.

Kian lag auf dem Boden, auf einer Schaumgummimatte, in sich zusammengerollt, die Hände auf die Ohren gedrückt, um die Geräusche von außerhalb des Gebäudes zu dämpfen.

Zizz saß neben Lila, eine Hand voll Medikamente für den Notfall auf dem Nachttisch, und dachte: Das ist echt, eine echte Gelegenheit, jemand zu helfen, und ich glaube, dass ich überhaupt nichts tun kann.

Sie hatte Lila ein wenig Wasser eingeflößt, hatte sie gewaschen, hatte ihren Puls gemessen, ihre Temperatur, beide waren niedrig. Darüber hinaus …

Sie sah sich im Zimmer um. An den Wänden hingen Bilder, im klassischen japanischen Stil mit Wasserfarben gemalt, wahrscheinlich von Lila; es gab zahllose Bücher über Zen, alle auf Englisch. Ein Fotoposter zeigte den Schattenriss eines buddhistischen Mönchs, der sich auf einem Hügel vor dem Himmel abzeichnete, ein Teil des Himmels zu sein schien.

Anscheinend hatte Lila versucht, sich ein Teil ihres geistigen Erbes anzueignen.

Das Knattern von Schüssen drang herein. Konnten die Salven die Wände dieses nach hinten und im Untergeschoss gelegenen Schlafzimmers durchdringen?

Vielleicht.

Zizz nahm Lilas Hand und drückte sie. Keine Reaktion. »Lila?«

Keine Antwort.

Zizz hielt Lilas Hand fest und summte ein Lied. Sie wusste nicht, was sie sonst tun sollte.

* * *

Anatole lud sein Gewehr mit sicheren Bewegungen. Er fühlte sich seltsam. Nicht verängstigt. Es war ein komisches Gefühl, in dieser Situation keine Angst zu haben. Etwas von der Späherin war in ihm zurückgeblieben.

Sullivan kam mit dem tragbaren Granatwerfer herein und warf einen wütenden Blick auf Metzger und Buford und Huxley, die ihm den Rücken zuwandten; sie zielten mit ihren Gewehren durch die Schießscharten des unteren Bunkers. Der Bunker war voller Pulverdampf, doch im Augenblick war alles ruhig.

Wenn er nur wüsste, wie er es den anderen erklären konnte. *Es ist nur zu einem gewissen Grad wirklich von Bedeutung.*

Aus dem Wald drangen keine Schüsse mehr, aber er feuerte zwei Salven auf einen Schatten.

»Du verschwendest nur Munition«, sagte Buford.

»Im Lagerraum stehen noch ungefähr dreißig Kisten«, antwortete Huxley.

Anatole sah, wie der Blick seines Vaters sich noch mehr verfinsterte.

»Sie haben keine Granaten mehr abgeschossen, ist euch das aufgefallen«, stellte Metzger fest. »Sie müssen ihren Bestand aufgebraucht haben, oder zumindest den Teil, den sie griffbereit hatten.«

»Hat für ein ziemlich großes Loch unten gelangt«, sagte Buford.

»Sullivan hat den Teil des Gebäudes zugemauert, lange bevor wir hier eingetroffen sind. Das Loch ist nicht wichtig.«

Yamahira kam herein, das Gesicht angespannt, die Hände blutig und zitternd.

»Wie geht es ihr?«, fragte Sullivan.

Yamahiras Stimme klang wie Schmirgelpapier. »Ich weiß nicht, wie viele Splitter in ihr drin sind. Mal ist sie wach und dann wieder bewusstlos. Ich glaube, sie hat aufgehört zu bluten, aber … wie es in ihr aussieht, weiß ich nicht. Wahrscheinlich hat sie innere Blutungen.«

»Wir müssen sie hier rausbringen, sie muss operiert werden, ein Krankenhaus …«, sagte Sullivan, da klatschte eine weitere Salve gegen das Gebäude.

»Ja«, sagte Yamahira. »Ja.«

»Aber – sie werden uns niedermähen, sobald wir einen Fuß vor die Tür setzen.«

»Wir könnten … verhandeln.«

»Sie würden lügen, Yam. Sie würden uns umbringen, egal was wir ›aushandeln‹.«

»Auch das ist richtig.« Yamahira sank auf eine Plastikkiste in einer Ecke des Raumes. »Ja.«

Anatole sah ihn an und hätte am liebsten gefragt, ob Lila überleben würde, doch er wusste, dass niemand ihm eine Antwort geben konnte. Niemand wusste es, und er wusste, dass niemand es wusste, aber er hatte trotzdem das dringende Bedürfnis, danach zu fragen.

Stattdessen ging er zu einer Schießscharte und zielte hindurch. Er glaubte eine Bewegung im Gebüsch wahrzunehmen. Er atmete aus, entspannte sich, richtete das Gewehr Kimme über Korn auf die vage Gestalt, die er fast sehen konnte, dann feuerte er eine Salve ab. Etwas bewegte sich: War jemand umgefallen? Er glaubte schon.

Es wäre nicht das erste Mal, dass er jemanden erschoss.

Hoffentlich gibt es einen Ort für die, die ich erschossen habe; hoffentlich gibt es ein Leben nach dem Tod für sie. Und für Lila. Und für mich.

»Yamahira ...« Sullivan lud den tragbaren Wärmesucher. »Sie haben die drei Fremden an unsere Vorräte gelassen.«

Die drei Soldaten drehten sich um und sahen ihn an.

»Wir mussten uns verteidigen«, sagte Yamahira. »Ich habe ihre Hilfe gebraucht. Ich hatte keine Ahnung, wie schwer Sie getroffen waren. Ich befürchte, dass diese Bande dort draußen das Gebäude in Brand setzen wird, wenn sie nahe genug herankommen.«

Sullivan nickte.

Anatole wusste, was dieses Nicken bedeutete: *Ich verstehe, aber ich glaube, es war ein Fehler. Aber jetzt ist es zu spät.*

»Ich habe nach den Bildschirmen gesehen –«, sagte Yamahira mürrisch. »Sie haben fast alle Kameras gefunden und heruntergeschossen. Die meisten Drähte durchschnitten. Unsere Fallen gefunden. Sie scheinen genau zu wissen, was sie tun.«

Sullivan ging zu einer der größeren Schießscharten hinüber und schob den kleinen Granatwerfer hindurch, das eine Ende auf seiner Schulter. »In welche Richtung?«, fragte er Buford.

»Dort drüben, ungefähr bei drei Uhr, zwischen den umgefallenen Bäumen. Dort habe ich zumindest das letzte Mal ein Mündungsfeuer gesehen.«

Sullivan zielte in die genannte Richtung und drückte ab. Der Werfer fauchte und blitzte und hinterließ einen Rauch, der im Hals brannte; Anatole musste husten.

Sie hörten die Rakete bis fast ins Ziel zi-zi-zittern, dann piff sie in einer höheren Tonart und änderte den Kurs, um jemanden oder etwas zu verfolgen …

Dann folgte ein Schrei und eine Explosion.

Buford lachte: »Wow – Sie haben mindestens zwei von denen erwischt.«

»Sieht mir eher nach vier oder fünf aus«, sagte Huxley.

»Wie viele von diesen Wärmesuchgranaten haben Sie?«, wollte Metzger wissen.

Sullivan sah ihn ausdruckslos an. »Nicht viele. Aber das wissen die nicht.«

Sullivan ging zur Verstärkeranlage, legte einen Schalter um und sprach in das Gitter. Seine Stimme dröhnte knarzend über den Wald hinweg.

»WIE IHR GERADE GESEHEN HABT, IST UNSER WÄRMESUCHER EINSATZBEREIT. ES IST UNS EIN LEICHTES, EUCH AUSEINANDER ZU NEHMEN. IHR WERDET BEOBACHTET. ICH SPRECHE NICHT MIT EUREM ANFÜHRER, ICH SPRECHE MIT EUCH: IHR SOLLTET EUCH DARÜBER IM KLAREN SEIN, WAS EUCH BEVORSTEHT, FALLS IHR IN UNSERE NÄHE KOMMT! VIELLEICHT WISST IHR NICHT, WORAUF IHR EUCH EINGELASSEN HABT. WIR SIND GENÜGEND LEUTE HIER OBEN, UND WIR HABEN GENÜGEND MUNITION … WENN IHR IN UNSERE NÄHE KOMMT, ZWINGT IHR UNS, EUCH ZU TÖTEN!« Er schaltete die Sprechanlage aus und wartete.

Sie erhielten keine Antwort.

* * *

Einige Stunden nach Sonnenaufgang hörte Anja ein kehliges Husten, drehte sich um und sah einen Berglöwen auf einem Felsbrocken lauern. Sie wusste, was diese Haltung bedeutete; sie sah, wie sich das Fell an seinem Rückgrat entlang aufrichtete, die zuckende Schwanzspitze, die Anspannung der Hinterbeine. Eine geschmeidige ausgewachsene

Katze, wahrscheinlich weiblich, mit grün-goldenen Augen und einem weizenfarbenen Fell mit einem Stich ins Rubinrote.

Anja *begehrte* dieses Fell.

»Du bist wunderschön«, sagte sie zu dem Berglöwen, der kurz davor war, sie zu töten.

Die Katze wand sich auf der Stelle, kaum wahrnehmbar; gleich würde sie springen und reißen.

Anja fuhr herum, öffnete die Ladetür des Lastwagens und trat beiseite, als der Puma sich bereits in der Luft befand; im selben Augenblick drückte sie auf die Fernsteuerung und Sol sprang aus dem Laster der Katze entgegen; beide fauchten. Sol wurde von seinen Cerebroimplantaten angetrieben und war entsprechend schneller: Er wich aus, brüllte so laut, dass der Puma vergleichsweise zivilisiert klang, packte die Katze am Rumpf, warf sie mit Wucht auf die Erde, rammte ihr ein Knie ins Kreuz, brach ihr Rückgrat und trieb zwei Finger in ihre wunderschönen Augen.

* * *

Es dauerte bis zehn Uhr morgens, bis sie den ersten eindeutigen Hinweis auf ihre Angreifer entdeckten.

»Die sitzen einfach dort drüben rum. Man kann kaum ein paar von ihnen erkennen. Und sie haben ein Lagerfeuer«, sagte Buford und blickte angestrengt durch eine der unteren Schießscharten. »Seit Stunden geben sie keinen Ton mehr von sich …«

»Vielleicht sollten wir noch einen Wärmsucher rausjagen und ein paar von den Scheißern abfackeln, vielleicht verschwinden sie dann«, sagte Metzger.

»Nein«, sagte Sullivan entschieden und verteilte Plastiktassen voller Kaffee und Päckchen mit Salzstangen.

Er hatte das dringende Bedürfnis, nach Lila zu sehen, doch er blieb, wo er war.

Sullivan und Anatole und die Soldaten saßen auf dem Boden des Bunkers; Yamahira war auf dem Dach.

Anatole war eingeschlafen. Sullivan warf ihm von Zeit zu Zeit einen besorgten Blick zu. Heute Nacht hatte er ihn nur schwer wachbekommen. Irgendwie seltsam.

Metzger nippte an seinem Kaffee; die verdrießliche Müdigkeit in seinen Augen war leicht entflammbar und konnte einer plötzlichen Zündung weichen. »Sullivan – meinen Sie nicht, dass wir da ein Wort mitzureden haben? Zum Beispiel wie die Waffen eingesetzt werden?«

»Nein«, sagte Sullivan.

»Unsere Leben stehen auch auf dem Spiel.«

Sullivan nahm einen Schluck von seinem Kaffee. Ohne die geringste Bösartigkeit sagte er: »Ich komm auch ohne euch durch. Solange ihr hier seid, hört ihr auf meine Befehle. Oder ihr versucht euer Glück dort draußen.«

Metzger starrte ihn an. Dann schnaubte er in seine Tasse.

* * *

»Was machste jetzt, Brem?«, wollte Dexie wissen und ging vor ihm in die Hocke. »Was machste jetzt, was machste jetzt.« Dexie hatte seine Hände unter die Armbeugen geklemmt, so sehr zitterten sie.

Bremer lehnte sich gegen einen Baumstamm und trat nach dem ausgehenden Lagerfeuer; Funken stoben in die Höhe und erloschen. Ein Sonnenstrahl warf ein Schlaglicht auf die Gespenster in den Rauchschwaden.

Einige der Gespenster glaubte er zu erkennen.

»Nun«, sagte Bremer, »ich denke –« Er zog seine Pistole und drückte den Lauf gegen Dexies Stirn. »Ich werd einfach mal nachschauen, ob von deinem Hirn noch was übrig ist.«

Dexie starrte fasziniert auf die Schusswaffe, bis er schielte und sein Mund sich zu einem verdrehten Lächeln verzog.

»Mach schon«, sagte er, »ich will das Kristalllicht wieder sehen. Letzte Nacht hab ich das Kristalllicht gesehn, es hat uns zugeschaut, und ich hab gewusst, wenn ich ins Land der Toten komme, wartet sie auf mich und wir würden auf einem gottverdammten Tesserakt-Moebius-Schwanz in einer Möse reiten, wie ein Schwanz in einer Möse, wie eine Möse, die sich zu einem Schwanz zusammenrollt, der sich wieder zu einer Möse auseinander faltet –«

Bremer verdrehte die Augen und versetzte Dixie mit dem Revolver einen Stoß, so dass er rückwärts ausgestreckt in der Glut des Feuers landete.

Dexie lachte und warf Asche in die Luft, während seine Hose Feuer fing.

Entnervt winkte Bremer Austin herüber. »Dexie ist schon eine Woche zu lang auf den Beinen. Sorg dafür, dass er endlich schläft.«

Austin nickte, wandte sich Dexie zu, der sich glücklich wie ein Schwein im Schlamm in den Flammen suhlte, und schlug ihn mit dem Schaft seines Gewehrs nieder. Dexie klappte bewusstlos zusammen.

Austin pinkelte auf ihn, um das Feuer zu löschen. »Wir könnten einfach das ganze verdammte Gelände in Brand stecken«, sagte er. »Den Wohnplex niederbrennen.«

»Nein«, sagte Bremer, nicht zum ersten Mal. »Ich will die Gebäude so intakt wie möglich. Ich will auch dieses Mädchen. Wenn sie noch lebt.«

Er lehnte sich zurück und konzentrierte sich auf den Lichtpunkt in den Blättern weit oben. Ein Opossum erwiderte seinen Blick. Er hob sein Gewehr, zielte sorgfältig und schoss es durch den Hals. Es fiel ihm fast in den Schoß. Einige der Männer lachten.

»Bringt mir Anja«, sagte Bremer. »Ich hab so ein Gefühl, dass sie weiß, wie wir diese Nuss knacken können ... Ach – und holt mir zwei Dutzend von diesen Flüchtlingen aus dem Einkaufszentrum. Schickt ein Team los und treibt sie hier rüber ...«

* * *

»Schön, mein Freund«, sagte Darrick, »wir haben Sie auf der Geheimhaltungsleiter wieder eine Stufe höher platziert. Was Sie heute erfahren, betrifft die zweite Ebene – mehr kann ich Ihnen im Augenblick nicht verraten, Farraday, also bitte keine Rückfragen.«

»Mehr können Sie mir im Augenblick nicht verraten? Welche Überraschung.« Farraday hatte schon vor längerer Zeit aufgehört, sich über die Wirkung seiner sarkastischen Bemerkungen auf Darrick Gedanken zu machen.

Farraday, der Außerirdische, Colonel Darrick. Sie saßen in der Cafeteria, völlig allein, bis auf die Fernüberwachung natürlich.

Zwei Tassen Kakao, eine Zigarette, eine Zigarre. Farraday nippte an seinem Kakao; das Alien nippte an seinem Kakao und paffte seine Zigarette; Darrick paffte seine Zigarre.

Farraday räusperte sich, kaute auf dem Radiergummi am Ende seines Bleistiftes und kritzelte mit dem Bleistift auf einem gelben Block herum, der für seine Notizen zur Kampagne gedacht war.

Eine Wanduhr zeigte 9:30 am Morgen, doch es fühlte sich nicht so an, als hätte der Tag erst angefangen. Niemand frühstückte – das hatten sie bereits vor Stunden getan –, und hier unten gingen die Tage in einem nahtlosen Labyrinth aus Korridoren und hallenden Hangars ineinander über.

»Es geht darum, das Land zu einigen«, sagte Darrick, wie Farraday es erwartet hatte. Darrick blies eine fliegende Untertasse aus Rauch; er roch nach Whiskey. »Der Gedanke, die Öffentlichkeit nach und nach in die Existenz der Aliens einzuweihen, um das bestmögliche Ergebnis zu erzielen ... nun, damit hat sich das MJ15 schon eine Weile beschäftigt. Reagan wollte es während seiner Amtszeit durchziehen. Das hat er in seinen Ansprachen immer wieder betont.« Er ahmte einen Präsidenten nach, an den sich Farraday vage aus Videos im Gemeinschaftskundeunterricht erinnern konnte: »›Sie werden sehen, wenn Außerirdische unseren Planeten besuchen würden, würden wir verdammt schnell zu einer Einigung finden.‹ Reagan sah die Angelegenheit global. Zum jetzigen Zeitpunkt möchten wir einfach das Land wieder unter einen Hut bekommen. Oder die verdammten Chinesen unterwandern die Liga Amerikanischer Chinesen und unternehmen einen Staatsstreich, oder die Sozialistischen Arabischen Republiken destabilisieren uns, sie werden uns auseinander reißen und es werden verdammt noch mal keine unabhängigen Vereinigten Staaten mehr übrig bleiben.«

»Ich beneide Sie um Ihre gotteslästerlichen Redewendungen«, sagte Jaron mit Darricks Stimme und sog Kakao von einem seiner Finger. »Ich habe mich mit der sprachlichen Funktion von Flüchen auseinander gesetzt. Sie scheinen meist eher eine psychologische Funktion zu haben als einen Informationswert. Ich verstehe sie nicht, finde sie aber sehr interessant ... Sie verursachen kleine Explosionen in Ihrem Biofeld.«

Darrick warf dem Alien einen überraschten Blick zu.

Farraday dachte: *Er hat nicht gewusst, dass sie ›Biofelder‹ sehen können. Die Zigaretten lassen die Außerirdischen redselig werden – auch wenn niemand weiß, ob sie eine Seele haben.*

»Der Plan sieht vor«, sagte Darrick, nachdem er sich wieder gefangen hatte, »auf einen passenden Augenblick während der Verhandlungen zu warten – die Präsidentin, sofern sie sich nicht wieder anders entscheidet, wird einen massiven Angriff von FedControl an allen Fronten bekannt geben, und genau dann, wenn es so aussieht, als ob der Holocaust Wirklichkeit wird, den wir die ganze Zeit zu vermeiden versucht haben, werden wir die Existenz der Aliens bekannt geben. Einschließlich eines Treffens der Präsidentin mit Jaron, das landesweit ausgestrahlt wird, als wäre es das erste Mal. Denken Sie daran, es muss so aussehen, als ob sie von all dem keine Ahnung hatte, als ob das Weiße Haus davon nie erfahren hätte. Natürlich wird es offensichtlich sein, dass wir einige Sachen geheim gehalten haben –«

»Lassen Sie mich raten – alle Zetaner sehen ganz genauso aus wie die Aliens in den *Roswell*-Filmen! Wie in jedem einzelnen Roswell-Film!«

»Diese Bemerkung könnte als Beleidigung aufgefasst werden«, sagte Jaron, »aber ich werde darüber hinwegsehen.«

»Oh – tut mir Leid.«

»Jedenfalls«, fuhr Darrick ungeduldig fort, »wird es in jenem Augenblick sowohl ein heftiger Schock als auch eine große Erleichterung sein. Die Aliens sind uns freundlich gesonnen – doch sie werden ebenfalls bekannt geben, dass uns die Meta im Genick sitzen. Die Meta sind sehr schwer zu erkennen, unergründliche Kreaturen, die ihr Aussehen verändern können, und wir müssen alle zusammenarbeiten, um uns vor ihrem böswilligen Imperium zu schützen. Das ist unsere zentrale Aussage. Wir werden in diesem Zusammenhang alle Medien ruhig stellen – angefangen mit dem World Wide Web ...«

Was hatte Chris Carter damals gesagt?, dachte Farraday. Die ›Neuordnung der Welt im Web‹? Stammte das von ihm? Carters Festnahme während der Dreharbeiten zur letzten Staffel von »Akte X«, die angeblich nichts mit dem Hintergrund der Serie zu tun hatte ... gab es da eine Verbindung zu dem, was Darrick eben gesagt hatte? Carter hatte behauptet, die Sache wäre ihm angehängt worden – »Ich bin nur der Sündenbock«, hatte er erklärt, genau wie Oswald ...

»Und ab da starten wir eine groß angelegte Medienkampagne über unsere Freunde, die Zetaner, und die Gefahr, die von den Meta ausgeht, aber das füttern wir den Leuten häppchenweise.« Darrick fand langsam Gefallen an dem Thema. »Sehen Sie, wir möchten bezüglich der Meta keine Panik verbreiten. Wir müssen allerdings dafür sorgen, dass sich die unterschiedlichen Fraktionen durch die Meta ernstlich bedroht fühlen, also schicken wir –«

»Darrick«, sagte Jaron.

Darrick blickte ihn an.

»Darrick, Sie sind schon wieder indiskret. Vielleicht sollte ich keine Zigaretten rauchen und Sie sollten keinen Glenfiddich trinken.« Darricks eigene Stimme erklärte ihm das, wie das Gewissen in einem Zeichentrickfilm.

»Nun ja –« Darricks Augen zuckten zur Kamera unterhalb der Decke. »Grundsätzlich haben Sie mich verstanden, oder, Farraday?«

»Ich denke schon ... Die Zetaner sind unsere Freunde, und die Meta unsere ... Feinde?«

»Jawohl. *Allerdings* ist es sehr wichtig, sich darüber im Klaren zu sein, dass wir der Bedrohung durch die Meta nicht ausgeliefert sind. Wir können ein Feld projizieren ...« Er warf dem Zetaner einen Blick zu. »Nun, wir haben das jedenfalls im Griff. Wir möchten keine Panik verbreiten, darauf kommt es an. So ungefähr wie die kommunistische Bedrohung während des Kalten Krieges, verstehen Sie – die *Rote Gefahr* war bedrohlich, es gab sie wirklich, doch das Risiko eines Nuklearkrieges mit den Roten bestand nie ernsthaft, und genauso wenig besteht die Gefahr, dass die Aliens in absehbarer Zeit mit Strahlenwaffen das Weiße Haus zerstören. Wir sorgen für ein ausreichend großes Gefühl von Bedrohlichkeit, um die Menschen zu einen, ohne jedoch zu übertreiben, damit sie nicht ausrasten und anfangen zu plündern und herumschreien, das Ende der Welt sei gekommen.«

»Woher wissen Sie das?«

»Woher weiß ich was? Dass die Welt nicht endet?«

»Genau genommen, woher wissen Sie«, sagte Farraday langsam, »dass die Meta das Weiße Haus *nicht* zerstrahlen wie in *Independence Day*? Ich meine – verdammt – Sie haben selbst zugegeben, dass wir sie nicht durchschauen –«

»Jetzt haben Sie wieder die Linie überschritten, Freundchen«, sagte Darrick in seinem leisen, spürbar drohenden Tonfall. »Sie müssen ein Gefühl dafür entwickeln, und zwar schnell. Sie stellen schon wieder Fragen, die nicht in Ihren Bereich fallen.«

Farraday spürte, wie ihm das Blut ins Gesicht schoss, die unterdrückte Wut ließ sein Herz schneller schlagen. Registrierte die Überwachungsanlage auch seinen Herzschlag?

Jaron wechselte die Vorgehensweise und widersprach sich dabei fast selbst: »Ich glaube, Sie sollten mit Ihren psychologischen Beratern Rücksprache halten, Colonel Darrick, sie werden Ihnen erklären, dass Mr. Farraday einen Weg finden muss, sich auf die schmerzhaft eindringlichen Offenbarungen einzustellen, die ihm während der letzten Tage eingetrichtert worden sind. Seiner geistigen Gesundheit zuliebe sollten wir ihm einen gewissen Freiraum zubilligen. Das entspricht auch unseren sonstigen Beobachtungen. Sie selbst setzen sich über einige nebensächliche Regeln hinweg, und die Verantwortlichen schauen uns dabei zu, darüber sollten Sie sich im Klaren sein: dass Sie mir gelegentlich eine Zigarette gestatten zum Beispiel. Ein kleiner Freiraum an den Grenzen der Wirklichkeit sorgt dafür, dass wir nicht den Verstand verlieren.« Nach einer kurzen Pause fügte er hinzu: »Nur ein kleiner Freiraum.«

Darrick nickte. »Sie haben Recht. Ein kleiner … Freiraum. Nur ein kleiner.«

Farraday gelang es, nicht ironisch zu klingen, als er sagte: »Ich weiß das zu schätzen, Jaron. Nun … unterhalten wir uns darüber, was ich enthüllen darf: über unsere Freunde von Zeta Reticuli. Die Leute werden neugierig auf Ihren Planeten sein. Gibt es dort Meere, beispielsweise; was machen Sie in Ihrer Freizeit – solche harmlosen Sachen. Einzelheiten, die den Leuten wichtig sind. Zu denen sie eine Beziehung haben. Tanzen Sie, gibt es bei Ihnen Komödianten, gehen Sie, ich weiß nicht, manchmal schwimmen?«

»Ich bin ein ziemlich guter Surfer auf meiner Welt, wissen Sie«, sagte Jaron, »aber das Surfen ist dort langsam und würdevoll, da die Wellen, Sie würden sagen: galertartig sind, und sie bewegen sich sehr langsam …« Ein Augenblick verging. »Sehr, sehr, sehr langsam.«

»Sehr gut«, sagte Farraday und machte sich Notizen, »ausgesprochen charmant. Weiter. Die Leute werden sich über religiöse Fragen Gedanken machen – gibt es bei Ihnen eine Religion oder sogar mehrere, sind Sie ›von Gott gesandt‹, haben Sie auf unsere Religionen Einfluss genommen –«

»Wie kommen Sie auf diese Frage?«, hakte Darrick scharf dazwischen.

»Was? Die Einflussnahme auf unsere Religionen? Na, wegen *Chariots of Fire* und diesem ganzen Blödsinn.«

»Das war ein sehr amüsantes kleines Fantasyfilmchen«, sagte Jaron mit Farradays Stimme: Farradays amüsierter Stimme. Je besser Jaron sie kennen lernte, desto mehr Betonungen lernte er, stimmliche Eigenheiten, Ausdrucksweisen. »Allerdings war er vom wissenschaftlichen Standpunkt aus betrachtet ziemlich schlecht, sogar was menschliche Wissenschaft betrifft, äußerst mangelhafte anthropologische Extrapolationen, und wirklich außerordentlich ›rassistisch‹, wie Sie sich ausdrücken. Dieser von Däniken glaubt offensichtlich, dass die … die ›kleinen schwarzen Leute‹, die Ägypter, die Pikten und so weiter, die Pyramiden nicht ohne fremde Hilfe hätten bauen können, ebenso wenig die Dolmen oder Stonehenge. Aber natürlich konnten sie das. Wir haben ihnen dabei zugeschaut.«

»Also haben Sie unsere religiösen Vorstellungen überhaupt nicht beeinflusst?«

Darrick fiel ihnen eilig ins Wort: »Soweit es die Öffentlichkeit betrifft – nein. Eines Tages können wir vielleicht … diesbezüglich mehr enthüllen. Aber im Augenblick – *nein*.«

»Was unsere ›Religion‹ auf unserer Welt betrifft –«, sagte Jaron und zerbröselte den Zigarettenstummel zwischen seinen vier Fingern, »wir haben keine. Wir sind … Atheisten.«

»Jaron – verdammt!«, entfuhr es Darrick.

»Verdammt. Verdammt«, murmelte Jaron anerkennend mit Darricks Stimme. »›Verdammt‹.«

»Atheisten …« Ein Stein drückte plötzlich auf Farradays Herz, ohne dass er gewusst hätte, warum.

»Das ist kein Problem, Colonel Darrick«, sagte Jaron sanft mit Darricks Stimme. »Das haben wir bereits alles geklärt. Wir werden gegenüber der Öffentlichkeit nicht von ›Atheisten‹ sprechen, sondern uns als ›universelle Pantheisten‹ bezeichnen. Wir gauben, dass das Universum lebt und wir mit ihm ›kommunizieren‹. Das kommt der Vorstellung vom Großen Geist der Indianer sehr nahe. Sehr vage und formelhaft und allumfassend. Es wird die Leute beruhigen. Vielleicht betonen wir dieses ›Kommunizieren‹ später noch etwas mehr … als ob wir eine mediale Verbindung zu diesem universellen Bewusstsein aufnehmen könnten. Das verleiht uns eine größere Aura von Autorität.«

»Aber glauben Sie das?«, wollte Farraday wissen. »Glauben Sie an ein lebendiges und … bewusstes Universum?«

»Ja.«

»Doch gleichzeitig sind Sie Atheisten?«

»Ja. Das Universum lebt, aber es ist keine Gottheit. Und … es ist uns nicht freundlich gesonnen. Oder unfreundlich. Diese Differenzierung sollten wir allerdings der Öffentlichkeit vorenthalten. Lassen wir sie in dem Glauben, wir würden mit dem ›großen, wohlwollenden universellen Bewusstsein‹ … ›kommunizieren‹. Wir tun überhaupt nichts Derartiges, doch das geht sie nichts an.«

»Was das betrifft – wir lassen gerade wieder die Grenze dessen hinter uns, was in seinen Bereich fällt.«

»Ich muss Ihnen widersprechen«, sagte Jaron. »Manchmal ist es notwendig, dass Mr. Farraday weiß, in welchen Bahnen unser Denken verläuft, um Missverständnisse zu vermeiden.«

Farraday wiederholte in Gedanken, was Jaron gesagt hatte. *Das Universum lebt, aber es ist keine Gottheit. Und … es ist uns nicht freundlich gesonnen.*

Beunruhigend. Das beraubte ihn jeder moralischen Vorgabe, wie er sich mit dieser Vorstellung auseinander setzen sollte. Verfügten die Zetaner über Vorstellungen von Moral? Im Augenblick klang Jaron wie ein interstellarer Zyniker. Sie hatten mit der Schöpfung der Landkrake ihre Bereitschaft gezeigt, Gott zu spielen.

»Ach –«, sagte Farraday, »was ich schon die ganze Zeit fragen wollte: Können wir über das … das Cephaloped sprechen? Über solche Dinge?«

»Nein«, sagte Darrick entschieden. »Es war ein Fehler, es Ihnen zu zeigen.«

»Eigentlich«, sagte Jaron, mit Farradays Stimme, »wollte ich Sie um einen Gefallen bitten, da Sie die Kreatur nun einmal kennen gelernt haben. Das Cephaloped – ›Landkrake‹, wenn Ihnen das lieber ist – fand Sie sehr nett.«

Jaron beugte sich vor und tätschelte Farradays Knie. Seine knochenlosen Finger fuhren nervös darüber.

Das Alien fuhr fort: »Das Cephaloped war in letzter Zeit ziemlich deprimiert. Wir würden es gerne bei Laune halten, denn das erhöht seine Lebenserwartung, und darauf sind wir angewiesen, denn nur dann können wir das Ausmaß seiner Anpassungsfähigkeit beobachten. Deshalb versorgen wir es mit viel Lesestoff und es darf so lange fernsehen, wie es möchte. Es schaut mit Begeisterung MTV und *Arte* und *Unterhaltung aus aller Welt.* Colonel Darrick erlaubt ihm sogar, den Alternative Media Channel zu schauen. Aber es ist einsam, das arme Ding. Es mag die Laborjungs nicht. Es hat mich gebeten, Sie zu fragen, ob Sie es nicht adoptieren würden … als Haustier?«

»Ähhhh ….«, sagte Farraday.

* * *

Sullivan stand auf und knallte ein Magazin in sein Gewehr, alles in einer fließenden Bewegung.

Anatole wurde durch dieses plötzliche Geräusch geweckt – er fuhr hoch und blinzelte. Er schaute zur Decke des Bunkers auf, als könne er durch sie hindurch den Himmel sehen.

»Alles klar, mein Sohn?«, fragte Sullivan.

Anatole blinzelte und leckte sich die Lippen. »Sicher. Jah. Gibt es etwas zu trinken?«

Sullivan ging neben ihm in die Hocke und reichte ihm einen Becher Wasser und einen Proteinriegel. »Halte durch, Kumpel.«

»Ist Lila … ?«

»Ihr Zustand ist stabil. Keine großen Veränderungen.«

»Wir müssen sie hier rausbringen.«

»Ich arbeite daran, mein Sohn.«

»Ich weiß.«

Sullivan legte seinem Sohn eine Hand in den Nacken, zog ihn an sich, küsste ihn auf die Stirn und dachte: *Wir müssen sie hier rausbringen.*

Er war nicht da gewesen. Um Jenny rauszuholen. War nicht da gewesen.

Huxley betrachtete die Umgebung mit dem Fernglas durch eine

Schießscharte und sagte: »Eine ganze Menge Leute … sehen aus wie Flüchtlinge … sie versammeln sich am Waldrand … einige sind bewaffnet – kann nicht erkennen, wie viele. Sieht so aus … als würden ein paar von diesen Milizionären sie … sie hier rübertreiben … anscheinend haben die Bastarde sich neue Rekruten besorgt …«

* * *

Anja war immer noch damit beschäftigt, das Fleisch von dem Fell zu schaben, als die Paramilitärs plötzlich mit schussbereiten Gewehren vor ihr standen. Sie war von dem Pumafell so entzückt, dass ihre Wachsamkeit nachgelassen hatte.

Ich hätte Sol als Wache aufstellen sollen, dachte sie, als sie sich umdrehte und den Männern in die Augen blickte.

»Waffen weg und Hosen runter«, sagte der ohne Nase.

Ein Milizionär mit einer alten diagonalen Narbe von einem Streifschuss, der ihm fast die ganze Nase abgerissen hatte. Er kam viel zu selbstsicher auf sie zu, hielt nicht mal den Lauf seines Gewehrs auf sie gerichtet. Zwei weitere Männer folgten ihm, weiter unten im hüfthohen Gras am Hang knapp unterhalb des Kamms.

Ich habe ein paar Sekunden, dachte sie.

»Was hast du da, ein Schmusekätzchen?«, fragte Nasenlos und grinste. Ein überaschend nettes Lächeln in einem Gesicht, das ansonsten aussah wie mit einem elektrischen Messer bearbeitet. »Lass erst mal die Pistole fallen, Schätzchen«, sagte Nasenlos. »Und zwar sofort. Und zwar ganz vorsichtig, lass bloß die Finger vom Abzug.«

Er öffnete bereits seine Hose, während er näher kam, ging davon aus, leichtes Spiel mit ihr zu haben, schließlich hatte er sie im Visier.

Langsam zog sie ihre Pistole, Daumen und Zeigefinger am äußersten Rand des Griffs, wie um sie fallen zu lassen – dann warf sie ihm die Pistole zu, so dass er reflexartig die Hand von seinem Reißverschluss nahm und versuchte, sie zu fangen. Das lenkte ihn lange genug ab. Sie nahm Kickboxstellung an und rammte ihm einen Fuß in den Magen.

Er klappte keuchend zusammen, und sie drosch ihm ein Knie ins Gesicht; gleichzeitig entriss sie ihm das Gewehr, drehte es um und feuerte auf die anderen zwei Männer.

Beide ließen sich in das hohe gelbe Gras fallen. Ihre Salve fuhr harmlos über ihre Köpfe hinweg. Eine große Distel knickte um, entzweigeschossen.

Anja riss die Ladetür des Lastwagens auf, hielt ihn zwischen sich und den beiden Ganoven im Gras und drückte auf Kanal 7 der Fernsteuerung, die an ihre Jacke geklemmt war; im selben Augenblick schoss brüllend Sol heraus, schlug seine Zähne in den Nacken von Nasenlos und schüttelte ihn wie eine Ratte.

Nasenlos wäre vielleicht davongekommen, doch seine Angst kostete ihn das Leben: Er schrie und schlug wild mit den Armen um sich und fiel; und kurz darauf hatte Sol ihm den Kopf abgerissen.

Anja tätschelte ihren Ex-Freund, während Sol zitternd über der Leiche kniete, deren Blut ihm aus dem Mund rann.

»Braver Junge. Braver Junge.«

Doch dann spürte sie einen kleinen kalten Stahlkreis in ihrem Nacken. Sie wusste, wie sich eine Gewehrmündung anfühlte.

»Hallo Anja, Mädchen, nett, euch beide wieder zu sehen. Keine falsche Bewegung, okay?«

Sie drehte ihren Kopf gerade weit genug, um den Sprecher sehen zu können. »Austin.«

»Zweifelsohne. *Mensch*, du siehst ja großartig aus. Ist das nicht Sol, der da mit dem Kopf von Narbengesicht spielt?«

»Was von Sol übrig ist.«

»Schon verstanden. Gut. Nun ja. Hast du ihn so weit unter Kontrolle, dass ich ihn nicht erschießen muss?«

»Klar.«

Sie langte nach der Fernsteuerung.

»Anja? Sei ganz vorsichtig, was du deinem verrückten kleinen Freund befiehlst, okay? Diese beschissene Knarre geht verdammt leicht los.«

»Geht in Ordnung.«

Sie drückte einen Knopf auf der Fernsteuerung, und Sol schlief unverzüglich ein.

»Wow! Können wir nicht Dexie an dieses Ding koppeln? Na schön – rate mal, wer unten im Wald auf dich wartet?«

»Das weiß ich. Ich hab ihn gesehen. Bremer, der Schwachkopf.«

»Brem würde dich gerne sehen.«

Sie zuckte mit den Schultern. »Klar. Kann ich Sol mitnehmen? Und mein Katzenfell?«

»Aber sicher.«

»Hör zu – dein hübscher Freund hat mir keine andere Wahl gelassen.«

»Glaubst du, das juckt mich? Einer weniger, der meine Augen beleidigt. Aber bau jetzt bloß keinen Scheiß, oder wir *müssen* dich umbringen. Verdammt, tut das gut, dich wieder zu sehen.«

Fünftes Kapitel

Ein völlig funktionstüchtiges Gewehr

Sie warteten mit dem Angriff, bis die Schatten am längsten waren.

Angriff? Ebenso konnte man es als Flucht bezeichnen, aber das wusste Sullivan anfangs nicht. Er sah, wie einige Dutzend zerlumpte Gestalten aus dem Wald stürmten, über die freie Fläche auf den Wohnplex zu. Männer und Frauen, die schrien, Gewehre und Pistolen in den Händen – vor Angst oder vor Wut? Er hätte es nicht sagen können. Einige eröffneten das Feuer auf den Wohnplex …

Yamahira nahm diese zerlumpte Ansammlung unter Beschuss, und Männer und Frauen fielen wie Weizen bei der Ernte.

Die Plünderer. Im Wald. Dexie und Bremer sahen aus der Deckung der Büsche heraus zu. Zum Angriff gezwungen, von der Miliz ins offene Gelände getrieben, wirbelten die Flüchtlinge herum und schrien und fielen. Bremer hatte einigen Waffen gegeben, um den Schein zu wahren, aber sie hatten fast keine Munition, und seine Leute hielten ihre Waffen die ganze Zeit auf die Rücken der Flüchtlinge gerichtet.

»Dumm wie Bohnenstroh«, sagte Dexie und schüttelte verwundert den Kopf.

»Ich kann nur ein Mündungsfeuer erkennen … höchstens zwei.« Bremer dachte laut nach. »Vom Dach aus wird auch geschossen. Sieht fast so aus, als ob da weniger Leute drin stecken, als ihr tapferen Soldaten gedacht habt, Dexie.«

»Sie haben noch den Wärmesucher, vergiss nicht den Granatwerfer, vergiss den bloß nicht.«

»Ist das wirklich wahr? Sie haben ihn nur einmal eingesetzt. Vielleicht haben sie keine Munition mehr, oder nicht mehr viel. Die Versorgungslage ist nicht gerade umwerfend.«

Dexie schnupfte Kristall von seinem Handrücken. »Kann sein. Kann sein kann sein kann seiiiiin.«

»Dexie – nimm dir zwanzig unserer Männer, und werft mal einen Blick auf die Rückseite des Geländes. Und sag Austin, er soll mir das Mädchen bringen. Hier ins Lager.«

»Klar klar klar klar –«

»Setz deinen Scheiß-Hintern in Bewegung.«

Dexie krabbelte davon. Bremer wandte seine Aufmerksamkeit wieder dem »Kampf« zu. Zehn oder elf der heruntergekommenen Gestalten hatten es bis in den toten Winkel der Verteidiger geschafft und zerrten jetzt an den Planken und Latten, mit denen die unteren Fenster zugenagelt waren.

Während Bremer zusah, riss einer der Flüchtlinge eine Holzlatte herunter – und das Fenster explodierte nach außen; die Explosion tötete ein halbes Dutzend Männer.

Bremer konnte nicht erkennen, ob das Fenster vermint worden war oder ob jemand von innen eine Salve herausgefeuert hatte.

Ein qualmender, verdrehter Gewehrlauf und ein zersplitterter Schaft landete direkt vor Bremer auf dem Boden, von der Explosion durch die Luft geschleudert.

»So ein Scheiß«, murmelte er. »Ein völlig funktionstüchtiges Gewehr ruiniert.«

Jetzt konnte er durch die qualmende Lücke sehen, wo eben noch das zugenagelte Fenster gewesen war – dahinter befand sich eine verrußte Wand aus einzementierten Aschekästen. Also waren die Bretter tatsächlich vermint.

Er schlenderte durch die Büsche zurück ins Lager, wo Austin gerade mit Anja eintraf. Ihr Lastwagen stand ein Stück entfernt.

»Der Laster gibt ein verdammt gutes Ziel ab«, stellte Bremer fest. »Jemand soll ihn wegfahren.«

»Ich möchte dir erst noch etwas zeigen, Bruder«, sagte Austin.

Bremer starrte Anja an. Sie hatte ein ausgefranstes Loch mitten in das Pumafell geschnitten und ihren Kopf hindurchgesteckt, so dass der Kopf unter ihrem Hals baumelte – ohne Augen und Knochen.

Der Schwanz hing bluttriefend über ihrem Rücken. Sie hatte das Fell noch nicht richtig trocknen lassen. Sie war schmutzig, und ihre Augen blitzten, doch Bremer fand, sie sah gut aus. Wirklich gut.

»Sag mir einen Grund, warum ich dich nicht umbringen soll, Anja«, sagte Bremer.

»*Bremer!* Wie nett. Schön, dass du dich an mich erinnerst. Immerhin bist du noch nicht völlig hirntot«, sagte sie ruhig. Sie schien überhaupt keine Angst zu haben. Sie hatte sich verändert. Sie war schon immer hart im Nehmen gewesen, aber seit er sie das letzte Mal gesehen hatte, war sie diesen Weg bis zu Ende gegangen.

Ihre Abgebrühtheit war kaum noch von einer Psychose zu unterscheiden; Bremer wusste das zu schätzen, und sie konnte es ihm bieten.

»Du hast mir keinen Grund gegeben, warum ich dich nicht töten soll, Anja.« Bremer wandte sich an Austin, denn er war sicher, dass er Anja gegenüber ein für alle Mal klären musste, wer das Sagen hatte, und das vermochte nur eine klare Todesdrohung. »Scheiß drauf. Leg sie um.«

Austin hob sein Gewehr und richtete es auf ihren Kopf –

Sie zuckte nicht mal, ihre Augen blieben völlig reglos. Im letztmöglichen Augenblick sagte sie: »Ich habe etwas, das du brauchst, Bremer.«

Bremer hob die Hand – Austin senkte das Gewehr. »Und was wäre das, Schätzchen?«

»Jemand«, sagte sie und warf einen Blick auf den Lastwagen, »der nicht versagen wird.« Sie deutete auf das Wohnplex. »Er kann euch da reinbringen. Mit minimalen Verlusten.«

»Wirklich. Und wie das?«

»Kann ich dir etwas zeigen?«

Einige Minuten später standen sie in respektvoller Entfernung des Lasters, als sie die Ladetüren öffnete; das Sonnenlicht fiel auf Sols Gesicht.

Sein Gesicht war abgemagert, vernarbt und mit Tätowierungen überzogen, die sich kaum von den Narben unterschieden. Grinsende Totenschädel waren auf seine Augenlider tätowiert. Jedes Mal, wenn er blinzelte, flackerten die Schädel in seinen Augenhöhlen und verschwanden wieder.

Er kicherte.

Anja richtete die umgebaute Fernbedienung auf ihn. Augenblicklich sprang er aus dem Laderaum und wartete. Die Männer, die einen Kreis um ihn gebildet hatten, traten gleichzeitig einen Schritt zurück und richteten ihre Waffen auf ihn.

Sie drückte auf einen anderen Knopf, und er tat einen verkrampften Schritt auf sie zu.

Die Männer luden ihre Waffen durch.

»Noch nicht schießen«, sagte Bremer.

Sol war fast nackt; er trug nur Stiefel und die Fetzen eines Hemdes. Er war groß, über zwei Meter, ein Bündel zitternder Muskeln mit Narben wie ein Lageplan der Kanalisation von L.A. Er sah scheißwütend und unglücklich aus, er sabberte, schwankte leicht und zog prüfend die Luft ein. Anja drückte einen weiteren Knopf, und sofort grinste er; das Grinsen glich fast einem Hund, der die Zähne fletschte.

»Hast du gerade sein Lustzentrum stimuliert?«, fragte Austin.

Sie nickte.

Bremer trat einen Schritt näher und sah sich Sol genauer an.

»Das ist doch …«

Sie nickte. »Sol.«

Bremer lachte zufrieden. »Der Schweinehund, wegen dem du mich verlassen hast!«

»Jedenfalls«, sagte sie, »war das früher Sol. Ansatzweise ist er es immer noch. Er ist etwas zu heftig auf die Luststims abgefahren … und hat sich schließlich die Hardware direkt einbauen lassen … unheilbare Elektrostim-Abhängigkeit. Absolut klassisch.«

»Und dann hat er dich verlassen.«

»Im Tran entschwunden trifft's eher. Aber verdammte Scheiße, es läuft aufs Gleiche raus. Also hab ich ihn fangen lassen und mit seinem Chirurgen einen Deal gemacht …«

Bremer lachte meckernd und schüttelte anerkennend den Kopf. »Du mieses kleines Biest!«

»Tja ja. Pass mal auf.«

Sie drückte auf mehrere Knöpfe der Fernsteuerung, und sofort hüpfte Sol wie ein Idiot im Kreis herum.

Alle lachten. Dann drückte sie ein paar andere Knöpfe, und Sol warf sich gegen die Seite des Lastwagens, schlug seinen Kopf mit einem dumpfen metallischen Ton wieder und wieder dagegen. Bis er blutig war.

»Ich kann dafür sorgen, dass es ihm *gefällt*, was er sich antut«, sagte Anja zufrieden und betätigte einen Knopf, der sein Lustzentrum stimulierte. Sol knallte seinen Kopf gegen das Blech, fester und fester, und stöhnte lustvoll dabei …

»Yeah!«, brüllte Sol. »YEAH!«

»Damit ist sein Vokabular so ziemlich erschöpft«, murmelte Anja und drückte auf einen der Knöpfe.

Sol setzte sich sofort auf den Boden und blinzelte durch das Blut, das seine Stirn hinunterlief. Er summte tonlos vor sich hin.

»Und was bitte schön haben wir davon?«, wollte Bremer wissen.

»Wer«, fragte sie nachdenklich, »von deinen Jungs hier ist hart im Nehmen und trotzdem entbehrlich?«

Bremer schnaubte verächtlich. »Fast alle.« Er sah sich um und rief nach einem Kerl, der in ungefähr zwanzig Meter Entfernung gegen einen Baumstumpf pinkelte. »Ginch!«

Ginch kam herübergelaufen, schüttelte unterwegs seinen Schwanz, stopfte ihn in die Hose und wischte die Pisse an seinem T-Shirt ab. Er war groß und blond mit breiten Schultern und langen verfilzten Haaren, Surfer-Tatoos, dummen blauen Augen und herabhängenden Mundwinkeln. »Waslos?«

»Ginch«, sagte Bremer, »hab ich dir nicht gesagt, du sollst nicht so nah am Lager pissen? Ich mag den Geruch nicht.«

»Scheiße Mann, ein Kerl muss halt pinkeln, ich mein, Scheiße –«

»Ich mag es nicht besonders, wenn mir jemand den Gehorsam verweigert, nicht mal, wenn es um die Entsorgung deines Urins geht, Ginch.« Bremer nickte Anja zu.

Sie drückte eine Reihe von Knöpfen auf der Fernbedienung.

Ginch drehte sich gerade rechtzeitig um, um Sol in die Augen zu schauen. Ginch fiel auf den Rücken und griff nach seiner Pistole, aber Sol bewegte sich mit der Geschwindigkeit einer Schlange und biss ihm drei Finger ab, den Zeigefinger eingeschlossen, Blut spritzte und Ginch schrie. Sol saß auf seiner Brust und Ginch sträubte sich vergeblich, Sol hatte sich in die Finger und die Pistole verbissen wie ein Hund in einen Knochen, er kicherte, seine Augen jenseits des

Wahnsinns. Seine Hände packten Ginch und drehten seinen Kopf einmal am Nacken herum, brachen sein Genick, Ginch zitterte, starb, aber Sol machte weiter, drehte den Kopf wieder nach vorn wie den Drehverschluss auf einer Flasche, drehte den Hals wie einen Lumpen noch drei Mal herum, ganz schnell, und *plop* –

»Scheiße!«, sagte Austin bewundernd. »Glatt von den Schultern!«

Die Männern ließen ein anerkennendes Gemurmel hören. Niemand hatte Ginch besonders gemocht.

Sol nagte an Ginchs Augen. Dann fing er an, den abgetrennten Kopf auf den Boden zu schlagen wie ein Affe eine Kokosnuss.

Anja stellte sich hinter Sol und richtete die Fernsteuerung auf ihn, Sol wurde starr, stand auf und ließ den Kopf fallen; Anja beförderte ihn mit einem Tritt ins Gebüsch. Dann drückte sie auf einen anderen Knopf.

Sol drehte sich um, maschierte in den Laderaum zurück und setzte sich mit glasigen Augen in eine Ecke.

»Nun ja«, sagte Bremer. »Er könnte tatsächlich ganz nützlich sein ...«

Plötzlich hörten sie das Husten eines Granatwerfers aus der Richtung des Wohnplexes, ein Wärmesucher zitterte auf sie zu. Die Männer rannten auseinander. Anja schlug die Türen des Laderaums zu und warf sich unter das Fahrzeug, Bremer direkt neben ihr.

Bremer brüllte eine Warnung, doch einer Gruppe von vier Männern, die hinter einem umgefallenen Baum Schutz suchen wollten, gelang es nicht, der Granate auszuweichen, und sie wurden von einem Feuerball aufgesogen.

»DAS WAREN NOCH MAL VIER, IHR ARSCHLÖCHER!«, dröhnte die verstärkte Stimme vom Plex herüber. »WIR WERDEN EUCH SO LANGE ZURECHTSTUTZEN, BIS KEINER MEHR ÜBRIG IST!«

»Er will euch nur Angst machen«, sagte Anja. »Ich wette, er hat nicht mehr so viele Wärmesucher auf Lager, sonst hätte er sie eingesetzt.«

»Ja«, sagte Bremer und betrachtete den Rauchring um den Krater neben dem umgefallenen Baum. »Er hat begriffen, dass ich die Gebäude nicht abfackeln will. Er hat Strom aus Batterien und Munition. Aber wir haben mehr Zeit als er ...«

»Ich glaube nicht, dass Sol noch lange zu leben hat … Also können wir ihn genauso gut noch mal sinnvoll einsetzen. Aber ich will an dem beteiligt werden, was wir dort drin finden.«

Bremer kicherte. Er wischte einen Tropfen Öl von seiner Wange, es tropfte von einer Ölpfanne über seinem Kopf herab. Er sah Anja in die Augen. »Ach, tatsächlich?«

»Ja, tatsächlich.«

Bremer fing mit seiner Fingerspitze einen Tropfen Öl auf und strich ihn auf ihre Lippen wie Lippenstift. »Bleibst du zum Abendessen, Schatz?«

* * *

Quinn und Mahler kehrten in den unteren Bunker zurück. Sie hatten ein Feuer an einer Ecke des Gebäudes gelöscht; sie hatten noch zwei Nachzügler erschossen, die mit einem Stemmeisen eins der rückwärtigen Fenster aufbrechen wollten. Sie hatten zu Mittag gegessen. Yamahira hatte seine Portion nicht bei sich behalten.

Und Sullivan machte einen Vorschlag, der mehr als ein Vorschlag war.

Quinn schüttelte den Kopf. »Nein, Mann, das ist vollkommen verrückt.«

»Die Diskussion ist eröffnet«, sagte Sullivan. »Dann lassen Sie uns doch an Ihren Vorstellungen teilhaben, Quinn.«

Quinn starrte ihn an. »Wir … könnten einfach abwarten.«

Sullivan sagte: »Wissen Sie was? Dieses Arschloch wird nicht einfach verschwinden. Ich weiß, wer das ist. Er heißt Bremer. Das ist einer der Schlimmsten. Er wird nicht einfach aufgeben.«

»Aber das ist gottverdammter *Selbstmord* –«

»Unterschätzen Sie meinen Dad nicht«, sagte Anatole bestimmt.

»Sie haben mir meine Fahrzeuge weggenommen«, sagte Sullivan. »Ihr Auto ist unsere einzige Hoffnung.«

»Aber auf allen passierbaren Straßen treibt sich genau der gleiche Abschaum herum –«

»Ich kenne eine Nebenstraße, die nach Osten führt, meist aus Schotter und wahrscheinlich weitgehend befahrbar. Sie führt auf Umwegen nach Nevada. Wo genau steht das Auto?«

»Das Auto steht …« Quinn warf Mahler einen Blick zu.

Mahler zögerte – nickte dann.

Quinn atmete langsam aus. »In einem Kanalgraben auf der Südseite. Wir haben eine Menge Grünzeug daraufgeworfen, um es zu verstecken. Wenn sie es noch nicht gefunden haben, können Sie's ja versuchen. Aber was bringt das? Es ist einfach unmöglich, dass Sie das schaffen.«

»Ich krieg das hin. Anatole hat Recht«, sagte Sullivan und schaute durch eine Schießscharte hinaus. »Unterschätzen Sie seinen Dad nicht.« Er betrachtete die Leichen, die in der Sonne schmorten. »Haben Sie nicht gesehen, was sie getan haben? Sie haben sich Flüchtlinge geschnappt, unschuldige Menschen, sie haben sie aufgestachelt, dann bedroht, dann auf uns losgelassen und wir mussten sie töten …«

»*Mussten* wir das?«, fragte Mahler dazwischen. »Ich bin da anderer Meinung. Wir hätten alles andere tun sollen. Das waren unsere Leute, unsere Verbündeten. Oder wären es gewesen, wenn wir die Möglichkeit gehabt hätten, an sie ranzukommen.«

»Ich habe keine Verbündeten, Mann«, sagte Sullivan. »Außer Anatole. Aber ich sag Ihnen was: Ich will das nie wieder tun müssen. Und sie werden diese Aktion wiederholen.«

»Und Lila …«, sagte Yamahira.

Sullivan nickte. »Und Lila. Wir können nicht länger warten. Sie braucht Hilfe, und zwar schnell; und da diese Hilfe nicht zu uns kommt, müssen wir sie hinbringen.«

»Der Transport könnte sie genauso gut umbringen.«

Sullivan nickte.

Aus dem Wald in der Nähe der südöstlichen Ecke des Gebäudes dröhnte eine Explosion.

Sie stürzten zu den Schießscharten – und sahen, wie ein großer Eukalyptusbaum langsam umkippte, laut krachend, auf den Wohnplex hinab – genau im richtigen Winkel. Die Plünderer hatten am Fuß des halb verrotteten Baumes eine Sprengladung gezündet.

Das war der Baum, der dem Haus am nächsten stand, und Sullivan hatte oft überlegt, ihn zu fällen. Aber dafür war es jetzt zu spät, sein Respekt für die Schönheit der Natur hatte sie alle dem Tod näher gebracht. Der Baum war so umgefallen, dass seine oberen fünf Meter auf dem Rand des Daches zu liegen kamen, etwa fünfzehn Meter vom oberen Bunker entfernt, und Männer krabbelten bereits im Fünfundvierzig-Grad-Winkel den Baumstamm hoch wie ein Trupp Kampfameisen, schwärmten im Schutz der dichten Blätterkrone auf das Dach zu.

Sullivan schnappte sich seine letzte Granate, die er zwischen zwei Sandsäcke geklemmt hatte, rannte los und brüllte: »Buford, Huxley, Metzger – haltet diesen Bunker besetzt – und haltet Sprechkontakt, falls sich was tut –« Er blieb in der Tür zum Treppenhaus stehen. »Anatole – du kümmerst dich um die hinteren und seitlichen Schießscharten, lauf immer hin und her und schieß auf alles, was sich bewegt –«

»O nein, o nein«, stöhnte Yamahira und griff nach seiner Waffe.

Yamahira und Quinn und Sullivan und Mahler waren innerhalb von dreißig Sekunden auf dem Dach, alle vier rannten auf das silbrig-grüne Laub zu, das in einer Ecke des Daches zitterte; Sullivan feuerte kurze Salven in die Blätter. Eukalyptuslaub wurde von Kugeln abgerupft und segelte duftend davon; ein Mann schrie und stürzte zu Boden.

Sullivan erreichte den Baum gerade, als einer der Banditen von einem Ast auf das Dach sprang –

Quinns Magen verkrampfte sich bei jedem Rückstoß des Gewehrs gegen seine Schulter, er schoss einen Mann nieder, der hinter dem Alukamin der Lüftungsanlage hervorkam; ein anderer rannte auf Yamahira zu, der das Maschinengewehr aus dem Bunker auf dem Dreifuß hinter sich herzog und auf den Baum richtete –

Als er Yamahiras Gesicht sah, den krampfhaft verzerrten Mund des alten Mannes, wurde ihm klar, dass Lilas Vater durchdrehte, dass er die Grenze zwischen Wahn und Sinn hinter sich gelassen hatte; er brüllte die Eindringlinge an und versuchte das Maschinengewehr abzufeuern, dessen Rückstoß für ihn viel zu stark war, er wurde hin und her gerissen, die Kugeln flogen wild in der Gegend herum, der alte Mann stolperte, taumelte, brüllte: »Lasst uns in Ruhe lasst uns in Ruhe lasst uns in RU-U-U-HE!«

Sullivan beförderte einen weiteren Banditen mit einem Tritt gegen das Kinn vom Dach und feuerte gleichzeitig eine Salve auf zwei weitere.

Mahler fuhr herum und zielte auf den Mann, der aus der Deckung heraus auf Yamahira losstürmte, aber der Kerl feuerte bereits aus der

Hüfte heraus und Yamahiras Oberkörper wurde an fünf Stellen aufgerissen, er drehte sich im Kreis, wurde erneut getroffen, der Bandit brüllte: *»Friss das friss das friss das, du Scheißer!«*

Dann schoss Mahler den Plünderer ins Kreuz und der Kerl stürzte zu Boden, klappte in einer unnatürlichen Haltung zusammen, feuerte in die Dachpappe und blieb liegen.

Sullivan hatte die Granate aus seiner Tasche gezogen, legte den Schalter um, ließ sie auf die Mitte des Baumstammes fallen, der Stamm riss auseinander, der Baum rutschte von der Dachkante, die Luft wurde von Nitrodampf und Eukalyptus erfüllt – Mahler feuerte …

Und Quinn feuerte, sehnte sich nach einem Strand in Florida, weit weg vom Knallen der Gewehre. Feuerte. Und feuerte.

* * *

»Das ist der richtige Augenblick«, sagte Metzger. »Genau jetzt. Wir schaffen so viel wir tragen können in den Wagen – und wir handeln ein Geschäft mit diesen Schweinehunden da draußen aus, wir bieten ihnen das Haus, wir bieten ihnen die Leute, wir bieten ihnen die Vorräte –«

Buford schüttelte den Kopf. Kugeln schlugen und jaulten in das Gebäude. Er hasste dieses Geräusch. »Das kannst du nicht machen, Metzger –«

Ich komme, schien jede Kugel zu sagen, *ich bin unterwegs, noch eine Minute, keine Eile, geh nicht weg, ich bin gleich da, ich komme …*

»Und ob ich das kann –«

Und während Huxley mit offenem Mund zusah, eröffnete Metzger das Feuer auf Buford, er schnitt ihn mit einer langen Salve seiner M18 in zwei Hälften.

Hallo, hier bin ich. Wie fühlt sich das an?

»O Gott o Scheiße was machst du da«, sagte Huxley.

Metzger richtete das Gewehr auf Huxley »Nun?«

Huxley betrachtete Buford, der zuckte und starb.

Die sich langsam ausbreitende Blutlache.

Metzgers Gewehr.

Dann sagte er: »Also. Ich glaub schon. Klar. Ich meine, weißt du – was auch immer.«

* * *

»Tut mir Leid, Dad«, sagte Anatole. Er wollte sagen: Tut mir Leid, dass ich mich habe entwaffnen lassen.

Sullivan hatte sie im Vorratsraum entdeckt, hinter dem Flur im Erdgeschoss, der zur verbarrikadierten Vordertür führte. Metzger und Huxley standen hinter Anatole; Metzger hatte ein Gewehr auf Anatoles Kopf gerichtet.

»Geht von dem Jungen weg«, sagte Sullivan.

Metzger lächelte müde. »Ich werde ihn nicht umnieten, wenn mich keiner dazu zwingt. Aber ich werd's tun, wenn es drauf ankommt – oder Sie lassen Ihre Waffen fallen und schließen das Vorratslager auf.«

Sullivan schüttelte den Kopf. »Ihr bringt uns so oder so um.«

»Nein. Jemand anders vielleicht, später. Ich nicht, wenn's nicht sein muss, Bruder.«

»Sie wollen den Jungen und die Frau diesen Hundesöhnen dort draußen ausliefern?«

»Die kriegen uns sowieso. Die geben nicht einfach auf. Mit etwas Glück bleibe ich so am Leben. Vielleicht sogar Huxley. Und hee – die Mädchen bringen sie wahrscheinlich gar nicht um, wenn sie kooperativ sind. Vielleicht mögen ein paar von denen kleine Jungs, wer weiß? Also kommt er durch. Irgendwie. Waffen runter, oder ich erschieße Ihren Nachwuchs und dann Sie. Auf drei, okay? Eins, zwei …«

Sullivan ließ sein Gewehr fallen.

Von draußen ertönte ein Grollen. Ein Dieselmotor.

Quinn kam durch die Tür zum Treppenhaus herein. Mahler, den Granatwerfer auf dem Rücken, folgte ihm schwer atmend. »Sullivan«, sagte Quinn, »jemand hat den schwarzen Soldaten erschossen –«

»Buford«, sagte Mahler missmutig. »Er heißt Buford. Er hat einen Namen.«

»Buford ist aus nächster Nähe erschossen worden«, fuhr Quinn fort. »Muss jemand hier drin gewesen sein, der … der …«

Sie blieben stehen und sahen sich die neuen Machtverhältnisse an: Metzger, das Gewehr, Anatole, Sullivan entwaffnet. »Scheiße«, sagte Mahler mit viel Gefühl.

»Ja, lasst eure auch gleich fallen, ihr Möchtegern-Journalisten«, sagte Metzger. »Schön auf den Haufen mit den Waffen.«

Das Grollen von draußen kam näher.

»Gut«, sagte Metzger, »Huxley, du fesselst sie. Dann gehen wir an den Verstärker und reden über den Deal.«

Das Grollen …

»Metz …«, sagte Huxley und starrte Sullivan an. »Wenn ich dem zu nahe komme …«

»Mach schon, Schwachkopf!«

Huxley leckte seine Lippen, nickte dann …

Sullivan machte sich bereit, Huxley zu töten; diese Vorbereitung fand ausschließlich in seinem Inneren statt. Äußerlich bewegte er sich nicht, spannte sich nicht einmal an.

Die Barrikade hinter ihnen dröhnte und wackelte und stürzte krachend und knirschend ein –

»Was zum Teufel!«, brüllte Metzger.

Sullivan drehte sich um und sah, wie sich sein kleines Cat-Erdräumfahrzeug durch Wand und Tür fraß, mit Dexie am Steuer, der »Schatz, ich bin zu Hause!« brüllte. Die Schaufel des Cat riss ein Stück der Außenwand mit sich, als sie in den Flur eindrang –

Erschrocken wandte Metzger seinen Blick von Anatole ab, der seine Chance sah, das Jagdmesser aus dem Versteck unter seinem Hemd hervorzog, und in einer einzigen Bewegung fuhr er herum, rammte Metzger mit der rechten Hand die Klinge in den Bauch, drehte sie um, wie sein Vater es ihm beigebracht hatte, und schob mit der Linken die Mündung von Metzgers Gewehr beiseite.

Metzger schrie durchdringend.

Huxley rannte bereits in Richtung Treppenhaus, wurde jedoch von einer Salve erwischt, die sein Rückgrat glatt durchschoss, als Dexie sich auf dem Cat aufrichtete und losfeuerte –

»Fuckfuckfuckfuckfuck!«, brüllte Dexie, kicherte, drückte den Abzug durch – und wurde herumgeschleudert, fiel vom fahrenden Cat, als Quinn ihn mit seinem Gewehr niedermähte. Der Cat ruckelte und blieb stehen.

Dexie war so aufgedreht, dass die Kugeln in seinem Bauch im Einklang miteinander vibrierten; er stand zitternd auf und brüllte: »Schwanzinnemöse-Möseamhimmel-soschöne-Klunker-am-Himmel-wieso-seidanich-tooooot!«, hob sein Gewehr und feuerte, feuerte aber schräg in die Luft, und Sullivan trat neben ihn und schlug das Gewehr beiseite, wirbelte ihn herum und versetzte ihm einen Hieb auf die Stirn, so dass sein Hinterkopf gegen die Wand knallte und er immer leiser werdend zu Boden sackte: »Ich bin ein Affe ein Af-faf-faffe, hübsche MuschiamHimmmmm…« Und starb.

Metzger wand sich am Boden, die Gedärme zerschnitten, und schrie wie eine kleine Frau, die ein Zwölf-Pfund-Baby bekam. Anatole starrte ihn an.

Sullivan hob seine Waffe auf. »Fick dich«, forderte er den sich windenden Soldaten auf, zog Anatole hinter sich und schoss Metzger die Schädeldecke weg. Das Gebrüll hörte auf.

Sullivan warf Quinn sein Gewehr zu und nahm ihm den Wärmesucher aus den Armen, gerade als eine weitere Gruppe paramilitärischer Plünderer durch die Lücke stürzte, die Dexie in die Vorderseite des Gebäudes gerissen hatte. Der Wärmesucher war bereits geladen.

»Sagt Bremer, dass wir noch mehr von diesen Dingern haben«, brüllte Sullivan den Plünderern entgegen, eine überzeugende Lüge angesichts der letzten Granate, die er den überraschten Gesichtern in der Öffnung entgegenfeuerte.

Die Plünderer drehten sich um und rannten, doch die meisten von ihnen blieben auf der Strecke, die Explosion erledigte ein halbes Dutzend. Na gut, vielleicht fünf.

Sullivan warf den Granatwerfer beiseite und wandte sich an Quinn und Mahler. »Können Sie und Zizz und Kian Lila hier runtertragen – ganz vorsichtig?«

Sie nickten – Mahler starrte Anatole, der mit ausdrucksloser Miene dastand, fast ehrfürchtig an – und rannten die Treppe hoch.

Sullivan nahm Anatole fest in seine Arme. Anatole fing an zu zittern. Zu schluchzen. »Es tut mir Leid, dass du das tun musstest, mein Sohn. Das sollte niemand tun müssen.«

Sieben Minuten und siebzehn Sekunden später …

Sullivan hatte den Cat rückwärts aus dem Haus auf das freie Gelände gefahren, als die Granate mit fröhlichem Pfeifen einschlug und eine Wolke aus Staub und Blut von den aufgeschwemmten Leichen der Flüchtlinge emporwirbelte.

Erdbrocken prasselten um die Verteidiger nieder; die Wolke verbarg sie einen Moment lang. Es war eher eine Gelegenheit als eine Bedrohung.

»Sind Sie sicher, dass Sie das schaffen?«, fragte Sullivan.

Quinn nickte.

Zizz und Kian kauerten neben der Trage, auf der sie Lila herausgebracht hatten, gleich neben dem ausgefransten Loch in der Wand, Anatole neben ihr, der ihre Hand hielt. Sie war kreidebleich, aber bei Bewusstsein. »Jack?«, sagte Lila schwach. »Wo ist mein Dad.«

Sullivan beugte sich über sie und gab ihr einen Kuss. »Wir kümmern uns um ihn.«

(Er liegt in einer Blutlache auf dem Dach.)

Sullivan nickte Quinn zu, der durch den sich lichtenden Rauch lossprintete – auf den Wald zu, aber weg von der Hauptgruppe der Plünderer.

Sullivan ging mit Mahler zu dem Cat hinüber, der im Leerlauf dastand; Kian und Zizz kauerten immer noch neben der Trage. Kian weinte. Zizz hatte einen Arm um ihn gelegt.

»Was zum Teufel ist *das?*«, fragte Mahler.

Sullivan wandte sich um und sah die Gestalt eines Mannes in der Staubwolke, die sich vor der untergehenden Sonne abzeichnete. Ein großer Mann, mit einer Art Rüstung ausstaffiert, kichernd wie ein Idiot.

Er kam näher. Sein Gesicht tauchte aus dem Staub auf. Es war Sol. Er grinste. Funken zuckten auf seinem faulenden, metallgespickten Kopf.

»Iiiiiiiiiiiihr woll spiiieeeeeeeeeeeeln!« Es klang fast als würde er jodeln. Grell und heulend. »Iiiiiiiiiihr woll spiiieeeeeeln?«

Er stolzierte auf sie zu; drei kugelsichere Westen waren überlappend auf seiner Brust befestigt, andere auf seinen Beine verteilt.

In der Hand hielt er ein Brecheisen … mit angeschweißten Nägeln.

Mahler feuerte zuerst, dann Sullivan; die Kugeln prallten von der Rüstung ab und Sol taumelte ein wenig, als er auf Sullivan losstürzte; brüllend und mit der Begeisterung des längst Toten schob er sich stromaufwärts gegen den Ansturm der Kugeln.

Kian schrie.

»Sein Kopf!«, brüllte Anatole, der aus der Lücke hinter Sullivan heraus zusah. »Schießt auf seinen –«

Genau das tat Sullivan, fünf Salven direkt ins Gesicht, eine davon schlug die Nadeln aus seinen Wangen, so dass sein Unterkiefer herabhing und wie eine Hollywoodschaukel auf und ab wippte und eines seiner Augen verschwand einfach und seine Schädeldecke hob einfach ab, wie, nun ja, wie bei einem Halloweenkürbis, und –

Aber das konnte ihn nicht aufhalten. Jenen Teil seines Gehirns benutzte er sowieso kaum.

Dann hatte Sol sie erreicht und schlug ihre Gewehre mit seinem Brecheisen beiseite, obwohl er drei weitere Salven in den Hals abbekommen hatte und Blut hustete, er wischte Mahler mit einer Armbewegung beiseite, mit dem anderen Arm schlug er mit dem Brecheisen nach Sullivan, der auf den Rücken fiel, dann presste er das Brecheisen auf Sullivans Gurgel …

Im Wald hielt Anja die Fernsteuerung auf Sols Rücken gerichtet, drückte abwechselnd den *Lust*- und den *Kampf*-Knopf und murmelte: »Töt ihn und hab Spaß dabei, töt ihn und hab Spaß dabei, du verdammtes Scheißvieh, töt ihn und hab Spaß dabei …« Sie lachte vor sich hin und fügte hinzu: »O Glück o Freude.«

Sullivan gelang es mit Mühe, Sol daran zu hindern, ihm mit dem Brecheisen den Kehlkopf zu zerquetschen, aus zehn Zentimeter Entfernung starrte er in Sols Gesicht, in Sols brennend leere Augen und den schäumenden Mund. Ein Blick in den mörderischen Abgrund. Spucke und Blut und Hirnflüssigkeit troffen in Sullivans Mund.

(Kian schrie.)

Anatole und Mahler warfen sich von hinten auf Sol und versuchten ihn wegzuziehen … Von hinten fielen Schüsse: Mahler sah sich gezwungen, die Armee der Plünderer, die über das offene Gelände gestürmt kam, unter Beschuss zu nehmen – Quinn feuerte von der anderen Seite des Cat auf die Plünderer. Sol zerquetschte langsam Sullivans Kehlkopf.

Austin hatte die Führung des Angriffs übernommen …

(Kian schrie.)

Anatole schnappte sich Sullivans Gewehr und schoss von der Seite Sols Hinterkopf weg, doch SOL HÖRTE NICHT AUF. Die angeschweißten Nägel bohrten sich langsam in Sullivans Hals; Sullivans Blut mischte sich mit Sols Blut; Blut und Spucke tropften Sullivan in die Augen.

Anatole schrie und feuerte erneut. Sol hielt durch. »JAA KLAAAR JAAAA!« Nur ein kleiner Teil von Sols ursprünglichem Gehirn war noch übrig. Er machte sich in die Hose und zitterte, aber er hörte nicht auf – er HÖRTE EINFACH NICHT AUF.

Anatole konnte in der käsigen rotgrauen Ruine von Sols Gehirn die Hardware aus Metall und Silikon erkennen.

Anatole schrie und feuerte erneut – von der Seite, um seinen Vater nicht zu treffen –

Austin hatte sich flach in den Krater fallen lassen, den die Granate zurückgelassen hatte, und feuerte am Cat vorbei – Mahler verlor ein Stück eines Ohres und einen Fetzen Haut und einen schmalen Streifen Fleisch von einer Schulter –

Sol brach über Sullivan zusammen. Grunzend. Sullivan stieß ihn von sich herunter.

Sullivan stand auf, nahm seinen schreienden Sohn bei der Hand, schleppte ihn zum Cat, legte einen Gang ein, ohne aufzusteigen –

Sie liefen neben dem Fahrzeug her, Sullivan und Mahler trugen Lila, die versuchte, nicht bei jedem Schritt loszuschreien – ein Ziegelstein drückte das Gaspedal des Cat nach unten, den sie als Deckung benutzten, um die Südwestseite des Waldes zu erreichen, weit weg vom Lager der Paramilitärs –

Anatole feuerte über den Cat und zwei Plünderer gingen zu Boden –

Kian hörte nicht mehr auf zu schreien, er schrie, seit Sol auf sie zugerannt war, und normalerweise hätte es für Sullivan nichts Wichtigeres gegeben, aber jetzt stand Kians Heulen weit unten auf der Liste seiner Prioritäten, es war fast nichts, nur ein Kind, das vor Angst heulte.

Und?

Willkommen auf dem gottverdammten Planeten Erde.

* * *

»Feuer einstellen!«, brüllte Bremer aus der Deckung des Waldes heraus. »Sie bewegen sich von dem Gebäude weg – aus diesem Winkel könnt ihr sie nicht treffen –«

»Ich werd mir dieses Gebäude mal näher ansehen«, sagte Anja zu Bremer. »Auf Stolperdrähte absuchen.«

»Gut«, sagte Bremer. »Vielleicht bist du doch noch zu etwas nütze.«

»Du bist süß«, sagte Anja. »Ich könnte eine Waffe brauchen.«

»Auf keinen Fall. Lauf wie der Teufel, würd ich dir raten.«

Sie lächelte ihn kalt an und lief wie der Teufel.

* * *

Sullivan erreichte den Waldrand und wendete den Cat, so dass er in eine andere Richtung rollte, auf die Plünderer zu. Der Lockvogel erfüllte seine Aufgabe; der Haufen, den Bremer losgeschickt hatte, um ihn von der Seite anzugreifen, rannte auf das knatternde, qualmende Vehikel zu, in der Annahme …

Irren ist menschlich: Sie kamen gerade rechtzeitig, um festzustellen, dass der Cat sich von allein bewegte, niemand saß darin; gerade rechtzeitig, um den brennenden Lumpen zu bemerken, der aus der Tanköffnung hing –

Der Cat explodierte; riss vier von ihnen in den Tod –

Na gut, vielleicht drei; der Vierte starb erst am nächsten Tag.

Sullivan und Zizz und Mahler und Anatole und Kian, die Lilas Trage schleppten, traten auf der anderen Seite aus dem Wald, gerade als Quinn mit dem alten Volvo dort ankam.

»Hoffentlich wissen Sie, wohin wir jetzt fahren sollen«, sagte Quinn.

Mahler stieg vorne ein, Zizz zwängte sich auf seinen Schoß; Sullivan und Anatole und Kian stiegen hinten ein, Lila quer über ihre Schöße gelegt. Sie versuchte, nicht jedes Mal zu schreien, wenn sie durch ein Schlagloch krachten. Sie fuhren Richtung Osten.

Kian hatte aufgehört zu schreien.

Sullivan fragte ihn, wie es ihm ging. Er gab keine Antwort.

Und?

* * *

Anja stand in der qualmenden Lücke in der Außenwand des Wohnplex und winkte. »Alles verlassen. Und sicher.«

Daraufhin stürmten die Plünderer sofort los – bis Bremer sein Gewehr in die Luft feuerte.

»Halt, ihr verdammten Schwachköpfe!«

Sie wandten sich um und sahen ihn an.

»Ich geh als Erster rein – ich trau euch Arschlöchern nicht – ich will niemand mit meiner Beute erwischen! Ihr bekommt euren Anteil, wenn ich alles gesehen habe!«

Er rannte an ihnen vorbei, an ihren hasserfüllten Blicken, an Anja, in das Gebäude hinein. Anja drehte sich um und entfernte sich entschlossenen Schritts von dem Gebäude, stieg über Sols Leiche, ohne einen Blick auf ihn zu werfen; dann blieb sie stehen und wartete. Mit einem Lächeln auf den Lippen.

Die Sprengkörper, die Sullivan angebracht hatte – und deren Zündzeit Anja vorsichtig verändert hatte –, gingen los, Bremer mittendrin. Eine Stichflamme und eine Explosion – und das Gebäude war vernichtet.

»O je«, sagte Anja. »Da muss ich doch glatt einen Draht übersehen haben.«

»Das hast du gut hingekriegt«, sagte Austin und blieb direkt neben ihr stehen. Er sprach so leise, dass die anderen ihn nicht verstehen konnten.

»Hab ich das?«, sagte sie.

»Ist schon gut – wir brauchen sowieso einen neuen Anführer. Ich hab den Job eh nie gewollt – zu viele Leute, die einem in den Rücken schießen wollen. Oder einen in die Luft sprengen, zum Beispiel.« Er grinste. »Aber wenn du das Risiko eingehen willst ... wenn du es auf einen Versuch ankommen lassen möchtest ... von mir aus gern, Schätzchen ... ich meine, Scheiße. Willst du den Job?«

»Keine schlechte Idee ...«

Sie wandte sich um und betrachtete die brennende Ruine des Hauses. Von Zeit zu Zeit stürzte ein Mauerstück ein wie die billige Imitation eines Feuerwerks, mit viel Rauch und Funken.

Eine glühende Kugel fiel ungefähr zwanzig Meter von ihr entfernt zu Boden: vielleicht Bremers Kopf. Sie war nicht sicher. Jedenfalls irgendein Kopf.

Es war ein hübsches Feuer. Die Flammen warfen ein nettes blauviolettes Licht.

Am nächsten Tag gelang es ihnen, einige der besser geschützten Lebensmittel zu bergen, und am darauf folgenden Tag führte sie die Bande nach Norden, in Richtung San Jose.

Sie hatte da ein paar Ideen, die sie gern ausprobieren wollte.

* * *

Farraday hatte das dringende Bedürfnis, sich zu betrinken, als er die Landkrake betrachtete, doch stattdessen sagte er: »Gut – du bist am Zug.«

Das Cephaloped – die Laborjungs nannten es ›Ceph‹ – nahm seine Königin und bot Farradays König Schach.

»Ich geb mich geschlagen«, sagte Farraday seufzend. Sie befanden sich in seiner schnuckeligen kleinen Unterkunft. Farraday saß auf der Liege, das genetische Experiment auf einem Metallhocker, ein Tablett mit dem Schachbrett zwischen sich.

Sie hatten gerade zu Abend gegessen. Das Cephaloped war Vegetarier und hatte mit Farraday zusammen gespeist; es hatte fast ausschließlich eine Himbeer-Fruchtspeise gegessen, und zwar mit einem Schnabel an seiner Unterseite. Farraday hatte mehr als genug *davon* mitbekommen.

Die Landkrake streckte eine ganze Reihe ihrer menschlichen Kinderarme aus – ihre Haut war teils rosa, teils in der Farbe eines toten Kleinkindes – und noch zwei weitere Gliedmaßen, nahm die Schachfiguren eine nach der anderen und legte sie sorgfältig in die Schachtel zurück.

Ceph hatte ein paar Telefonbücher auf den Hocker gestapelt; sein Krakenkopf glitt hin und her, einmal mit etwas Schlagseite nach rechts, dann schwappte er wieder unruhig nach links; er wechselte parallel zu seinen Gedanken die Farbe.

Farraday hatte sich mehr oder weniger an das Geschöpf gewöhnt.

»Du brauchst also wirklich kein Wasser zum Überleben?«, wollte Farraday wissen.

»Hab ich Ihnen doch gesagt – nein.« Es klang ungewöhnlich verärgert. Normalerweie hatte die Landkrake eine äußerst wohltönende Stimme und sprach sehr sanft.

»Die Frage scheint dich zu ärgern.«

»Das tut mir Leid. Wissen Sie, Wasser ... ich habe manchmal Alpträume. Ich muss natürlich von Zeit zu Zeit baden, und das ist eine Tortur. Die Alpträume sind so lebensecht – ich habe so schreckliche Angst davor, von Wasser umgeben zu sein ... und wenn ich im Wasser bin, in meinen Träumen, ersticke ich und sterbe, und dann ... ist da eine schreckliche Kreatur aus den Tiefen des Meeres hinter mir her ... mit weit aufgerissenem Rachen.«

»Weit aufgerissenem Rachen?«

»Die Formulierung habe ich aus einer alten Abenteuergeschichte. Ich glaube, von Robert E. Howard. Ich liebe Bücher über Magie und Helden und ganz besonders Drachen, fliegende Drachen – ich bete die alten Abenteuerschriftsteller an.«

»Aha. Und du stellst dir vor, du wärst –«

»Die Heldin natürlich! Vielleicht bin ich ja eine Tunte. Denn eigentlich bin ich ein männliches Wesen, wissen Sie ... glaube ich zumindest.«

Farradays beschloss, dieses Gesprächsthema weiträumig zu umschiffen. Seine Neugier auf die Sexualität dieses Geschöpfes hielt sich wirklich in Grenzen.

Nichtsdestotrotz – er hatte Respekt vor dem Tintenfisch. Er trug seine Einmaligkeit mit der Würde des Elefantenmenschen, und er hatte einen Anspruch darauf, mehr als ein *es* zu sein. Da Ceph männlich war, würde Farraday von ihm künftig als *er* denken.

»Was meinst du, Ceph – belauschen sie uns hier?«

»Eigentlich schon, aber ich habe die Leitungen neu verlegt. Stattdessen hören sie jetzt zufällige Gesprächsfetzen aus den Flugzeughallen.«

»Was meinst du damit, neu verlegt ...?«

»Nun«, sagte die Landkrake im freundlichsten Tonfall, »ich habe kein besonderes Talent für Computer, meistens klicke ich einfach drauflos. Ich verwende das alte Windows 95-Programm, das bereits 97 veraltet war, aber etwas anderes geben sie mir nicht. Die Leitungen dagegen – mit den Eingeweiden von Maschinen kenne ich mich aus. Ich kann Sachen bauen, neu verkabeln, Chips ersetzen –«

»Hey, langsam. Warum genau hast du beschlossen, mein Zimmer neu zu verkabeln?«

»Und ohne Sie zu fragen.«

Ceph quoll mit Hilfe seiner Kinderbeinchen und Tentakeln von seinem Hocker. Er zog sich an der Liege hoch und setzte sich neben Farraday, eine kletternde Fleischpfütze aus Mensch und Tintenfisch.

Farraday hatte sich *fast* an das Geschöpf gewöhnt.

»Ich möchte mich für meine Eigenmächtigkeit entschuldigen«, fuhr Ceph fort. »Das war dreist von mir. Aber es gibt einige Dinge, über die ich mit Ihnen unter vier Augen sprechen *muss*.«

»Wirklich? Ist das deine Idee – oder ihre?«

»Wessen?«

»Des Militärs. Der Zetaner. Weiß ich doch nicht. Ich weiß nur, dass ich es nicht weiß. Ich weiß wirklich verdammt wenig über dich – ich habe dich … noch nicht lange als ›Haustier‹, wenn das überhaupt zutrifft –«

»Ich glaube eigentlich nicht, auch wenn ich es sehr ernst gemeint habe, als ich Ihnen Treue versprach.«

»– wie auch immer du das nennst. Adoption …« Farradays Magen kam bei diesem Ausdruck ins Schlingern. Adoption. Er dachte an das Kind, das er und Lyn sich wünschten. Das Ding mit den Kinderarmen vor ihm machte diese Sehnsucht zum Gespött.

»Das stimmt, Sie kennen mich nicht. Wahrscheinlich fragen Sie sich, ob Sie mich kennen *können*. Bin ich ein Tier? Ein Mensch? Trage ich außerirdische Gene in mir? Das alles trifft zu. Aber Sie können sich sicher sein – ich habe meine ganz eigenen Absichten. Oder … sie wurden jedenfalls nicht von unseren Wärtern in die Wege geleitet.«

Unseren Wärtern …?

Werde ich ebenso gehalten wie diese Kreatur?

Farraday war schließlich auch ein Art Experiment: ein Public Relations-Experiment.

Und wie konnte Ceph eigene Absichten haben? Hatte der Cephaloped sein ganzes kurzes Leben hier auf dem Stützpunkt verbracht? Vielleicht beabsichtigte Ceph zu fliehen; vielleicht sehnte er sich einfach nach Freiheit.

»Denkst du daran … auszubrechen, Ceph?«, fragte Farraday leise.

War das Zimmer wirklich frei von Wanzen?, überlegte er. Oder versuchte dieses Geschöpf nur, ihn für Darrick aus der Reserve zu locken, um auszuprobieren, ob er ihre … Wärter verraten würde?

Ihn schauderte. Und er entschied: zum Teufel damit. Ich werde der verdammten Landkrake vertrauen. Diese lebende Groteske strahlt eine gewisse Anständigkeit aus; allen anderen, denen ich normalerweise vertrauen würde, fehlt diese Ausstrahlung. Die Unglaubwürdigen sind glaubwürdig; die Glaubwürdigen sind wahrscheinlich hinterhältige Hundesöhne.

Er hatte bisher immer auf Widersprüche vertraut … auf einen Widerspruch konnte man sich wenigstens verlassen …

»Nein«, sagte Ceph. »Nicht direkt ausbrechen. Nicht sofort. Genau genommen stehe ich … in Verbindung mit den anderen. Niemand weiß das hier. Sie haben noch nicht bemerkt, dass mit mir Verbindung aufgenommen wurde, dass ich ein Mittelsmann bin. Sie haben keine Ahnung. Die Zetaner, wie sie sich von den Menschen nennen lassen, wissen es nicht; das Militär weiß es nicht; die CIA weiß es nicht. Sie haben keinen Zugriff auf diese Mittel. Sie mögen es glauben, aber sie irren sich. Ihnen fehlt die Gnade und der Glaube.«

Ich träume nicht, versicherte sich Farraday. Eine ›Landkrake‹, von Außerirdischen von Zeta Reticuli erschaffen, sprach mit ihm über Gnade und Glauben.

In diesem Augenblick hatte er das dringende Bedürfnis, mit seiner Frau allein zu Hause zu sein. Einfach nur neben ihr zu liegen, im Bett wie zwei Löffel in einer Schublade, die Kniescheiben in ihre Kniekehlen geklemmt, einen Arm über sie gelegt, eine Hand auf ihrer Brust. Er sehnte sich so sehr danach.

Er stand auf und schenkte sich einen Schluck aus der Flasche Glenfiddich ein, die Darrick ihm gegeben hatte.

»Könntest du das noch etwas präzisieren, Ceph?«, fragte Farraday.

»Wenn es Ihnen nichts ausmacht, nein – ich kann im Augenblick einfach nicht konkreter werden. Was ich Ihnen im Augenblick sagen möchte ist Folgendes: Morgen, wenn meine Informationen zutreffend sind, werden Sie sich mit einem Colonel namens Dodge treffen. Dieser Dodge wird Ihnen erklären, er sei aus der PsychTech-Abteilung, die im Wesentlichen für die Moral der Truppe zuständig ist, und dass er mit Ihnen und Colonel Darrick und Jaron zusammenarbeiten wird –

doch in Wirklichkeit ...« Überall auf dem Fleischsack seines Körpers veränderten sich die Farben, unscharfe Grundfarben, die fast nahtlos ineinander übergingen. »... doch in Wirklichkeit gehört er zu einer seit langem agierenden Abteilung der CIA, die sich mit Gedankenkontrolle beschäftigt. Und verschiedenen anderen Geheimorganisationen, von denen einige seit vielen Jahrhunderten existieren. Er spielt die Rolle des netten Kumpels von nebenan, doch er ist weit mehr als das, obwohl er Ihnen sein wahres Gesicht kaum zeigen wird. Sie dürfen ihm nicht vertrauen. Sie müssen sehr, sehr vorsichtig sein, woran Sie sich beteiligen ...«

»Sie lassen mir hier keine große Wahl.«

»Vielleicht kommen Sie aus dieser Sache heraus ... wenn Sie sagen, dass Sie dafür nicht geeignet sind; oder Sie deuten an, dass Sie für diese hohe Geheimhaltungsstufe die Verantwortung nicht übernehmen wollen. Sie könnten es *versuchen* ... Meistens belassen sie es dann dabei.«

»Tun sie das?«

»Soweit mir die Vorgehensweisen des Militärs in Friedenszeiten bekannt sind. Seien Sie auf jeden Fall sehr vorsichtig. Eins ist sicher – wenn Sie sich an bestimmten Experimenten beteiligen, Gedankenkontrollexperimenten mit Entführungen und fliegenden Untertassen, die MK Ultra-Projekte, und Ihnen gefällt nicht, was Sie zu sehen bekommen – nun, mein Freund, dann werden sie Sie sehr wahrscheinlich töten. Und das wäre wirklich schade. Sie sind ein äußerst netter Mensch, im Ernst. Und Sie würden die Silikon-Vereinigung verpassen, und die Wellen der Unwahrscheinlichkeit, und ich mag Sie, ich wäre sehr traurig, wenn Sie all dies nicht miterleben könnten ... Natürlich kann auch alles schief gehen, wenn Ihnen das ein Trost ist: Vielleicht passiert überhaupt nichts, und Sie verpassen nichts, wenn Sie sterben ...«

Er starrte die Landkrake an. Dann wandte er seinen Blick ab. Es war einfach zu viel, Cephs Gegenwart und das, was er gesagt hatte, auf einmal zu verarbeiten.

Ein plötzlicher Gedanke beunruhigte ihn.

»Hast du gesagt – sie würden mich töten?«, wollte er mit heiserer Stimme wissen.

»O ja. O ja, ganz sicher. Das ist auch dem letzten Herrn widerfahren, der aus der Werbung zu uns kam. Oder vielleicht hat er sich selbst umgebracht – da bin ich mir nicht ganz sicher.«

Ceph kräuselte seine Farben von einem Blauton in ein schauerliches Rosa. Und wechselte das Thema.

»Mögen Sie eigentlich Rock'n'Roll? Ich kann mich seit jeher für die Panther Moderns begeistern, auch wenn die meisten Laborjungs Madonnas Tochter vorziehen – wie heißt sie noch gleich, ich habe es vergessen –«

»Hey, Ceph? Der PR-Mann, den du erwähnt hast: Hat er wirklich Selbstmord begangen?«

»Es hatte zumindest den Anschein. Oder sie haben ihn in den Selbstmord getrieben, oder ... nun, das ist nicht weiter von Bedeutung.«

Stille. Farraday legte seine Hand auf das leere Schachbrett, als suchte er nach den Figuren, die ihm abgenommen worden waren.

Schließlich sagte er: »Darüber habe ich mir auch schon Gedanken gemacht, Ceph – dass mein Leben hier in Gefahr ist. Aber ich hab mir gesagt, bleib cool: Du hast als Kind zu viele Folgen von *Akte X* gesehen, du hast zu viel Louis Pawels gelesen, zu viel Robert Anton Wilson, zu viel Kram über Verschwörungstheorien. Ich hab mir gesagt, das ist doch paranoid.«

»Nuuun ...«

Ceph schien einen Augenblick zu überlegen. Dann kräuselte sich sein Körper und änderte die Farbe von Rosa zu Graugrün – seine Art, die Achseln zu zucken.

»Es ist paranoid, Mike«, sagte er. »Und Paranoia ist hier völlig angemessen.«

Paranoia? – Klar, sollte man immer griffbereit haben.

Teil Zwahai

Don't you see
when you're lookin at me
that I'll never end
transcend, transcend …
Ain't it strange?
A new …
a new direction
Ain't it strange?

- Patti Smith,
von der LP »Radio Ethiopia«

Psst … C'mere!
I hear the music daylight disc
Three men in black said,
»Don't report this …«
… All praise:
he's found the awful truth …

- Blue Oyster Cult,
von der LP »Agents of Fortune«

Sechstes Kapitel

Sind nur Lichter. Bloß Lichter.

Auf dem Highway 15 nach Osten. Sullivan fährt, Mahler neben ihm; Zizz auf Mahlers Schoß gezwängt. Mahler zu politisch korrekt, um einen Steifen zu kriegen.

Quinn hinten drin, Anatole und Kian; Lila quer über ihre Beine, den Kopf mit einem Hemd gepolstert auf Quinns Arm.

Highway 15. Nach Osten. Es hatte so lange gedauert, hierher zu gelangen. Der letzte sichere Highway nach Nevada: zur nächstliegenden klar definierten Grenze der Unabhängigen Vereinigten Staaten.

Wenn wir erst mal den Highway 15 erreicht haben, hatte Quinn gesagt, dann sind wir aus dem Schneider.

Aber sie befanden sich bereits seit einer Ewigkeit auf dem Highway 15, nach Osten. Eine Ewigkeit. Und trafen nur auf Ruinen kürzlich ausgebrannter Motels, ausgebrannte Gaststätten, ausgebrannte Wohnanlagen, ausgebrannte Menschen. Durch Ruinen und an ihnen vorbei in die Wüste hinein; Kadaver umgekippter Sattelschlepper; Geisterstädte wie Baker und seine einstige Touristenattraktion: ein riesiger, geborstener, schiefer Turm von einem Thermometer.

Wo war die verdammte Staatsgrenze von Nevada?

Das Auto war zu voll. Das Auto war *viel* zu voll.

Die Luft strömte durch die zerbrochene Windschutzscheibe, fegte über sie hinweg, heiß und trocken, dörrte sie aus, füllte jede Pore mit Staub.

Quinn wandte sich immer wieder dem Jungen zu, Kian, und sah ihn an. *Vergiss es. Das ist nicht dein Kind.*

Doch die Leere in Kians Augen hatte etwas Beunruhigendes, er starrte unablässig auf die mittägliche Mojavewüste hinaus. Es hatte den Anschein, als würde er die Wüste mit seinem Blick verschlingen; er war vollständig eins geworden mit ihrer räuberischen Leere; mit ihrem staubigen, vernarbten Gewirr aus Kakteen und ausgetrockneten, arthritischen Sträuchern und zuckenden Echsen.

Die Klimaanlage war nutzlos wegen der zerbrochenen Windschutzscheibe. Sie saßen so aneinander gedrängt, dass es unter den besten Bedingungen eine Quälerei gewesen wäre. Ein Gemisch aus Schweiß und Leid zischte in der hereingeblasenen Wüstenluft.

Sullivan war angeschossen – es tat weh, war aber nichts Ernstes; Mahler reagierte übellaunig, wenn jemand an seinen Verband kam; und Lila …

Lila hatte Granatsplitter in ihrem Bauch und manchmal mussten sie nachschauen, ob sie überhaupt noch am Leben war. Ihre Lippen waren an den Rändern blau angelaufen. Ihre Temperatur schwankte wild. Ihre Augenlider flackerten und sanken herab.

Der Horizont schien sich fröhlich von ihnen zu entfernen, schien mit dem Grinsen einer Cheshire-Katze anzudeuten, dass sie die Grenze von Nevada nie erreichen würden.

Sullivans Benzinvorrat, den er in den Hügeln östlich des Wohnplex versteckt gehalten hatte, war fast aufgebraucht; sie hatten noch knapp fünfzehn Liter übrig. Außer dem Benzin hatten sie noch etwas getrocknete Lebensmittel und Wasser mitgenommen, aber auch das ging zur Neige.

Sie sprachen wenig. Sie hatten die Fahrerei allesamt satt. Sie hatten einander satt.

Manchmal funktionierte das Radio und manchmal nicht. Das war EMP, sagte Sullivan. Sie hörten nichts von Bedeutung, ein paar Fetzen Countrymusik aus Las Vegas. Statisches Rauschen. Die üblichen apokalyptischen Prediger. Irgendjemand sprach Farsi und stellte vermutlich die üblichen Forderungen. Statisches Rauschen. Statisches Rauschen. Doch einmal sagte jemand von einem Piratensender in San Francisco: »*Wo ist Black Betty? Weiß das irgendwer? Weiß jemand, wen man fragen könnte? Wir wissen, wen wir fragen könnten. Wir wissen allerdings auch, welche Antworten wir nicht erhalten werden … wenn Black Betty …*«

Mahler wurde ganz aufgeregt, doch das Signal entfernte sich hinter einem Vorhang aus statischem Rauschen, und sie hörten nichts mehr über sie.

Die meiste Zeit vermieden es Quinn und Zizz und Mahler, über Black Betty zu sprechen. Sie hatten das Gefühl, ihr ursprüngliches Ziel aus den Augen verloren zu haben; jetzt wollten sie nur noch überleben, entkommen, die Unabhängigen Staaten wieder finden.

»Ich kann's nicht glauben«, sagte Zizz. »Ich werd noch wie meine Eltern. Ich hab mich immer über FedControl aufgeregt, darüber, wie sie die Medien in den Unabhängigen Staaten überwachen, wie sie die Menschen umsiedeln, wie es ihnen gerade passt, und wie scheiße sie doch sind … und jetzt …«

»Jetzt kannst du es nicht mehr erwarten, dorthin zurückzukehren«, sagte Sullivan und nickte. »In den Schutz all der Gesetze. Ein bisschen Anarchie kann erstaunlich viel bewirken.«

Quinn hatte sich über Mahler geärgert, als dieser murmelte, diese ganze Zersplitterug sei das Ergebnis von Hegemonialbestrebungen, Imperialismus und Kapitalismus.

»Meiner Meinung nach«, sagte Quinn, »passiert das alles, weil die Menschen von falschen Voraussetzungen ausgehen – Kommunisten, Kapitalisten, Rassisten, wer auch immer. Sie sind alle intolerant und unflexibel. Und du mit deinem kommunistischen Scheißdreck – ich meine, wie kann jemand im 21. Jahrhundert noch Kommunist sein? Warum nicht gleich Adventist?«

»Sehr zweckmäßiger Standpunkt, aalglatt formuliert von jemand, der von der Machtelite erzogen –«

»Oh, ich komm mir gerade *wahnsinnig* mächtig vor …«

»Ich werd dir mal was sagen, mein Freund, der Marxismus ist nie wirklich umgesetzt worden. Nicht so, wie Marx ihn beabsichtigt hat.« Er musste wegen dem Staub husten. »Die UdSSR, die Rotchinesen, die Vietnamesen, die Koreaner – alles falsche Marxismen, um der Politik willen verzerrte –«

Sullivan unterbrach sie: »Wenn ihr Arschlöcher noch weiter über diesen Mist diskutiert, werf ich euch aus eurem eigenen gestohlenen Wagen und fahr weiter. Und glaubt verdammt noch mal bloß nicht, ich mach nur Spaß.«

»Beruhige dich, Dad«, sagte Anatole leise.

Mahler verfiel in resigniertes Schweigen.

Sullivan warf einen Blick auf Anatole, dann auf Kian. Einen längeren Blick auf den stillen, abwesenden Kian.

Zizz griff nach hinten und hielt Lilas Hand; manchmal weinte sie leise.

Mahler versuchte zu schlafen oder tat jedenfalls so.

Anatole hatte seinen Arm um Kian gelegt. Der ältere Junge schien halb zu schlafen, halb nachzudenken; manchmal lächelte er, manchmal verzog sich sein Mund angstvoll.

Die Straße vollführte einen Bogen; das schien unmöglich. War sie nicht seit einer Ewigkeit gerade verlaufen? Doch allmählich erhob sich ein Hügel aus der Wüste, und die Straße kurvte um seinen mit Felsen übersäten Bug – Sullivan trat plötzlich auf die Bremse und ließ Lakritzstreifen auf der Straße zurück.

Vor ihnen brannte ein Wohnmobil.

Es war ein Winnebago, der zwar noch auf seinen Rädern stand, aber irgendwie Schlagseite bekommen hatte. Schmutzig-schwarze und gelbe Flammen leckten aus seinen Fenstern und aus seinem Motor. Ein Mann mit rußgeschwärztem Gesicht – kurze Haare, vielleicht fünfzig Jahre alt, verrußtes T-Shirt und Tarnhosen – saß mit seinem Rücken an einen Felsen gelehnt da und stierte den Winnebago an.

Er trug mehr oder minder den gleichen Gesichtsausdruck wie Kian.

Als hätte sich jemand ihres Körpers bemächtigt, Kians und des Fremden, als ob die Körperfresser sie in ihre Fänge bekommen hätten, dachte Quinn.

Doch die Geometrie der Wüste hatte sich ihrer bemächtigt, die überfüllte Leere der Verzweiflung.

Quinn glotzte. Ein brennender Winnebago. Ein Scheiterhaufen aus einem Urlaubsfahrzeug. Aluminium und Fiberglas warfen schwarze Blasen. Es sah völlig verkehrt aus: Man konnte sich einen brennenden Sportwagen vorstellen, oder sogar einen alten Cadillac, und sicherlich einen heißen Ofen: aber ein Winnebago, nein, ein brennender Winnebago war ein Missklang. Wie Dalìs flammende Giraffen.

Trotzdem waren Quinn und Zizz und Mahler froh, aus dem Auto herauszukommen; Quinn rutschte entsetzlich langsam unter Lila hervor. Er streckte sich, schüttelte den einen Arm, der ihr als Kissen gedient hatte, bis das Gefühl in ihn zurückkehrte.

Sullivan näherte sich dem Mann am Straßenrand mit dem Gewehr in der Hand und sah sich um.

Sullivan denkt, das könnte eine Falle sein, ein Köder, dachte Quinn.

Der narbige Ex-Söldner blickte zu dem Gewirr rotgrauer Felsen hinauf. Die Felsen glichen einem plumpen Kuhfänger vor dem Tender einer Lokomotive aus lauter Hügeln.

»Haben Sie eine Pistole?«, fragte der Mann und blickte blinzelnd zu ihnen auf, während sie auf ihn zukamen. In einem Ton, wie früher ein Mann einen Fremden an einer Straßenecke nach einem Streichholz gefragt hatte.

»Sind Sie verletzt?«, fragte Zizz.

»Nicht ... verletzt«, sagte der Mann.

»Ist das Ihr Winnebago?«, wollte Quinn wissen.

Der Mann nickte.

»Was ist passiert?«, fragte Sullivan.

»Mein Familie ist noch da drin«, sagte der Mann. Seine Stimme klang jetzt geradezu fröhlich, war jedoch ungewöhnlich hoch.

Quinn spürte die Hitze des brennenden Fahrzeugs auf seiner Gesichtshaut. »Sie sollten nicht so nahe am Feuer bleiben«, erklärte er dem fremden Mann. »Der Benzintank ...«

»Ist bereits explodiert«, sagte der Mann, als spräche er über das Wetter. »Darum brennt er auch. Sie haben eine Brandgranate hineingeschossen.«

Er leckte sich die Brandblasen auf seinen Lippen und blinzelte zu ihnen hoch.

Zizz trabte zum Auto zurück, während Sullivan die Felsblöcke entlang des Hügels im Auge behielt. Nichts rührte sich dort oben. Zizz kehrte mit einer Wasserflasche zurück und reichte sie dem Fremden.

Er trank eine ganze Minute lang und schüttete sich Wasser über Gesicht und Lippen, machte jedoch keinerlei Anstalten aufzustehen. Er ließ die Wasserflasche in seinen Schoß sinken und starrte auf seine Stiefel.

»Ist Ihre Familie umgekommen?«, fragte Mahler leise.

Der Mann nickte.

Quinn drehte sich um und betrachtete ihr Auto. Anatole saß immer noch darin, den Arm um Kian gelegt. Er sah neugierig herüber, stieg jedoch nicht aus. Er wollte Kian nicht allein lassen, wenn es nicht unbedingt sein musste.

»Wer hat das getan?«, fragte Sullivan müde. Etwas in seinem Tonfall sagte: *Es kommt nicht darauf an. Nicht in dieser Gegend.*

»Freischärler aus Fresno. Sie kontrollieren ... Fresno und das Gebiet ostwärts, zur Grenze hin ... und große Teile südlich von hier ...«

»Freischärler.« Sullivan schien verwundert. »Bescheuerte Schweinehunde. Aber normalerweise töten sie keine Zivilisten –«

»Ich bin abgehauen«, sagte der Mann. »Ich wollte aussteigen und nichts mehr mit den Freischärlern zu tun haben ... wollte meine Kinder nach Nevada mitnehmen ... wieder in die USA zurück ... hab meine Meinung geändert, wisst ihr ... sie lassen einfach nicht zu ...« Er lachte kurz und meckernd. »Sie haben behauptet, ich sei ein Spion für die Neue Weltordnung.«

»Treiben sich hier in der Gegend noch Freischärler herum?«, fragte Quinn nervös.

Der Mann zuckte mit den Schultern. »Weiß nicht. Sie dachten, ich wäre tot – dort drin im Wohnmobil. Ich bin durchgedreht und aus dem Fenster geklettert und weggerannt und ... als ich zurückgekommen bin ...« Er starrte das brennende Wohnmobil an.

Er schluckte. Er schluckte trocken. Dann schluckte noch mal trocken.

»Ich will mich nur verteidigen können«, sagte er mit leiser, fast unhörbarer Stimme.

Einen Moment lang sagte niemand etwas. Das Wohnmobil knisterte vor sich hin, während es weiterbrannte. Die Flammen prasselten. Der Wind wirbelte den Rauch auf, schlug ihn mit seiner unsichtbaren Handfläche flach und fügte seine Teilchen dem feinen Dunst all der anderen Dinge hinzu, die der Mensch verbrannte.

Quinn glaubte brennendes Fleisch zu riechen.

»Auf dieser Straße Richtung Osten«, sagte Sullivan, »treffen wir da auf diese Freischärler?«

Der Mann nickte. »Ganz sicher.« Sein Stimme war jetzt kaum noch vernehmlich. »Und Ataska ist auch irgendwo dort draußen ...«

»Oh, Scheiße …«, murmelte Sullivan. »Ataska.«

»Wer ist Ataska?«, wollte Zizz wissen.

»Ein umherziehender Kult von Götterklonen. Hält sich für Jesus und Mohammed in einem, fällt immer wieder aus heiterem Himmel in religiöse Ekstasen, mit Schaum um den Mund, und dann beschließt er, wen er dieses Mal im Namen Gottes ermordet. Schlächterei. Hunde hält er für ›Gespenster‹. Eine ganz normale organisierte Religion, die durchgeknallt ist.«

»Gibt es eine Möglichkeit, das alles zu umgehen?«

Der Mann deutete auf eine unbefestigte Straße, die vom Asphalt abzweigte: Er hob seine Hand und ließ seinen Finger dann in der Luft hängen, als hätte er ihn vergessen.

»Der Feldweg dort führt, glaube ich, zu einem Stützpunkt des Militärs … auf der anderen Seite der Staatsgrenze. Dort hinüber wollte ich … wollte mich dem Militär stellen …«

Endlich ließ er die Hand in seinen Schoß fallen.

»Wir müssen ihn irgendwie in das Auto bekommen«, sagte Mahler. »Wir sind jetzt schon zu viele … Vielleicht können wir die Sitze rausnehmen?«

»Wir könnten vielleicht den Kofferraumdeckel abmontieren«, sagte Quinn, »und dort eine zusätzliche Sitzgelegenheit einrichten … Er könnte hinten drin mitfahren.«

Sullivan zuckte mit den Schultern. »Das dauert zu lange. Lila braucht dringend Hilfe. Aber er kann bei offenem Deckel im Kofferraum mitfahren, wenn ihm das nicht zu eng ist …«

Der Mann schüttelte den Kopf. »Ich bleibe hier. Ich will meine Familie begraben. Ich brauch nur eine Pistole, um mich zu verteidigen, sonst nichts …«

Mahler zog eine Pistole aus einer Hosentasche und reichte sie dem fremden Mann.

Sullivan sagte: »Hee, warte –«

Aber bei *warte* krümmte der Typ seinen Finger am Abzug, den Lauf im Mund, und seine Schädeldecke platzte auf wie ein Kastenteufel.

Mahler starrte den zuckenden Körper mit offenem Mund an. »Er hat mich angelogen!« Er schüttelte den Kopf. »Scheiße!« Er wandte sich ab und sagte: »Lügt mich einfach an! Er – ich wusste doch nicht …«

Zizz heulte los und ging, die Hände auf dem Bauch, zum Wagen zurück; Quinn wurde schwindelig, und er ging neben ihr her. Es war so plötzlich passiert. Wie ein Kastenteufel.

»Das Arschloch hat mich angelogen!«, sagte Mahler, er heulte fast. »Ich hab nicht gewusst –«

»Schon gut, schon gut, Mann, es ist nicht deine Schuld«, sagte Sullivan und steckte die Pistole ein. Sein Gesicht zeigte keine Regung. Er legte einen Arm um Mahler und führte ihn zum Auto zurück. »Vergiss es.«

Anatole starrte an ihnen vorbei den toten Mann an und sagte: »Scheiße!«

Kian sagte nichts.

Sie stiegen alle wieder in das Auto, und Sullivan bog in den Feldweg ein, Richtung Nordosten in die staubige Mojavewüste. Vielleicht lag in dieser Richtung ein militärischer Stützpunkt.

* * *

Der Außerirdische biss ein Stück von seiner Zigarette ab.

»Ich werde Ihnen mal richtigen Kautabak kaufen, Mann«, sagte Farraday.

»Kautabak? Gibt es das?«

»Ja, man isst ihn oder so ähnlich.«

Sie saßen auf Plastikstühlen im Flur vor Colonel Dodges Büro. Und warteten. Jaron hätte gerne eine Zigarette geraucht, traute sich aber hier draußen offensichtlich nicht.

Farraday lehnte sich an die kalte Betonwand, müde und nervös. Er hatte den ganzen Vormittag mit einer Reihe von Tests zugebracht, die sein psychologisches Profil untersuchten und von einem Computer ausgewertet wurden. Konnte ein Computer seiner Irrationalität auf die Spur kommen? Wer könnte es besser?

Jetzt bin ich dran, dachte Farraday.

Nimm dich zusammen, verdammt noch mal.

Farraday räusperte sich. »Also, Jaron, dieser Dodge – sollte ich mir seinetwegen Sorgen machen?«

Jaron wandte ihm seine lidlosen Augen zu. Farraday hatte festgestellt, dass seine Pupillen mit zunehmender Helligkeit schwärzer wurden wie fotosensitive Sonnenbrillen, in dämmrigem Licht wurden sie heller, durchsichtiger, und in solchen Augenblicken konnte man erkennen, dass sie dem menschlichen Auge glichen, unter einem natürlichen Film, allerdings überwachsen und mit weniger Farbpigmenten. »Wieso fragen Sie, ob Sie sich wegen Colonel Dodge Sorgen machen sollen, Mike?«

»Nun – ich habe gehört …« Dann überlegte er es sich anders.

»Von wem haben Sie etwas über Lieutenant Colonel Dodge erfahren?«, fragte Jaron mit Farradays Stimme.

»Ich …«

Die Tür zu Dodges Büro ging auf und rettete ihn im letzten Augenblick. Corporal Collins winkte sie herein.

Collins legte großen Wert darauf, Jaron nicht direkt anzustarren. Er beeilte sich, die Tür hinter ihnen zu schließen, und wartete im Flur.

In dem fensterlosen kleinen unterirdischen Büro befanden sich nur ein Schreibtisch mit einem eingelassenen PC, ein paar Gästestühle, ein paar billige Meereslandschaften an den Wänden, eingerahmte Diplome und ein Minikühlschrank in der Ecke.

Dodge entpuppte sich als Weißer mit einem langen Gesicht, spitz zulaufenden Fingern, einem süffisanten Mund und einer hohen Stirn, umrahmt von Haaren, die so lang waren, wie das Militär es eben noch zuließ. Er trug ein blaues, ordentlich gebügeltes kurzärmeliges Hemd und eine Stoffhose. Keine Uniform, doch er strahlte trotzdem Autorität aus.

Dodge lächelte und schüttelte Farraday die Hand: »Danke, dass Sie gekommen sind!« Als hätte es das Oberkommando nicht so bestimmt. Er pseudo-salutierte Jaron zu, und der erwiderte diesen Gruß. »Nehmen Sie Platz, Mr. Farraday –«

»Mike, wenn es recht ist, Colonel.«

»Gut!« Seinen eigenen Vornamen behielt er jedoch für sich. »Nun – es sieht so aus, als ob Sie beide miteinander klarkommen.« Dodge sprach mit einem fast unhörbaren Südstaatenakzent, vielleicht aus Arkansas.

»Klar«, sagte Farraday. »Ich fühle mich ganz wohl in Jarons Gesellschaft.« Fast war es wahr, alles war relativ.

»Ich muss immer an diese Geschichte denken«, sagte Dodge, lehnte sich in seinem Stuhl zurück und verschränkte die Hände hinter dem Kopf. »Ich weiß nicht, ob sie wahr ist, wie so viele Geschichten – über die ersten Indianer, die auf Columbus und seine Männer trafen, und wie die Indianer sich die Existenz der Seeleute nicht eingestehen wollten, so fremd waren ihnen die Europäer, dass die Indianer sie nicht mit ihrem Weltbild vereinbaren konnten. Also haben die Eingeborenen einfach weggeschaut. Manche Menschen können sich fremdartigen Dingen schnell anpassen – aber schlussendlich sind wir hier doch nur Indianer, die auf Forschungsreisende treffen, nur dass wir eben viel besser damit klarkommen als die Indianer damals. Glücklicherweise sind die Zetaner keine Conquistadores.« Er lächelte und zwinkerte ihnen zu.

Irgendetwas an Dodge erinnerte Farraday an die Disney-Animatroniken seiner Jugend.

Dodge löste seine Hände voneinander und streckte sich auf seinem Stuhl. »Die Zetaner sind an einigen unserer Mineralien interessiert – Dinge, die für uns nicht so wichtig, aber auf ihrer Welt sehr selten sind, wie zum Beispiel Bor –«

Bor? Im Ernst?, dachte Farraday.

»– und bestimmte genetische Ressourcen«, fuhr Dodge fort, »aber –«

Genetische Ressourcen? Was genau sollte das heißen?

»– aber sie sind nicht daran interessiert, irgendetwas oder irgendjemand zu besetzen.«

»Letztlich ist eine Besatzung eine sehr ineffektive Vorgehensweise, sich an einer Welt zu beteiligen«, sagte Jaron mit Dodges Stimme.

Sehr ineffektive Vorgehensweise?

Doch Farraday nickte nur und lächelte.

Dannach ging Dodge zu einem neutraleren Thema über; ob es Farraday gut ging, ob er mit seiner Frau gesprochen hatte, ob er gern ehelichen Besuch erhalten würde, in einem Monat oder so.

So lange würden sie ihn nicht von hier fortlassen? Und »ehelichen Besuch«? War das eine Formulierung aus dem Gefängnis?

Und ob ihm die Mahlzeiten schmeckten und ob er irgendwelche Zeitschriften vermisste, ob er schon mal im Aufenthaltsraum gewesen war, und die Ecken des Zimmers füllten sich mit bedeutungslosen Phrasen, bis Farraday wieder etwas wacher wurde, als Dodge sagte:

»… ich habe mir sagen lassen, dass Sie sich um unsere gute alte ›Präriequalle‹ kümmern –«

Präriequalle? Meinte er Ceph?

»– das ist toll, Sie sind ein sehr flexibler Junge, Sie kommen mit Ceph und Jaron klar – und mit dem Militär! Genau das brauchen wir. Die Psychotests bescheinigen Ihnen eine hohe Anpassungsfähigkeit ohne jeden Streueffekt negativer Unvorhersehbarkeiten, und das ist eine tolle Eigenschaft – möchten Sie eine Diät-Cola? Nein? Jaron, eine heiße Schokolade? Ich habe noch Schokoladenmilch … ach, stimmt, richtige Milchprodukte bereiten dir Übelkeit …«

Hohe Anpassungsfähigkeit ohne jeden Streueffekt …?

»Übelkeit? Nicht unbedingt«, sagte Jaron in diesem Augenblick. »Aber die Vorstellung, einem Tier Nährflüssigkeit zu entnehmen, um es einer anderen Art zu geben – stößt uns ab, richtig. Und trotz der Homogenisierung bin ich mir nicht sicher, ob es von einem mikrobiologischen Standpunkt aus gesehen vernünftig ist. Ich ziehe heiße Schokolade ohne Milchanteil vor …«

Dodge lachte. »Junge, so wie du das sagst, klingt es wirklich abstoßend! Mein Arzt sagt mir immer wieder, ich soll auf Milchprodukte verzichten, und bei Gott, ich glaube, jetzt tu ich es auch!«

Farraday lachte höflich. Er hatte das Gefühl, als würde er in diesem kleinen Büro nicht genug Luft bekommen.

Plötzlich hörte Dodge auf zu reden und betrachtete nachdenklich eine der Meereslandschaften, wie ein Mann, der es gewohnt ist, beim Nachdenken aus einem Fenster zu blicken.

»Mr. Farraday … Mike … Sie sind über die Meta informiert worden, glaube ich … Würden Sie gerne einen sehen?«

Ohne auf eine Antwort zu warten, klopfte er auf die Tastatur seines PC – der Bildschirm glitt aus der Schreibtischoberfläche und drehte sich geräuschlos Farraday zu. Ein Bild dehnte sich aus und bedeckte den Bildschirm: ein sich bewegendes Farbvideo von etwas, das vor einem blauen Himmel schwebte. Es schien ein klare Form zu haben und doch weitgehend formlos zu sein, ohne scharfe Konturen. Dann nahm es die ungefähre Form einer Hutschachtel an, metallisch schimmernd. Das Videobild zoomte näher heran, die Detailaufnahme zeigte eine zitternde Oberfläche, die sowohl aus Kristall als auch aus Metall zu bestehen schien und das Gefühl vermittelte, den Betrachter zu *beobachten.*

»Das ist ein Meta«, sagte Dodge und öffnete mit einem lauten Knall eine Dose Diät-Cola. »Ein Geschöpf, das dem Vernehmen nach gleichzeitig ein Raumschiff *und* ein Lebewesen ist. Ein Wesen, das zur gleichen Zeit in mehr als einem Universum lebt, so scheint es. Sie können es beinahe sehen. Ein schmerzliches Gefühl im Nacken, während Sie es betrachten, richtig? Ich bekomme immer Kopfschmerzen, wenn ich es zu lange anschaue.«

»Aus was, äh – aus was besteht es?«

»Nun, laut unseren spektrographischen Messungen scheint es irgendein komplexes Silikon zu sein … aber dann wiederum auch nicht.«

»Sie haben Recht, wenn Sie ›scheint es‹ sagen«, bemerkte Jaron mit Dodges Stimme.

»Und diese Dinger«, fragte Farraday und starrte fasziniert auf das Bild, »sind uns – feindlich gesonnen? Das wissen wir sicher?«

Jaron sah erst ihn und dann Dodge durchdringend an.

Dodge schlürfte Diät-Cola und betrachtete eine Meereslandschaft. »Lassen Sie es mich einmal so ausdrücken – ist eine Ameisenkolonie in Ihrem Hinterhof Ihnen ›feindlich‹ gesinnt? Wenn sie allerdings in Ihr Haus eindringen, greifen Sie zum Insektenspray, stimmt's? Ein Haufen Krähen, die Ihr ganzes Getreide auffressen – würden Sie die als ›feindselig‹ bezeichnen? Nein, denn Sie sind Ihnen völlig gleichgültig, sie wollen nur das Getreide. Sie sind nur ein verdammtes Problem, sonst nichts. Anders formuliert, die Krähen stehen Ihren … Interessen feindlich gegenüber.«

Farraday nickte langsam. Dodge sah ihn nicht direkt an, doch er hatte das sichere Gefühl, dass Dodge ihn intensiv musterte. Auf seine Reaktionen achtete.

»Nun gut. Die Meta sind ein Problem.«

Er hätte am liebsten gefragt, um welches ›Getreide‹ es denn gerade ging. Doch er stellte fest, dass er Angst hatte. Ein Instinkt – und Cephs Rat – sagte ihm, er sollte Dodge gegenüber lieber auf Nummer sicher gehen.

»Also, Sie sind es gewohnt, innerhalb der üblichen Strukturen der Medien zu arbeiten, Mike – Sie drehen Werbespots, starten Internetkampagnen, bereiten Interviews mit Prominenten vor, machen neue Sendungen bekannt, all das. Habe ich Recht?«

»Klar, so ungefähr.«

»Nun – einige dieser Dinge werden Sie auch für uns tun, bis hin zum Verfassen von Presseerklärungen und Drehbüchern für Videos zur Belehrung der Öffentlichkeit. Aber wir möchten auch, dass Sie sich an einem inszenierten Ereignis beteiligen.«

»Einem was?«

»Darrick hat Ihnen keine entsprechenden Anweisungen erteilt? Inszenierte Ereignisse – ah, Sachen, die scheinbar *wirklich* stattgefunden haben, jedoch nur *scheinbar* wirklich? Der Zwischenfall im Golf von Tonkin, im vergangenen Jahrhundert, der Film über die Außerirdischen-Autopsie, in jüngster Vergangenheit das Attentat auf den Vizepräsidenten der Vereinten Nationen –«

»Sie meinen Desinformationskampagnen?«

»Diesen Ausdruck mag ich nicht besonders – und er würde jedenfalls nur einen Teil dessen treffen, worüber ich spreche. Den individuellen Bedürfnissen angepasste Informationen trifft es besser. Wie erkläre ich das am besten … frei heraus, denke ich. Wir nehmen ein holographisches Modell der Meta und projizieren dieses ›offensichtliche Objekt‹ in einen Kontext, der unseren Vorstellungen entspricht. Wir können es sogar auf dem Radarschirm erscheinen lassen.« Er sah erst Farraday an, dann seine Coladose. »Wir werden den Holographen einsetzen, um einen *scheinbar* feindlichen Angriff auf ein Militärhospital zu inszenieren. Niemand wird dabei wirklich Schaden nehmen – die einzigen Leute, die dabei ums Leben kommen, werden bereits tot sein, verstehen Sie? Eines natürlichen Todes gestorben, selbstverständlich –«

Die einzigen Leute, die dabei ums Leben kommen, werden bereits tot sein?

»– und dabei setzen wir nur in Szene, was die Meta in Wirklichkeit sowieso tun würden, wenn wir es zuließen, später irgendwann.«

Farradays Mund war völlig ausgetrocknet. Er nickte und lächelte unverfänglich. »Ich verstehe. Könnte ich vielleicht doch eine Diät-Cola haben?«

»Gerne … Bitte schön. Eis?«

»Nein, nein danke, ist kalt genug.« Er entfernte den Verschluss, langsam und vorsichtig, nahm einen Schluck und versuchte Dodge hinzuhalten. »Wissen Sie – das klingt wie ein spannendes Projekt, aber, äh – ich meine, Sie scheinen schon alles vorbereitet zu haben. Was würde ich, äh, machen? Ich wäre, Sie wissen schon, irgendwie überflüssig …«

»Sie kümmern sich um die Öffentlichkeitsarbeit, während das Ereignis stattfindet. Es wurde darüber diskutiert, ob Sie über den Anteil der … Inszenierung überhaupt Bescheid wissen müssten. Darüber, dass nicht alles vollkommen ›echt‹ ist. Aber wir haben uns gedacht, dass Sie sich an der Planung zukünftiger inszenierter Ereignisse beteiligen sollten … also werden Sie wohl dieses Mal Ihre Unschuld verlieren!« Er blinzelte ihm zu.

Unschuld? Verlieren?

»Ich verstehe – ich frage mich nur … ich meine, das ist nicht mein Spezialgebiet. Ich bin nicht darauf vorbereitet, äh, inszenierte Ereignisse …«

»Wirklich nicht? Ich glaube, Sie unterschätzen die Bandbreite dessen, was in der PR-Arbeit und der Werbung los ist.« Dodge lächelte schief. »Wissen Sie, mein Vater hat als PR-Mann gearbeitet … Menschen wie er – wie *Sie* – platzieren unablässig Zeitungsartikel über ihre Kontakte und Presseerklärungen, und es soll wie spontane Berichterstattung aussehen.« Er lehnte sich zurück und zählte fröhlich an seinen Fingern auf, wobei er sanft zur Decke hinauflächelte: »Sie organisieren Promi-Interviews und Nachrichten-Spots, die scheinbar die Funktion der Nachrichtenverbreitung erfüllen, aber in Wirklichkeit nur Werbung in Form von Nachrichten sind … Sie entwerfen Wurfsendungen, die wie offizielle Dokumente oder Schecks aussehen, und wir öffnen sie und finden nur Werbung … Sie vermitteln das Gefühl, Zigaretten seien ungefährlich und sexy … Sie sorgen dafür, dass Artikel in Zeitungen erscheinen, die pharmazeutische Drogen anpreisen – Drogen, die mehr schaden als helfen … ›Wir kümmern uns um Ihre Zukunft.‹ Dabei geht es nur darum, Autos zu verkaufen – Umweltverschmutzer mit guter PR. Sind all diese Dinge nicht nur einen kleinen Schritt von inszenierten Ereignissen entfernt?«

»Ich wollte keine ethische Auseinandersetzung mit Ihnen führen, Colonel.«

»Wollten Sie nicht?«

»Nein, nein. Ich habe nur festgestellt, dass ich mich auf bestimmte Sparten innerhalb der Werbebranche spezialisiert habe und, äh – diese inszenierten Ereignisse, äh – sind wirklich nicht meine Stärke ...«

»Ein guter Lügner ist in jedem Medium ein guter Lügner, Mike«, sagte Dodge, erhob sich von seinem Stuhl und streckte seine Hand aus. »Sie sind der richtige Mann. Der Computer hat sich für Sie entschieden, Freundchen. Sie schaffen das ...«

Ein guter Lügner ist in jedem Medium ein guter Lügner, Mike ...

* * *

Sullivan wollte nicht anhalten, bevor ihnen das Benzin ausgegangen war. Als es schließlich so weit war, rasten sonnenerleuchtete Wolken von Osten her über sie hinweg.

Die Wüste hielt sie in ihrem staubigen Griff, auf einer unbefestigten Straße, fast ohne Wasser, ohne Benzin, und ohne eine menschliche Behausung in Sicht.

»Wir schlagen ein Lager auf«, sagte Sullivan, »bis ich mir überlegt habe, wie es weitergeht.«

Als Erstes bereitete er Lila ein Bett aus einem geschlossenen Schlafsack im Schatten einer Felsnase aus Sandstein. Er blieb eine Weile bei ihr sitzen, mit gerunzelter Stirn, ohne etwas zu sagen, befeuchtete ihre Stirn mit einem Lappen und gab ihr ein wenig zu trinken. Manchmal schien sie ihn wahrzunehmen, aber sie konnte nicht sprechen. Das Wasser tröpfelte aus den Winkeln ihrer aufgesprungenen Lippen.

Die anderen saßen im schmalen Schatten des Wagens. Kian hatte sich unter dem Auto im Sand ausgestreckt und schien zu schlafen.

Die Dunkelheit kroch auf sie zu wie die Angst vor dem Tod bei alten Menschen. Mahler und Zizz kümmerten sich um ein Lagerfeuer aus krummem, von Termiten ausgehöhltem Holz.

Quinn überlegte, wie er sich nützlich machen konnte, wie er produktiv sein und etwas planen konnte. Ihm wollte einfach nichts einfallen.

Sullivan nahm eine Kaliber-25-Pistole aus dem Auto. »Ich will nicht zu viel Lärm machen«, sagte er und machte sich auf den Weg die Hügel hinauf. »Anatole – setz dich zu Lila, halte die ... halte die

Ameisen von ihr fern. Was auch immer. Kümmere dich einfach um sie.«

»Klar, Dad.« Anatole setzte sich neben sie, mit dem Rücken an den Fels gelehnt. Sullivan schritt durch die ineinander übergehenden Schatten auf die felsigen Hügel zu.

»Wo gehen Sie hin, Jack?«, wollte Zizz wissen.

Irgendetwas an der Art, wie sie das sagte, an der Art, wie ihre Augen auf ihm verweilten, fuhr Quinn direkt in den Magen.

Wow, ich bin eifersüchtig auf dieses lebensuntüchtige kleine Mediengör und Sullivan?

»Auf Kundschaft. Auf diesen Hügel hinauf, mich etwas umsehen, vielleicht eine Antilope oder ein, zwei Kaninchen schießen.«

»Eine Antilope schießen, mit dieser Pistole?«, murmelte Quinn.

»Wenn einer das kann, dann er«, sagte Zizz. Quinn starrte sie an. »Was ist?«, fragte sie.

Er zuckte mit den Schultern und ging Holz sammeln.

Die Schatten wurden unaufhaltsam dichter, während Quinn an Lila und Anatole vorbeilief, der Körper des Jungen schien in die Schatten eingewickelt. »He, Anatole, alles klar, Mann?«

Anatole antwortete nicht. Er schien fast eingeschlafen, den Blick auf die Sterne gerichtet. Er blinzelte. Er blinzelte erneut. Er starrte.

Quinn ging weiter und zuckte mit den Schultern. Doch er folgte Anatoles Blick.

In der Ferne konnte man am dämmrigen Himmel Lichter erkennen, Richtung Süden. Flugzeuge in weiter Ferne, nahm er an, oder Sterne, die in den Hitzewellen oszillierten, die die Wüste abgab. Sind nur Lichter. Bloß Lichter.

Quinn brach einen krummen Ast von einem abgestorbenen Baum. In der Krümmung des ausgetrockneten Holzes schien er die Geburtswehen kommender Ereignisse auszumachen. Ein Mann schrie in epileptischer Verzückung; *Ataska* … und am Horizont schwarze Hubschrauber.

Er schüttelte die Vision ab, die Desorientierung. Er konnte keine Intuitionen gebrauchen, ausgerechnet jetzt. Er hatte Angst davor. Er bückte sich, um ein weiteres Stück Holz aufzuheben.

Hinter ihm blickte Anatole … in das funkelnde Herz der Späherin.

Anatole …

Anatole schwebte neben ihr, direkt unterhalb der wogenden, durchsichtigen Wolkendecke. Im Westen filterte die Sonne das rote Ende ihres Spektrums durch die weitläufigen Schichten der Atmosphäre. Die Späherin schien das gedämpft rubinrote Licht zu absorbieren, mit ihm zu spielen, in ihrem Innern.

»Ich habe Angst um Lila«, sagte Anatole.

»Wenn sie ein Stück von den anderen entfernt liegt, könnte ich ihr vielleicht helfen, wenn es noch nicht zu spät ist.«

»Dann komm, komm und hilf ihr! Wir müssen uns beeilen!«

»Im Verhältnis zu jenem Kontinuum, Anatole, bewegen wir uns sehr, sehr langsam. Es ist viel Energie nötig, um eine Blase außerhalb der Zeit zu schaffen, aber lass uns verschwenderisch sein, lass uns alles auf einmal verschwenden.«

»Das verstehe ich nicht.«

»Die Zeit vergeht für uns sehr langsam, verhältnismäßig – du wirst nur eine Minute aus dem Lager fort sein, auch wenn es dir hier wie Stunden vorkommt. Würdest du gern etwas fernsehen?«

»Was? Ich muss mir das alles einbilden, wenn du mir vorschlägst, mit mir fernzusehen. Das ist zu blöde.«

Sie lachte. Wenn sie lachte, ging sie ganz in ihrer weiblichen Sexualität auf, und er sah eine schöne, verführerische, elektrisierend nackte Frau mitten in der kristallinen Untertassenform, die die Späherin war.

»Es funktioniert folgendermaßen: Ich kann alles empfangen, was innerhalb der Atmosphäre gesendet wird, und ich kann es in ein Bild, einen Ton umwandeln. Das Fernsehen ist dieser Welt wichtig; es ist, wie manche sagen, der moderne Herd, der Ort, an dem sich Familien versammeln, der Geschichtenerzähler des Stammes in elektronischer Form. Und es verrät all eure Geheimnisse, insbesondere dann, wenn es sich für diskret hält. Natürlich erzählt dieser Stammeserzähler einen Haufen Mist, aber manche Sendungen gefallen mir. Von den neuen Sachen gefällt mir *Festung Vorstadt* – obwohl es eine Seifenoper ist – und die Sci-Fi-Filme der Neuen Ironischen Welle nach dem Marc Laidlaw-Revival. Die Science Fiction warnt die Menschen vor der Zukunft, bereitet sie darauf vor; all das passiert unter den Augen des ethnischen Rapid Eye Movement; und wenn es um ETs wie meine Wenigkeit geht, nun, so können die Menschen sich immerhin darauf einstellen: Die Menschheit weiß, dass sie nicht allein ist, unterbewusst. Sie weiß, dass es uns gibt. Selbst die engstirnigsten Skeptiker wissen das unterbewusst. Also drehen sie ihre Steven-Spielberg-Filme und ihr *Alarm im Weltraum* –«

»Willst du mir erzählen, du bist ein Alien und gleichzeitig Science Fiction-Fan? Komm schon. Das ist Blödsinn.«

»Science Fiction-Fan? Ganz so schlecht ist mein Geschmack nicht –« Im Verlauf ihrer Unterhaltung konnte er sich mehr und mehr ein Bild davon machen, wie sie als menschliche Frau war. Eine ideale menschliche Frau, von Anatoles Standpunkt aus betrachtet. Er dachte sie sich in Kleidern, denn so konnte er besser mit ihr umgehen, und *voilà*, sie trug Kleider: Jeans und ein weißes T-Shirt. Nun gut, es war ein ziemlich enges T-Shirt. Sie saß mit überkreuzten Beinen wie die Indianer in der Luft und fuhr fort: »Aber ich bin ... man könnte es eine interplanetare Soziologin nennen. Allerdings glauben wir nicht an die ›Erste Direktive‹ – so sehr mir *Raumschiff Enterprise* gefallen hat. Ganz besonders mag ich die Folge, in der Spock der Kamm schwillt und er das Raumschiff herumreißt, damit er seinen *vulkanischen Urtrieben* folgen kann – aber das war wohl vor deiner Zeit. Jedenfalls, wenn wir uns in eure Angelegenheiten einmischen, geschieht das sehr subtil, zum Beispiel indem wir Fäden in eure kreative Begabungen einbringen ... Manchmal schicken wir eine starke Strömung durch diese Fäden – wie wir das bei William Blake getan haben. Manchmal nur hier und dort einen schwachen Impuls: eine erhabene Idee, die dann in Star-Trek-Gebrabbel übersetzt wird – aber es ist ein sehr nahrhaftes Gebrabbel, verstehst du. Wir sprechen durch bestimmte Science-Fiction-Werke zu euch. *Unheimliche Begegnung der dritten Art* war meine Idee, ganz persönlich. Natürlich dachten die Autoren, es wäre *ihre* Idee ...«

»Wirklich, das war deine Idee? Den fand ich großartig!«

»Danke schön. Manche Sachen müssen wir gar nicht anregen – es ist alles bereits in den Stammeserinnerungen vorhanden, weißt du, der geringste Anstoß setzt es frei. Die Menschheit weiß, dass sie bis zu einem gewissen Grad mit Außerirdischen verwandt ist –«

»Und wie gefällt dir *Akte X*? Oder habt ihr das auch erfunden?«

»Bestimmte Folgen. Aber die Macher waren bereits ... instruiert. Von den alten Fernsehserien gefällt mir, glaube ich, *Deep Space Nine* am Besten. Ich kann mich irgendwie mit Odo identifizieren. Und ich liebe die Menschen mit den Gesichtsnarben, die sie Aliens nennen. Die Beschränkungen des Budgets vermutlich.«

»Von denen habe ich eine Folge gesehen, mein Dad hatte sie auf CD. Ziemlich dämlich, wenn du mich fragst. Als ob Außerirdische so aussehen würden. Ich meine, schau doch mal *dich* an.«

»Ja, aber was bedeutet es, ein Mensch zu sein? Es bedeutet doch nicht nur, ein sprechender Affe zu sein, ein haarloser Affe. Es hat sehr wenig mit eurer körperlichen Gestalt zu tun. Es hat mit den Mustern in euch zu tun, einem Verlangen, einem verinnerlichten Diagramm des Universums, einer Fähigkeit zu evolutionären Veränderungen, einer Auseinandersetzung mit der eigenen Tierhaftigkeit …«

»Also bist du ein Mensch?«

»Ja.«

»Aber eher ein menschlicher … Engel?«

»Mmmm … nein. Über Engel kursieren so viele verwirrende Vorstellungen. Engel sind keine Individuen; sie sind eine konstruktive Idee, die sich in einer energetischen Bewegung personifiziert. Ich bin eher noch etwas komplexer. Ich bin ein Organismus. Ich muss essen und ausruhen und mich fortpflanzen und ich muss auch träumen, auch wenn ich danach strebe, durch Abstufungen des Erwachens aufzusteigen … Alle müssen träumen, während sie um das Erwachen ringen …«

»Ach komm schon. Du bist kein Mensch, so wie ich mir einen Menschen vorstelle. Ich meine, musst du aufs Klo? Nein.«

»Natürlich muss ich das! Wie kannst du mir unterstellen, ich wäre nicht körperlich genug, um Abfälle auszuscheiden! Ich tu meinen Anteil, da kannst du dir sicher sein!«

Diese Antwort verwirrte Anatole so sehr, dass er beschloss, nicht weiter nachzuhaken. »Aber – warst du einmal ein menschliches Wesen auf der Erde? Ich meine … wie kann dir eine Fernsehsendung Spaß machen, wenn du nie Teil unserer Kultur warst?«

»Ich weiß eure Kultur durchaus zu schätzen, ohne ein Teil von ihr zu sein. Darüber hinaus … ich habe in mir ein vorläufiges Modell eines Erdenmenschen geschaffen, der mir beim Verständnis von Fernsehen und Filmen und Theater und Musik und Literatur und Malerei hilft.«

»Ein vorläufiges Modell eines Menschen?«

»Ein vorläufiges Modell eines *Erden*menschen. Ein ›Personen-Konstrukt‹, das all diese Dinge auf einer angemessen subjektiven Ebene rezipieren kann ... so wie auch du eines geschaffen hast, in einem kleineren, weniger geregelten Maßstab.«

»Was soll das heißen, ›wie auch ich eines geschaffen habe‹?«

»Du glaubst doch nicht wirklich, dass das ›Du‹, das du verwendest, um auf die Welt um dich herum zu reagieren, dein wahres ›Du‹ ist, oder?«

»Ist es das nicht? Du meinst – es ist nicht meine Seele?«

»Seele? Es ist harte Arbeit, eine Seele zu schaffen. Du wirst mit einem Geist geboren, nicht unbedingt mit einer Seele, das kommt auf deine Definition an. Es sei denn, du bist James Brown.«

»Wer ist James Brown?«

»Ich spiel dir später was vor.« Wenn sie ihm etwas erklärte, tat sie das immer auf beiläufige, lässige, leicht spöttische Art. »Es gibt weitere Anatoles in Anatoles in Anatoles. Die Äußeren sind provisorische Konstrukte, Schutzmechanismen, mit denen du assoziiert wirst. Du hast deine Aufmerksamkeit auf sie fixiert. Aber das bist nicht wirklich ›Du‹. Dein wirkliches ›Ich‹ ist ein schwaches, flackerndes Licht, aus dem ein Stern werden kann, wenn man ihm Nahrung gibt. Ein freier Stern, der selbst entscheidet, welchen Einflüssen er sich aussetzt ...« Sie zögerte und ließ ein weißliches Glühen zwischen ihren Fingern hervortropfen. »Würdest du gerne eine Folge von *Akte X* sehen? Ich könnte wetten, dass ich welche habe, die du nicht kennst – da gibt es die unterdrückte Folge, die Chris Carter so viel Ärger eingebracht hat –«

»Ehrlich? Die hast du?«

»Ehrlich.«

Innerhalb kürzester Zeit fand sich Anatole in einem Sessel wieder und sah scheinbar fern, mit Sicherheit fast einen halben Kilometer über der Oberfläche der Erdkugel.

Vor ihm stand ein brandneues Wangchen-Fernsehgerät aus der Panpazifischen Republik, das beste Fersehgerät überhaupt, hauchdünn und mit einer Zehn-Jahres-Batterie ausgerüstet. Die Späherin hatte sich neben ihm in ihrem Sessel zusammengerollt, einem Polstersessel aus UFO-Material. Sie hatte sich wieder in die wunderschöne Frau verwandelt, die er ganz kurz im Inneren der funkelnden Untertasse gesehen hatte. Während er sie beobachtete, lackierte sie sich ihre Fußnägel onyx-schwarz, mit einem kleinen Fläschchen Fußnagellack.

Sie sahen sich den ersten Teil der Folge an. Ihm war klar, weshalb die Feds eingeschritten waren.

Dann folgte ein Werbespot. Anatole zog eine Grimasse. »Du lässt die Werbung drin?«

»Wenn du nichts dagegen hast … ich finde sie interessant. Die Mechanismen des Verlangens …« Sie sah ihn einen Moment forschend an. »Stimmt irgendwas nicht?«

Er starrte sie mit offenem Mund an. »Nein. Ich möchte einfach …« Er starrte wieder auf den Bildschirm. Auf ihre Beine, ihre Brüste, wieder auf den Fernseher.

»Gefällt dir mein vorläufiges Konstrukt?«, fragte sie. »Der Körper, den ich ausgesucht habe?«

»Ja. Äh – als ich ihn das erste Mal gesehen habe, war etwas anders …«

»Da hatte ich keine Kleider an.« Sie tat, als wäre sie überrascht. »Gefalle ich dir ohne Kleider besser?«

Er schluckte. Sie kannte die Antwort natürlich, schließlich konnte sie seine Gedanken lesen.

Aber er entschied sich anders. »Du siehst in Kleidern großartig aus.« Das war den Umständen eher angemessen. Sein Vater hatte ihm beigebracht, Frauen mit einer gewissen Achtung zu begegnen.

»Dein Dad ist ein guter Kerl, der große Schmerzen leidet«, sagte sie.

»Du meinst die Wunden? Er hat Schlimmeres hinter sich.«

»Ich meine psychologisch. Selbst verursacht. Er glaubt, er hat deine Mutter im Stich gelassen, weil er nicht da war, um sie zu retten. Er glaubt, er hat dich im Stich gelassen, weil ihr dort festsaßt, wo ihr festsaßt …«

»Oh.«

In diesem Augenblick spürte er einen unbändigen Schmerz in sich aufsteigen, der über fremdes Mitgefühl und gewöhnliche Reue hinausging. Etwas, was er normalerweise nicht empfand. Es tat weh, aber es war auch ein gutes Gefühl, wie die Belastung eines Muskels, der noch von der letzten Übung her schmerzte. Als ob er einen bisher tauben Teil seiner selbst spüren konnte.

»Ich glaube, ich kann jetzt nicht fernsehen …« Er blickte auf seine gespenstischen Hände. Sie waren da und dann auch wieder nicht und dann doch wieder. »Mein Dad … wenn Lila stirbt … wird er sich die Schuld geben … ich weiß, dass wir uns auf einer langsameren Zeitebene befinden, aber …«

Sie nickte. Das Fernsehgerät verschwand. »Mal sehen, was wir machen können … auf deiner heimischen Zeitebene. Aber es ist nicht ungefährlich. Wir könnten unerwünschte Aufmerksamkeit erregen.«

Gemeinsam schraubten sie sich der wartenden Erde entgegen.

* * *

Quinn trug einen Arm voll Holz zum Lagerfeuer zurück; der Rauch war so harzig, dass er den Geschmack von Salbei und Bärentraube im Mund verspürte. Er blickte zum Sandsteinfelsen hinüber und sah, dass Anatole und Lila verschwunden waren.

Er ließ das Holz neben der Feuerstelle fallen. »Wo sind Lila und der Junge? Habt ihr sie ins Auto gebracht?«

Mahler und Zizz wandten sich um und betrachteten den sandigen Boden, wo sie eben noch gelegen hatten.

Zizz sprang auf. »Scheiße! Wo sind sie?«

In diesem Augenblick trat Sullivan in den Lichtkreis des Feuers und warf Zizz zwei Eselhasen vor die Füße. (Eine unbewusste Geste, die Quinn nicht besonders gefiel.)

»Wo ist Lila?«, fragte Sullivan und starrte auf die Stelle, wo sie gewesen war. »Wo ist mein Sohn?«

Er zog einen Holzscheit aus dem Feuer, rannte mit wehender Flamme zu der Felsnase hinüber und hielt das brennende Ende wie eine Fackel über den Boden, auf dem Lila gelegen hatte.

Sie alle sahen es im selben Augenblick: die Spuren im Sand, jemand hatte Lila fortgeschleift, auf ihrem Schlafsack, fort in die Dunkelheit.

* * *

Der unterirdische Stützpunkt. Nevada. Das amerikanische Militär;

die grauen Aliens, die behaupteten, sie kämen von Zeta Reticuli. Die gewöhnliche ockerfarbene Stahltür.

»Denken Sie immer daran«, sagte Colonel Darrick, »was auch immer dort drin geschieht, *es ist eine Ehre*. Egal was. Verstanden?«

»Äh … klar. Sie können wirklich nicht mit mir da reingehen?«

Darrick kicherte. »Nein. Ihnen wird schon nichts passieren. Los, gehen Sie …« Er hielt Farraday die Tür auf.

Farraday trat durch die ockerfarbene Tür in die Unterkunft des Außerirdischen; Darrick schloss die Tür hinter ihm. Hörte er da einen Riegel zuschnappen? Er war sich nicht sicher.

Farraday sah sich um. Ein Teil des schwach beleuchteten, etwa zwanzig mal dreißig Meter großen Raumes bestand aus dem gleichen Material wie das Innere der Untertasse, still und formlos. Er ging davon aus, dass es sich in alles verwandeln konnte, was der kleine Humanoide als Ruheliege verwendete, oder als Schreibtisch. Die leeren Steuerkonsolen an den Wänden schienen sich über ihn lustig zu machen. Das andere Ende des Raumes bestand aus gewöhnlichen Badezimmerkacheln; auf einer Seite befand sich eine niedrige Rauchglaskabine, gegenüber stand eine altmodische Badewanne voll mit dampfend heißem Wasser.

Jaron kam aus einer Tür hinter der Kabine. Er war nackt, doch in dem dämmrigen Raum konnte Farraday keine biologischen Einzelheiten erkennen. Jaron betrat die Kabine und schloss die Tür hinter sich. Er sagte mit Farradays Stimme: »Die Badewanne ist für Sie.«

Farraday wusste nicht, was er sonst hätte machen sollen: Er durchquerte den Raum, zog sich aus und stieg hinein. Langsam ließ er sich in das Wasser gleiten. Er konnte die Silhouette des Außerirdischen in der Kabine erkennen, die Augen, die ihn über den Rand hinweg anblickten.

Die Augen. Seine Augen. Ihre Augen.

Das Badewasser roch schwach nach Chemikalien, die Farraday nicht identifizieren konnte. Er versuchte, sich weiter keine Gedanken darüber zu machen.

Die Kabine füllte sich mit einer dunklen Flüssigkeit, die emporstieg und die Silhouette des Alien verschlang, sie ausradierte. Der ganze Raum wurde von dem Geruch zerquetschter Ameisen durchdrungen. Und im Hintergrund ein Hauch Verwesung.

»Ich nehme übrigens gerade auch ein Bad, ebenso wie Sie«, sagte Jaron, immer noch mit der von Farraday geliehenen Stimme. Seine übergroßen schwarzen Augen sahen Farraday ernst an. »Ich reinige mich sehr gründlich mit einer konzentrierten Lösung speziell konstruierter Mikroorganismen. Sie werden alles Störende beseitigen. Abgestorbene Hautzellen, Giftstoffe, unerwünschte Bazillen, die ganze ... Chose. Ich hoffe, Sie haben nichts dagegen, dass ich sie hierher gebeten habe ... Aber auf meiner Welt ist es eine Ehre, dieses *Bonding*-Ritual: Bad zu Bad.«

»In einigen Ländern sind auch bei uns rituelle Bäder üblich. Aber diese ... diese Mikroorganismen sind mir nicht ganz geheuer.« Er begann in dem heißen Wasser zu schwitzen.

»Eure Menschheit hat schon immer Mikroorganismen verwendet«, sagte Jaron mit Farradays Stimme, »aus unterschiedlichen Gründen. Zum Beispiel für Joghurt, Käse, Alkohol, und in letzter Zeit zur Herstellung besonderer Medikamente. Sehr vielseitig verwendbar. Und natürlich besteht eine wechselseitige Abhängigkeit mit den Mikroorganismen des Darmes. In meiner Kultur gilt – Moment! Das war ein Wortspiel, oder? In meiner *Kultur*? Ha, ha?«

»Richtig, ja.« Farraday wäre im Augenblick gerne irgendwo anders gewesen, egal wo. Er fühlte sich außerordentlich unwohl; das Badewasser war zu heiß, aber die Umstände waren noch unangenehmer; er wand sich innerlich. Er hatte das plötzliche, ungewöhnliche Bedürfnis, eine Kegelbahn am Seeufer von Chicago zu besuchen. Er war seit Jahren nicht mehr kegeln gewesen. Nur er und seine Frau und ein paar übergewichtige, angetrunkene Kegelfreunde, die das beste und dümmste Spiel der Welt spielten, wieder und wieder.

»Ja – in meiner Kultur – ha, ha – haben wir ein sehr genau austariertes Verhältnis zu den Mikroorganismen. Das hat den engen Kontakt zwischen unseren Rassen erschwert. Wir können Ihre Mikroorganismen sehen, die energetischen Störungen wahrnehmen, die sie ausstrahlen; wir können sogar diejenigen riechen, die Ihre Bluthunde nicht bemerken. Sie haben sie bis zu einem gewissen Grad unter Ihre Kontrolle gebracht, aber uns graut es vor dem falschen Mikroorganismus. Eine regelgerechte Beziehung zu Mikroorganismen entspricht einer regelgerechten Beziehung zum biologischen Kontinuum. Es empfiehlt sich, den Mikroorganismen des eigenen Körpers die gleiche

Aufmerksamkeit zu schenken, wie ... was wäre ein passender menschlicher Vergleich ... wie Make-up und Kleidung und Schmuck. Das gilt ebenso für das Innenleben wie für Ihr Äußeres. Sie werden sie mehr und mehr wahrnehmen, je weiter Sie sich entwickeln.«

»Also ... wie halten Sie das, äh, hiesige Ungeziefer von sich fern, und wie hindern Sie es daran, Ihre ... Ihre ...«

»Mikropatina.«

»Ihre Mikropatina zu zerstören?«

»Die gentechnisch geschaffenen Mikroorganismen, die wir einsetzen, sind sehr effektive Raubmikrophagen. Sie fressen das andere ... Ungeziefer, wie Sie das nennen. Wir halten sie nicht für ›Ungeziefer‹ – selbst unerwünschte Mikroorganismen sind Teil des mikroskopischen Organisationsmusters. Unsere großartigste Kunstform schließt die Züchtung und Organisation von Mikroorganismen ein ... Übrigens, wie geht es Ihnen?«

»Oh, mir geht es gut, ich bin –« Er brach ab und starrte in das Wasser zwischen seinen Beinen. Es war seltsam trübe geworden. Der Geruch nach zerquetschten Ameisen wurde stärker.

Seine Haut juckte.

»Äh – Jaron?«

»Erschrecken Sie nicht. Es existiert eine Verbindung zwischen meinem und Ihrem Reiniger. Das *Bonding*-Ritual schließt ein, dass ich meine Mikroorganismen mit Ihnen teile. Ein einseitiger Vorgang übrigens.«

Die Formulierung *Scheiße fließt stets bergab* drängte sich in Farradays Kopf. Hastig sagte er: »Ich gehe davon aus, dass dies kein ... Experiment ist. Ich meine, auch andere Menschen haben ...?«

»Oh, ja! Keine Angst. Ihre Gesundheit wird nicht gefährdet. Meine Mikroorganismen stellen keine Gefahr für Sie da, noch werden sie Ihnen in irgendeiner Form ... Schaden zufügen.«

Das Badewasser kühlte ab; dickte ein; wurde tintenfischiger. Er musste an Ceph denken.

Das ist mehr als nur ein Ritual, dachte er. Dies ist ein Test: Sie wollen feststellen, ob ich durchdrehe.

Also blieb er im Wasser sitzen und spürte, wie es dicker wurde. Es dickte ziemlich schnell ein, wie schnell wirkendes Mondamin. Mondamin mit dem Geschmack zerquetschter Ameisen.

»Äh … unsere … unsere Mikroorganismen sind also gewöhnungsbedürftig … dem entnehme ich, dass wir *gemeine* Mikroorganismen haben?«

»Gemein, genau – noch schlimmer, Sie lassen sie mehr oder minder zufällig auf Ihrem Körper herumlaufen und reduzieren ihre Zahl nur durch Waschen. Ungefähr so, als würden Sie sich völlig beliebig anziehen. Wir kennen genauso viele Viren und Bakterien wie Sie. Aber jede einzelne – ja, jede *individuelle* Bakterie, jeder Virus wird *ausgewählt* – oder sofort eliminiert.«

»Gibt es noch andere Dinge an uns, die Sie abstoßen?«

»Wir sind ein weit gereistes Volk und haben viele verschiedene Lebensformen gesehen; wir finden so schnell nichts abstoßend. Und wir beobachten Sie schon seit langem. Aber es gibt eine Sache, die mich immer wieder … die mir ein Stechen im Rumpf verursacht.«

»Spannen Sie mich nicht auf die Folter, Mann«, sagte Farraday und versuchte, die Stimmung zu heben. Der Glibber in der Wanne lastete schwer auf ihm, saugte an ihm.

»Die Menschen fassen sich immer wieder auf ihren Kopf. Mit ihren … Fingern. Sie kämmen sich, kratzen sich, gedankenlose Handbewegungen …«

»Was ist Ihnen daran unangenehm?«

»Es wäre … ordinär, darüber zu sprechen.«

Jaron schien sich zu schütteln.

Die Gelatine, die um ihn herum gerann, fühlte sich warm an … ein Gefühl stieg in ihm auf, das er erst als panische Angst identifizierte, als die Gelatine fast kochend heiß war. »Heh, Jaron …?«

»Kein Problem«, beruhigte Jaron ihn mit seiner eigenen Stimme.

Und plötzlich löste die Gelatine sich auf und wurde wieder zu Wasser. In einer halben Sekunde. Die übermäßige Hitze ebbte ab. Er spürte, wie ihn eine Empfindung wellenförmig durchdrang. Später würde er versuchen, für sich selbst zu beschreiben, was für eine Empfindung das gewesen war. Eine fast bekannte Empfindung. Eine bekannte Unbekannte?

Der Spiegel der klebrigen Lösung um Jarons herum war gefallen; Lichtblitze zuckten durch die Kabine, und eine chemische Dampfwolke zischte empor und hüllte den Außerirdischen vollständig ein. Als der Dampf sich verzogen hatte, war Jaron verschwunden, wie ein Zauberer auf der Bühne, und das Wasser lief aus seiner Wanne.

Farraday fühlte sich leicht fiebrig und schwach, als er hinausstieg, einige Handtücher vorfand, sich abtrocknete und anzog.

Er eilte in seine Unterkunft und duschte fast anderthalb Stunden.

* * *

Lila war weg. Die Schleifspuren endeten abrupt mitten auf einer Lichtung zwischen den Kakteen. Es sah aus, als wären die Kakteen platt gedrückt worden, genau kreisförmig ... Der Schlafsack war da, offen, leer, und auch Lilas Kleider. Aber keine Lila. Und auch keine Fußabdrücke.

Sullivan blickte umher und rief nach ihr, so nervös hatte er noch nie geklungen.

Quinn spürte, wie eine seiner Intuitionen sich unerbittlich sein Rückgrat hinaufschob; auf halbem Weg traf sie auf Wahrnehmungsmuster, die Wahrscheinlichkeiten darstellten. Er wusste, dass seine Ahnungen ihn stets desorientierten, und versuchte sie abzublocken ... doch er sah, wie er die anderen in die Finsternis führte ...

... auf einen sinkenden Stern zu. Sie konnten sich später nicht mehr daran erinnern, wie sie zu dem Entschluss gekommen waren, diese Richtung einzuschlagen. (Aber Quinn war der Auslöser gewesen, und es würde nicht bei diesem Mal bleiben.)

Noch fanden sie je heraus, wie es Anatole gelungen war, Lila aus dem Kreis platt gewalzter Kakteen zu dem kleinen Erdhügel und den horizontalen Sandsteinplatten zu transportieren, eine Entfernung von über einem halben Kilometer.

Nachdem sie eine Weile durch die Dunkelheit gestolpert waren, sahen sie Lila auf einer Felsplatte auf dem Rücken liegen wie Frankensteins Braut, vor dem Hintergrund des Sternenhimmels. Die Sterne schienen sich über ihr zu versammeln; dann schien der Himmel mit der Schulter zu zucken und die Sterne wirbelten zu einer Miniaturgalaxis zusammen, die sich zu einer Scheibe von vielleicht zehn Meter Durchmesser verdichtete. Die sich am Himmel über Lila im Kreis drehte.

Sullivan rannte auf sie zu …

Zizz und Quinn und Mahler versuchten, mit ihm Schritt zu halten …

(Wo war Kian? Wo war Anatole?)

Sullivan schrie: »Anatole! Lila!«

Das Ding am Himmel senkte sich auf Lila hinab – und verschlang sie. Während es sich dem Boden nährte, dehnte sich sein leuchtender Rand aus wie eine Welle in einem Teich, in den ein Stein geworfen worden war, und warf ein blau-weiß-violettes Licht auf Anatoles Gesicht.

Anatole sah von einer Spalte zwischen den Felsblöcken aus zu, direkt unterhalb von Lila. Er schien mit sich selbst zu sprechen. Oder mit dem schimmernden, strahlenden Kristall, der Lila verschluckte.

Sie konnten nicht verstehen, was er sagte. Sie konnten Lila sehen, ein schwacher Umriss innerhalb des pulsierenden Lichts, das sie umgab.

Sullivan hatte sie fast ereicht …

Für Quinn, Mahler, Zizz und Sullivan verlangsamte sich die Zeit, blieb fast stehen. Es war, als ob sie sich dem Licht näherten und in eine Teergrube traten, in der alles in Zeitlupe ablief. Anatoles Mund bewegte sich ganz normal, während er sich mit dem Licht unterhielt; doch um Quinn und die anderen herum hatte die Zeit eine Pause eingelegt, und jeder Schritt schien zwanzig Sekunden zu dauern, obwohl sie sich bemühten zu rennen.

Lilas nackter Körper in dem kristallinen Licht verschwamm wie eine vibrierende Stimmgabel. Ein einzelner Strahl ließ sie deutlich sichtbar aufleuchten, so dass Quinn ihre Wunden erkennen konnte – die sich wie schreiende Münder öffneten – Blut sprudelte heraus.

Blut und Metall; die Metallfragmente der Granatsplitter fielen von ihr ab und schlugen mit einem schwachen, aber kristallklaren Geräusch auf den Stein. Für Quinn sah es aus, als würden die Granatsplitter aus ihren Wunden heraus*vibrieren*.

Ein letztes Aufblitzen – das Licht verlor sich wellenförmig in der Ewigkeit –

Dann erhob sich das schwebende Ding von Lila, blieb einen Augenblick über ihr in der Luft stehen, und der Lauf der Zeit normalisierte sich.

(War es der Lauf der Zeit? Oder seine Wahrnehmung der Zeit? Quinn war nicht sicher.)

Sullivan rannte zu Lila und kniete neben ihr nieder. »Lila!«

Quinn blieb wie angewurzelt stehen und starrte das leuchtende Ding über ihnen an; er spürte, wie es seinen Blick erwiderte. Dann fühlte er, wie die Aufmerksamkeit des Dings sich auf etwas anderes richtete.

Er wandte sich in dieselbe Richtung, folgte seinem augenlosen Blick und entdeckte am Himmel noch etwas anderes. Eine ganze Reihe gebündelter Lichtpunkte kam aus einiger Entfernung schnell näher; Suchscheinwerfer bohrten sich durch Staubwolken: Schwarze Hubschrauber glitten über die Wüste.

Und noch etwas. Fast über ihnen.

Eine aluminiumfarbene Scheibe, ihr Leuchten auf sich selbst gerichtet; groß wie ein Haus sackte sie langsam vom Himmel und drehte sich dabei. Sie war massiv; sie sah aus, als wäre sie *gebaut*: ein ziemlicher Unterschied zu dem Ding, das Lila verschlungen hatte, das sich selbst wieder und wieder neu zu erschaffen schien, von einem Augenblick auf den nächsten.

(Die Helikopter kamen dröhnend näher; Staub schnaufte und brauste.)

Er spürte, wie die graue Metallscheibe ihn lauernd beobachtete.

Lilas Scheibe, diese Linse aus funkelndem Licht, fiel in den Himmel hinauf. So sah es zumindest aus Quinns Perspektive aus: als würde sie fallen, allerdings gerade nach oben. Binnen einer Sekunde war sie verschwunden.

Die andere Scheibe nahm die Verfolgung auf und verlor sich am Himmel. Er dachte, die Helikopter würden beide verfolgen – doch das taten sie nicht.

Die Hubschrauber landeten, überall um sie herum. Staub wirbelte empor und glitzerte im Licht der Suchscheinwerfer. Männer sprangen heraus und verteilten sich. Taschenlampen richteten sich auf ihre Augen, ihre Hände.

Lila setzte sich auf und sah sich neugierig um, vollkommen furchtlos. »Wessen Hubschrauber sind das, Jack?«, fragte sie laut und deutlich.

Quinn starrte sie an.

Sie hatte aufgehört zu bluten, ihre Augen waren klar, sie hatte Farbe im Gesicht.

»Ich weiß es nicht«, gestand Sullivan. Er war über die peitschenden Rotoren hinweg kaum zu verstehen.

Die Scheinwerfer der Hubschrauber erfassten Quinn und Mahler und Zizz und Sullivan und Lila und Anatole auf den geschichteten Sandsteinplatten. Anatole rannte zu seinem Vater, Sullivan legte die Arme um den Jungen.

Männer in Uniformen ohne Abzeichen kamen auf sie zu, jeder eine M18 in den Händen. Die roten Punkte der Ziellaser tanzten über Quinns Brust.

»Legt eure Hände auf den Kopf und kniet auf den Boden!«, donnerte eine Stimme aus dem nächststehenden Helikopter.

Quinn und Zizz sahen sich an. Was blieb ihnen anderes übrig?

(Wo war Kian?)

Siebtes Kapitel

Die mikrobiologische Freundschaftsliga

Farraday beschloss, sich keine Gedanken darüber zu machen, wohin er gebracht wurde. Er war einfach froh, draußen zu sein.

Er saß auf dem Vordersitz eines Schulbusses mit getönten Scheiben; der Bus war mattschwarz lackiert worden. Es gab keine offiziellen Kennzeichen. Von außen waren die Fenster undurchsichtig, aber er konnte problemlos hinausblicken, während sie den Stützpunkt in den Bergen von Nevada durch eine getarnte Zufahrt verließen. Hier draußen schien die Sonne, und große Vögel drehten sich wie dunkle Räder am Himmel. Waren das Krähen oder Geier oder Falken? Er konnte es aus dieser Entfernung nicht erkennen, also waren sie für ihn alles drei.

Farraday sehnte sich plötzlich danach, seine Frau an seiner Seite zu haben. Doch nur Jaron saß neben ihm, seine Augen so undurchsichtig wie die Fenster. Der Außerirdische trug einen weißen Mechanikeroverall und Tennisschuhe mit einem morphenden Timothy Leary-Gedenk-Muster.

Darrick saß auf der anderen Seite des Mittelgangs. Zwei Marines mit dunklen Sonnenbrillen saßen ein paar Reihen hinter ihnen, die M18 auf dem Schoß. Die Marines blickten schwermütig drein, als Farraday sich nach ihnen umsah; sie verließen den Stützpunkt, allerdings nicht, um Urlaub zu nehmen. Sie sehnten sich wahrscheinlich ebenso wie er danach, rauszukommen.

Als der Bus das Gelände verließ und die Tore passierte, fuhr ein anderes Fahrzeug hinein: ein Abschleppwagen ohne Kennzeichen, der einen verstaubten Volvo aus dem 20. Jahrhundert hinter sich herzog. Die Windschutzscheibe des Volvo fehlte. Einschusslöcher im Kofferraum.

»Sogar die Abschleppfahrzeuge sind schwarz?« Farraday konnte sich diese Feststellung nicht verkneifen.

Darrick kicherte. Jaron ›kicherte‹ mit Darricks Stimme.

Farraday wandte sich um und sah zu, wie der Abschleppwagen den Volvo auf das Gelände manövrierte. »Wer, äh –?«

»Vergessen Sie's einfach, Mike«, sagte Darrick beiläufig, aber bestimmt.

Sie ließen den unterirdischen Stützpunkt hinter sich und rumpelten eine verstaubte unbefestigte Straße entlang, durch Brachland und an eingezäunten Müllkippen vorbei. Hundertzwanzig holprige Kilometer später bogen sie auf einen rissigen Highway. Die Risse waren mit Teer geflickt, der an den Rädern haftete. Farraday hörte, wie er rhythmisch festklebte und wieder abriss.

Ein paar Kilometer weiter bogen sie in einen Feldweg ein; Farraday fürchtete um sein Leben.

Warum haben sie mir nicht die Augen verbunden, wenn dieser Ort so verdammt geheim ist?, überlegte er. Wahrscheinlich wollen sie mich hier draußen loswerden …

Jaron wandte ihm seine mattschwarzen Augen zu. »Es ist alles in Ordnung. Alles ist gut. Sie sind in Sicherheit.«

»Ist es so offensichtlich?«

»Das ist nur natürlich.«

»Sie beherrschen die englische Sprache wirklich ganz ausgezeichnet, habe ich Ihnen das jemals gesagt?«

»Sie sind zu freundlich.«

Vor ihnen lag ein Gelände, das nach einem verlassenen Urlaubsort aussah. Auf einem gesprungenen Fiberglasschild stand: ›ALE-E-INN PRÄSENTIERT *PALM SPRINGS OST*‹. Das Hauptgebäude war verfallen, stand aber noch; eine Reihe von Touristenhütten waren vor einiger Zeit bis auf das Fundament abgebrannt. Es gab ein trockenes, abfallübersätes Schwimmbecken und einen ehemaligen Kakteengarten, der völlig überwuchert war.

Sie verließen die Straße, folgten den Fahrspuren im Gras um das Gebäude herum und stießen auf einen Schauplatz ungewöhnlicher

Aktivität. Vier Sattelschlepper standen nebeneinander, rückwärts an das Gebäude gefahren. Drei der Lastfahrzeuge waren bereits entladen worden, schweigende Soldaten luden Kisten vom vierten.

»Wir sind unserem Zeitplan hinterher«, stellte Darrick fest, als der Bus rechts ranfuhr.

Dodge trat aus einem türförmigen Loch in der Rückwand des verfallenen Gebäudes, eine Diät-Cola in der Hand, und winkte ihnen zu.

Als sie aus dem Bus stiegen, spürte Farraday sogar im Schatten der Mauern die Hitze wie eine Last. In ungefähr zwölf Metern Entfernung, hinter den Sattelschleppern, sah Farraday eine untertassenförmige Plane. Er beugte sich vor, um einen Blick darunterzuwerfen: Sie schwebte knapp zwei Meter über dem Boden, völlig bewegungslos.

Eine Untertasse, eindeutig echt.

Jaron ging sofort zu der abgedeckten Untertasse hinüber und verschwand in ihrem Schatten.

* * *

»Ich weiß es nicht, Anatole. Ich weiß nicht, warum sie Kian von uns getrennt haben«, sagte Sullivan. Er sagte es leise, doch jedes Wort knirschte förmlich vor mühsam beherrschter Wut.

Sullivan saß auf dem unteren Bett auf einer Seite der abgeschlossenen Zelle, irgendwo in dem unterirdischen Stützpunkt, mit dem Rücken zur Wand, einen Arm um Lila, den anderen um Anatole gelegt. Lila trug Tarnhosen und ein Hemd, beide ein paar Nummern zu groß, die ihr eine schweigende, bedrückt dreinschauende Armeeschwester gegeben hatte; dieselbe wortkarge Schwester hatte ihre Wunden behandelt, sie mit Antibiotika versorgt und neu verbunden.

Sullivan hatte die Schwester und die Soldaten natürlich nach Kian gefragt. Sie hatten nur die Achseln gezuckt.

Die Wachposten und die anderen Soldaten, die sie innerhalb des Stützpunktes gesehen hatten, trugen klar gekennzeichnete Uniformen – sowohl Air Force als auch Marines – im Unterschied zu den Männern, die sie gefangen genommen hatten. Das Wenige, das sie von der Anlage gesehen hatten, beruhigte sie etwas: Alles war sauber, ordentlich, geschäftsmäßig. Andererseits … gab es keine Fenster.

Niemand hatte ihre Fragen beantwortet; niemand redete mit ihnen, außer: »Seid ihr bewaffnet? Hände auf den Kopf. Gut, losmarschieren.«

Quinn saß auf dem Bett gegenüber von Sullivan; Zizz hatte sich auf der oberen Etage ausgestreckt und kratzte mit ihrem Fingernagel ein Muster auf ihren Unterarm. Mahler stand gerade von der Toilette im Nebenraum auf und murmelte vor sich hin. Die Spülung rauschte.

Es gab nur diese eine Zelle mit zwei Reihen Betten, die Toilette, und nichts weiter, nicht mal ein Bild an der Wand. Die Betonwände waren ockerfarben gestrichen.

»Vielleicht haben diese Militärs Kian überhaupt nicht«, gab Anatole zu bedenken. Seine Stimme klang heiser.

»Ich hoffe doch. Ich will gar nicht daran denken, dass er allein da draußen in der Wüste herumlaufen könnte«, sagte Zizz.

Es gab noch mehr unausgesprochene Fragen: Wenn das Milltär Kian getrennt gefangen hielt … *Warum?*

Und ansonsten: Wenn er sich nicht allein in der Wüste befand und nicht gefangen genommen worden war – vielleicht hatte ihn dann *jemand anders mitgenommen.*

Das Wort *entführt* schlich sich in Quinns Gedanken.

Er warf Anatole einen Blick zu und fragte sich, wie der mit allem klarkam. Zwischen Lila und Anatole ging etwas Seltsames vor; sie wussten beide Bescheid über irgendwas, wie die unausgesprochenen Geheimnisse zweier Liebender, doch es ging weit über Sex hinaus. Wenn ein beliebiges Wort fiel, sahen sie sich wissend an und lächelten schicksalsergeben.

Stunden vergingen wie Tage. Stück für Stück sprachen sie über das, was passiert war, nachdem Zizz und Quinn und Mahler im Wohnplex eingetroffen waren; und über einiges, was passiert war, seit sie ihn verlassen hatten. Yamahira. Metzger. Der ferngesteuerte Wahnsinnige mit dem Metall im Gehirn. Der brennende Winnebago und sein selbstmörderischer Besitzer; die Lichter, die Lichter … die lebenden Lichter und Lilas Heilung; die Hubschrauber und die Gewehre und der Stützpunkt …

Was auch immer sie über das lebende Licht, die Aliens, Lilas Heilung sagten … verlief irgendwie immer im Sande, ohne Abschluss, nie zu Ende besprochen … aus Gemurmel wurde Schweigen.

In der Zelle herrschte oft längere Zeit Schweigen; es war schlicht zu beschissen viel passiert, um es so einfach zu verarbeiten.

Über die Untertassen sagte Mahler nur: »Das waren keine Außerirdischen; das muss so was wie ein … ein Hologramm gewesen sein, ein Täuschungsmanöver. Die kapitalistischen Macker versuchen ihren Missbrauch öffentlicher Gelder mit einer … einer Tarnaktion …«

Manchmal, dachte Quinn, wenn die Ereignisse eine ungewöhnlich intensive und bizarre emotionale Ebene erreichten, machte man einfach dicht. Man wandte sich einfach nach innen. Jeder verarbeitete es, so gut es ging.

Und sie wussten alle, dass noch mehr auf sie zukam.

Anatole überraschte sie alle, indem er mit keinem Wort die Untertasse erwähnte, die das lebende Licht himmelwärts verfolgt hatte – obwohl sie wussten, dass er ein UFO-Fan war.

Möchtest du nichts über das sagen, was dort draußen passiert ist?, hatte Sullivan seinen Sohn während des Frühstücks gefragt.

Nein, hatte Anatole distanziert geantwortet. *Lila wird es euch erklären, wenn sie bereit ist.*

Aber machst du dir keine Gedanken darüber, mein Sohn?

Anatole hatte nur den Kopf geschüttelt. *Ich weiß, was passiert ist. Weitgehend. Ich weiß, was mit Lila passiert ist, ich kann es nur nicht erklären, und ich weiß nicht, was mit Kian passiert ist. Ich kann an nichts anderes mehr denken … nur an Kian … Kian …*

Und dann hatte er angefangen zu weinen, ganz leise, also wollte ihn niemand weiter drängen.

Lila hatte nur gesagt: *Ein Wesen, das von zwei Welten gleichzeitig abstammt: Sie ist gekommen und hat mich geheilt, und sie hat mir manches Wissen geschenkt. Aber ich kann euch noch nichts sagen. Es hat in meinem Kopf noch nicht Form angenommen. Ich habe mir dieses Wissen nicht verdient … und ich muss es so gut verarbeiten, wie ich nur kann … ich werde es euch erklären, wenn es so weit ist …*

Sie war immer noch Lila; sie sah immer noch aus wie Lila. Etwas tief in ihren Augen sagte: *Ja, ich bin es, Lila. Alles ist in Ordnung.*

Doch wenn sie sprach – sprach sie irgendwie anders als früher. Und sie fragte nicht nach ihrem Vater. Es war, als hätte sie bereits um ihn getrauert, als wäre sie bereits über diese Trauer hinweg, als wäre das erledigt. War das möglich?

Wenn es so weit ist …

Also hatten sie beschlossen, nicht weiter in sie zu dringen. Sie mussten ihre Zelle mit dieser Ungewissheit teilen, und das war in Ordnung so. In der Ungewissheit lag Hoffnung; die Mauern um sie herum dagegen, und die verriegelten Türen, diese Dinge waren Gewissheit genug.

Sie hatten recht ordentlich gegessen, das war immerhin etwas. Quinn hatte nach dem Frühstück fast gute Laune. Zumindest nahm er an, dass es Frühstückszeit war. Die Wachposten hatten ihnen schweigend ihre Uhren abgenommen, und in dem unterirdischen Stützpunkt wurde die Zeit von Uhren gemessen oder gar nicht.

Sie befanden sich in einer rätselhaft zweischneidigen Situation, dachte Quinn. Auf der Haben-Seite befanden sie sich in den Händen der US-Regierung, in Nevada, und das entsprach ihren Absichten. Und sie hatten gegessen, ein Dach über dem Kopf und wunderbarerweise – es gab kein anderes Wort dafür – war Lila geheilt.

Andererseits wurde Kian vermisst. Und sie waren Gefangene, entwaffnet und hilflos.

Sullivans Gesicht war verbissen und blass. Für Quinn war es offensichtlich, dass Sullivan sich trotz der aufgesetzten Gelassenheit die Schuld an Kians Verschwinden gab.

»Wisst ihr was?«, sagte Zizz plötzlich. »Wir haben gehört, dass Black Betty vielleicht von den Feds gefangen genommen worden ist, stimmt's? Wäre es nicht seltsam, wenn sie sich hier befände – vielleicht sogar in der Zelle nebenan?«

Anatole sah sie an. »Black Betty? Die Medienterroristin?«

»Sie ist ein großartiges Symbol des Widerstands«, sagte Mahler, der gerade hereinkam und sich auf sein Bett legte. Er schien verwirrt, deprimiert. »Black Betty … sie hat … die Bezeichnung Terroristin ist unfair – auch wenn sie sie manchmal sebst verwendet.«

»Das ist eher ein Witz, wenn sie sich selbst so bezeichnet«, sagte Zizz.

»Es ist unwahrscheinlich, dass sie sich hier befindet«, sagte Sullivan von weit her, sein Tonfall ließ durchblicken, dass ihm gleichgültig war, wo Black Betty sich befand. »Wenn sie eine Gefangene der Bundespolizei wegen Terrorismus oder Medienpiraterie ist, befindet sie sich in einer Strafanstalt, wahrscheinlich in New York. Dort werden sie inzwischen untergebracht.«

Zizz hob den Kopf. »New York? Scheiße! Wir *kommen* von der Ostküste, um nach ihr zu suchen!«

Sullivan zuckte mit den Schultern. »Nur eine Vermutung. Dies ist eine militärische Einrichtung. Hängt wahrscheinlich irgendwie mit Area 51 zusammen. Keine Strafanstalt. Aufwändige Sicherheitsvorkehrungen.«

»Diese Kerle denken also, wir wären – was?«, fragte Quinn. »Spione?«

»Wahrscheinlich. Oder irgendwelche Freischärler.«

»Scheiße!« Er ließ sich wieder auf das Bett fallen. »Und das sind die Behörden, die sich um unsere Sicherheit kümmern sollen ....«

Und er dachte: Wie geht noch mal der Witz, den sie sich in Mexiko erzählen? *Wenn du überfallen wirst, schrei bloß nicht – die Polizei könnte es hören.*

* * *

Die grelle Beleuchtung der Filmscheinwerfer zerteilte die Dunkelheit.

Die umgebaute Ruine – der Ort, den sie für die Proben zu dem inszenierten Ereignis ausgesucht hatten – erinnerte Farraday an einen Drehort, den er in L.A. besucht hatte. Große, seltsam ausgerichtete Scheinwerfer waren aufgebaut und Kameras und Reflexschirme, und es gab »Statisten« – Soldaten, die sich freiwillig gemeldet hatten und als Patienten kostümiert waren – und eine Soundanlage und obskure Geräte für die Spezialeffekte und einen Generator auf einem Laster, von dem schwarze Kabel ausgingen. Die Kabel schlängelten sich überall durch, kreuz und quer über den Boden, bis sie in Schaltkästen wieder aufeinander trafen.

Und sie wurden mit Speisen und Getränken versorgt. In einem Raum im Erdgeschoss, der einmal eine Art Club Med-Cafeteria gewesen war, hatten die Köche aus dem Stützpunkt eimerweise kalte Teigwaren mit Huhn, verschiedene Gemüse, Schalen mit Süßspeisen sowie Tee- und Kaffeemaschinen bereitgestellt.

Sie saßen an ausklappbaren Picknicktischen, Darrick und Dodge und Farraday, ein Stück entfernt von der Truppe, und aßen.

»Was ist mit dem Hotelgebäude passiert?«, wollte Farraday wissen.

»Giftige Abfälle aus dem Stützpunkt«, antwortete Darrick. »Im Wasser. Ein Haufen Leute sind plötzlich mit ...«

Ein scharfer Blick von Dodge ließ ihn verstummen.

»Darrick ... Scheiße.«

»Ist ja nicht so, als ob ihm keine entsprechende Geheimhaltungsstufe zugeteilt worden wäre, Dodge«, murmelte Darrick.

»Benutzen Sie ihren gesunden Menschenverstand, Darrick«, sagte Dodge; seine Plastikgabel quietschte, als er dem letzten Rest Nudelsalat auf seinem Plastikteller hinterherstocherte.

Farraday blickte nervös in seinen Kaffeebecher. »Äh – giftige Abfälle? *Wie bitte?*«

»Sehen Sie, was ich meine, Darrick?«, sagte Dodge und schüttelte den Kopf. Er wandte sich an Farraday: »Das Wasser, das wir hier trinken, stammt vom Stützpunkt und ist so sauber, wie es nur geht. Machen Sie sich darüber keine Sorgen. Ich wäre nicht hier, wenn wir uns nicht in Sicherheit befänden.«

Vor gar nicht so langer Zeit hat mich Darrick davor gewarnt, zu viele Fragen zu stellen, dachte Farraday. *Jetzt wird ihm von Dodge die gleiche Belehrung zuteil. Das Wissen ist hier Teil der Nahrungskette ... Wir jagen einander unablässig im Kreis herum, und jeder verwarnt jeden; Darrick verwarnt mich, Jaron verwarnt Darrick, Dodge verwarnt Darrick und Jaron und mich. Am Ende werde auch ich noch jemanden verwarnen.*

Das ist mein neues Leben ...

Corporal Collins rief von der Tür herüber: »Ich glaube, Jaron ist bereit, Sir, wenn Sie so weit sind ...?«

Dodge nickte. »Lasst uns anfangen.«

Eine halbe Stunde später standen sie auf einer in aller Eile aufgebauten Steuerungsplattform in der Nähe einer Ecke des Gebäudes. Von hier aus konnten sie den größten Teil des Bühnenaufbaus überblicken.

Die Lastwagen und der Bus waren außer Sichtweite gefahren worden; alle funktionstüchtigen Gegenstände waren aus dem Gebäude entfernt worden.

Die Untertasse war verschwunden. Jaron war nirgends zu sehen.

»Licht, Kamera, Action«, murmelte Dodge.

Laserstrahlen zuckten durch eine aufsteigende Wolke weißen Nebels, der aus versteckten Düsen drang …

Farraday musste an seine Kindheit denken. Ein Laserspektakel unter freiem Himmel in … Disneyland. *Phantasmologisch.*

Er hätte laut loslachen mögen, wäre nicht alles so grauenhaft gewesen.

Dann erschienen die Meta – scheinbar zumindest – aus dem aufsteigenden Nebelschleier über der Ruine des Hotelgebäudes.

Farraday spürte, wie es ihm die Gurgel zudrückte, wenn er die Meta anschaute. Er wollte … er hätte gerne …

Ein ganz bestimmtes Verlangen. Er verspürte ein …

… wusste nicht, wusste nicht …

Die Erscheinung nahm Form an und veränderte ihre Ausstrahlung, wurde unheimlich, schwer wie eine Gewitterwolke.

»Statisten« und Schauspieler in Medizinerkostümen kamen aus dem Gebäude gerannt und deuteten auf das funkelnde UFO – schrien vor schlecht gespielter Angst. Ein als Priester verkleideter Kerl hielt den anderen eine erhobene Hand entgegen. »Wartet! Lasst mich versuchen, mit ihnen Kontakt aufzunehmen!«

Der »Priester« ging auf die unheimliche Erscheinung zu, sein Gesicht in fremdartiges, abgestrahltes Licht getaucht, und hob mit einer Hand eine Bibel in die Höhe. »Mein Freund!«, rief der falsche Priester. »Lasst uns unsere Feindschaft begraben! Im Namen des mächtigen Gottes unserer Welt und der Euren – des Gottes aller Welten! Lasst uns die Hände ausstrecken –«

Ein funkelnder, violetter Lichtstrahl schoss aus dem schwebenden »Meta« heraus und traf den »Priester«, der dieselbe Färbung annahm. Voller Verzweiflung warf er seine Arme empor und schrie, bebte vor Schmerzen und fiel zu Boden … »tot«.

»Wo habe ich das schon einmal gesehen?«, murmelte Farraday vor sich hin.

»*Der Kampf der Welten*, ein alter George Pal-Film, Mitte des 20. Jahrhunderts. Für diese Übungsaufnahmen müssen wir mit den Spezialeffekten noch etwas sparen, und auch die Story … nun, Sie werden sehen.«

»Über welche Waffen verfügen die Außerirdischen in Wirklichkeit? Die Zetaner und die Meta?«

»Hmmm? Die Zetaner verfügen über alle nur denkbaren Waffen. Setzen sie nur nicht gern ein – zu unökonomisch. Die Meta … das wissen wir nicht. Doch unsere Unwissenheit ist nichts für die Öffentlichkeit … oh, hee – schauen Sie sich diesen Teil an.«

Die Meta richteten ihre Strahlen auf das Gebäude. In den oberen Stockwerken, auf der von den Statisten abgewandten Seite, explodierten die angebrachten Sprengladungen äußerst eindrucksvoll.

»Natürlich«, sagte Darrick, »wird beim echten inszenierten Ereignis –«

Echten inszenierten Ereignis? Wenn das kein Oxymoron war?

»– das Ausmaß der Zerstörung deutlich umfassender sein. Größere Explosionen, herumfliegende Leichen, was sich so anbietet.«

Statisten schrien und rannten umher, »Todesstrahlen« versengten sie und die Schauspieler fielen um, »sterbend«. Rauch breitete sich aus und Flammen flackerten.

Die Meta schienen am Himmel vor hämischer Schadenfreude zu beben. Dann flogen sie tiefer, fast in Bodennähe – wo Farraday die Laserstrahlen, die die Illusion projizierten, deutlicher sah – und verschlangen scheinbar drei »Opfer«, die auf der Erde lagen.

Blitze zuckten im Innern der Untertasse, Licht pulsierte, und als sie abhob, schienen die drei auf geheimnisvolle Art und Weise geheilt – nur dass sie jetzt wie Roboter losmarschierten und die Waffen des »Sicherheitsdienstes« des Krankenhauses aufhoben; die besessenen ehemaligen Menschen feuerten mit Platzpatronen auf die überlebenden, ängstlichen Menschen und exekutierten sie kaltblütig.

Da, plötzlich – eine neue Erscheinung am Himmel. Die leuchtende aluminiumfarbene Untertasse der Zetaner schwebte über das Dach des Gebäudes, ein riesiger metallischer Mond, der über den Meta und ihren glücklosen menschlichen Sklaven aufging.

Engelweiße Energiestrahlen blitzten aus dem zetanischen Raumschiff – ein echtes zetanisches Schiff – und fuhren glühend in die »Meta«, die erbebten und eine Rauchspur hinter sich herziehend himmelwärts flohen.

Die drei menschlichen Roboter fielen um wie Marionetten, deren Fäden gekappt worden waren.

Eine verstärkte Stimme, die nicht direkt aus der Untertasse kam, auch wenn es so klingen sollte, hallte über sie hinweg, die liebliche, wohltönende Stimme – der Landkrake. *»Brüder und Schwestern der Erde …«*

»Das ist doch Ceph!«, platzte Farraday heraus.

Dodge nickte. »Jawohl – seine Stimme ist ideal. Unsere kleine Präriequalle hat mit Begeisterung an den Aufnahmen teilgenommen. Hält große Stücke auf sich, glaube ich. Als Nächstes wird sie einen Agenten verlangen.«

»Wir kommen aus dem Sonnensystem Zeta Reticuli«, fuhr die Stimme aus dem Verstärker fort. *»Wir beobachten euch schon seit längerer Zeit und haben auf eine Gelegenheit gewartet, euch zu helfen. Jetzt brauchen wir eure Hilfe … um die feindliche Invasion unseres Planeten aufzuhalten … Wir werden uns mit den Zivilbehörden der Vereinigten Staaten von Amerika in Verbindung setzen – die euch und der ganzen Welt erklären werden, wir ihr uns helfen könnt! Bis dann – Friede sei mit euch!«*

Nach diesen Worten schwirrte die Untertasse davon, himmelwärts – und landete dann auf der anderen Seite des Gebäudes auf dem Parkplatz.

»Das wäre der Teil, der bisher steht«, sagte Darrick. »Die endgültigen Dreharbeiten werden in einem Krankenhaus stattfinden – einem echten, in dem Menschen im Sterben liegen. Die Zetaner werden die Überlebenden des Angriffs im letzten Augenblick retten … Das ist noch nicht so ganz stimmig – und genau da brauchen wir Ihre Hilfe, Mike.«

Farraday nickte. Er hätte lachen mögen, auch wenn ihm nicht danach zumute war. Er nahm sich zusammen.

O Gott, ich stecke bis zum Hals in der Scheiße …

»Klar«, sagte er fröhlich. »Was immer ich tun kann …«

»Im Augenblick«, sagte Darrick, »sollten wir uns Kaffee besorgen und die Tagesaufnahmen anschauen. Jaron wird dabei sein. Es bereitet ihm ein Riesenvergnügen.«

* * *

Ungefähr sechs Stunden nachdem ihnen das Abendessen in die Zelle gebracht worden war, kamen die Soldaten und eskortierten sie in eine kleinere Zelle und dann, einen nach der anderen, in getrennte

Verhörzimmer. *»Sollen wir uns wehren?«*, hatte Quinn Sullivan zugeflüstert, während sie in der kleinen Zelle warteten. Er hatte sich angewöhnt, auf Sullivan zu hören, der ein Gefühl für diese Situation zu haben schien.

Sullivan hatte nur resigniert den Kopf geschüttelt.

Dann wurde Quinn in eine kleine leere Schachtel von einem Zimmer gebracht, allein, in dem sich nichts außer einem Stuhl an einem Tisch befand, und aufgefordert zu warten.

Dann war der schwarze Colonel hereingekommen, den Anflug eines Lächelns auf den Lippen, hatte Quinns Hand geschüttelt und ihm versichert, dass es seinen Freunden gut ging, sie waren gleich nebenan, dies war alles nur Routine, entspannen Sie sich.

»Möchten Sie eine heiße Schokolade? Eine Zigarette?«

Darrick saß auf der Tischkante, Quinn auf dem Stuhl ihm gegenüber. Ansonsten war das Zimmer leer bis auf den Soldaten an der Tür, der ebenso gut ein Möbelstück hätte sein können.

»Sie wissen es«, sagte Darrick, »wir wissen es.« Das sagte er nach seinen einleitenden Worten und ein paar Fragen nach Quinns Hintergrund. Die Quinn wahrheitsgemäß beantwortete.

»›Ich weiß es, Sie wissen es?‹ Was bitte?«

»Nun, mein Freund. Wir haben von den Hubschraubern aus gefilmt – wir haben Sie mit dem Alien gesehen.«

»Ist das der Knackpunkt? Dachte ich es mir doch. Stammte es von der anderen Untertasse?«

Einen Augenblick herrschte Schweigen, einer jener Augenblicke, die Bände sprechen. Dann sagte er: »Ich liebe alte Filme. Wir haben hier eine große Vorliebe für sie. Haben Sie jemals alte Filme angeschaut, mein Sohn?«

»Klar.«

»Dann kennen Sie sicher den Ausdruck: *Ich stelle hier die Fragen.*«

»Gut, in Ordnung. Aber hören Sie – ich *muss* Sie einfach nach dem Jungen fragen. Ich meine, wir haben immer wieder nach ihm gefragt, aber niemand spricht ein Wort mit uns. Der kleinere Junge – der asiatisch-hispanisch aussieht? Kian? Wissen Sie, was mit ihm passiert ist?«

»Ich kann Ihnen ganz ehrlich sagen, dass ich den Jungen, von dem Sie sprechen, nicht gesehen habe.«

Quinn stellte sich vor, wie der kleine Junge dort draußen verdurstete. Ausgetrocknet, verfolgt von Wahnverstellungen, nachdem er erneut im Stich gelassen worden war. Es war sehr wahrscheinlich, dass er inzwischen tot war und die Schnäbel und Kauwerkzeuge der Wüste seinen Körper zu Sand und Staub verarbeiteten.

»Hee, ganz ruhig, Mann«, sagte Darrick. »Fangen Sie mir jetzt nicht zu heulen an. Wir suchen nach dem Jungen, seit uns der Kerl, der sich ›Sullivan‹ nennt, von ihm erzählt hat.«

»Was wollen Sie damit sagen, ›der sich Sullivan nennt‹? Ihr dezzen Säcke haltet uns doch nicht wirklich für *Spione*, oder?«

»Der echte Jack Sullivan ist eine legendäre Figur. Er ist ›der Spezialist‹ – ein idealisierter Macho-Killer, den es nie gegeben hat und nie geben wird. Man kann nicht gleichzeitig gut und ein abgebrühter Killer sein. Aber das ist der Name, den er uns genannt hat, zusammen mit bestimmten Informationen, die mit der Legende übereinstimmen. Seine Fingerabdrücke dagegen entsprechen denen eines Veteranen der Spezialeinheiten namens Osterberg. Der Kerl hat seine Frau während der ersten Hungeraufstände verloren ... Hee, jetzt haben Sie mich dazu gebracht, die ›Ich stelle hier die Fragen‹-Regel zu vergessen ...«

»Sie haben überhaupt nichts vergessen, Sie versuchen nur, mich aus der Reserve zu locken, und wenn Ihre Jungs mich genau beobachten, müssten Sie wissen, dass ich nicht lüge.«

»Gut. Sie heißen jedenfalls Quinn Hero, wie Sie uns gesagt haben. Das haben wir überprüft.«

»Da bin ich aber beruhigt.«

»Sarkasmus ist keine ansprechende Eigenschaft, mein Sohn. Jedenfalls haben wir auch festgestellt, dass Sie in Partisanenkämpfe verwickelt waren, was gegen die Bundesgesetze und die Notstandsbestimmungen von FedControl verstößt. Sie haben für den Alternative Media Channel gearbeitet, was Sie uns nicht eben sympathischer macht, und Sie waren allem Anschein nach auf der Suche nach dem Häftling Black Betty –«

»Sie sitzt im Gefängnis?«

Darrick zuckte zusammen. »Ich hasse es, wenn ich die Informationslage der Gegenseite überschätze.«

»Der ›Gegenseite‹? Colonel – wir sind keine Spione.«

»*Spione* ist nicht das Wort, das ich verwenden würde, mein Sohn. Aber wir hatten den Eindruck, dass ihr mit einem Meta kollaboriert, einem feindseligen außerirdischen Wesen, einem erklärten Feind der Unabhängigen Vereinigten Staaten und der Vereinten Nationen des Planeten Erde. Sie wissen, welche Strafen das Gesetz für Verräter vorsieht?«

Quinn starrte ihn an. »Sie wollen mir weismachen ... dieses Ding war ein feindseliger Außerirdischer aus ... aus einer anderen Galaxis?«

»*Warum* sagen die Leute immer ›aus einer weit entfernten Galaxis‹ oder so ähnlich? Es gibt genügend feindliche Aliens in unserer eigenen Galaxis. Der Begriff lautet *Sonnensystem*, mein Sohn. Aus einem anderen Sonnensystem.«

»Hören Sie ... ich halte das alles für ausgemachten Blödsinn. Aber eines kann ich Ihnen mit Sicherheit sagen: Lila war fast tot. Nachdem es hier war, ging es ihr gut. Besser denn je. Wie feindlich klingt das, Mann?«

»Sie hat sich also verändert, diese Lila? Ich meine – seit dieser Heilung, diesem ... Wunder?«

»Ich kenne sie noch nicht lange, ich weiß nicht so recht ... Ja klar, irgendwie hat sie sich schon verändert, aber – was genau möchten Sie wissen, Mann?«

»Ich kann Ihnen da etwas zeigen, das Ihnen vielleicht weiterhilft, Quinn. Etwas, was ich Ihnen gerne vorführen würde ... Schauen Sie sich das mal an ...«

* * *

Zwei Zimmer. Beobachtungszimmer, Verhörzimmer. Das Beobachtungszimmer liegt neben dem Verhörzimmer. Dazwischen eine Wand. Kameras. Zwei Gruppen von Leuten. Alles klar?

Im Beobachtungszimmer schlürften Farraday und Dodge ihren Kaffee und beobachteten Quinn und Darrick über den geschlossenen Kreislauf einer Fiberglaskamera.

Dodge schüttete Milchpulver in seinen Kaffee und rührte mit seinem Bleistift um. »Wenn uns nur die Diät-Cola nicht ausgegangen wäre. Schwer zu kriegen hier draußen. Und es wäre himmlisch, wenn wir echte Sahne statt diesem Pulverzeug hätten«, sagte Dodge. Wenig überzeugend fügte er hinzu: »Aber wir sollten uns wohl nicht beschweren, solange wir überhaupt etwas zu essen und zu trinken haben, angesichts der Zustände an der Westküste ...«

Im Verhörzimmer glitt ein Monitor aus der Tischplatte und drehte sich Quinn zu. Eine der »Tagesaufnahmen«. Eine Aufzeichnung des inszenierten Ereignisses vom heutigen Nachmittag: Auf dem Bildschirm stürzten die »Meta« herab und verschlangen ihre Opfer; die »Opfer« erhoben sich und töteten Robotern gleich …

Schnitt.

»Sehen ziemlich nahtlos aus, diese Aufzeichnungen«, murmelte Dodge. Er warf Farraday von der Seite einen Blick zu.

»Jaa. Ja, stimmt.«

»Wissen Sie, Mike – Darrick wollte Sie bei dieser Sache nicht dabeihaben. Aber wir sind über diese Leute gestolpert, über Quinn und seine Freunde, und wir müssen uns schnellstmöglich etwas einfallen lassen. Ich meine, wir haben diese Leute in Gewahrsam genommen, und sie hatten eindeutig Kontakt mit feindlichen Aliens, direkt vor unserer Nase – wir sind rein zufällig auf sie gestoßen, als unsere Leute die EMP-Schwankungen bemerkt haben, und die Lichter. Und von manchen Teilen haben wir gute Bilder … bisher waren das alles nur Gerüchte: Von wegen die Meta würden mit Menschen ›verschmelzen‹. Ufologen-Blödsinn. Aber jetzt haben wir Beweise, und wir haben die Menschen, denen das passiert ist … und wissen Sie, dieser Osterberg – Sullivan – sieht fies aus, der Kerl, was? Er würde gut in ein Szenario passen, in dem er mit den Aliens zusammenarbeitet. Das ist ein wandelndes Pulverfass, sogar in einer Gefängniszelle … ich meine, das alles ist uns einfach in den Schoß gefallen, und ich bin damit zum General gegangen, und er hat gesagt, Teufel auch, ja, das ist Gottes Wille, Mann, legen Sie los. Und da Sie unser PR-Mann sein werden, Mike, habe ich mir gedacht, Sie sollten auch an diesem Aspekt der Vorbereitungen beteiligt sein … Nach diesem Quinn werden wir einen Blick auf die Verhöre der anderen werfen … Dieser Osterberg allerdings – der wäre reine Zeitverschwendung. Ein harter Brocken. Der wird nicht kooperieren. Ich meine, wir könnten ihn unter Druck setzen, vielleicht seinem Sohn eine Pistole an den Kopf halten, diesem Anatole, aber dann würde er nur eine verdammte Gelegenheit abwarten und später einige von uns umbringen … Ich schwöre bei Gott, seinesgleichen kenne ich … Also werden wir ihn in einem unserer ›Übernahme‹-Szenarien verwenden … Sie werden sehen.«

»Gut, gut.« Farraday gab vor, sich auf seinem Block Notizen zu machen.

Farraday war sehr schweigsam und er hatte große Angst. *Sie werden herausfinden, was ich von dieser ganzen Sache halte …*

Und dann sitze ich.

Bis zum Hals. In. Der. Scheiße.

Er nahm sich zusammen und sagte: »Ich kann in diesen Aufzeichnungen keinerlei Kabel oder Lichter oder so erkennen … der Winkel ist wirklich gut.«

Was werden sie mit diesem Quinn und seinen Freunden anstellen?

»Seien Sie jetzt ehrlich zu mir, Mike«, sagte Dodge, »oder behalten Sie es für immer für sich – kommen Sie mit all dem so weit klar?«

»Sicher … Sicher … Glauben Sie wirklich, dieser … dieser Osterberg ist ein, Sie wissen schon, ein *Problem*?«

»Ich kenne solche Typen, das habe ich bereits erwähnt. Es gibt nur ein paar von der Sorte … und sie fallen auf. Sie haben eine bestimmte Präsenz, wirklich intensiv. Die Fähigkeit, sich auf sich selbst zu konzentrieren … Jedenfalls ist er ein Problem. Wir werden eine endgültige Lösung für ihn finden müssen.«

»Endgültige Lösung?«

»Wir müssen ihn irgendwie sinnvoll einsetzen – bei einem inszenierten Ereignis …«

»Sie wollen ihn umbringen. Vor laufender Kamera. Aber in echt.«

»Er wird dabei auf der Strecke bleiben, ja. *Wir* werden es nicht tun – aber wir werden es so einrichten, dass es darauf hinausläuft.« Er nahm einen Schluck von seinem Kaffee. »Sie haben wieder diesen ›Das geht mir zu weit‹-Blick in Ihren Augen, Farraday. Lassen Sie sich etwas gesagt sein – Sie sind schon lange zu weit gegangen. Sie und Ihre Frau, alle beide. Wissen Sie, was ich damit sagen will? Wir erwarten von Ihnen eine klare Entscheidung – *ohne Einschränkung.* Verstehen Sie? Übrigens habe ich eine gute und eine schlechte Nachricht für Sie. Die gute Nachricht zuerst: Ihre Frau hat sich einen Vibrator gekauft und verbringt ihre Nächte allein – mit Ausnahme des Vibrators. Die schlechte Nachricht: Sie ist nicht allein, selbst wenn sie das glaubt. Noch Kaffee?«

* * *

»Hören Sie«, sagte Quinn, »ich möchte Zizz sehen. Ich möchte mich davon überzeugen, dass es ihr gut geht. Und ich will einen gottverdammten Anwalt.«

»Einen Anwalt!« Darüber musste Darrick herzlich lachen. Wirklich lachen. »Ich kann dafür sorgen, dass Sie Ihre Freundin sehen. Aber sagen Sie mir zuerst – entspricht das nicht genau dem, was Sie in der Wüste gesehen haben?« Darrick ließ die Filmaufzeichnungen noch einmal laufen.

Quinn seufzte und sah erneut zu, wie die »Meta« diejenigen reanimierten und manipulierten, die sie gerade getötet hatten.

»Bis zu einem gewissen Punkt, ja. Aber sie haben dort draußen in der Wüste niemanden angegriffen … schließlich läuft Lila nicht wie eine Hirnstim-Abhängige durch die Gegend, seit sie wieder gesund ist. Sie hat sich nicht in einen Zombie verwandelt. Und sie hat ganz sicher niemandem wehgetan.«

»Vielleicht hat sie einfach noch keine entsprechenden Befehle erhalten … Sie wollten doch lebend hier rauskommen, Sie und Ihre Freundin, das ist doch richtig, oder, Mann? Ich meine, können wir davon augehen, dass Sie das möchten?«

Quinn betrachtete den Bildschirm, nagte an seinem Knöchel und sagte: »Können Sie das noch mal laufen lassen?«

* * *

Farraday saß allein in seinem Zimmer und wartete auf die Landkrake.

Ceph kam wie besprochen durch den Luftschacht; er drückte das Gitter aus der Verankerung und fing es auf, bevor es zu Boden fiel. Er quoll aus der Öffnung und ließ sich aufs Bett fallen, so sicher wie eine Katze. Manchmal bewegte er sich erstaunlich elegant.

»Sie haben wirklich keine Ahnung, dass du durch die Lüftungsschächte kriechst?«, fragte Farraday.

»Nein. Sie sind für Menschen zu eng. Natürlich sind darin Sensoren angebracht, aber sie reagieren nur auf elektronische Geräte wie RPV-Sonden, und ich bin nicht elektronisch ….« Ceph gab ihm ein kleines tragbares Telefon. »Ich habe es auf eine sichere Frequenz eingestellt.«

Er sah Ceph lange an. Woran ließ sich erkennen, ob ein Cephaloped es ehrlich meinte? »Ich kann dir vertrauen, Ceph, oder? Mein Leben hängt davon ab, und das meiner Frau.«

»Sie können mir vertrauen, Mike. Ich arbeite für die höhere Macht.«

»Die was?«

»Die reinen Energien. Die Evolvierten. Die Erweckten. Den rechten Weg.«

»Oh. Gut. Wenn du meinst.«

»Mike – haben Sie sich unwiderruflich entschieden? Wenn Sie sich gegen diese Leute wenden, gibt es kein Zurück mehr.«

»Jaa. Ich habe mich entschieden. Sie haben mich bedroht. Sie haben meine Frau bedroht ... Sie beabsichtigen, jemanden umzubringen ... So weit kann ich einfach nicht gehen. Obwohl Mord nach Belieben vielleicht die logische Konsequenz der Werbeindustrie ist ...« Er holte tief Luft und tippte die Autotelefonnummer seiner Frau ein. Es klingelte und klingelte. »Bist du wirklich sicher, dass du es so eingestellt hast, dass sie nicht mithören können, auch wenn sie ihr Autotelefon abhören?«

»Absolut. Sie werden nur statisches Rauschen empfangen.« Der Tintenfisch fügte hinzu: »Vertrauen Sie mir.«

Lyn nahm den Hörer ab. »Ja?«

»Schatz – ich bin's.«

»Mike! O *Gott*, ich bin so froh, dass du anrufst – geht es dir gut?«

»Ja, ja, alles in Ordnung.«

»Mike – ich werde verfolgt. Ich glaube, sie wollen, dass ich es merke. Auch wenn sie nicht so dreist sind, dass ich die Polizei rufen könnte. Aber wirklich Mühe können sie sich nicht geben ...«

»Wer?«

»Ich weiß es nicht. FBI-Gestalten in schwarzen Anzügen mit Sonnenbrillen. Einfach nur ... Männer in Schwarz, Mike.«

»Gut, hör zu ... Ich möchte, dass du auf das Dach unseres Wohnhauses steigst. Und – warte einfach. Jemand ... jemand wird dich abholen.«

»Auf das Dach?«

»Ja.«

»Im Ernst?«

»Ja. Tu es einfach ...« Er sah Ceph an. »Wann, Ceph?«

»Heute Nacht, um zwei Uhr morgens.«

»Wer war das?«, fragte sie. »Er hat eine reizende Stimme.«

»Du würdest mir kein Wort glauben, wenn ich es dir jetzt erkläre. Aber du hast Recht, er hat eine … egal jetzt. Du hast es gehört: zwei Uhr morgens. Klar?«

»Klar. Was geht hier vor, Mike?«

»Das finde ich gerade auch erst heraus, Liebling. Aber eins kann ich dir sagen: Ich muss hier weg. Ich stecke tief in der Scheiße. Wir sehen uns bald. Versprochen. Okay?«

»Mike, ich habe Angst, ich meine, ich habe wirklich schreckliche Angst.«

Er dachte: *Und du hast jeden Grund dazu, Lyn; diese Leute haben sich ihre eigene kleine Wirklichkeit geschaffen – mit ihren eigenen kleinen Beweggründen.*

Laut sagte er jedoch: »Es wird alles gut werden, mein Schatz. Bis bald.« Und dann legte er auf.

»Großartig, Mike. Das war ein ziemlicher Vertrauensbeweis. Manche Leute missbrauchen Vertrauen, ohne wirklich zu wissen, was es bedeutet. Aber Sie wissen es, instinktiv. Es besteht noch Hoffnung für Sie.«

»Wie kommt es, Ceph, dass du wie jemand sprichst, der nicht sein ganzes Leben hier verbracht hat, als ein … nun, hier, so wie du bist.«

»Ich habe über die Medien ziemlich viel mitbekommen …«

»Das meine ich nicht. Ich will damit sagen – wie kommt es, dass du ein solches Leben führst und trotzdem so … ausgeglichen bist? So gesund und fröhlich und … ich meine, das Leben, das du geführt haben musst … der einzige deiner Art, ein Laborversuch für diese Leute … ich meine, hoffentlich nimmst du mir das nicht übel … Schließlich sind wir Freunde, und da wollte ich ehrlich sein …«

»Ich nehme Ihnen das nicht übel. Ich bin gerührt, dass Sie so ehrlich sind, mich so etwas zu fragen, Mike. Ich habe dieses Leben unversehrt überstanden … weil ich nicht nur dieses Leben gelebt habe. Die innere Welt, die Welt des Geistes, ist eine unendliche Welt, Mike. Früher war ich … mehr oder minder wie Sie es erwartet hätten. Neurotisch, voller Hass auf mich selbst, kochend vor Wut, ängstlich, mit einem Hang zu selbstmörderischen Phantasien. O ja. Doch dann habe ich herausgefunden, wie das Leben wirklich ist … Es gibt das

Leben, und dann gibt es das LEBEN. Ich bin in der Lage, mich mit einer weitläufigeren, höheren Welt in Verbindung zu setzen; von den Medien einmal abgesehen habe ich durch viele andere gelebt, in den Fundamenten des Seins und durch andere Menschen, an die ich ... gekoppelt war, vorübergehend.«

Er mochte den Klang dieses Begriffs nicht. Gekoppelt. »Was meinst du damit, gekoppelt?«

»Ich besitze eine weitere Fähigkeit ... die ich nicht bei Ihnen anwenden werde, keine Angst. Ich werde es Ihnen ein anderes Mal vorführen, im richtigen Augenblick. Es fällt mir nicht leicht, und ich kann es nicht sehr oft tun ...«

Er beschloss, dass dies eine weitere Frage war, die er *nicht* stellen würde. »Also gut, Ceph – kannst du das wirklich tun? Du kannst dafür sorgen, dass jemand meine Frau abholt ... vom Dach? Wie das?«

»Ich kann das wirklich tun, ja. Was das *wie* betrifft ... ich erzähle Ihnen eine Geschichte. Ich habe wiederholt versucht, mich umzubringen, als ich jünger war. Vor fünf Jahren wäre es mir fast gelungen; ich habe reines Benzol in die Finger bekommen, es getrunken und bin, im Wesentlichen, gestorben. Mein Geist hat meinen Körper verlassen. Etwas hat sich mit mir in Verbindung gesetzt. Ich habe es für einen Traum gehalten – aber als ich aufgewacht bin, war ich geheilt. Von einem Traum alleine wird man nicht wieder gesund, Mike. Während ich gestorben bin, hat in diesem Traum etwas mit mir Kontakt aufgenommen, es hat mir einen Weg gewiesen. Ich habe mich an den Traum erinnert und bin diesen Hinweisen gefolgt ... Haben Sie jemals *THX-1138* gesehen? Ein wunderbarer alter George Lucas-Film. So war es auch bei mir: Ich habe einen Weg aus dem Stützpunkt gefunden. Ich bin in die Lüftungsschächte geklettert und hinauf und quer hinüber und noch weiter hinauf, so lange, bis ich dachte, mir würden die Tentakel abfallen, und schließlich führte ein Schacht an die Oberfläche: das Dach dieser Einrichtung, die Landeflächen der Hubschrauber. Die Soldaten, die die Hubschrauber bewachten, waren alle eingeschlafen. Die Meta hatten sie eingeschläfert: alle drei, die sich dort oben befanden.« Seine Hautmuster veränderten die Farbe, als er sich erinnerte, eine Stelle zwischen seinen seltsamen traurigen Augen verströmte Regenbogenfarben. »Die Meta haben mir gezeigt, wie ich wirklich bin, Mike. Sie sind zu mir gekommen und haben mich ein weiteres Mal geheilt und auf den Weg der Verwandlung und Rettung und der Selbstfindung geführt. Und dafür werde ich Ihnen ewig dienen ... Möchten Sie nachher Schach mit mir spielen?«

* * *

Sie befanden sich alle wieder in ihrer Zelle. Quinn und seine Freunde. Es war spät am Morgen. Sie waren alle müde und saßen oder lagen auf den Betten, und sie hatten alle Angst.

Sullivan, dachte Quinn, fürchtet sich allerdings vor anderen Dingen als wir.

Sullivans Gesicht war aschfahl. Er dachte wieder an Kian, vermutete Quinn. Er strahlte Frustration aus wie eine Heizung Hitze.

Quinn kam zu einem Entschluss. Er kratzte etwas in die Haut seines Armes, mit dem Finger, nur eine rote Schramme, die bald wieder verblassen würde; er ritzte seine Haut, wie er es bei Zizz beobachtet hatte, aber er ritzte kein Muster hinein. Er ritzte Wörter. Er tat, als wäre es nur eine beiläufige Beschäftigung, eine Reaktion auf die Anspannung in der Zelle. Es gab keine sichtbaren Kameras, aber er wusste über Mikrokamerafasern Bescheid, und er war sicher, dass sie ihn beobachteten.

»Wisst ihr was«, erklärte er den anderen, »wir haben keine andere Wahl als bei dieser Sache mitzuspielen. Ich glaube jedenfalls, wir sollten diesen Leuten vertrauen. Wir haben damit gerechnet, dass sie uns foltern würden oder so was – aber keiner von uns ist gefoltert worden. Niemand hat uns auch nur ein Haar gekrümmt. Lila hat immer nur gesagt: ›Ich weiß nicht, was passiert ist, ich war bewusstlos‹, und das haben sie so akzeptiert. Sie sind uns auf den Sack gegangen, aber sie haben uns nicht gefoltert.«

»*Noch* nicht, meinst du«, sagte Mahler.

»Was ich *meine,* ist: *Etwas* ist dort draußen in der Wüste passiert, und *wir* wissen ganz sicher nicht, was – aber diese Jungs, sie beschäftigen sich schon ziemlich lange mit dieser Angelegenheit – seit Jahrzehnten, wahrscheinlich seit Roswell, und sie wissen, was abgeht; darauf müssen wir einfach vertrauen.«

Mahler bedachte ihn mit einem Blick, den er sonst für politisch unzuverlässige Verräter reservierte. Dieser Blick bedeutete, dass man in ideologische Ungnade gefallen war. »Das kann nicht dein Ernst sein. Sie wollen, dass wir bei einem von der Regierung bezahlten Propaganda-Szenario mitspielen. Wer weiß, wie die das einsetzen?«

Zizz sah ihn ebenfalls völlig schockiert an.

Sullivan – Osterberg – zuckte mit den Schultern und sagte: »Macht besser mit. Wir haben zu viel gesehen. Diese Untertasse. Dieses ... Wesen. In unmittelbarem Kontakt mit uns ... die Hubschrauber und die Untertasse ... der Stützpunkt und die Hubschrauber und die Untertasse und dieses Wesen – zieht man das alles in Betracht, bringen sie uns um, wenn wir für sie keinen Zweck mehr erfüllen.«

»Würden sie das wirklich tun?«, überlegte Lila laut, als ob sie das alles nichts anging.

»Das ist nicht die Regierung«, sagte Sullivan. »Das ist eine separate Regierung. Das Schattenkabinett. Hier werden die Schwarzhaushalte verwaltet. Eine ... mehr oder minder unabhängige Sache. Ich habe davon gehört; sogar mal für sie gearbeitet. Ich habe immer gedacht, dieses Alienzeug wäre nur ein Deckmantel für irgendeine andere Scheiße, die sie durchziehen. War es wohl auch manchmal, vermutlich, aber ...« Er zuckte erneut mit den Schultern.

»Das ist mir gleichgültig«, sagte Zizz. »Ich lass mich nicht einfach so einspannen ...«

»Ich bin überzeugt, dass es wirklich nur zu unserem Besten ist, wenn wir rückhaltlos mit ihnen kooperieren«, sagte Quinn. »Ernsthaft.«

Er erhob sich von seinem Bett, spazierte langsam hin und her und kratzte sich dabei. Er war sich ziemlich sicher, aus welcher Ecke die Überwachung durch die Kamerafasern erfolgte, und er wandte dieser Ecke den Rücken zu, während er die Ritzen auf seinem Arm herumzeigte, einem nach der anderen. Vier Wörter in verblassendem Rot.

JETZT MITMACHEN – SPÄTER ABHAUEN.

Nach einer Minute nickte Zizz fast unmerklich. Dann sah sie Mahler an. »Na gut ... vielleicht hat er Recht, Mahler.«

Mahler warf einen Blick auf Quinns Arm. Zögerte. Dann nickte er. »Wahrscheinlich. Vertrauen wir Ihnen dieses eine Mal ... Welche Möglichkeit haben wir schon ...«

Lila drückte Sullivans Hand und lächelte; das war alles. Anatole schien nicht zuzuhören; er beobachtete seinen Dad – als ob er ihn sich ganz fest einprägen wollte. Als ob er fühlte, dass er ihn verlieren würde.

* * *

Farraday stand immer noch hinter Dodge im »Mischraum«. So nannte der Colonel eines der zusammengelegten Verhör- und Beobachtungszimmer, entsprechend größer als ein Büro, die mit einer Videobearbeitungsanlage und einem Bildbearbeitungscomputer ausgerüstet waren, wie Farraday sie von der Produktion von Werbespots für das Fernsehen her kannte.

Farraday schaute Dodge über die Schulter, während dieser mit vier Kameraeinstellungen arbeitete – jeweils zwei zeigten einen Schauplatz im Gebäude und einen davor; er spielte mit dem Zoom einer Freiluftaufnahme, auf der ein Mann mit Ketten an Hand- und Fußgelenken im Schatten eines Lastwagens saß, an den er gekettet war; der Mann schien zur Hälfte schwarzer Abstammung zu sein, war dünn wie eine Bohnenstange, die Haare in wallenden Dreadlocks, die schwarzen Augen tief in den Höhlen, die zerfurchte Haut glänzend vor Schweiß. Dreadlocks saß da und wiegte sich vor und zurück, presste seine Arme an sich und starrte auf den Boden, als könne er bis zum Mittelpunkt der Erde sehen; von Zeit zu Zeit grinste er und murmelte vor sich hin.

»Himmel – wer ist das?«, wollte Farraday wissen.

»Erkennen Sie ihn nicht wieder? Vor ein, zwei Jahren war er in allen Medien zu sehen … das ist Ataska.«

»Der Kultmensch? Sie meinen – ein Schauspieler, der Ataska darstellen soll?«

»Nein, ich meine Ataska selbst«, sagte Dodge und kicherte.

»Ich dachte, er würde irgendwo in der Wüste herumstreunen.«

»Bis gestern, ja; ich habe ihn festnehmen lassen. Ich dachte, wir könnten ihn gebrauchen, denn er hat einige UFO-Sachen zugegeben. Natürlich bildet er sich seine Kontaktaufnahmen nur ein. Wie die meisten Leute. Aber manchmal kann das ganz nützlich sein … Wir konnten ihn schon immer gut gebrauchen, hier in der Gegend. Wir haben ihm erlaubt, sich in der Nähe des Stützpunkts herumzutreiben, weil uns das die Leute vom Hals gehalten hat. Eine Art zusätzlicher Puffer.«

»Sie haben ihnen erlaubt ... Dodge, diese Leute sind *Kannibalen.*«

»Ja, klar. Das wurde schließlich auch zu einem Problem: Sie haben angefangen, unsere Wachposten aufzuessen. Jedenfalls ... Sie werden sehen ... er wird für uns jemanden hinrichten, und wir werden das in unser Szenario einarbeiten ... Wir haben unseren Oberkultisten mit einer ordentlichen Ladung Steroide voll gepumpt, um auch ganz sicher zu sein, dass er gewalttätig wird, wenn wir das wollen ... Sehen Sie, wir werden es so drehen, dass es aussieht, als wäre Ataska bereits die ganze Zeit ›meta-stasiert‹ gewesen; als ob er schon immer zu den Meta gehört hätte ... Ich will es mit ein paar Sächelchen aus der Interplanetaren Ratsversammlung zusammenschneiden, die wir uns haben einfallen lassen – haben Sie diesen Drehort überhaupt schon gesehen, den Versammlungssaal?« Er gluckste vor sich hin. »Wahrscheinlich war ich schon immer ein verkappter Regisseur ...«

Farraday beschloss, dass jetzt der Zeitpunkt gekommen war. Er wollte nicht noch mehr wissen. »Dodge –«

In diesem Augenblick betrat Jaron das Zimmer, setzte sich hin und sah Farraday an. »Bitte lassen Sie sich nicht unterbrechen«, sagte er mit Dodges Stimme.

Die Gegenwart des Außerirdischen ließ Farraday zögern. Entweder jetzt oder nie.

»Colonel – Jaron – ich finde es bewundernswert, was Sie auf die Beine stellen, Ihre langfristigen Ziele. Aber ich möchte nicht länger ein Mitwisser sein. Das ist einfach nicht meine ... meine Stärke. Ich meine – da wird jemand *sterben* ... Und Darrick hat mir erklärt, dass es keinesfalls nur ein gespielter Tod sein kann. Der Kerl muss wirklich sterben ...«

»Sicher, nun – Sullivan ist gefährlich, wir wollen ihn aus dem Rennen haben, damit er uns keinen Ärger mehr macht, und, äh –«

»Ich glaube, *tot* ist das Wort, das Sie suchen«, sagte Farraday fast flüsternd.

»Schön«, sagte Dodge und zuckte mit den Schultern. »Tot.«

»Und diese Leute ... die Sie so aussehen lassen, als wären sie Marionetten der Meta ... Sie schaffen eine Legende, die missbraucht werden könnte – vom CIAD, von wem auch immer, das wäre eine Begründung, um jeden umzubringen, der ihnen nicht passt. ›Wir hatten schlüssige Informationen, dass er ein Sklave der Meta war, also mussten wir ihn töten.‹ Ob es stimmt oder nicht.«

»Ist das Missbrauch? Klingt für mich verdammt nützlich …« Dodge wandte sich Jaron zu und sah ihn an, eine Augenbraue hochgezogen.

»Ja«, sagte Jaron.

»Ich kann einfach … ich will nicht daran beteiligt sein«, sagte Farraday. Er fühlte sich plötzlich fiebrig und feucht, schwindlig. »Sie können darauf vertrauen, dass ich meinen Mund halten werde – denn ja, bevor sie mich zum fünfzigsten Mal darauf aufmerksam machen, ich *weiß*, was für ein Risiko ich mit Ihnen eingehe, mit … mit all dem … mit meiner Frau und allem … aber …« In diesem Augenblick spürte Farraday ein plötzliches Hitzegefühl in sich aufsteigen. Ein Schwächeanfall. Das Gefühl, als würde er plötzlich von einer Million winziger unsichtbarer Schraubzwingen zusammengepresst.

Er versuchte zu sprechen, doch er brachte nur ein quiekendes Geräusch zustande.

Seine Luftröhre schloss sich.

»Sie sehen nicht besonders gut aus, Mike«, sagte Jaron mit Farradays eigener Stimme. »Sie sollten sich besser hinsetzen.«

Farradays fiel auf seinen Stuhl.

Sein Kopf drehte sich schneller und schneller. Seine Schläfen pochten. Schweiß rann ihm den Rücken hinab.

»*Mann*, das ging schnell«, stellte Dodge fest. »Ich kann kaum glauben, wie schnell ihn das erwischt hat! Einfach so?«

Jaron nickte. »Die Mikroben, die in ihn eingedrungen sind, reagieren augenblicklich auf meine bioelektrischen Signale; sie vermehren sich und erledigen ihre Arbeit innerhalb von Sekunden. Sie sind speziell auf diese Schnelligkeit hin konstruiert worden. Eine wunderschöne mikrobiologische Schöpfung …«

Jarons Finger flatterten vor Stolz.

Farraday erstickte langsam. Seine Luftröhre hatte sich vollständig geschlossen.

Er konnte nicht atmen –

»Aber es ist nicht ansteckend, oder?«, fragte Dodge und wurde selbst etwas blass, während er zuschaute, wie Farraday mit dem Tod kämpfte. »Ich meine – bist du sicher, dass für *mich* keine Gefahr besteht?«

»Nein, Sie sind völlig sicher. Es überträgt sich nur durch das genau vorbereitete Medium«, sagte Jaron beruhigend, mit Dodges Stimme. »Sie sind nicht im Bad behandelt worden.«

Konnte nicht atmen –

»Da bin ich erleichtert. Er hat wirklich ziemlich schnell ziemlich mies ausgesehen. Das möchte ich mir ersparen.«

Farraday fuchtelte verzweifelt mit den Händen. *Bitte ...*

Jaron stand auf und kam auf Farraday zu.

»Mike«, sagte er, »die Mikroben, die ich Ihnen in der Badewanne untergejubelt habe ... sind ganz auf mich eingestellt. Physisch eingestellt, wenn Ihnen das weiterhilft, auch wenn es das nicht ganz trifft. Es handelt sich um eine bestimmte Wellenlänge, die wir benutzen ... Ich kann willentlich dafür sorgen, dass sie Sie angreifen ... oder in Ruhe lassen. Und ich werde dafür sorgen, dass Sie nicht *schnell* sterben, Mike. Ich werde sie einfach so einstellen, dass es zehn Jahre dauert. Zehn Jahre, in denen Sie sich so fühlen wie im Augenblick. Ich werde dafür sorgen, dass Sie alle paar Minuten ein, zwei Sekunden Luft holen können ... Das fällt mir wirklich sehr schwer, Mike. Aber es stehen Welten auf dem Spiel. Wir müssen Ihrer vollständigen Loyalität sicher sein, verstehen Sie ... Mike ... *Verstehen* Sie?«

Farraday nickte verzweifelt. Das Zimmer wurde düster ...

Jaron blickte ihn einen Moment schweigend an – und plötzlich war das Fieber, das Würgen, die panische Angst verschwunden. In weniger als einer Minute hatte er sich, von einem Schwächegefühl abgesehen, erholt.

»Verdammt, das war beeindruckend!«, sagte Dodge. »Ihr müsst uns beibringen, wie ihr das macht!«

Das brachte Jaron wirklich zum Lachen.

»Sie werden künftig mit uns zusammenarbeiten?«, wollte Jaron von Farraday wissen.

»Darauf können Sie sich verlassen«, sagte Farraday heiser. Aber mit Überzeugung.

»Gut. Willkommen in der Mikrobiologischen Freundschaftsliga.«

* * *

Kurz vor Tagesanbruch wurden sie alle vom Klicken des Türschlosses geweckt. Alle außer Mahler, der tief und fest schlief.

Acht Militärpolizisten der Marines standen vor der Zelle; vier kamen mit erhobenen Waffen herein, legten Sullivan Handschellen an und ketteten seine Fußknöchel aneinander.

Mahler wachte endlich auf und betrachtete mit finsterem Blick die glänzenden Stahlketten, die glänzenden Stahlaugen der Wachen.

»Der Lauf der Geschichte ist unerbittlich«, murmelte er.

»Sie müssen das meinem Dad nicht antun«, sagte Anatole wütend.

Die MPs ignorierten ihn – weiße Kerle mit stumpfem Blick, hochgezüchtete Banditen, die nach ihrer Ausbildung nicht mehr viel Menschliches an sich hatten. Zumindest nichts, was man ihnen angesehen hätte.

»Ist schon gut, mein Sohn«, sagte Sullivan leise.

Anatole stürzte auf ihn zu; Sullivan legte seine Arme um ihn, flüsterte ihm etwas zu. Sullivans Augen waren feucht; Anatole weinte heiße Tränen.

Lila zog Anatole sanft zu sich herüber, ließ jedoch ihre Hand auf seinem Arm; bewegte tonlos ihre Lippen.

Er nickte. Und schaute schnell von ihr weg.

»Quinn«, wollte Zizz wissen. »Was passiert jetzt?«

Quinn schüttelte den Kopf. »Ich weiß es nicht.«

Sullivan und Anatole sahen einander an, dann zerrten die Hüter der Schutzlosen, vier hochgezüchtete Banditen, Sullivan davon.

* * *

Die Finsternis in ihrer Zelle rotierte um eine Lichtachse, die durch einen Schlitz im Türgitter fiel.

Quinn fühlte sich schwindelig und erschöpft, aber er konnte nicht schlafen. Er sah immer wieder den Blick vor sich, den Sullivan und Anatole einander zugeworfen hatten. Und er spürte eine seltsame Ausstrahlung, die von Lila ausging, eine Kombination von Distanziertheit und ... was? Die Formulierung *grenzenloses Mitgefühl* fiel ihm ein, ein Zitat, über dessen Ursprung er sich nicht mehr im Klaren war.

Lila lag auf dem unteren Bett und hatte ihm den Rücken zugewandt; sie beschirmte Anatole mit ihrem Körper, einen Arm um ihn gelegt. In unregelmäßigen Abständen durchlief Anatole ein lautloses Zittern, und sie verstärkte ihren Griff und flüsterte ihm unhörbar etwas zu. Mahler lag auf dem Bett über Lila und Anatole und döste; er sah so schwer aus wie ein versteinerter Baumstamm.

Quinn saß auf der anderen Seite, neben Zizz, die sich fast ganz ausgezogen hatte, bis auf BH und Unterwäsche, und die in der Dunkelheit an sich herumzuzupfen schien. Fügte sie sich Schmerzen zu?

Dann hörte er ein leises Klirren – es erinnerte ihn an das Geräusch der Granatsplitter, als sie aus Lilas Wunden auf Stein gefallen waren – und er begriff, dass Zizz ihre Piercings herauszupfte, die Ringe aus ihren Schamlippen und Brustwarzen entfernte und auf den Boden warf und dabei leise vor sich hin weinte.

»Geht's dir gut?«, flüsterte Quinn. Trottel. Natürlich ging es ihr nicht gut.

»Ich glaube nicht, dass wir ihn je wieder sehen werden, oder …?«, flüsterte sie zurück.

»Sullivan? Ich weiß es nicht.« Er verspürte einen Schmerz, tief in seinem Inneren, etwas, das ihn überraschte.

Nach einer Weile fragte er sie unverblümt: »Warst du in den Kerl verliebt?«

»Was? Nein … warum? Nur … ich meine, wir kennen ihn noch nicht so lange, aber irgendwie kennen wir ihn doch. Er ist mir nicht gleichgültig … das bleibt einfach nicht aus, wenn man gemeinsam so viel durchmacht. Und … wie sie ihn vorhin mitgenommen haben, das war irgendwie so …«, sie senkte ihre Stimme, damit Anatole sie auf keinen Fall hören konnte, »… so *endgültig* … wie soll Anatole das nur durchstehen. Reicht das nicht, um mir Sorgen um seinen Dad zu machen?«

»Doch. Ich hab mich nur gefragt …«

»Und … manchmal … ich weiß nicht … ich meine, Sullivan sah ziemlich heftig aus, und er konnte erbarmungslos sein, und manchmal hatte ich genauso viel Schiss vor ihm wie vor den Typen, die uns im Wohnplex umbringen wollten, und er hatte überhaupt keinen Humor, aber …«

»Aber du mochtest ihn?«, schlug Quinn vor.

»Jah.«

»Ich auch, glaube ich.«

»Und da fragst du dich … Was werden sie mit uns machen?«

Tja. Gute Frage.

Er zog sie an sich, schmiegte sein Gesicht an ihre Wange. Die Dinge nahmen ihren instinktiven Lauf. Er spürte ihre Tränen auf seiner Wange, die sich mit seinen Tränen mischten. Er gab ihr einen Kuss, auf die Wange, um sie zu trösten. Sie hob ihren Kopf; sie küssten sich und nahmen einander in die Arme. Sie streckten sich aus, drängten sanft ihre Körper aneinander; sie zitterte, als sie seine Küsse erwiderte; er streichelte ihre Haare.

Sie schliefen nicht wirklich miteinander; doch Quinn empfand eine Nähe, die er noch nie mit einer anderen erlebt hatte.

Dann schliefen sie ein, Zizz zuerst. Die Finsternis rotierte um den Lichtstrahl.

Achtes Kapitel

Magie und Verlust

Eine zur Bühne umgebaute Flugzeughalle. Der Versammlungssaal des Interplanetaren Rates. Quinn und Anatole und Zizz und Mahler. Dodge.

»Hero«, sagte Dodge, lehnte sich zurück und knackte eine Diät-Cola. »Sie sind doch so was wie ein Politikwissenschaftler. Haben Sie je etwas über die Geschichte der Sechziger Jahre gelesen?«

»Klar.«

»Haben Sie je etwas von einem Kerl namens Carlos Marcello gehört? Einem Mafioso aus Louisiana?«

»Ich glaube schon. In Attentatskunde gab es ein paar Stunden über den Mordanschlag auf Präsident Kennedy. Marcello soll Gerüchten zufolge Kennedys Tod angeordnet haben.«

»Sehr gut – er hat jenen Teil des Unternehmens überwacht, richtig. Kennen Sie das Motto, das sich Marcello auf seine Tür geschrieben hatte?«

»Nein.«

»Es stand auf der Innenseite seiner Bürotür, so dass man es sah, wenn man hinausging: *Drei Menschen können ein Geheimnis bewahren, wenn zwei tot sind.* Und wissen Sie was? Sie werden dieses Motto bei uns nirgends finden – außer eben, dass jeder einzelne Angestellte, jeder gemeine Soldat hier ... sie alle kennen diesen Spruch. Dafür trage ich Sorge. Verstehen Sie, was ich damit sagen möchte?«

»Mhmm.«

»Gut. Möchte jemand eine Diät-Cola?«

»Nein.«

»Kann ich Ihnen nicht verdenken. Das ist nicht mehr die klassische Diät-Cola. Keine Ahnung, was für eine Scheiße sie jetzt da reintun.«

»Wo ist Lila?«, wollte Anatole wissen.

»Sie unterhält sich mit einigen unserer Wissenschaftler über ihre ... Erfahrung. Niemand tut ihr etwas, mein Sohn«, fügte Dodge sachte hinzu.

»Das glaube ich Ihnen nicht. Ich möchte sie sehen. Ich möchte sie und meinen Vater sehen.«

Quinn bewunderte den Jungen für seine Offenheit; geradeheraus, ohne ein Zittern in der Stimme, wie ein Richter bei einer Verhandlung.

»Eins nach dem anderen. Also – was halten Sie von unserer kleinen Bühne hier?«

Er hielt inne und betrachtete den Drehort für die »Interplanetaren Ratsverhandlungen Zeta-Erde«. Die Aufbauten wirkten in dem umgebauten, hallenden Hangar vergleichsweise klein.

Zizz hatte sich schon die ganze Zeit alles näher angesehen. Mahler blinzelte verwirrt.

Zizz fragte ohne jede Ironie: »Habe ich das alles nicht schon mal in einer Folge von *Die Rückkehr der Enterprise* gesehen?«

»Vielleicht haben wir das eine oder andere Element entliehen«, gab Dodge zu.

Im Hintergrund hing ein weißes Tuch: ›Vereinte Nationen der Erde‹ – ein modifiziertes UN-Emblem – neben einem »Symbol« der Zeta, das Dodge sich für sie ausgedacht hatte: Ein vereinfachter, lächelnder Zetaner – obwohl sie in Wirklichkeit gar nicht lächeln konnten – hob seine Hand in einer Geste der Freundschaft, hinter ihm ein Sternenmeer. All das in hellen und freundlichen New Age-Farben.

Davor stand ein langer geschwungener Tisch, leicht erhöht wie bei einer Talkshow; gegenüber ein Halbkreis leerer Stühle. Zwischen dem Tisch und den Stühlen erhob sich eine schimmernde, verlockende futuristische Konsole – so futuristisch, wie es im Fernsehen üblich war – und schien wie auf einem Altar das Versprechen einer funkelnden und ruhmreichen künftigen Technologie darzubringen; eine Andeutung der Geschenke, die von den Zetanern zu erwarten waren.

Und natürlich befand sich auf einer Seite der »Sichtschirm«.

Dodge stand knapp außerhalb des Lichts der Bühnenbeleuchtung in der Nähe von Quinn und Zizz und Mahler und Anatole, die sichtlich eingeschüchtert unter den wachsamen Augen von vier Banditen in MP-Uniformen mit Maschinenpistolen beeinander standen.

Farraday kam zusammen mit Darrick herein. Alle wurden einander vorgestellt. Farradays Lächeln schien wie abgestorben, sein Händedruck war schlaff.

Quinn bemerkte auf den ersten Blick, dass Farraday nicht zu diesen Typen gehörte. Niemand bewachte ihn, aber trotzdem machte er irgendwie einen »gefangenen« Eindruck. Seine Blässe verriet ihn, und seine Augen.

Farradays Stimme klang heiser, als er sagte: »Wenn Sie bitte Platz nehmen würden ...«

Sie setzten sich auf die Stühle, die dem Tisch gegenüberstanden. Minikameras schwebten in den Schatten herum und filmten sie.

Jeder erhielt ein Skript, das von Stiften zusammengehalten wurde. Auf der Titelseite von Quinns Skript, das wenige Seiten lang war, stand:

QUINN HERO
ZUSAMMENFASSUNG INSZENIERTER INFORMATIONEN
MJ15 – GEHEIMSACHE

»Wenn Sie sich bitte die Skripte genau anschauen würden«, sagte Farraday. »Wir werden einige Probedurchläufe aufzeichnen, aber für die endgültigen ... Aufnahmen wird von Ihnen erwartet, dass Sie den Text auswendig können.«

»Und wenn wir das alles mitmachen – lassen Sie uns dann gehen?«, fragte Anatole, als würde ihn das nur am Rande interessieren.

»Dafür ... bin ich nicht zuständig«, sagte Farraday. »Doch ich glaube ...« Er warf Dodge einen fragenden Blick zu.

»Natürlich werden wir Sie dann freilassen«, sagte Dodge. »Jedoch nur unter fortlaufender elektronischer Überwachung. Die Implantate werden Ihnen nicht schaden, aber Sie werden überwacht – sollten Sie privat oder öffentlich bestimmte Dinge ansprechen, werden wir es wissen. *Wir werden alles mithören, was Sie sagen, überall; alles, was Sie aufschreiben, alles, was Sie auf anderem Wege weitergeben.* Denn wir hören aus Ihrem Inneren heraus mit. Sollten Sie über etwas sprechen, was Ihnen verboten wurde, werden wir die Enzyme im Knoten des Implantats aktivieren, sie werden sich auflösen und Sie werden sterben, augenscheinlich an einer ›Überdosis‹.« Lächelnd fügte er hinzu: »Und natürlich werden sich alle einen Scheißdreck um den Tod von ein paar Drogenabhängigen kümmern.«

»Sie sind süß«, sagte Zizz. »Wissen Sie das?«

»Der diskrete Charme der Bourgeoisie«, bemerkte Mahler.

Dodge kicherte bescheiden.

Farraday lächelte müde und sagte: »Lassen Sie uns mit den Proben anfangen.«

Sie versuchten einen ersten Durchgang. Quinn war zuerst dran; er las laut von seinem Skript ab:

»Mir wurde erstmals bewusst, dass diese Kreaturen, diese Meta, uns feindlich gesinnt waren, als sie jemanden umbrachten, den ich kannte. Oder um es genauer auszudrücken, sie haben ein menschliches Wesen unter ihre Kontrolle gebracht und diesen Menschen dazu benutzt, jemanden umzubringen, den ich kannte. Ich hatte jedoch nicht die geringsten Zweifel, dass es sich um einen Mord handelte …«

Quinn brach ab und blickte zu Dodge hinüber. »Welcher ›jemand‹ wird das sein?«

»Niemand.« Darrick sah Dodge an. »Sie hätten Ihnen wirklich entsprechende Anweisungen erteilen sollen.«

Dodge nickte. »Ich kann nicht an alles denken. Quinn, die Behörden haben uns einen Gefangenen überstellt, der sowieso zum Tode verurteilt worden ist und sich freiwillig gemeldet hat. Jemand, der Ihnen nicht bekannt ist. Wir werden seiner Familie etwas Geld zukommen lassen. Er wird wirklich sterben, aber die Umstände werden gestellt sein. Aus Zitronen wird Limonade. Eine Art Zweitverwertung – die Zweitverwertung einer Hinrichtung, verstehen Sie.«

Quinn wusste, dass er log, er war sich ganz sicher. Die Wüste über dem unterirdischen Stützpunkt sprach zu ihm: *Er lügt.* Die abgestandene Luft innerhalb des Stützpunktes sprach zu ihm. *Der Mann lügt dich an …* Eine Vorahnung; ein Gefühl; eine Eingebung; eine dieser tonlosen Stimmen, die –

Er schüttelte das Gefühl ab. Es ging jetzt in der Hauptsache darum zu überleben. Laut las er weiter.

»Ich bin mir erst jetzt darüber klar geworden, dass –« Mit einem Seufzer brach er erneut ab. »So rede ich nicht, wissen Sie, das wird beschissen klingen.«

»Vielen Dank für diesen Hinweis«, sagte Dodge. »Das weiß ich zu schätzen. Mike? Was können wir da tun?«

»Das spielt keine Rolle, denn ich erwarte nicht von ihm, dass er unsere Formulierungen verwendet – es kommt uns ... auf den ›Inhalt‹ an. Wenn er den erst einmal verstanden hat und die Reihenfolge weiß, kann er sich mit seinen eigenen Worten ausdrücken.«

Quinn nickte. Es bedurfte einer außerordentlichen Willensanstrengung, um mit der Probe weiterzumachen. In Wirklichkeit wäre er am liebsten auf einen Stuhl gesprungen und hätte losgebrüllt ... sie angeschrien:

ICH KANN NICHT GLAUBEN, WAS HIER ABLÄUFT. EUCH ARSCHLÖCHER GIBT ES ÜBERHAUPT NICHT, ICH WILL HIER RAUS, LASST MICH IN RUHE. ALLES, WAS MIR ÜBER DIESES LAND GESAGT WURDE, IST EINE VERDAMMTE LÜGE. *IHR SCHEISSTYPEN KÖNNT MICH!*

Doch stattdessen ... las er ...

»... wurde mir erst bewusst, wie böse diese Meta wirklich sind. Ich habe jemanden getroffen, der mir erzählen wollte, sie seien uns wohlgesinnt, und ich glaube, wir alle werden auf solche Leute stoßen, aber das ist eine Lüge, die Meta sind gefährlich ... Ich bin der Überzeugung, wenn die Zetaner nicht eingegriffen hätten, wären wir jetzt alle tot ...«

Quinn hörte auf zu lesen. Ende des Drehbuchs.

»Was zum Teufel ist ein ›Zetaner‹?«

»Normalerweise«, sagte Darrick, »würde ich Sie an den ›Ich stelle hier die Fragen‹-Film erinnern, Quinn, allerdings werden Sie bei den Dreharbeiten ein oder zwei Zetanern begegnen ...«

»Lasst uns weitermachen«, sagte Farraday. Er saß halb in sich zusammengesunken auf einem Metallklappstuhl neben dem Set und las in einem Masterskript mit. »Mr. Mahler? Sie sind dran.«

Mit zitternder Stimme begann Mahler zu lesen. *»Ich bin der Überzeugung, dass es keine Rolle spielt, wo Sie politisch stehen – Separatis-*

ten, Unabhängige, Anarchisten, Kommunisten, Libertäre, was Sie wollen. Das Wichtigste ist, dass wir gegen die Meta zusammenstehen und dass wir von der Notwendigkeit überzeugt sind, dass wir eng mit den Zetanern zusammenarbeiten müssen. Mit der Zeit habe ich festgestellt, dass die Zetaner unser Vertrauen verdienen … Wir können ihnen unser Leben und unsere Zukunft anvertrauen …«

Mahler hielt einen Augenblick inne und schluckte. Er sah aus, als würde er gleich in Tränen ausbrechen.

Anatole blickte völlig benommen drein, Zizz als würde sie gleich ein hysterisches Gelächter anstimmen.

»Machen Sie weiter«, sagte Farraday.

Mahler räusperte sich, zwei Mal. »*… den Meta können wir dagegen keineswegs trauen. Unsere große Hoffnung für die Zukunft liegt in einer interplanetaren Zusammenarbeit und in den Menschen, die diese Zusammenarbeit möglich gemacht haben. Das ist mir klar geworden, als ich die Veränderungen an Lila bemerkt habe, als ich gesehen habe, was die Meta ihr angetan haben …«*

Er hörte auf zu lesen, als ob er an eine Backsteinmauer gelangt wäre. »Was?« Er schüttelte ungläubig den Kopf. »Was?«

»Mr. Mahler«, sagte Farraday. »Mhmm … Bitte … bitte …«

Mahler sah Farraday finster an, dann Darrick und schließlich Dodge. »Wisst ihr was? Ihr könnt mich alle am Arsch lecken.«

Darrick machte eine unbestimmte Handbewegung, und ein Marine-Corporal namens Collins trat vor und schlug Mahler mit dem Kolben seines Gewehrs über den Hinterkopf – sehr bedächtig, sehr präzise. Fest genug, um ihn von seinem Stuhl zu holen, fest genug, um ihm ordentlich wehzutun, doch nicht so fest, dass er ohnmächtig wurde.

Collins ging neben Mahler in die Hocke und rammte ihm den Lauf seines Gewehrs ins Ohr.

Und sagte: »Ich kann einen Mopp holen und etwas Seife, und ich habe in meinem Leben schon genug Latrinendienst geschoben, um zu wissen, wie man damit umgeht. Es macht mir nicht das Geringste aus, dir dein Hirn zu den Ohren rauszupusten, du Trotzkisten-Sau.«

Auch er sprach, als würde er vorlesen. Mit ausdruckslosem Gesicht. Durchdringender Stimme.

Dodge nickte wohlwollend.

Quinn hatte das dringende Bedürfnis, etwas zu tun. Aber er saß einfach nur da, gefangen in einer Falle in einer Falle.

(Wo war Lila? Wo war Kian? Wo war Sullivan?)

»Steh auf, Mahler, bitte«, sagte er schließlich und half Mahler auf die Beine. »Mach keinen Stress, komm, steh auf. Setz dich hin. Lies das verdammte Ding.«

Mahler stand langsam auf, setzte sich auf den Stuhl und starrte verständnislos das Skript auf dem Boden vor seinen Füßen an.

»Heb das auf«, sagte Collins. Mahler sammelte teilnahmslos die Blätter ein.

Darrick sah auf seine Uhr. »Dodge. Ich bring die anderen mal zusammen, auf dem anderen Schauplatz. Das kann nicht warten. Der Stoff in Versuchsobjekt Eins müsste jeden Augenblick Wirkung zeigen ...«

»Der war schon verrückt«, sagte Dodge. »Ich glaube nicht, dass er das noch gebraucht hätte. Er könnte endgültig die Beherrschung verlieren.«

»Wir werden sehen.«

Dodge nickte und Darrick eilte davon; während sich seine schweren Schritte entfernten, hallten andere, leichtere Schritte aus der gegenüberliegenden Türe des Hangars herüber: zwei Paar schnelle kleine Fußschritte, die Quinn an den Ausdruck *pitsch patsch, die kleinen Füßchen* denken ließen. Er wandte sich um und sah, wie Kian das Set betrat, und bei ihm befand sich ein weiteres Kind: ein ziemlich seltsames Kind, von ungefähr der gleichen Größe, in ein Polohemd und Jeans und Tennisschuhe gekleidet ...

»Oh, Scheiße ...« Das war kein Kind.

»Ich möchte Ihnen gerne«, sagte Dodge, »unsere hiesige zetanische Kontaktperson vorstellen, Jaron. Bitte sorge dich nicht um deinen Adoptivbruder, Anatole ... Kian geht es gut. Unsere zetanischen Freunde haben sich um ihn gekümmert. Er ist gut in Form, besser denn je.«

Quinn, Mahler, Anatole, Zizz ... Ihre Münder klappten auf, während sie Kian und Jaron anstarrten, die auf das Podest stiegen und sich gemeinsam an den Tisch setzten, auf erhöhte Stühle.

Jaron legte einen väterlichen Arm um Kian, der sich vertrauensvoll an ihn kuschelte.

Kians Gesicht sah ganz genauso aus wie das letzte Mal, als Quinn ihn gesehen hatte: mehr oder minder ausdruckslos. Wenn darin noch etwas zu erkennen war, dann einfältige Zufriedenheit.

»Genau so …«, flüsterte Zizz und starrte Jaron an, »muss ein Alien aussehen.«

Mahler fuhr sich mit der Zunge über die Lippen und schüttelte den Kopf. Dann zog er eine Grimasse; sein Kopf tat immer noch weh. »Das muss … muss ein kleiner Kerl in einem Anzug sein … Prothesen … Kostüm …«

»Ich glaube nicht.«

Quinn fühlte es durch und durch: *Dieses Ding war eindeutig nicht von dieser Welt – oder … nicht nur von dieser Welt.*

»Möchtest du etwas sagen?«, wollte der Außerirdische von Kian wissen – *mit Sullivans Stimme …*

»Ich möchte …« Kian sprach sehr leise. Er zögerte, sprach dann lauter, so dass ihn alle, einschließlich der Mikrophone, hören konnten. »Ich möchte mich bei Jaron und seinen zetanischen Freunden bedanken, dass sie sich um mich gekümmert haben … ich danke Gott, dass sie hier sind, um uns zu helfen. Ich hatte solche Angst, als ich die Meta gesehen habe … ich weiß, dass jetzt alles gut wird.«

Er lächelte und schmiegte sich an das Alien.

»Himmel«, murmelte Farraday. Das hatte auch er nicht erwartet. »Dodge … das ist eine PR-Katastrophe. Sie dürfen nicht zulassen, dass die Aliens sich an Kindern vergreifen –«

»Er hat keine Familie mehr. Die Zetaner haben ihn adoptiert. Er hat keine Eltern, verstehen Sie? Sie haben ihm nicht wehgetan – nur ein paar Gewebeproben.«

»Das Kerlchen sieht doch aus wie ein Zombie – glauben Sie etwa nicht, dass man das in der Übertragung sehen wird, sogar in der bearbeiteten Network-Fassung?«

»Sie hätten ihn vorher sehen sollen – er war schon ziemlich durch den Wind. Sie … sie haben ihn bei sich aufgenommen, psychologisch, das ist alles. Und sie haben sich etwas Samenmaterial zur gentechnischen Bearbeitung genommen –«

»Was soll das heißen?«

»Nichts Wildes. Die Zetaner haben ein paar Gewebeproben genommen – eine von seiner Niere, eine winzige von seinem Kleinhirn …

nichts, was ihm hätte schaden können, etwas Gewebe von seinen Hoden. Das sollte nicht unbedingt an die Öffentlichkeit dringen.«

Hat keine Eltern?, dachte Quinn. Was war mit Sullivan?

Vielleicht war Sullivan bereits tot …

Farraday sagte: »Sie müssen wirklich aufpassen, wie Kinder in diesem Zusammenhang behandelt werden …« Er wandte sich um und sah Anatole an. »Was stimmt mit dem älteren Jungen nicht?«, fragte er plötzlich.

Alle drehten sich um. Anatole hing auf seinem Stuhl wie ein VR-Junkie, mit flackernden Augen. Zizz musste ihn auffangen, sonst wäre er kopfüber vom Stuhl gestürzt.

»Wie dieses Mädchen, Lila«, murmelte Dodge.

Farraday warf ihm einen fragenden Blick zu.

Dodge zuckte mit den Schultern. »Sie ist schon den ganzen Morgen in einem solchen Zustand. Wir haben versucht …« Er brach ab und machte eine Handbewegung – *erzähl ich Ihnen später.*

Zizz schüttelte Anatole ganz sachte. Rief seinen Namen.

Keine Reaktion.

* * *

»Späherin …«

»Anatole.«

»Ich habe auf dich gewartet. Ich dachte, du würdest zu uns herabkommen und uns helfen. Sie haben meinen Vater und Lila geholt und Kian den Zetanern überlassen.«

»Das sehe ich. Es tut mir Leid. Ich konnte nicht kommen. Und ich sehe, wie sehr dir das alles wehtut: Du spürst es sogar noch hier, weit weg von deinen gewohnten Bindungen.«

»Du kannst mir ruhig noch mal erklären, dass alles nur eine Illusion ist, leiden heißt, sich mit etwas identifizieren und es … es ist nur zeitweilig und die ›normale‹ Welt ist nicht wirklich, sie ist eher ein Traum, und ich weiß, was du meinst, schön und gut, *aber wo wir sind, da leiden wir auch* und das ist für uns wirklich und es *ist* uns wichtig, das *muss* es sein.«

»Ich weiß. Ich weiß das. Und die Archonten machen es nur schlimmer.«

»Wer?«

»Die Zetaner. Sie sind die Archonten aus einer eurer älteren religiösen Überlieferungen, die Diener des Demiurg, das falsche Angesicht Gottes; dieser Gott verhält sich zur wahren Gottheit wie deine ich-bezogene Persönlichkeit zum echten Anatole. Der Demiurg ist ihr Zentralgehirn ... ein uraltes Wesen, das –«

»Das verstehe ich nicht und es ist mir egal, ich will einfach wissen ... Kannst du meinem Dad helfen?«

»Die Leidensfähigkeit deines Volkes ist so bemerkenswert ...«

»Kannst du nicht einfach runterkommen und uns da rausholen ...? Oder uns hier hochbringen, wo wir jetzt sind?«

»Du bist ›hier oben‹, weil du eine besondere Fähigkeit besitzt. Das seltsame daran ist, dass mir in erster Linie die Nähe eines Fremden ermöglicht hat, Kontakt mit dir aufzunehmen.«

»Wer?«

»Quinn Hero. Weil er in euer Haus kam, war ich in der Lage, zu dir zu kommen. Quinn verfügt über die notwendigen genetischen Voraussetzungen und die übergeordnete Struktur im Kleinhirn, die es ihm ermöglicht, die – unterschiedlichsten Wesenheiten heraufzubeschwören, wenn er es nur wüsste. Wenn er wüsste wie, könnte er sogar mich auffordern ... etwas näher zu kommen. Aber ich kann nicht dort hinabgehen, wie ich in der Wüste zu Lila gegangen bin ...«

»Warum?«

Ein Falke rauschte an ihnen vorbei über den sonnendurchfluteten Himmel; er flog einen großen Bogen um sie, auch wenn er sie mehr spürte als tatsächlich sah; dann krächzte er plötzlich erschrocken, als ein drittes Wesen aus dem Nichts am Himmel erschien, direkt neben Anatole und der Späherin.«

»Hallo, Anatole.«

»Lila!«

»Ich bin froh, dass du es geschafft hast, Lila«, sagte die Späherin.

»Ich habe den ganzen Morgen gebraucht, um dich zu finden ...«

»Aber du bist hier. Wir haben jetzt eine gute Verbindung zueinander.«

»Ich habe Angst um Jack«, sagte Lila.

»Ja«, sagte die Späherin. »Schaut.«

Sie sahen ihn, als befänden sie sich gleichzeitig bei Sullivan und am Himmel.

»Kann er mich hören?«, fragte Anatole.

»Nein, er nimmt uns nicht wahr«, antwortete die Späherin.

Anatole schwebte hinüber und schmiegte sich an Lila. Sie legte ihren imaginären Arm um ihn. Gemeinsam beobachteten sie Sullivan, der über den staubigen Boden auf Ataska zuging.

* * *

Sullivan rieb sich die Handgelenke, wo ihn die Handschellen gedrückt hatten. Die verschiedenen Kameras waren ihm bereits aufgefallen; die Fläche zwischen den hohen Stacheldrahtzäunen glich einer kleinen Kampfarena. Er hatte gesehen, wie die Soldaten dem Verrückten, der am Lastwagen lehnte, die Handschellen abnahmen.

»Du bist Ataska«, sagte Sullivan und näherte sich dem Wahnsinnigen. Er blieb in zwanzig Schritt Entfernung stehen, als er die blanke Gier in Ataskas schweifendem Blick bemerkte und die frische Operationsnarbe an seiner Schläfe. Irgendein Implantat.

»Die Aliens«, sagte Ataska, »die ... gehörst du zu ihnen?«

»Nein«, sagte Sullivan.

»Sie ...« Er machte ein Geräusch, das einem Kichern sehr nahe kam, aber schriller, hässlicher war. »Hast du schon mal eine außerirdische Möse gevögelt? Das habe ich mir schon oft vorgestellt, Mann. Ich hab's gesehen. In meinen Visionen. Manche von diesen Aliens zwingen dich zu vögeln, um an dein Sperma ranzukommen, und die haben eine zweifach gegabelte Möse; dann gibt es noch welche, die haben eine dreifach gegabelte Möse. Ehrlich dreifach gegabelt, in einer Richtung fühlt es sich wie eine ganz normale Möse an, bis du weit genug drin bist, und dann ... dann packt sie dich und schiebt dir 'ne Art Schlauch rein und saugt dir den Samen raus ... aber wenn du ihn ein Stück rausziehst, bevor du so weit drin bist und ihn weiter rechts reinschiebst, in 'nem anderen Winkel, dann stößt du da drin auf Streichhölzer und du vögelst gegen die Streichhölzer und die Dinger entzünden sich und verbrennen dir den Dödel, du kannst ihn aber auch rausziehen und ihn auf der anderen Seite reinschieben, auf der linken Seite der dreifach gegabelten Möse, und da drin hat's Abfallzerkleinerungsklingen –«

»Hey«, sagte Sullivan.

»Diese dreifach gegabelte Möse –«

»Hey!«, sagte Sullivan.

»Was?«

»Du musst nicht bei allem mitmachen, was sie von dir verlangen, Ataska. Du kannst immer noch abhauen.«

Ataska glotzte ihn mit offenem Mund an.

In diesem Augenblick strömten die ersten Nebelschwaden unter dem ungekennzeichneten Militärlaster hervor – aus der Entfernung sah es wahrscheinlich genau aus wie von ihnen beabsichtigt: als bildete der Nebel sich aus dem Nichts, ohne ersichtlichen Ursprung. Dann kam aus der Fahrerkabine des geparkten, führerlosen Lastwagens ein blassroter Laserstrahl, kaum sichtbar in dem hellen Sonnenlicht, und im Nebel nahm ein funkelndes Bild Form an: eine glitzernde fliegende Untertasse aus lebendem Silikon. Er wusste, dass es eine Illusion war, die aussehen sollte wie …

Was auch immer es gewesen war …

… das in der Wüste Lila verschlungen und sie geheilt hatte.

Jetzt ließ es sich auf Ataska nieder – als ob es ihn beherrschen wollte.

»Schwachsinn!«, schrie Sullivan. »Das ist etwas völlig anderes! Das ist ein beschissenes Hologramm!«

Doch er wusste, dass sie alles löschen würden, was er sagte, und es nach Drehbuch mit einer Simulation seiner Stimme ersetzen würden. Sie würden ihn überspielen, sie würden Ataska überspielen. Er erkannte ein inszeniertes Desinformationsszenario, wenn er eins vor sich hatte.

Ataska suchte mit einer Hand unter dem Laster herum …

Und zog ein M18 Maschinengewehr darunter hervor. Das genau zu diesem Zweck dort hingelegt worden war.

»Die Stimmen haben mir alles über dich erzählt …«, plapperte Ataska; jedes Wort wurde von einem vibrierenden Spuckefaden betont. »Du arbeitest für diese Viecher, und du bist … ein Kind des Teufels, ein Teufelsgespenst, du … Diener der dreifach gegabelten außerirdischen Möse, du … Teufel aus der Hölle zwischen den Sternen, du …«

Sullivan sah sich um und stellte fest, dass er keine Zeit hatte, in Deckung zu rennen. Er konnte sich hinlegen und sterben, oder er konnte Ataska angreifen.

* * *

»Lila? Späherin? Es muss doch irgendetwas geben …?«

»Nein, Anatole, es tut mir Leid«, sagte die Späherin. »Die Kraftfelder der Zetaner halten mich auf Distanz, verriegeln mir die Tür, wenn sie mir niemand aufschließt – Ceph ist außerhalb der Felder zu mir gekommen; bis er sich nach dem Tod verwandelt, hat er nicht die Kraft, um mich hineinzuholen, ebenso wenig wie du. Nur Quinn –«

* * *

Und als Sullivan sich auf Ataska stürzte, ließen sich die »Meta« auf dem Wahnsinnigen nieder … und Sullivan wusste, dass es so aussehen sollte, als ob die Meta ihn dazu *veranlassten*, Sullivan umzubringen – die ersten Kugeln trafen ihn wie Fäuste aus Eis –

Aber er rannte weiter – er wurde sich einer widerlichen Übereinstimmung bewusst, zwischen sich und Anjas Stimsklave Sol, wie sie beide stromaufwärts gegen die Kugeln ankämpften; er war Sullivan, er war Osterberg, er war Sol, und obwohl er in Wirklichkeit Osterberg war, war auch er programmiert, auf seine Weise –

* * *

»Späherin …«

»Es stimmt mich sehr traurig«, sagte Lila, »dass ich von hier oben so wenig Anteil an allem nehmen kann … Jack wird erschossen …«

»Späherin!«

Die Späherin sprach: »Der Teil von dir, der immer noch echte Gefühle verspürt, schläft immer noch zur Hälfte … Hier bist nur du echt.«

Anatole ließ sich bis zur Größe eines Luftschiffes wachsen, um ihre Aufmerksamkeit zu erregen.

»Späherin! Hilf ihm!«

Die Späherin nahm die mädchenhafte Gestalt an, die er so mochte, in Jeans und T-Shirt, und blickte zu ihm auf.

Lila nahm neben ihr Gestalt an, anständig gekleidet aus Rücksicht auf sein pupertäres Alter.

»Es ist zu spät«, sagte Lila.

»Ja, es ist zu spät«, sagte die Späherin.

Die Wörter hallten durch alle empfindlichen Stellen in Anatole. Zu spät, spät, spät ...

»Er ist zu schwer verletzt. Aber ich kann euch und den anderen vielleicht helfen, wenn es euch gelingt, zu Quinn zurückzukehren ...«

* * *

Dodge gesellte sich gerade zu Darrick und dem Techniker, der die ferngesteuerten Kameras bediente: Der Armeetechniker in seinem weißen Kittel war schlank, hatte blaue Augen und kam aus Iowa; er war so jung, dass er noch Pickel hatte. Dodge drängte ihn beiseite und zoomte näher heran, um die Ereignisse besser sehen zu können ...

Er hatte schon immer Regisseur werden wollen.

Darrick platzte heraus: »Scheiße! Er läuft noch – das entspricht nicht dem Szenario ...«

»Das könnte noch richtig gut werden, Freund Darrick«, murmelte Dodge und digitalisierte die Aufnahmen zur Vergrößerung.

»Aber er – Sullivan ... Osterberg, er –«

Sie konnten es auf dem Bildschirm klar und deutlich mitverfolgen: Sullivan hatte sechs Kugeln in Bauch und Brust und eine siebte im Wangenknochen eingeklemmt, aber Sullivan stand noch, und er . .

»Verflucht noch mal –«

Sullivan riss Ataska die M18 aus den Händen und drehte sie herum, jede Bewegung vollkommen ausgewogen, rammte den Gewehrlauf ...

»Durch seine Hosen durch!«, zeterte Darrick. »Autsch! Er hat es dem Schwein ins Arschloch gerammt!«

»Nicht schlecht, was? Und schauen Sie sich das an, das Gewehr war noch geladen, und da vermischt Ataskas Gehirn sich gerade mit seinen Eingeweiden – na, sagt mir, was könnte für Ataska angemessener sein?«

Der Techniker stürzte zum Papierkorb und übergab sich.

»Aber …« Darrick schnaubte vor Verzweiflung. »Ataska hätte doch Sullivan umbringen sollen …«

»Osterberg.«

»Wie auch immer Sie ihn nennen wollen, Sie wissen, wen ich meine. Und dann sollten die Zetaner eingreifen und Ataska töten, um den Mord des Meta-Sklaven an dem Amerikanischen Helden zu rächen …«

»Gut, wir werden schon noch etwas zusammenschneiden … Teufel auch, Sullivan ist immer noch auf den Beinen! Er hat das Gewehr wieder rausgezogen … er hat das andere Magazin gefunden!«

»Wie zum Teufel hält der sich noch auf den Beinen?«

»Er kann nicht mehr lange durchhalten, er wird ganz sicher – Scheiße! *Er kommt auf uns zu!*«

Sie hörten, wie eine Tür eingeschlagen wurde.

Schüsse. Weitere Schüsse und die Schreie der Soldaten vor der Tür des Beobachtungszimmers.

Dodge warf sich auf den Boden – Darrick und der Techniker waren zu langsam, sie standen einfach da und glotzten wie ein Reh im Licht der Autoscheinwerfer, als –

Die Tür barst nach innen. Eine Gewehrmündung voller Blut, Scheiße und zerfetzter Eingeweide krachte durch die Tür, ein kurzer Blick auf Sullivans blutüberströmtes, verzerrtes Gesicht, und –

Das war das Letzte, was Darrick sah. In diesem Leben.

* * *

Überall heulten Sirenen. Und waren das … Schüsse?

Anatole setzte sich auf und schüttelte Quinns Arm. »Vergiss die Sirenen … Quinn, hör zu – ich habe eine Nachricht für dich – du sollst dich in den ›transzendenten Zustand versetzen‹, hat sie gesagt … dich … hineinsteigern!«

»Was. Was redest du da? Wer hat das gesagt?«

»Die Leuchtende, die Späherin … die Lila geholfen hat, ich habe mit ihr gesprochen – und sie hat gesagt, *du* könntest sie so nahe an uns heranbringen, dass sie uns helfen kann …«

Die Wachen stritten sich, verwirrt, telefonierten an drei Apparaten gleichzeitig, das Alien stand einfach da und sah sich um. Kian starrte abwesend zu Boden.

Farradays Gesicht verriet eine glückliche Mischung aus Angst und Erleichterung.

»Hör zu … pass dich den Sirenen an … ihrem Rhythmus … sie hat gesagt, dass du, so wie du geschaffen bist, einen Rhythmus brauchst, um Verbindung mit ihr aufzunehmen …«

»Junge, das ganze Zeug mit den Aliens hat deinem Gehirn einen Schaden –«

Zizz warf Quinn einen seltsamen Blick zu. Die Soldaten stürmten zur Tür – dann schienen sie sich an Quinn und Konsorten zu erinnern und fingen an zu streiten, wer bleiben und sie bewachen sollte.

Quinn musste an seinen Stummfilmkurs an der Filmhochschule denken. Beraube sie der gewohnten Stimulanzen, und sogar ausgebildete Männer verwandeln sich in hüpfende Männchen.

»Quinn!«, sagte Zizz. »Diese Eingebungen, von denen du mir erzählt hast … versuch sie zu finden – so wie Anatole gesagt hat …«

Ein Vielzahl von Möglichkeiten lagen in der Luft: Quinn konnte es fühlen. Vielleicht, dann …

Anatole fing an, rhythmisch auf einen Stuhl zu hämmern. Zizz auch. Der Klang der Sirenen hob und senkte sich, auf und ab.

»Was hat sie genau gesagt, Anatole?«

»Sie hat gesagt, du sollst dich der Wut hingeben, die du verspürst, deine ganze Aggression rauslassen, ihren Rhythmus finden … Sie kann nicht wirklich nah heran, aber vielleicht genügt es …«

Quinn sah sie an. Dann blickte er zur Decke.

»Das ist bescheuert«, sagte Mahler. »Aber was spielt das jetzt für eine Rolle?« Dann fing auch er an, rhythmisch zu klopfen.

Und irgendjemand klopfte rhythmisch gegen die Tür.

Und Schüsse –

Die Tür krachte aus den Angeln, und drei Soldaten fielen schreiend zu Boden … andere rannten in Deckung und feuerten in einem fort …

Quinn sah sich nicht mehr in der Lage, diese Welt noch länger zu ertragen; der Rhythmus versprach ihm eine andere Welt …

Er schloss die Augen … und fing an, rhythmisch auf einen Stuhl zu hämmern …

Ein Funkeln hinter seinen Augenlidern; ein eiförmiges Funkeln, dessen Form sich fortlaufend veränderte, das einem leuchtenden Silikonauge glich, das seinen Blick erwiderte …

Hallo, Quinn. Halt mich lange genug bei dir, ich muss den Schalter –

Dann hatte er es wieder verloren. Die Schüsse rissen ihn aus der hauchdünnen Trance, in die er verfallen war.

Er öffnete seine Augen …

Die Lichter flackerten, zuckten – und gingen aus.

Da hatte er seine Antwort, das war die Reaktion. Ein heftiger Energieschub: und die Sirenen erstarben. Die gesamte Stromversorgung, im gesamten Stützpunkt. Die Stromversorgung und auch die Notstromversorgung. Finsternis. Schüsse blitzten auf …

Schüsse, Finsternis, Schüsse, Finsternis …

Quinn und Mahler und Zizz warfen sich flach auf den Boden. Anatole rannte seinem Vater entgegen …

Sullivan bewegte sich schwankend, aber gleichmäßig auf ihn zu, mit einer Hand die M18 in die Hüfte gestemmt, in der anderen eine soeben konfiszierte Maschinenpistole. Sullivan feuerte eine weitere Salve. Ein weiterer Soldat ging zu Boden, heulend vor Schmerz.

Kugeln zertrümmerten das Wappen des Interplanetaren Rats, durchlöcherten die nachgemachte Steuerkonsole. Innen war sie hohl, leer.

Farraday lag neben der Konsole flach auf dem Boden … scheinbar lachte er wie ein Verrückter – er heulte – und lachte …

Anatole rannte an Farraday vorbei … Stahlmantelgeschosse schlugen auf dem Boden neben Anatole Funken, und Farraday streckte seinen Arm aus, brachte ihn zu Fall und zog ihn heulend und tobend (»Junge, auf den Boden, bleib liegen!«) unter den Tisch in Sicherheit, als –

Jaron bewegte sich sehr schnell, mit dem Jungen im Schlepptau, auf den Hinterausgang zu …

Finsternis. Quinn wartete auf den nächsten Schuss.

Ein Mündungsblitz, und plötzlich stand Sullivan da und versperrte Jaron den Weg.

Sullivan riss Kian mit einem Arm an sich, und mit dem anderen –

Finsternis. Quinn konnte nichts erkennen.

Ein weiteres Schlaglicht von einem weiteren Soldaten, der ein weiteres Gewehr abfeuerte …

In den Schlaglichtern der Schüsse vom Rand des Bühnenaufbaus sah Quinn –

Sullivan, wie er Jaron mit einer Hand vom Boden hochhob und dem Alien den Hals umdrehte.

Eine aneinander gedrängte Gruppe von Soldaten kam aus allen Rohren feuernd durch die nächstliegende Tür hereingeplatzt, und Sullivans Körper zuckte und zuckte und wurde im Kreis herumgewirbelt und Kian schien einen grotesken Tanz mit ihm aufzuführen, und beide wurden von Kugeln durchlöchert, die Kugeln fuhren durch Kian hindurch und blieben in Sullivan stecken, durch Sullivan hindurch und blieben in Kian stecken.

»Dad!«, schrie Anatole. *»Daddy! Kian!«*

Quinn würde noch lange Zeit versuchen zu vergessen, wie die Kugeln Kian zurichteten. Er musste an Qarmas Tod denken, jemand hatte *sein Kopf, sein Kopf* geschrien – und Kian …

Jemand brüllte: »Feuer einstellen, Crow Team!«

Die Schüsse hörten auf. Sullivan fiel um. Jetzt endgültig tot; das tote, jüngere Kind in den Armen.

Anatole schluchzte. Der Raum wurde vollständig finster, mit Ausnahme einiger tastender Lichtkreise von Taschenlampen, fast geräuschlos, Männer unterhielten sich mit gedämpfter Stimme, als spräche die Finsternis mit sich selbst.

Dann hörte Quinn eine Stimme dicht bei sich. Eine äußerst wohlklingende Stimme. »Ich bin ein Freund! Die Späherin hat mich geschickt, und Lila! Kommt mit mir. Quinn, Mahler, Zizz! Mike Farraday! Anatole! Folgt dem Klang meiner Stimme! Hier entlang … hier entlang …«

Dieser Stimme musste man einfach glauben. Irgendjemandem mussten sie glauben.

Sie rappelten sich auf und folgten ihr durch die Finsternis. »Hier entlang … hier entlang …«

Die Soldaten brüllten sich gegenseitig an. Quinn und Zizz und Mahler stießen am Hinterausgang auf Anatole und Farraday, die sie kaum sehen konnten, während sich ihre Augen an das Licht gewöhnten. Sie konnten nicht erkennen, wer sie hierher geführt hatte.

»Mein Dad, Kian«, sagte Anatole. »Ich will nachschauen, sichergehen …«

»Ich habe nachgeschaut«, sagte die angenehme Stimme aus der Finsternis über ihnen. »Sie haben diese Welt hinter sich gelassen. Wir müssen weiter, Lila braucht jetzt unsere Hilfe …«

Anatole ließ sich benommen durch die Tür führen, in den düsteren Flur hinein.

»Hier lang, kommt schon!«, sagte Farraday glücklich. »Ha ha, du kleiner wanzenärschiger Hundesohn! Er hat dir deinen verdammten Hals umgedreht, Jaron! Hier lang, ich weiß, wo sie Lila gefangen halten, hier lang … Passt auf, wo ihr hintretet … ha ha, du kleines verlaustes Ungeziefer, er hat dir deinen wanzenäugigen Kopf einfach von deinem verdammten …«

Sie rannten den Gang entlang durch die vollständige Finsternis. Farraday blieb vor einer Tür stehen, die aufschnappte, weil ihr elektronisches Schloss nicht funktionierte, und sie hörten Lilas Stimme.

»Jack?«

* * *

Den Gang entlang, um eine Biegung, eine zweite, ein hallendes Treppenhaus hinauf. Finsternis, Quinns Hand auf dem kalten Metall des Geländers, mit der anderen Hand führte er Zizz, Zizz hielt Lila an der Hand, Lila hielt Mahler an der Hand, Mahler hielt Farraday an der Hand, Farraday hielt Anatole an der Hand.

Quinn folgte der geduldigen, klangvollen Stimme und einem schlurfenden, flatternden Geräusch.

»Hier geht's lang … hier hinauf …«

Treppen, er knallte mit dem Schienbein gegen etwas, weiter, er stolperte, fiel, stand auf, Stockwerk auf Stockwerk – ein Ausgang – er stieß die Tür auf – ein Flachdach! Sonnenlicht!

Blendendes Sonnenlicht. Auch dies war eine andere Welt.

Sie standen auf dem Dach, das gleichzeitig als Hubschrauberlandepatz diente, eine in den Berghang hineingebaute Terrasse. Sie hatten den Stützpunkt durch den Ausgang eines Nebengebäudes verlassen, dem einzigen von Menschenhand geschaffenen Bauwerk auf dieser Seite der drei Morgen großen Landefläche. Ein Stück entfernt standen vier große schwarze Militärhubschrauber nebeneinander, mit 9 Millimeter-Kanonen und wie eine Limousine mit undurchsichtigen Scheiben ausgestattet.

Auf der anderen Seite des Landeplatzes rannten Soldaten herum und schossen auf etwas, was über ihnen in der Luft schwebte: etwas Funkelndes, das das Sonnenlicht in sich aufnahm und wieder abstrahlte, wie der tausendarmige Shiva, wie die Arme Vishnus …

»Danke«, sagte Anatole zu der leuchtenden Erscheinung.

Anatole, dachte Quinn, schien etwas benommen und trotzdem überraschend ausgeglichen, wenn man in Betracht zog, was er gerade erlebt hatte: Sein Adoptivbruder und sein Vater waren erschossen worden. Es hatte etwas mit Lila zu tun; mit der Meta; eine unsichtbare Kraftquelle hatte dort ihren Ursprung …

Farraday grinste. »Ich wusste es, ich *wusste* es! Kommt mit, in den Hubschrauber – ha ha ha ha! Kleiner wanzenäugiger Bastard!«

Mahler blinzelte Farraday an. »›In den Hubschrauber‹? Warum sollten wir diesem Hundesohn trauen, diesem Farraday?«, wollte er wissen. »Das ist alles nur eine inszenierte Geschichte … dieses Arschloch war schon an der letzten beteiligt!«

»Sie können ihm vertrauen«, sagte die angenehme Stimme vom Ausgang her, durch den sie das Dach betreten hatten. »Er ist jetzt frei, nachdem Jaron tot ist.«

Sie wandten sich um und sahen in der Tür …

»Oh SCHEISSE –!«, kreischte Zizz. »SCHLAGT ES TOT! WAS IST DAS? SCHLAGT ES TOT, SCHLAGT ES TOT, *SCHLAGT ES TOT!*«

»Nein, nein, nein, nein! Tut ihm nichts!«, sagte Farraday. »Das ist eine Landkrake, eine experimentelle Kreuzung von Alien, Mensch und Tintenfisch … sie haben zahllose Kreuzungen ausprobiert, aber er hat als Einziger überlebt. Er heißt Ceph.«

»O Gott, SCHLAGT ES TOT, das ist ja fürchterlich –«

»Alles ist fürchterlich«, flüsterte Anatole. »Das spielt jetzt keine Rolle, nach allem, was passiert ist. Es bleibt uns nichts anderes übrig …«

»SCHLAGT ES TOT –!«

»Nein, hey, beruhige dich«, sagte Quinn und schüttelte sie. »Es hat uns geholfen, hier herauszukommen.«

»*Er*«, sagte Farraday und behielt die anderweitig beschäftigten

Soldaten im Auge. »*Er* hat uns geholfen. Das ist mein Freund Ceph. Oder meine Präriequalle Ceph, was auch immer. Er ist ein toller Kerl, glaubt mir. Hey, Ceph, Sullivan hat den kleinen wanzenäugigen Schweinehund umgebracht! Ich bin frei! Ha HAA!«

»Ich weiß. Eine erstaunliche Leistung bewusster, zielgerichteter Konzentration gegen die Strömung des Schmerzes; eine großartige Leistung der spirituellen Fähigkeit. Jaron ist tot, ja.«

»Kleiner wanzenäugiger Bastard! Er wollte mich erwürgen, Ceph, er hat versucht, mich umzubringen! Der verarscht mich nicht noch mal, denn wir haben ihm den Hals umgedreht!«

»Ich weiß. Beruhige dich, Mike.«

»Du dich auch, Zizz«, sagte Quinn. »Der kleine Kerl ist auf unserer Seite.«

Zizz holte mehrmals tief Luft. Sie sah Ceph an, dann Quinn, dann wieder den Tintenfisch. Sie schluckte. »Ich ... okay, alles okay – ich benehme mich wie meine Mutter ... das passiert mir sonst nicht, nur ... die ganze Schießerei ... was wir durchgemacht haben ... ich war kurz davor auszurasten ... und ...«

»Ich kann das gut verstehen«, sagte die Landkrake.

»Jah, es ... es tut mir Leid ... Tinten ... äh ... fisch ...«

»Geht schon in Ordnung. Ihre Tätowierungen haben mir auch einen ganz schönen Schreck eingejagt, als ich *Sie* das erste Mal gesehen habe ...«

Die Landkrake hatte sich an den Türrahmen geklammert und kletterte jetzt nach oben, während sie sprach, wie eine Schnecke eine Wand hinauf. In kürzester Zeit saß Ceph direkt über dem Türrahmen. »Da kommt jemand«, erklärte er freundlich.

»Der Hubschrauber dort drüben, der ist offen!«, sagte Farraday.

»Nein nein, nicht für euch«, sagte Dodge und trat durch die Tür auf das Dach. Er hatte ein Maschinengewehr in der Hand, das er auf Farradays Bauch richtete; er schwenkte es hin und her, um ihnen zu zeigen, dass er sie alle im Visier hatte.

Anatole trat einen Schritt auf Dodge zu. »Sind Sie eins der hirntoten Arschlöcher, die meinen Vater umgebracht haben?«

Anatole sagte das in einem ruhigen Ton, fast leise.

Dodge antwortete, ohne Anatole auch nur anzuschauen. Ohne ihn ernst zu nehmen. »Dein Vater ist von so vielen Leuten umgebracht worden, dass ich den Überblick verloren habe. Ich glaube nicht, dass ich ihn mit mehr als ein oder zwei Kugeln erwischt habe. Er war wirklich ein mutiger Schweinehund, das muss ich ihm lassen. Also gut, Leute …«

Dodges Augen flackerten über sie hinweg und blieben an der Erscheinung hängen, dem Flammenrad, das sich auf der anderen Seite der Landefläche am Himmel drehte. Er wusste nicht so recht, was er mit all dem anfangen sollte. Also beschloss er, sich auf das nächstliegende Problem zu konzentrieren, auf Quinn und seine Freunde. Er bemerkte kaum, dass Anatole sich der Tür von der Seite näherte …

»Gut«, sagte er, »der Urlaubsausflug ist vorbei, gehen wir. Legt eure Ärsche mit dem Gesicht nach unten –«

In diesem Augeblick packte Anatole den Lauf des Gewehres und riss es zur Seite … Dodge zog es ihm mit Leichtigkeit wieder aus den Händen und zielte auf ihn …

Die Landkrake sprang direkt *auf Dodges Kopf*; Cephs Körper bedeckte seine Augen. »Kuckuck, Colonel, ich bin's!«

»Verdammt, hol mir jemand diese abscheuliche Qualle von meinem –«

Er feuerte eine Salve aus seinem Gewehr – und traf niemanden, nur Zizz schnitt sich an ein paar Betonsplittern, die unter den Kugeln aufspritzten. Dann wurde er steif, seine Stimme schrill und papageienhaft.

»Holt es runter von meinem – meinem – meinem – meinem. Meinem. Meinem. Meinem. Meinem …«

Dodge ließ sein Gewehr fallen. Farraday grinste.

Sie konnten unterhalb des Tintenfisches nur noch seinen Mund erkennen, Ceph bedeckte seinen ganzen Kopf, rundherum. Wie ein lebender Helm.

»Das tut mir Leid, junge Frau«, sagte die Landkrake zu Zizz. »Ich hoffe, Sie haben sich nicht allzu schwer verletzt … ich konnte mit meinen Fasern nicht schneller in ihn eindringen …«

»Deinen … Fasern?«, fragte sie und wandte sich um und beobachtete die Soldaten, die vor der funkelnden Lichtscheibe wegliefen, die sie hin und her jagte, hin und her.

»Ja«, sagte die Landkrake, »meine externen Nervenfasern, um

zerebrale Verbindungen herzustellen ... der Colonel befindet sich jetzt vollständig unter meiner Kontrolle ... sehr unangenehm, von Colonel Dodge so viel mitzubekommen. Lange könnte ich das nicht ertragen, und an einem der großen Bosse habe ich es noch nie ausprobiert ... an dem einen oder anderen Soldaten, der hinterher dachte, er könne sich an einen bestimmten Zeitraum nicht mehr erinnern, weil er dem Alkohol zu sehr zugesprochen hat ... aber ich werde mich wohl daran gewöhnen müssen – wir werden die Fertigkeiten des Colonels benötigen, und seine Vollmachten, verstehen Sie ... davon einmal abgesehen wissen Sie mehr oder minder alles über mich, was Sie wissen müssen – mit Ausnahme dessen, was inzwischen offensichtlich sein sollte: Ich arbeite für die Meta. Bisher bin ich in Area 51/S-4 versteckt gehalten worden. Ich habe auf geistigem Wege mit den Meta Kontakt aufgenommen, und sie haben mich in ihre Dienste gestellt, eine große Erleichterung für mich ... Wir sollten uns besser auf den Weg machen, finden Sie nicht?«

Die Marines rannten ... die glänzende Untertasse schien die Soldaten zu verfolgen ... tat aber keinem von ihnen etwas zuleide.

Dann schien sie das Interesse an ihnen zu verlieren und flog himmelwärts. Und Quinn glaubte zu hören:

Es tut mir Leid, Quinn, sie haben die Stromversorgung wieder in Gang bekommen. Ich konnte sie nur vorübergehend aufhalten. Das Feld der Zetaner verwendet die gleiche Stromquelle. Das Feld hält uns sehr wirksam auf Distanz. Und die anderen Zetaner sind auf dem Weg hierher. Sie sind eine Gefahr für mich ... Am besten flüchtest du mit deinen Freunden so bald wie möglich in einen Hubschrauber, damit sie euch nicht erkennen ... Oh, und Quinn ... wegen New York, du solltest ... den Mittelsmann suchen ... frag den Schamanen, der ... Mittelsmann ... Fetischmakler ... such den ...

Den Rest verstand er nicht mehr, die Stimme war immer leiser geworden.

Quinn hoffte, dass er sie so bald nicht mehr hören würde. Es war ein schlechtes Zeichen, wenn man in seinem Kopf Stimmen hörte.

Dodge lief mit unsicheren Schritten auf den nächstbesten offenen Hubschrauber zu; ab und zu hüpfte er wie ein kleines Kind und sagte: »Lirum larum! Lirum larum eins zwei drei und SCHEISSE!«

Die anderen folgten ihm und suchten sich einen Sitzplatz im

Hubschrauber. Eine Minute später, gerade als die Untertassen der Zetaner am Horizont auftauchten, erhob sich der Hubschrauber in die Luft.

Mit Dodge am Steuer – oder Dodge unter der Anleitung von Ceph – flogen sie nach Süden.

»Ich kann Sie bis an den Rand von Las Vegas bringen«, brüllte die Landkrake; es klang sogar noch schön, wenn er brüllte, »aber dann sind Sie auf sich selbst gestellt ... Ich kann Sie nicht mit in unser Versteck nehmen ... aber Sie können Colonel Dodges Kreditkarten haben ...«

»Was ist mit mir?«, wollte Farraday wissen. »Und – du weißt schon – was ist mit Lyn?«

»Sie wartet bereits auf uns«, sagte die Landkrake. »Sie werden sehen! Sie wartet bereits ... Wir haben uns um ein Transportmittel gekümmert, das sie nicht allzu sehr erschrecken sollte. Sie hat *gedacht*, es wäre ein Hubschrauber. Wir mussten ihre Wahrnehmung etwas beeinflussen, sie wäre noch nicht bereit gewesen ... Sie und Anatole und Lila kommen mit mir, zu Campbell in die Berge –«

»Wer ist Campbell?«, fragte Farraday.

»Ein Freund. Sie werden schon sehen. Ich unterhalte mich bereits seit Jahren über Modem mit ihm und habe ihm ein paar Informationen zugespielt. Er arbeitet für eine Geheimgesellschaft, die mit den Meta in Verbindung steht. Ich habe ihm erklärt, was ich bin ... ich bin mir nicht sicher, ob er mir glaubt ... er lebt ein ganzes Stück von Las Vegas entfernt ...«

»Wo können wir jetzt noch hin?«, überlegte Mahler benommen, kaum verständlich vor dem Lärm der Rotoren, obwohl er direkt neben Quinn saß.

Zizz betrachtete durch das Fenster hindurch die Untertassen, die in der Nähe des Stützpunktes schwebten, ebenso verwirrt wie die Soldaten.

»New York!«, sagte Quinn plötzlich. Ohne wirklich genau zu wissen, warum, war er sich ganz sicher: Sie mussten nach New York.

»Das ist es«, sagte Anatole, mit gesenkten Augenlidern, aus einer Trance heraus. »Ihr müsst nach New York ... Black Betty suchen ... Wir brauchen sie ... Geht zum Mittelsmann und über ihn ...«

Danach brachten sie ihn nicht mehr dazu, noch ein Wort zu sagen, ebenso wenig wie Lila. Sie lächelte nur. Sphinx oder Mona Lisa?

Lila.

Teil Drahai

Denn sobald der Intellekt an die Stelle des Herzens tritt,
wird sein Blick umgehend auf etwas fallen,
von dem er bisher nichts ahnte.
Er sieht die weiten Räume im Herzen
und erblickt sich selbst darin,
in seinem ganzen Glanze und seiner ganzen Urteilskraft ...
Gott verlangt nur dies eine von uns,
unsere Herzen sollen durch Wachsamkeit zur Reinheit finden.

- aus den PHILOKALIA
zusammengestellt von
St. Nikodimus vom Heiligen Berge und
St. Makarios von Korinth

Neuntes Kapitel

Schamane

Schon komisch, woran man sich im Laufe des Lebens gewöhnen kann. Die Ideen, die Veränderungen, die Revolutionen, die Umkehrungen der Werte, die Zerstörung von Paradigmen. Das bevorstehende Chaos. Manchmal kann man sich das alles geradezu aneignen.

Zerstörte Paradigmen, zerbrochene Rahmen, aufgebrochene Schlösser, dachte Quinn, als er aus dem Hubschrauber ausstieg. *Manchmal ist Zerstörung das einzige Omen der Hoffung.*

»Es tut mir wirklich Leid, dass ich dieses Mal nicht nach Vegas gehen kann«, sagte Ceph und betrachtete die architektonischen Karikaturen, die *Züchte-deine-eigenen-Kristalle*-Türme und Lichter von Las Vegas, die am Horizont zu erkennen waren.

Als er Zizz und Mahler und Quinn auf dem von Rissen durchzogenen leeren Highway direkt am Stadtrand aussteigen ließ, veränderte er seine Position auf Dodges Kopf ein wenig und hielt seinen Blick wehmütig auf den Horizont gerichtet. »Die ›Wayne Newton lebt‹-Ausstellung ... die *Gewinnt-eine-Niere*-Tische ... die ›Mafia-Gedenk-Parade‹ ...« Ceph seufzte. Die Rotoren des Helikopters, der im Leerlauf lief, drehten über ihren Köpfen langsame, traurige Kreise. »Ich habe mir immer gewünscht, eine jener Vergnügungsfahrten in Las Vegas mitzumachen, die ich im Fernsehen gesehen habe, am liebsten auf dem Turm mit der Achterbahn oben drauf ... aber die reißen sie bald ab, dann ist sie auch weg ... das ganze alte Las Vegas verschwindet ... Ach ja ...«

Ceph winkte ihnen mit einer seiner Babyhände zum Abschied zu; er winkte auch mit einer von Dodges Händen. Das sah Übelkeit erregend grotesk aus, aber sie winkten zurück. »Wir sehen uns bald wieder«, rief Ceph, während der Hubschrauber langsam abhob. »Natürlich nur, wenn euch niemand umbringt!«

»Bis bald, ihr rasenden Brandstifter!«, rief Farraday albern, winkte und schloss die Tür des Hubschraubers.

Und der Hubschrauber – von Dodges Körper und einem Teil seines Gehirns gesteuert – drehte ab und trug Lila und Anatole und Farraday davon. Während sie zusahen, wie der Hubschrauber in der Ferne kleiner wurde, murmelte Mahler: »Wir sind direkt am Stadtrand von Las Vegas. Wohin gehen wir jetzt? Ich meine … *Was nun?*«

»Jetzt brauch ich erst mal etwas Ruhe«, sagte Quinn und blickte umher, eine Hand zum Schutz vor dem Sonnelicht über den Augen.

»Ich auch«, sagte Zizz.

»So viel Ruhe, dass ich überall zehn oder zwölf Stunden schlafen könnte, sogar in einem Bus. Und ich hasse lange Busfahrten. Dort drüben ist sogar ein Busbahnhof … Lasst uns ein paar Busfahrscheine nach Chicago kaufen, was haltet ihr davon.«

Er deutete in eine Richtung, wo in einem halben Kilometer Entfernung ein Truckstop und Busbahnhof zu erkennen war, vor dem ein Langstreckenbus stand; eines dieser neuen Amtrak-Fahrzeuge, von Satelliten gesteuert und mit Propangas betrieben.

»Und von dort aus?«, sagte Mahler lustlos, als ob es ihm eigentlich egal wäre.

»New York.«

»Quinn … ich werde versuchen, nicht daran zu denken, was während der letzten paar Tage geschehen ist … aber ich … ich weiß einfach nicht, was davon eigentlich wirklich war. Ich meine – vielleicht *war* es gar nicht wirklich, vielleicht haben die uns was verabreicht. Habt ihr jemals Philip K. Dick gelesen?«

»Das war doch ein Zeitgenosse von Charles Dickens, oder?«, fragte Zizz schläfrig, während sie zum Busbahnhof trotteten.

»Es geht einfach darum«, sagte Mahler, »dass ich erst mal für eine ganze Weile nicht mehr über diese Angelegenheit reden möchte … Okay, Quinn? Bitte!«

»Geht in Ordnung, Mahler. Geht schon in Ordnung.«

* * *

Quinn, Mahler und Zizz im Busbahnhof.

»Was machen wir, wenn sie hier nach uns suchen?«, wollte Zizz wissen, als sie sich auf den alten Plastikbänken niederließen.

»Wer?«, fragte Quinn.

»Was meinst du damit, wer?«, schnaubte Mahler. »Die Kryptonazis mit ihrer Geheimnistreiberei aus dem verdammten Stützpunkt natürlich.«

Zizz nickte. »Yeah. Die Männer in Schwarz oder so.«

Quinn schüttelte den Kopf. »Da hat sich Ceph drum gekümmert. Er hat Dodge Befehle ausgeben lassen, die uns decken ...«

»Kann sein. Ich kann einfach nicht aufhören, mir darüber Sorgen zu machen ...«

Quinn stellte fest, dass er sich Sorgen um Anatole und Lila machte. Er kannte sie nicht besonders gut – aber wie konnte man nicht mit Leuten fühlen, deren liebste Menschen in Stücke geschossen wurden, fast vor ihren Augen?

Ceph – Ceph/Dodge? – würde sich um sie kümmern. Quinn stellte sich vor, was passieren würde, wenn er irgendjemand hier erzählte, was er erlebt hatte, dem pickeligen Jungen an der Imbissbude zum Beispiel, oder dem Pakistani, der den Colaautomaten reparierte. Allein schon Ceph. *Genetische Experimente?*, sagt der Typ, *davon hab ich gehört. Da gibt es doch eine Folge von ›Die Rückkehr der Enterprise‹ ...*

Nein, Mann, würde Quinn antworten, *das ist echt, und die Experimente sind von Menschen durchgeführt worden, die mit Außerirdischen aus dem Sternensystem Zeta Reticuli zusammengearbeitet haben.*

Mach's gut, Mann, ich hab zu tun.

Schließlich glaubte nicht einmal Mahler ganz an die Außerirdischen.

»Hab ich dich da richtig verstanden, Herr postmoderner Kommunist?«, fragte Quinn, ohne Mahler auch nur anzuschauen. »Du glaubst nicht daran, dass wirkliche Aliens von, du weißt schon, in die Sache verwickelt waren?«

»Du hast richtig gehört, Herr postmoderner politischer Chaot ...« Verbitterung ersten Grades lag in dieser sarkastischen Antwort. Mahler vergrub seine Finger so heftig in seinem Bart, dass er einige

Haare mit den Wurzeln herausriss. »Genau: keine Aliens. Hologramme, Kostüme, vielleicht eine PSYSOP-Aktion. Es ist allgemein bekannt, dass die PSYSOP-Abteilung des US-Geheimdienstes einige UFO-Entführungen abgezogen hat …«

»Das beweist noch lange nicht, dass alle gestellt waren. Dir mangelt es wirklich an Durchblick, Mann. Hast du mit Farraday geredet? Konnten menschliche Wissenschaftler Ceph erschaffen? Komm schon, Mann. Schalt mal auf Empfang.«

»Lass mich einfach eine Weile in Ruhe …«

Fick dich, dachte Quinn. Ich weiß, was wirklich ist. Dieser Busbahnhof: Dieser Busbahnhof ist wirklich.

Was konnte es Gewöhnlicheres, Alltäglicheres geben als einen Busbahnhof? Doch nach allem, was geschehen war, sah alles seltsam aus, fast wie von einem anderen Stern; ein Wartezimmer zwischen den Welten. Obdachlose liefen planlos herum und brabbelten vor sich hin, mit hallenden Schritten, jeder in seiner eigenen Welt. Ein Mikrowellenherd in der Imbissbude heulte eine Warnung und klingelte dann spöttisch: *Ich wollte dich warnen! Zu spät! Ding! Zu spät!*

Mit schöner Regelmäßigkeit meldete sich ein Computerspiel aus einer Ecke; es war um die dreißig Jahre alt, ein Spiel, das sieben Mal verkauft und wieder verkauft worden war. Vorne drauf befand sich ein Bild des altgedienten Schauspielers Keanu Reaves. *»Bringst du das, Johnny Mnemonic? Kannst du ein Spiel mit deinem eigenen Gehirn spielen?! Ich fordere dich heraus! Betritt die virtuelle Realität … und betritt die HÖLLE DEINES EIGENEN GEHIRNS!«*

Wer zum Teufel war Johnny Mnemonic?

Eine alte Frau mit einem Gesicht, das einem zerknitterten Geldbeutel glich, zahnlos, ein Auge mit einer selbst haftenden Bandage zugeklebt, setzte sich neben Quinn, obwohl es dutzendweise freie Plätze gab. Sie hustete den Husten der Sterbenden. Und das arme alte Mädchen roch, als wäre sie bereits tot. Sie wandte sich an Quinn …

Oje, dachte Quinn.

Die alte Dame nickte.

Ihr Kopf sank auf ihre Brust hinab. Dann hob sie ihn mit einer plötzlichen Bewegung und wandte sich erneut Quinn zu, und Lilas Stimme drang aus ihrem Mund.

»Quinn. Hallo. Ich bin's, Lila«, sagte die alte Frau; ihre Stimme knarrte wie die einer alten Frau, aber sie klang auch wie Lila.

Quinn war zu müde und geistig ausgebrannt, um die Realität der Ereignisse zu bezweifeln. Er schaute sich nach Zizz und Mahler um – doch sie waren zur Imbissbude hinübergegangen.

»Wie ist das möglich?«, fragte er, da ihm nichts anderes einfiel.

»Ich befinde mich in einer Trance im Hubschrauber. Wir werden bald landen. Ich habe versprochen, euch ein paar Sachen zu erklären. Ich hab einen Teil davon verarbeitet – was die Meta mir erzählt und beigebracht und gezeigt haben. Deshalb kann ich auch das, was ich gerade mache. Sie haben mir die Fähigkeit des willentlich veränderten Zustandes geschenkt. Du ... du besitzt diese Fähigkeit bereits.«

»Wirklich?«

»Deine ›Ahnungen‹ sind erst der Anfang, Kleiner.«

»Was hast du über die Meta herausgefunden?«

»Dinge, die ich nicht in Worte fassen kann.«

»Aber du hast gerade gesagt –«

»Und Dinge, die ich beschreiben kann. Sie stammen von einer anderen Welt – die sich in einer anderen Dimension befindet, die metaphysisch mit dieser Welt zusammenhängt. Sie nennen sich die ...«

Eine Reihe von Bildern erschienen in seinem Kopf. Später würde er versuchen, sie Zizz zu beschreiben – aber jetzt kamen sie ihm vor wie eine Folge von Energieblitzen, Blitzschläge, die in eine symmetrische Gestalt geleitet wurden.

So ... nannten sie sich.

»Sie können uns nur eine begrenzte Zeit lang helfen. Wir sind weitgehend auf uns gestellt. Eine willentliche Anstrengung dem Höheren entgegen, zu mehr Präsenz, zu mehr Sein, deshalb sind wir hier und dorthin führt unsere evolutionäre Leiter. Deshalb können sie uns nicht alles abnehmen.«

»Bist du in diese Frau *gefahren*, oder was?«

»Diese Frau ist vor ungefähr fünf Minuten gestorben, äußerlich. Ich bin eingeschritten und habe mir ihren Körper geliehen.«

»Den Comic habe ich auch gelesen.«

»Seltsam, dass du das jetzt sagst – ich habe von den Meta erfahren, wie viel Fantasy wirklich ist und wie viel Wirklichkeit Fantasy. Wir überlagern das Universum mit unseren Modellvorstellungen und halten unsere Modelle fälschlicherweise für das Universum. Andererseits ist der Großteil dessen, was die meisten Leute für transzendent halten – übersinnliche Wahrnehmung, die so genannten Gurus, die Elizabeth-Clare-Propheten, die Aleister Crowleys und Rajneeshs und Blavatskys, eigentlich jeder, der mit dem ›kosmischen Bewusstsein‹ Geld verdient – das sind alles Schwindler oder Größenwahnsinnige oder ... einige wenige, wie Blavatsky, kannten einen Teil der Wahrheit, aber sie haben sie unter endlosem Geschwafel begraben ...«

»Also – ist das Übernatürliche wirklich und nicht wirklich? Spiritualität ist wirklich und nicht wirklich? Kosmisches Bewusstsein ist wirklich und nicht wirklich?«

»Immer wieder ›ja und nein‹. Aber wenn du ja und nein vereinigen, sie in die lebendige Frage einbinden kannst, dann gelingt es dir, auf die dritte Ebene vorzudringen: die Ebene, ›die Macht, Luke‹, die am Knotenpunkt von ja und nein entsteht, positiv und negativ: das Höhere.«

»Aber warum gibt es so viel ... Quatsch? Dieser ganze ... New Age ... Vibrationen ... Farbheilen ... Untertassen-Scheißdreck ...«

»Ja? Die ...?« Sie lächelte schief; nur eine Hälfte ihres Mundes bewegte sich.

Er hob die Hände in einer allumfassenden weit ausholenden Geste; das schloss so viel ein. »Du weißt schon. Mediale Botschaften vom Sirius und den Pleiaden, eintausend Uri Gellers und zehntausend heiße psychische Drähte. Horden falscher Gurus, Legionen von Therapieschwindlern ... Warum?«

»Weil die Wahrheit sich selbst schützt.« Sie hielt inne, als ob sie ihm Zeit lassen wollte, das zu verdauen. »Du wirst die Wahrheit nicht verstehen, wenn du sie dir nicht verdient hast – mit seltenen Ausnahmen, wenn das Höhere einen besonderen Grund sieht, wenn es an der Zeit ist, dann wird uns eine besondere Gnade zuteil ... eine Art Geschenk.« Sie schwieg, hob eine Tüte der Burger-King-Abteilung von MacDonald's auf, die zerknüllt und fettig unter der Bank lag, und spuckte Schleim hinein.

»Und das«, fuhr sie fort, »ist mir widerfahren – und jetzt bin ich nicht mehr die, die ich war. Ich bin wirklich gestorben, auf jenem Felsen in der Wüste, ich war ebenso tot wie die Dame, mit der du gerade sprichst … Man muss sterben, bevor man wieder geboren werden kann. Du musst sterben, um jenen Teil deines Körpers, der –«

»Quinn?«, sagte Zizz und trat mit einem Donut in jeder Hand auf ihn zu. »Hm … frag die Dame doch … ich werde sie fragen. Lady, wollen Sie einen Donut?«

Die alte Frau lächelte sie zahnlos an, murmelte noch: »Der Hubschrauber landet …«, – und kippte vornüber. Dieser menschliche Körper sprach nie wieder ein Wort.

* * *

Eine Reise durch eine Zwischenwelt aus Aluminium und Neopren: eine Busfahrt nach Chicago. Mit sechs war Quinn einmal mit seiner Schwester eine längere Strecke mit dem Bus gefahren. Er konnte sich lebhaft daran erinnern. Aber jetzt befand er sich in der Zukunft, im Verhältnis zu diesem sechsjährigen Kind. Ein Bus in der Zukunft ist wie ein …

… Bus. Alles stimmt überein, bis auf diesen seltsamen Geruch; die alten Busse rochen nach Benzin, chemischer Toilette und den Ausdünstungen der Armen und Vergessenen; die neuen Busse riechen leicht nach Erdgas, chemischer Toilette und den Ausdünstungen der Armen und Vergessenen. Die alten Busse waren überfüllt, ungemütlich, klapperten und wurden von einem wortkargen menschlichen Fahrer gesteuert; die neuen Busse sind überfüllt, ungemütlich, klappern und werden von einem wortkargen nichtmenschlichen Fahrer gesteuert. Der Kaugummi kauende Fahrer der alten Busse sagte nur: »Nee, da halten wir nicht. Setzense sich hin, wennse mitfahrn wolln.« Der satellitengesteuerte, mit Verkehrssensoren ausgerüstete Mechanismus sagt nur: »Bitte stempeln Sie Ihren Fahrschein ab und nehmen Sie Platz. Bitte bleiben Sie sitzen, wenn Sie noch keinen Toiletten-Schein aus dem Genehmigungsautomat auf der Rückseite des Sitzes vor Ihnen erhalten haben.« Irgendwo sitzt ein Wachmann und beobachtet den neuen Bus über Video.

Quinn schlief sowieso fast während der ganzen Fahrt nach Chicago. Er träumte seltsames Zeug, eine Vision des diamantenen Eherings seiner Mutter, der sich um die Sonne drehte, während der Diamant auf dem Ring mit der Stimme seiner Mutter zu ihm sprach …

Chicago. Ein Jet-Shuttle nach New York City; vier Verzögerungen auf Grund von Antiterrorismus-Untersuchungen später: JFK Airport.

Dank diverser Telefongespräche wurde Quinn am Flugsteig von Cisco erwartet …

»Quinn, du verrückter Kolbenlutscher!« Cisco war halb Puertoricaner, halb Israeli. Er war klein und stämmig; braune Ladykiller-Augen mit dicken schwarzen Wimpern, der Mund etwas zu breit, die Lippen etwas zu dick, gelockte schwarze Haare, ein beiges ostindisches Hemd, Hosen mit geknotetem Gürtel und Sandalen. Er badete nicht oft genug, aber sein Schweiß roch nach Hühnersuppe, also beschwerte sich niemand, bis er sich einige Wochen aufgestaut hatte. Er war vierundzwanzig, ein Beatpoet, ein selbst ernannter Mystiker – womit er einem nach Strich und Faden unablässig auf den Geist ging.

»Die Freude ist ganz meinerseits, Mann. Frag mich bloß nicht, wo ich herkomme. Lass mich meine Freunde vorstellen …«

»Hee, Bruder, ich habe da was von Black Betty läuten hören –«

»Cisco, heeee! Nicht hier, du Schwachkopf … Also: Das ist Mahler, das ist Zizz –«

* * *

Brennende Hubschrauber bei Sonnenuntergang.

Farraday hatte wirklich Spaß daran, den auf der Kippe stehenden Hubschrauber mit dem alten Ford in die Schlucht zu schieben. »Da habt ihr euren schwarzen Hubschrauber, ihr Bastarde!«, gluckste er, als er sich überschlug und durch die Luft wirbelte und … er kam voll auf seine Kosten. »*Das* ist ein Feuerball«, sagte er und tanzte fast am Rande des Abgrunds. »Brennt er nicht großartig, Ceph?«

»Ja – sensationell.« Ceph saß immer noch auf Dodges Kopf wie die Medusenmaske eines Dadaisten und blickte über den Rand der Schlucht auf den Hubschrauber hinunter. »Aber wir sollten lieber verschwinden, bevor jemand die Explosion bemerkt … Campbell hat uns heute Morgen den Lastwagen bereitgestellt, vielleicht ist er jemandem aufgefallen … Wir fahren besser mit abgeblendeten Scheinwerfern …«

»MJ15 hat keine Ahnung, wo wir hinwollen?«, fragte Farraday und ging zum Lastwagen zurück. Anatole und Lila saßen im Schatten eines rostenden, radlosen Autowracks, das vor Jahren hier abgestellt worden war und seither als Zielscheibe für Schießübungen gedient hatte; sie starrten beide auf den gleichen unsichtbaren Punkt am Horizont, als würden sie ein lautloses Zwiegespräch führen.

»Ich glaube nicht«, sagte Ceph und steuerte Dodge um einen Skorpion herum. »Laut meinem Online-Kontakt glaubt Campbell – oder behauptet das zumindest –, dass MJ15 nichts von seiner Existenz weiß. Er geht davon aus, dass er sie davon überzeugt hat, er hätte den Bundesstaat verlassen. Diese altgedienten UFO-Forscher bleiben nur bei Verstand, weil sie fest daran glauben, sie hätten die ›Männer in Schwarz‹ ausgetrickst. Vielleicht hält sich MJ15 auch zurück, weil sie es für möglich halten, dass sie Campbell später noch mal gebrauchen können … Er weiß natürlich nicht, wozu sie ihn früher eingesetzt haben … Ja, das ist es – ich hab's, in Dodges Erinnerungen: MJ15 wartet darauf, dass er ihnen wieder nützlich werden könnte … Dodges Erinnerungen schmecken wirklich schrecklich: wie Galle mit Amphetaminen zusammengerührt …«

* * *

Lyn war da. Sie war hier!

Farradays Frau war eine kleine, pummelige blasse Frau mit lockigen braunen Haaren, großen Augen und einem breiten, verschmitzten Mund. Sie trug Shorts und ein Tanktop. Es sah aus, als hätte sie etwas abgenommen.

Sie stand lachend und heulend auf der Veranda des zweistöckigen Hauses aus Lehmziegeln im Schatten eines roten Sandsteinfelsens: Campbells Haus, seit er aus Las Vegas wegziehen musste, wegen der Überfälle – das hatte Farraday von Ceph erfahren.

Sie stiegen aus dem Laster und eilten auf das Haus zu.

Das Haus sah aus wie eine alte mexikanisch-indianische Ranch, allerdings nur von außen. Drinnen war es ein ›intelligentes Haus‹ mit einer wachsamen Präzisionsklimaanlage, einem eigenen Brunnen, einer teuren Grundwasserreinigungsanlage und einem umfassenden Netz aus Sicherheitsüberwachungsfasern.

»Ah – ihr bringt mir meinen Laster wieder ganz zurück. Gott segne euch dafür, und willkommen«, sagte Campbell, der in der Eingangstür stand.

Der große alte Mann der Area 51- und UFO-Forschung trat heraus, um sie zu begrüßen, während Lyn auf ihren Mann zurannte. Campbell war ein dünner kleiner alter Junggeselle mit einem dünnen weißen Bart und einem abwesenden Blick.

Ceph blieb noch im Lastwagen sitzen und führte ein Gespräch über das Satellitentelefon; wahrscheinlich verwischte er ihre Spuren, dachte Farraday.

Campbell trug khakifarbene Hosen, ein altes verblasstes Dreamland-T-Shirt und Sandalen. Er hielt einen Cocktail in jeder Hand, mit kleinen Papierschirmchen.

»Sagt einfach Campbell zu mir«, sagte er. »Sie sind sicher Mike Farraday …«

Die anderen stellten sich selbst vor. »Sehr erfreut. Wer stößt mit mir an, bitte schön?«, fragte er. »Ah, die beiden sind in ihrer eigenen, beneidenswerten Welt …«

Farraday und Lyn hielten einander fest in den Armen, fast als wären sie miteinander verschmolzen.

»Mike …«

»O Himmel, Lyn, du fühlst dich so gut an …«

»*Ich* hätte gerne einen Cocktail«, sagte Lila.

»Vier oder fünf, wenn Sie möchten«, antwortete Campbell und blinzelte Anatole zu. »Kommt rein.«

Dann stieg Ceph aus dem Wagen, und Campbell starrte ihn an … machte einen Schritt rückwärts …

»Das … ist kein Alien, oder? Ich meine … das ist ein Mann mit einer … mit einer *Gummiprothese* auf dem Kopf –«

»Entschuldigung?«, sagte Ceph und spielte den Beleidigten, doch seine Stimme verriet Belustigung. »Sie vergleichen mich mit einer Gummiprothese?«

Campbell schaute noch einmal genauer hin, beobachtete die Bewegungen des »Dings« auf dem Kopf und die Art und Weise, wie es ihn ansah. Er spürte, dass es lebendig war. In einem einzigen langen Zug trank er seinen ganzen Cocktail aus.

»Ein Tintenfisch, der … bauchreden kann?«, überlegte er und holte tief Luft.

Farraday lachte und wandte sich ihm zu, einen Arm um Lyn gelegt. »›Ein Tintenfisch, der bauchreden kann!‹ Mr. Campbell, das ist Ceph. Sein Name leitet sich von ›Cephaloped‹ ab. Physisch ist er eine Schöpfung der Zetaner sowie menschlicher Wissenschaftler … eine Kreuzung zwischen Tintenfisch, Mensch und Alien mit einigen Neuerungen wie den neuralen Krakenarmen, mit denen er unseren Dodge unter Kontrolle hält … Dieses Individuum, auf dem er durch die Gegend reitet, ist Colonel Dodge. Dodge war ein Arschloch. Im übertragenen Sinne, meine ich. Ich glaube nicht, dass Ceph ihn wirklich so verwendet. Dodge jedenfalls ist eigentlich tot, aber …«

»Ceph? Ich habe mich mit einer Person namens ›Ceph‹ über Modem unterhalten … online … er hat behauptet, er würde sich aus dem Inneren von S-4 melden, über irgendeine geheime sichere Leitung … Er hat mir eine ganze Menge erzählt …«

»Das war meine Wenigkeit«, sagte Ceph. »Freut mich, Sie endlich kennen zu lernen.«

»Nun … ja. Du bist wirklich er, äh … es?«

»Ja. Er.«

»Ich verstehe.« Campbell versuchte immer noch, die Existenz von Ceph zu verdauen, und dann die Ceph-Dodge-Verschmelzung. Er schlürfte den anderen Drink hinunter. Seine Stimme wurde nur ganz leicht undeutlich. »Ich habe schon von Dodge gehört. Er scheint mehrere Ränge zu bekleiden, einige hierarchische Funktionen in Geheimgesellschaften. Sieht fast so aus, als wäre er die Leiter ein paar Stufen hinuntergepurzelt … Sind Sie sicher, dass … ich meine, Ceph hier, ist er keine Täuschungsaktion? Irgendeine … Illusion, ein inszeniertes Ereignis?«

»Würden Sie gern meinen Schnabel untersuchen, meine neuralen Krakenarme, meine Geschlechtsteile?«, schlug Ceph vor. »Sie können mich gerne röntgen. Das kann ich Ihnen anbieten, aber eine Vivisektion muss ich mir leider verbitten …«

»Nein, nein, ich beobachte lieber alles von weitem … aus sicherer Entfernung …« Er wandte sich an Farraday. »Mike, haben Sie nicht eben gesagt, ›physisch‹ sei er eine Kreuzung? Weshalb diese Einschränkung …?«

»Ich bin einfach der Meinung, dass sich Ceph *spirituell* weit außerhalb der Reichweite von Zetanern und Militärs befindet.«

Campbell nickte und versuchte, Ceph nicht ununterbrochen anzustarren, aber er drehte sich trotzdem alle paar Sekunden nach ihm um und sah ihn an. »Nun, kommen Sie doch herein, alle … tut mir Leid … ich gebe mir Mühe … Ceph nicht dauernd anzuglotzen, aber … aber, bei Gott, ich brauche noch einen Drink …«

»Noch einen?!«, platzte Anatole beeindruckt heraus.

* * *

Quinn in einer feuchten, dunstigen New Yorker Wohnung *ohne* Klimaanlage; eine Sozialwohnung, die für die übliche maßlos überteuerte New Yorker »Miete« an AltMed untervermietet wurde; voll gestopft mit abgenutzten Möbeln, an den Wänden zuckten halb ausgebrannte Video-Gemälde, die verschwommen durch ihre Bildfolgen loopten; ein brummender Kühlschrank, haufenweise Einzelteile einer selbst gebastelten Videofilmanlage, totaler Kabelsalat; ein zwanzig Jahre alter Sony-Fernseher von der klotzigen Sorte, der eingebaute Rekorder spielte Videoclips von Black Betty …

Quinn drank Instant-Eistee und wartete darauf, dass Mahler und Zizz von ihren Treffen mit den Mittelsmännern des Mittelsmanns zurückkamen; wartete darauf, dass die Dosis Amino/Endokrin seinen Jetlag wegspülte. In der Hoffnung, mit dem Jetlag würden auch seine Depressionen verschwinden, seine Zweifel.

Vielleicht hatte Mahler Recht, vielleicht war alles nur – was? – eine Erscheinung gewesen, in Nevada …

Andernfalls sollte er vielleicht versuchen, einen Bericht bei AltMed oder im WWW unterzubringen, eine Beschreibung dessen, was er in der Area 51 gesehen hatte, was alles geschehen war. Aber er hatte null Beweise, er hatte nicht einmal einen Schnappschuss. Und inzwischen kam es ihm wie ein Abenteuerheftchen vor. Er steckte in der klassischen Klemme wie jeder einzelne echte Erstkontaktler: Niemand glaubte dir ein Wort. Wie beim Zauberer von Oz, als Dorothy nach Kansas zurückkehrt: »Und du warst dort, und du, und die Böse Hexe des Westens und …«

Mist.

Der Traum jedes Dokumentarfilmers, und er steckte in Dreamland fest …

Am meisten ärgerte ihn, dass er sich eigentlich gar nicht richtig ärgerte: soll heißen, es war ihm gar nicht so wichtig, die Anwesenheit der Außerirdischen an die Öffentlichkeit zu bringen. Es *hätte* ihm wichtig sein sollen – aber irgendwie wurde das von etwas zurückgedrängt, was er nicht zu fassen bekam. Es hatte mit den Meta zu tun, mit den blitzartigen Vorahnungen, mit jenem Augenblick der Kontaktaufnahme im Stützpunkt, als er dieser Meta eine Tür aufgestoßen hatte, der Meta ermöglicht hatte, die Lichter auszuschalten und den Alarm ...

All das schien weit wichtiger zu sein, an jenem Zwiegespräch mit der Meta teilzunehmen schien weit wichtiger, als sie zu entlarven. Etwas in ihm sehnte sich danach, in jene Höhen zurückzukehren, zur Perspektive jenes Augenblicks. Dieses ganz erstaunliche Gefühl von Zusammengehörigkeit.

Er schaute sich das Video an, die paar Sekunden, in denen ein ehemaliger Präsident mit gut gestellter Ehrlichkeit die Rede an die Nation herunterleierte – und dann betrat Betty den Bildschirm, drang mit ihrer Videogestalt in die nur ausgewählten Menschen zugängliche öffentliche Sphäre des ehemaligen Präsidenten; sie holte sich die öffentliche Sphäre von den Behörden und gab sie dem Volk zurück, der Öffentlichkeit in Gestalt von Betty. Groß und schlank und mit einem Lächeln, das auf innere Sicherheit schließen ließ, die schwarze Robe voller aufgenähter silberner multikultureller Symbole, schien sie sich auf die Kanzel zu stützen und den Präsidenten in seiner eigenen private Sphäre anzustarren: eine Unhöflichkeit, ein Fauxpas wurde zu einer politischen Stellungnahme. Der Präsident bemerkte sie natürlich nicht, denn sie war eine »Medienterroristin«, die in eine Sendung eindrang, von einem ihrer Uplinkfahrzeuge übertragen; sie war nur für die Massen sichtbar, die im Fernsehland des 21. Jahrhunderts auf den Bildschirm starrten.

Sie hielt eine Hand vor den Mund des Präsidenten und zog mit ihrer Fingerspitze eine imaginäre Linie. Ein Reißverschluss wurde vor dem Mund des Präsidenten sichtbar und *verschloss ihm den Mund*, erstickte seine Stimme. Dann wandte sich Betty an die Millionen entrüsteter, erfreuter, verwirrter, verblüffter Amerikaner ...

»Ihr seid jetzt mit Reden dran.« Sie griff mit ihrer Hand ins Leere und zauberte ein Bündel Papier hervor. *»Briefe«*, sagte sie. *»Aus dem*

SubNet ausgedruckt …« Das SubNet: die quasilegale Alternative zum behördlich überwachten Internet. Über Mikrowellen übertragene Datenstöße, die sich mit verschlüsselten Signalen abwechseln und als scheinbare »Unterhaltungen« über die Glasfaser-Modi geschickt werden; mit sich unablässig verändernden Entschlüsselungs-Codes, um die Regierung zu verwirren. Sie las die Briefe laut vor: *»›Black Betty, ich weiß nicht, was ich tun oder an wen ich sonst schreiben soll. Ich bin eine Frau, lebe in Atlanta und ich bin viel unterwegs, denn ich arbeite für eine große Firma, die Freizeitschuhe und Fußbälle herstellt, und ich beaufsichtige die Lieferungen der Hersteller in Übersee, und ich musste mich in einigen Fabriken um ausstehende Lieferungen kümmern, und da habe ich all diese schwer arbeitenden Kinder gesehen … sie haben die Spielsachen für unsere Kinder hergestellt, und Tennisschuhe … und diese kleinen Kinder, manche erst sechs Jahre alt, bekommen nur einmal täglich zu essen, und sie werden geschlagen, wenn sie nicht schnell genug arbeiten, und sie haben keinen freien Tag und dürfen nicht in die Schule und sie sterben schließlich an Unterernährung und ich weiß nicht, was ich tun soll, ich wäre auch fast einmal obdachlos geworden, denn ich konnte keine Arbeit finden, denn die ChrisFuns haben die Leute unter Druck gesetzt, keine Moslems zu beschäftigen, und ich haben einen Moslem geheiratet, einen großartigen Kerl, aber er hat sich erschossen, also musste ich mich allein um alles kümmern, wenn ich jetzt kündige, finde ich nie wieder Arbeit und meine Kinder und ich werden obdachlos, aber wie kann ich für diese Menschen arbeiten, die so tun, als wüssten sie nicht, dass ihre Produkte von Kindern hergestellt werden, die in die Sklaverei verkauft wurden und geschlagen werden und verhungern …‹«*

Black Betty wandte sich an den Präsidenten. Sie öffnete den Reißverschluss über seinem Mund und er sagte: »… die Stimulation unserer Wirtschaft als notwendige Voraussetzung für sichere Arbeitsplätze als Grundlage der Wiedervereinigung unseres Landes setzt die Abschaffung überkommener Gesundheitsvorschriften am Arbeitsplatz …«

»Mister Pres«, fragte Betty, während er weiterquasselte, *»können Sie die Frage dieser Frau beantworten? Wie kann sie ihrem Dilemma entfliehen?«*

»… tief schürfende ökonomische Sachzwänge fordern eine Stimulation der Zulieferbetriebe …«

Quinn lachte.

Betty wandte sich wieder an das Publikum. *»Er scheint mich nicht zu hören. Probieren wir es mit einem weiteren Brief …«* Sie zog den Reißverschluss über dem präsidialen Mund wieder zu und las einen weiteren Ausdruck vor. *»›Black Betty, meine Familie und ich wurden von Stoßtruppen der FedControl gewaltsam aus unserem Haus vertrieben; sie sagten, sie würden »Flüchtlinge präventiv umsiedeln« – wahrscheinlich wurden wir evakuiert, weil irgendwelche Separatisten aufmarschierten, und sie haben uns gesagt, wir könnten das Flüchtlingslager nach einer Woche wieder verlassen, aber das ist jetzt dreieinhalb Monate her, und sie haben unsere Lebensmittelrationen halbiert … ich muss aufhören, die Verbindung verbraucht die Batterien meines Laptops … wird sind zu siebt in unserem Zelt und die anderen möchten auch noch –‹ Nun, hier ist der Brief zu Ende.«*

Sie drehte sich um und zog den Reißverschluss auf. *»Mr. President, können Sie diesem Menschen helfen?«*

»– die staatlichen Ressourcen für das realistische Ziel einer militärischen Lösung des Separatistenproblems. Damit werden im Versorgungsbereich der Armee weitere Arbeitsplätze geschaffen …«

»Ich glaube nicht«, sagte Betty.

Quinn schüttelte den Kopf, lachte und schaltete den Videorekorder aus.

Eine U-Bahn rumpelte vorbei; er spürte es durch die Wände hindurch. Anscheinend waren ein paar Linien noch in Betrieb.

Hoffnungslos. Das ganze Unternehmen war hoffnungslos. Er verschwendete seine Zeit. Er musste sich ausruhen nach allem, was er durchgemacht hatte. Es wäre besser, er würde nach Florida zurückkehren. Musste er für diese Frau seinen Arsch riskieren? Black Betty. Sie war bereits vor Monaten zum Schweigen gebracht worden, von ›Wiederholungen‹ einmal abgesehen; andere würden sie ersetzen. Das war eine ganz dumme Geschichte, ein Kampf gegen Windmühlenflügel. Werd erwachsen, sagte er sich. Lass es einfach.

Ein Schlüsselklimpern an der Tür. Zizz kam herein, gefolgt von Mahler.

»Wir wissen, wo wir anfangen können«, plapperte Zizz aufgedreht und hüpfte von einem Fuß auf den anderen. »Der Mittelsmann weiß über den Eisschrank Bescheid! Eine ganze Reihe von Leuten sind überzeugt, dass Betty da drinsteckt! Willst du es probieren, Quinny, Quinninchen, Quinnselchen?«

Mahler starrte sie an. »›Quinnselchen‹?«

Zizz hatte erst gar nicht nach Betty suchen wollen. Sie wollte eigentlich, dass Quinn sie zu ihren Eltern begleitete, um »drei, vier Monate einfach nur zu saufen«.

»Ich dachte«, sagte er, »du wolltest dich im Haus deiner Eltern zuschütten und erst mal ausspannen, Zizz?«

»Hab meine Meinung geändert, ich bin völlig aufgeputscht, dieldeldumm, aufgeputscht. Wir können sie da rausholen! Ich fühle es, ich *fühle* es!«

»Gefühle haben damit nichts zu tun«, sagte Mahler. »Wir gehen ein kalkuliertes Risiko ein. Kein Risiko, dem wir dich aussetzen müssen, Zizz. Du kannst hier auf uns warten, als Unterstützung, und dich um einen Fluchtweg aus der Stadt kümmern, falls es dazu kommt … Du wolltest die Sache sowieso abblasen, also –«

»Das habe ich nicht ernst gemeint, ich komme mit euch!«

Einerseits hätte Quinn am liebsten aufgegeben. Doch tief in sich spürte er unerklärlicherweise einen noch stärkeren Drang, Black Betty zu finden – als ob er ein mystisches Intervall überschritten und dadurch neue Schubkraft erhalten hätte …

Hoffnunglos, dachte Quinn. Windmühlenflügel.

Doch die Stadt lockte ihn; der Verkehrslärm summte ihm etwas vor. Die Gleichzeitigkeiten mehrten sich; jemand ging an der Wohnung vorbei und pfiff Black Bettys Erkennungsmelodie; ein früherer Bewohner hatte ein Foto von Black Betty auf dem Kühlschrank hinterlassen; eine ›Sondersendung‹ über *Medienterrorismus: Was Sie dagegen tun können* im Fernsehen, gestern. (NBC gehörte immer noch zu General Electric.)

Nein, sagte er sich, es ist Zeit, erwachsen zu werden. Hör nicht auf diese verdrehte Argumentation. Alles Fantasy. Einbildung. Tintenflecken bei einem Rohrschach-Test. Tu es nicht. Hoffnunglos. Windmühlenflügel.

»Klar«, sagte er.

* * *

Quinn und Cisco und Zizz tauchten aus einer U-Bahn-Station auf und lachten über irgendeinen hirnverbrannten Witz. Sie lachten, weil sie sich ihre Angst nicht anmerken lassen wollten, denn in dieser Gegend lauerten Heckenschützen.

Mahler folgte ihnen, er lachte nicht. Sein Gesicht glich einem Felsen aus Granit; er trug ein olivfarbenes T-Shirt, olivfarbene Hosen und farblose Stiefel und strahlte äußerste Missbilligung ob jeder Abweichung von der Ernsthaftigkeit ihrer Mission aus. Er fühlte sich hier deutlich wohler als in Nevada oder Kalifornien. Dieser Ort, diese Mission, das Risiko und die *besonderen* Bizarrheiten: Damit kannte er sich aus. Zumindest dachte er das im Augenblick. Er hatte einen Teil seines Selbstbewusstseins wiedergewonnen. In der Suche nach Betty hatte Mahler eine Aufgabe gefunden, er vertraute wieder auf sein Weltbild …

Und Zizz … *Das habe ich nicht ernst gemeint, ich komme mit euch!*

Mahler wollte sie während der ganzen U-Bahn-Fahrt davon überzeugen, dass sie besser zurückginge. Aber sie hatte darauf bestanden. *Ich habe besondere Anweisungen erhalten … Ich habe etwas für Quinn … ich muss mitkommen!* Sie wollte nicht erklären, was sie mit besonderen Anweisungen meinte; sie tat gerne geheimnisvoll, wenn sich die Gelegenheit bot.

Cisco flirtete mit ihr, seit sie sich kennen gelernt hatten. Heute Abend war es seine Aufgabe, sie zum Mittelsmann zu führen …

Zizz hatte für New York ihr Aussehen verändert. Sie hatte ihre Haare knochenweiß gebleicht, aufgeplustert wie ein hungriges Tier in einem Wellenbad; ihre Augenhöhlen hatte sie kohlrabenschwarz angemalt. Sie hätte in einer Folge von *Vampir-Mädchen* mitspielen können. Die Walkman-Kapsel in ihrem rechten Ohr zerstörte nach und nach ihre Hörnerven mit einer dieser Statik-Bands, *Fucked-up Heaven*. In ihrem linken Ohr hing ein ganzes Büschel Ringe, und sie hatte sich Schrauben direkt durch den Knorpel gedreht. Von ihrem rechten Handgelenk baumelte eine Art Puppe, zehn Zentimeter groß, ein primitives Teil aus grellbunten zusammengedrehten Stromkabeln und Teilen von Schaltkreisen; ein silberner Draht ragte wie eine Zunge aus ihrem Mund …

Wenn Quinn die kleine Handgelenkpuppe betrachtete, musste er an die Späherin und die Untertassen denken. Er wusste nicht, warum.

Unter ihrem durchsichtigen Plastikrock trug Zizz eng anliegende Bodystockings, die mit Fasern durchwirkt waren und in willkürlichem Wechsel Fernsehsignale empfingen und auf ihren Körper übertrugen, eine Kurzmeldung über den Stromausfall in Manhatten flackerte über ihren Körper; der Nachrichtensprecher, dessen Kopf sich den Konturen ihres Bauches angepasst hatte, bewegte tonlos seinen Mund, während über ihm eine nackte Schauspielerin in einem Sexcom völlig irritiert ihren Vater anglotzte, der sich an sie heranmachte.

Quinn betrachtete erneut die Puppe, die wie ein Pendel an Zizz' Handgelenk baumelte.

Die Untertasse … die Späherin … irgendwie musste er an Dodge denken, an Ceph und an Sullivans Tod und den Außerirdischen, der seinen Arm um Kian gelegt hatte, und …

Mahler behauptete, all das sei objektiv betrachtet gar nicht passiert. Mit Ausnahme von Ceph vielleicht, Mahler musste zugeben, dass Ceph echt gewesen war – aber er war das Ergebnis von Experimenten des Militärs gewesen, nicht der Aliens.

Quinn hatte es aufgegeben, mit ihm zu streiten.

Und Zizz – sie hatte auf ihre Art versucht zu vergessen, was geschehen war: Sie hatte sich voll gepumpt, heimlich, denn sie wusste, dass Quinn nichts von Drogen hielt. Sein Vater, der Sänger Izzy, war drogensüchtig gewesen, immer auf Entzug und immer wieder rückfällig.

Sie versuchten, sich keine Gedanken darüber zu machen, wer von ihnen sich im Fadenkreuz befand, und stiegen dankbar aus dem ranzigen, modrigen U-Bahnhof in die lastende Hitze der Nacht hinauf.

»Früher war es um diese Jahreszeit nicht so warm«, bemerkte Cisco.

»Treibhauseffekt«, sagte Mahler.

Sie gingen durch eine Fußgängerunterführung, die vom U-Bahnhof Sechste Straße herüberführte. Die blaue Notbeleuchtung des U-Bahn-Tunnels funktionierte, es gab hier unten also immerhin Licht, allerdings von einer ganz eigenen Finsternis durchdrungen: die klamme Finsternis drückender, im Zaum gehaltener Angst.

Quinn musste an den Eisschrank denken: das Gefängnis, in dem Black Betty Gerüchten zufolge ›auf Eis‹ lag. Für sie war es sicher schlimmer ...

Sie standen in einem kleinen, heruntergekommenen Park herum, zweihundert Quadratmeter festgetretene Erde, welkes Gras, mit Graffitis überzogene Bänke und junge Bäume, die im sauren Regen wie abgebrannte Streichhölzer ausgetrocknet waren.

Der Park befand sich im Dreieck mehrerer sich kreuzender Straßen. Auch hier war es nicht völlig finster; ein Netz aus Licht reichte vom beleuchteten Teil der Stadt nördlich der Houston Street herüber. Und die beiden Lichtspeicher-Reklametafeln spendeten etwas Licht, das sie im Verlauf des Tages aufgesaugt hatten und während der Nacht im aufdringlichen Glanz der Werbung abgaben – *Fliegen Sie mit dem Panam-Shuttle (In neunzig Minuten nach Paris!)* und auf der anderen Seite des Platzes: *Bleiben Sie gesund mit Palmer Vreedeez' intravenösem Sex: Partner sind überflüssig!*

Die Ladenfassaden waren dunkel. Quinn konnte einen Lebensmittelladen aus der Volksrepublik China erkennen, mit einem fröhlichen Mao-Cartoon mit der Mütze eines Kochs; Billig-Boutiquen, Läden, die überzähligen Massenramsch verkauften, und die zweifach gesicherten Eingänge der großen unterirdischen Einkaufszentren.

An der Außenwand der abgesperrten öffentlichen Toilette forderten übereinander geklebte Poster zur Unterstützung der unterschiedlichen Parteien des Bürgerkrieges auf.

Quinn und seine Freunde blieben stehen und lehnten sich an den rostigen Metallrahmen der Kinderschaukel, deren Sitzbrett fehlte. Am Rand des Spielplatzes standen Abfalleimer aus Maschendraht, wie Zigarettenkippen zerdrückt und übervoll mit Plastiktüten und Dosen und Papier: die abgeworfene Haut schmierigen Junkfoods.

In der Ferne Sirenen: auf und ab.

Wir lange würde es dauern, bis die Feds das Revier der Funs erreichen würden? Oder bis sich die durch den Stromausfall ausgelösten Krawalle bis in diese Gegend ausgeweitet hatten?

Vielleicht kam es einfach darauf an, wer dieses Mal das Kraftwerk angegriffen hatte. Welche Fraktion: Die christlichen Funs, die moslemischen Funs, die Anestheten, die Mediengauner, wer auch immer ... es gab widersprüchliche Gerüchte.

Quinn wandte sich an Mahler und konfrontierte ihn mit seiner eigenen Frage: »Was nun?«

Mahler knurrte: »Wir müssen hier warten. Hier verläuft die Grenze des Fun-Reviers.« Er wies mit einer Kopfbewegung auf einen leuchtend blauen moslemisch-fundamentalistischen Slogan, arabische Schriftzeichen, die auf den Asphalt des Weges gesprüht worden war. »Sie werden Kontakt mit uns aufnehmen. Oder sie beschließen ...« Er ließ den Satz unvollendet; sie wussten, dass er die Heckenschützen meinte.

Quinn sah sich um und entdeckte noch weitere Schriftzüge der Funs, frisch über die anderen Graffiti gesprüht, und regenbefleckte Poster des jungenhaften, bebrillten Ayatollah Daseheimi, die mit Statikhaftpistolen auf Wände und Bänke geklatscht worden waren.

Er überlegte, was sich gerade im Fadenkreuz befand ... sein Nacken, seine Stirn, sein Rückgrat?

Vielleicht war der Rettungsbund, den Cisco arrangiert hatte, ein Fehler gewesen; vielleicht war es kindisch und arrogant und unrealistisch, selbst mit Hilfe des Videokassetten-Schlüssels, den Ciscos Kontaktmann im Eisschrank gestohlen hatte (bei diesem Gedanken berührte er geistesabwesend die Wölbung seiner Hemdtasche). Selbst wenn das funktionierte, war es einfach *durchgeknallt*, sich einzubilden, sie könnten Betty aus dem Eisschrank rausholen.

Aber es war noch etwas anderes: Es war konsequent. Sie übernahmen Verantwortung. Dodge und seinesgleichen konnten sich ins Knie ficken.

In New York musste Quinn immer an seinen Vater denken; Dad hatte diese Stadt geliebt. »Zeig den Leuten mit deinen Kleidern, wohin du unterwegs bist«, hatte sein Vater ihm erklärt. »Fang außen an, arbeit dich nach innen vor.« Eine der beziehungslosen Platitüden seines Vaters. Sein Vater hatte sich von professionellen Designern einkleiden lassen, bevor er die Bühne betreten hatte; was seine Kostümierung betraf, war er abergläubisch.

Heute Nacht hielt sich Quinn an diesen Glauben. Er war ganz in Schwarz gekleidet: ein schwarzes T-Shirt, schwarze weite Guerillahosen in schwarze Skinheadstiefel gestopft. Die Farbe der Verantwortung.

Denn es war Black Betty gewesen, die ihn erstmals dazu gebracht hatte, sich selbst zu betrachten. Black Betty hatte ihm gezeigt, was es hieß, Verantwortung zu übernehmen …

Also blieb er und fragte sich, ob die Heckenschützen ihn töten würden.

Zizz pfiff vor sich hin und führte in einem singenden Flüsterton Selbstgespräche, ließ sich an der Kletterstange des briefmarkengroßen Spielplatzes baumeln, schien die Heckenschützen völlig vergessen zu haben sowie überhaupt die Tatsache, dass sie sich auf moslemischem Gebiet befanden.

»Und warrrum hängen wi-irrr hier rum, Mahl-err?«, fragte sie, zog einen Schmollmund und schnupfte eine Ladung Designer-Dope von dem im Fingernagel ihres Daumens implantierten Vorrat.

»Hast du aufgehört, uns vorzumachen, du würdest dich nicht zuballern, Zizz?«, fragte Quinn.

»Hab ich euch was vorgemacht … ? Sorrr-riiii.«

»Ich hasse dieses Geschwätz, wenn sie breit ist«, murmelte Mahler. »Klingt wie eine Zehnjährige. So geladen wie sie ist, bringt sie uns alle in Gefahr.«

»Ich weiß nicht –«, sagte Cisco nachdenklich. Er hatte daran Gefallen gefunden, wie sie ihre Bodystockings ausfüllte. Er wollte sie in seiner Nähe haben. Wie sollte man an eine Möse rankommen, wenn sie nicht in der Nähe war? »Vielleicht hat sie etwas, na ja, Entwaffnendes an sich. Ist vielleicht besser, wenn uns die örtlichen Stammesgenossen nicht allzu ernst nehmen.«

»Jah-ha! Ist vielleicht besser!« Zizz probierte ein paar lustlose Tanzschritte zur Musik aus ihrem Ohrstecker. »Wisst ihr was? So werden wir Black Betty nie finden, das ist Schei-ßßßßee.«

Mahler sah sie wütend an. »Du denkst wohl, wir gehen auf ein Konzert? Dies ist *Fun*-Revier. Wir können da nicht durch, bevor sie uns das nicht erlauben.«

»Vielleicht …«, sagte Cisco und blickte mit erstarrtem Lächeln zu den Dächern hinauf. Warum dauerte es so lange? »Vielleicht ist das nicht der richtige Zeitpunkt.« Er wandte sich an Quinn. »Könnte an den, na ja, Schwingungen liegen, die ihr Gestalten aus dem Westen mitgebracht habt. Werdet ihr mir jemals erzählen, was da draußen gelaufen ist?«

»Oooooch«, sagte Zizz, »was gelau-fen ist … Wenn du nur die

Hälfte wüsstest …« Ihre Pupillen weiteten und verengten sich, während sie sprach. »Das würde … würde dich … wegblasen …«

»Nun – was denn?«

»Das wissen wir nicht genau, also können wir es auch nicht erklären«, sagte Quinn.

Mahler nickte. »Exakt.« Er wechselte das Thema. »Es ist wichtig, Black Betty *jetzt* rauszuholen. Wir müssen heute Nacht noch zum HopeScope, das stimmt doch, Cisco, oder?« Mahler blickte umher, ohne dabei direkt auf die Dächer zu schauen.

»Verdammt gefährlich, Mann«, sagte Cisco, sah sich um und leckte sich die kräftigen Lippen.

»Wir riskieren nicht mehr, als Black Betty für uns alle riskiert hat«, sagte Mahler mit radikaler Inbrunst. »Sie wusste, was schließlich passieren würde, wenn sie nicht aufhören würde, FedControl zu verpfeifen, Cisco. Medienterrorismus – was für eine Scheiße. Endlich mal die Wahrheit –«

»Weiß ich doch, Mann«, sagte Cisco und versuchte eine politische Belehrung zu verhindern. »Es ist ja nicht so, als ob ich nicht der Meinung wär, wir würden ihr das schulden, nur eben spirituell betrachtet, weißt du, die Vorzeichen stimmen nicht –«

Quinn hielt es nicht mehr aus. *»Hältst du endlich deine verdammte Schnauze*, Cisco?«, fauchte er. »Wenn dir das Risiko zu groß ist, hättest du nicht hierher kommen sollen.«

»Worüber regst du dich so auf, *Quii*-iiinnn?«, wollte Zizz grinsend wissen. »Bist du sauer auf Cisco, weil du selbst auch Schiss hast, was, und er soll nicht drüber reden, *wasss*?« Sie legte eine Hand auf seinen Arm. »Ich auch.« Mit diesen zwei Wörtern war jegliche Affektiertheit aus ihrer Stimme verschwunden.

Sie irritierte ihn. Aber er war ihr dankbar, dass sie zumindest den Versuch unternahm, sich in ihn hineinzuversetzen. Vielleicht würde sie ihn besser verstehen, wenn sie sich mehr aufeinander einlassen würden.

Klar doch. Also ob sie diese Angelegenheit überleben würden. In den Eisschrank einbrechen …

Anfänglich hatten Quinn und die anderen ehrlich geglaubt, dass sie Black Betty aus dem sichersten Gefängnis des Landes herausholen könnten. Ihre glühende Empörung über das, was ihrer Heldin widerfahren war, hatte ihren gesunden Menschenverstand außer Kraft gesetzt. Jetzt allerdings … jetzt, während des ersten Schrittes von Mahlers Plan, fingen sie an, darüber nachzudenken, es hin und her zu wenden wie ein blinder Mann mit einem dreidimensionalen Puzzle; und sie wussten, dass es verrückt war, es gab keine Möglichkeit, in den Eisschrank reinzukommen außer der Einbahnstraße, die Black Betty genommen hatte.

Aber niemand wollte der Erste sein, der sagte: Wir blasen es ab, es ist unmöglich, das ist die falsche Richtung auf einer Einbahnstraße, das kann Black Betty nicht von uns verlangen …

Doch da war noch etwas anderes: Quinns unvernünftiger Optimismus. Ein Gefühl, das er verspürte, seit er mit dem Hubschrauber aus jenem Stützpunkt in der Nähe der Area 51 geflohen war.

Zizz sagte: »Ich will nicht mehr warten. Können wir ihnen kein Zeichen geben oder so?« Sie hatte gemerkt, dass sie den anderen mit ihrem Dopegirl-Getue auf die Nerven ging und damit aufgehört. Magie.

Mahler spähte zu den Schatten vor den Läden auf der anderen Straßenseite hinüber. »Das machen wir gerade. Wir geben ihnen ein Zeichen. Es läuft so: Du stellst dich hier auf diese Stelle, wenn du mit ihnen reden willst, und dann kommt ihr *Mufti* rüber. Oder sie knallen dich ab.«

»Oder beides, in der entsprechenden Reihenfolge«, sagte jemand hinter ihnen.

Sie drehten sich um und rechneten damit, erschossen zu werden, bevor sie überhaupt jemanden zu Gesicht bekamen. Aber der H&K-Karabiner mit dem Laser-Zielfernrohr hing an einem Riemen über der Schulter des kleinen Mannes, so selbstverständlich wie eine Tragetasche, die Mündung auf den Boden gerichtet. Er konnte sich das leisten, wegen der Heckenschützen.

Es waren *seine* Heckenschützen.

Der Fun-Guerillero war knapp einssiebzig groß und schlank; seine Haut war nicht so dunkel, wie Quinn das erwartet hatte. Er trug ein weißes kurzärmeliges Hemd und ordentlich gebügelte schwarze Hosen. Nur die Stiefel gehörten zu einer Uniform. Er sah aus wie der Geschäftsführer eines Restaurants aus dem Mittleren Osten. Vielleicht war er das auch. Er trug eine Brille mit einem Gestell aus weißem Draht wie der junge Ayatollah – der Ayatollah billigte keine Augenimplantate: Er glaubte, sie könnten von den implantierenden Ärzten zur Gedankensteuerung missbraucht werden. Der junge Ayatollah musste einer langen Tradition ausgeprägter Wahnvorstellungen gerecht werden.

Der Fun sagte in einem nüchternen Tonfall: »Ich bin Sadiq. Ihr wurdet uns angekündigt. Uns wurde kein Grund genannt. Ihr seid die Kinder unserer Feinde.«

Er betrachtete Zizz. Ein Polizeipanzer jagte einen Ganoven ihre Hüfte entlang und über ihren Bauch; der Höhepunkt aus *Reich der Sinne*, die Genitalienschlitzer-Szene lief auf ihrem Oberschenkel. »Der Charme der Dekadenz.«

Er ließ die Implikationen nachschwingen, taumeln, toben.

Vor ihrer gemeinsamen Reise hätte Zizz vielleicht Gefallen daran gefunden, ›dekadent‹ genannt zu werden. ›Fin de Siècle‹-cool. Aber nicht jetzt, Quinn spürte das, jetzt ärgerte sie sich, und nicht wegen der augenblicklichen Gefahr: Sie hatte sich weiterentwickelt. Auch die Drogen vertrug sie nicht mehr so gut: Sie passten nicht mehr zu ihr …

»Ich frage mich, warum ich euch vertrauen sollte«, sagte Sadiq nachdenklich. »Vielleicht hat mir jemand einen Schlag auf den Kopf verpasst? Nein.« Er tippte sich an seinen Kopf. »Noch alles da.«

Sadiq, überlegte Quinn. Es klang nicht persisch. Vielleicht stimmte es, dass der junge Ayatollah die Araber und die Iraner geeint hatte …

»Wir möchten Black Betty helfen«, sagte Zizz ernsthaft. »Sie hat während ihrer Medienaktionen eine Menge Dinge gesagt, die eure Sache unterstützt haben.«

»Der Mittelsmann hat uns seine Hilfe zugesagt«, fügte Mahler hinzu.

»Und heute Nacht sind die ganzen Verkehrsmittel am Arsch«, schloss Cisco. »Wir kommen nicht zum HopeScope durch, wo sich der Mittelsmann befindet, ohne euer Revier zu durchqueren.«

Sie hatten es alle sehr eilig mit ihren Erklärungen. Sie spürten die Fadenkreuze.

Sadiq formte seine Lippen zu einem Kegel. »Black Betty. Seid ihr Freunde von ihr?«

Mahler nickte. »Wir arbeiten mit ihr zusammen. Mit allen auf diesem Gebiet, gegen FedControl. Wir gehören zum Alternative Channel.«

»Ihr könntet vom CIAD sein.« CIA Domestic.

Mahler schüttelte den Kopf. »Alternative Channel. Wenn wir sie rausgeholt haben, setzen wir sie vor ein Mikrophon.«

»Das könnte jeder behaupten«, stellte Sadiq fest.

»Black Betty hat einmal gesagt …« Quinn zögerte, er wusste nicht, ob er das wirklich sagen sollte. »… hat einmal über islamische Aktivisten gesagt: ›Es ist einfach, den Terrorismus zu verdammen, wenn man noch andere Möglichkeiten hat.‹ Sie hat versucht, euch zu helfen.«

Sadiq nickte, seine Mundwinkel zuckten belustigt.

Er sagte: »Die Fedayeen kennen diese Redewendung. Wir kennen Black Betty. Euch kennen wir nicht. Wir hätten euch fast erschossen. Ihr steht an der richtigen Stelle, aber ihr habt die Hände nicht auf den Kopf gelegt. Das ist der zweite Teil des Signals, und dieser zweite Teil signalisiert uns, dass ihr unbewaffnet seid.«

Augenblicklich legten Mahler, Cisco, Quinn und Zizz ihre Hände auf ihren Kopf.

Quinns Mund wurde trocken. Sie waren übereingekommen, Cisco mitzunehmen, weil er innerhalb der Black Betty-Bewegung derjenige war, der sich hier draußen mit den Umgangsformen auskannte. Allerdings schien das nicht ganz zuzutreffen.

Quinn sagte: »Tut uns Leid. Wussten wir nicht. Sorry.«

»Haben wir erwähnt, dass es uns Leid tut?«, sagte Zizz.

»Halt die Klappe, Zizz«, knurrte Mahler.

Sadiq machte eine Bewegung mit seinem Gewehr. »Ihr kommt mit mir.«

* * *

Sie befanden sich bereits seit zwei Tagen auf Campbells Ranch, ehe Farraday bemerkte, dass Dodge langsam starb.

Es war eine Stunde nach Sonnenuntergang; bald würde es ganz finster werden. Weit über ihnen stand eine Mondsichel, so scharf wie ein Rasiermesser.

Dodge/Ceph war im Badezimmer. Ceph hatte immer mehr Schwierigkeiten damit, die Reste Dodges dazu zu bewegen, die Toilette zu benutzen. Die anderen saßen in bequemen Liegestühlen auf der hinteren Terrasse, tranken Cocktails und lauschten auf das Rasseln und Husten und Trillern der Wüstenbewohner; atmeten den würzigen Duft der Wüste.

Farraday hielt die Hand seiner Frau; sie spürten die Nachtluft auf ihrer Haut wie durchscheinende Seide.

Vor einigen Stunden hatten sie ein paar ängstliche Augenblicke erlebt. Campbells Piepser hatte angeschlagen; seine Überwachungsanlage warnte ihn. Sie hatten sich in das Haus geflüchtet und tatsächlich flog ein schwarzer Hubschrauber über sie hinweg – aber er änderte seinen Kurs nicht, um sich die Ranch näher anzuschauen, und zeigte auch sonst kein Interesse an ihnen.

»Wir befinden uns ein ganzes Stück außerhalb ihres Reviers«, sagte Campbell und gab Entwarnung. »Aber gelegentlich tauchen sie hier auf. Ich glaube, dass sich irgendwo dort draußen in der Wüste noch ein Stützpunkt befindet ...«

Jetzt schlürfte Campbell in aller Ruhe seinen Martini und betrachtete den Sternenhimmel mit der Miene eines freigebigen Rentiers. Es waren seine Sterne, aber er gönnte sie auch den anderen.

Anatole nippte an einer alkoholfreien Margarita. Er hatte nicht viel geredet, seit sie hier angekommen waren. Er blieb die ganze Zeit bei Lila. Manchmal flüsterte sie ihm etwas zu; manchmal flüsterte er jemandem etwas zu ... der gar nicht da war.

Dodge/Ceph gesellte sich zu ihnen; er taumelte, als wäre er betrunken. Ceph bewegte sich manchmal wie ein Stelzenlaufamateur; mit Dodges Körper als Stelzen.

Ceph setzte Dodge behutsam in einen Stuhl. Die Haut auf Dodges rechtem Arm schien sich abzulösen; seine bleichen Hände zuckten.

War das ein Fäulnisgeruch, den Farraday da von Dodge anwehte?

»Hoffentlich«, murmelte er.

»Was, Schatz?«, wollte Lyn wissen.

»Nichts. Ceph – wie lange willst du noch auf deinem Reittier bleiben?«

»Bis er stirbt natürlich. Und das dauert ...«

»Nicht mehr lange, stimmt's?«

»Richtig. Heute Nacht oder morgen Nacht. Bald. Ich habe ihn noch behalten, falls ich ihn brauche, um ein paar Befehle auszugeben – und das habe ich auch getan, aus einem ›Versteck in Las Vegas‹ über ein senderverschlüsseltes Modem. Ich bin ziemlich sicher, dass er Majestics ›Männer in Schwarz‹ von unserer Fährte abgebracht hat …«

»Hat … hatte … Dodge eine derartige Befehlsgewalt?«, wollte Lila wissen.

»Hatte und hat er. Wisst ihr, er ist gar kein Colonel. Er ist ein Vier-Sterne-General.«

»Willst du damit sagen, dass er degradiert worden ist?«, fragte Campbell.

»Nein. Er war es die ganze Zeit. Aber sein wirklicher Rang ist geheim. Er ist einer der drei *menschlichen* Direktoren von MJ15; die anderen sind Zetaner. Die anderen beiden Menschen sind Wissenschaftler. Vorgeblich Zivilisten. Doch niemand in MJ15 ist wirklich Zivilist …«

»Es ist so weit, sagte das Walross …«, bemerkte Campbell. Es war als Frage gemeint, an Ceph.

»Ja, es ist so weit. Es ist an der Zeit, dass ich euch die Geschichte erzähle, soweit ich sie kenne. Vieles davon habe ich von den Wesen erfahren, die MJ15 als Meta bezeichnet; eine ganze Menge stammt aus dem Kopf von ›Colonel Dodge‹ … Lasst mich so anfangen: MJ15 ist Teil einer uralten Organisation, ein Zweig von etwas, das mancherorts als Priorat von Scion bekannt ist …«

»Du meinst die Illuminaten?«, fragte Campbell mit hochgezogenen Augenbrauen.

»Oh, nein – doch nicht so etwas Profanes«, antwortete die Landkrake.

* * *

Quinn überquerte in dieser warmen, feuchten Nacht eine Straße im Südosten von Manhattan, die Hände auf dem Kopf, die Maschinenpistole eines Terroristen im Rücken, da bemerkte er den glimmenden Totenkopf – eine Polizeipanzer-Banshee mit Fledermausschwingen aus Vinyl.

Zuerst sah er den Polizeipanzer selbst, der zu einem der Krawalle unterwegs war; er schob eine zweifache Lache grellen Scheinwerferlichts vor sich her, als er die Delancey entlangheulte. Das gepanzerte Bullenfahrzeug raste vorbei wie ein verschwommener grauer Fleck, gekrönt von einem roten Hahnenkamm, sein roter Zipfel legte eine falsche Fährte aus höllischem Glanz in der schmutzigen Finsternis der glühenden, lahm gelegten Innenstadt.

Und dann kam die Halluzination, Vision, was immer es war, stieg über dem Gebäude auf, an dem der Panzer vorbeigefahren war …

Schwerelos und doch groß wie ein Panzer breitete die Banshee ihre Vinylschwingen aus und hob ihren feurigen Schädel über den Dachfirst, schwang sich in den Nachthimmel empor, ein UFO in popkulturellem Fummel, und Quinn sah den Kopf genau wie folgt:

Ein durchscheinend-roter menschlicher Schädel, glühend erhellt von den wirbelnden elektrischen Lichtern, die sein Hirn waren, der Mund ein heulender Lautsprecher, der Körper ein massiger Pterodactylus aus gehämmertem grauem Metall.

Quinn blieb mit offenem Mund stehen und sah nach den anderen … doch deren Blicke konzentrierten sich ausschließlich darauf zu überleben, die Straße zu überqueren. Er vermutete, dass sie es nicht sehen konnten, selbst wenn sie hingeschaut hätten.

Jetzt bin ich endgültig ausgerastet, dachte er. Der ganze Kram, den ich in Nevada gesehen habe. Ich habe Halluzinationen. Scheiße. Das kam davon, dass er sich mit diesem *Ding* eingelassen hatte, das Lila geheilt hatte … Aber dieses Ding mit den Fledermausflügeln – das ist kein UFO. Das ist …

Scheiße, ich drehe durch …

Der Terrorist stieß ihm die Gewehrmündung ins Kreuz, und er wandte seinen Blick von dem Ding am Himmel ab, das verblasste, weil er es nicht mehr ansah. Mit einer Waffe im Rücken stolperte Quinn weiter, über die Straße.

Auf der anderen Straßenseite stand einer von Sadiqs Männern mit einer automatischen Schrotflinte im Eingang eines Ladens.

Eine automatische Schrotflinte, dachte Quinn. *Himmel, was die aus dir macht* – Sadiq schubste ihn weiter. Sie betraten die alte Ladenzeile.

Die Schaufenster waren vernagelt, der Eingang mit Abfällen verstopft. Drinnen, im trüben, wächsernen Licht einer chemischen Laterne, sah Quinn an der Rückwand, von der der Putz abbröckelte, übereinander gestapelte Kartons; einige standen offen auf dem Boden, und er schaute hinein: illegale Wafer, Chips, AI-Einheiten, nicht versteuerte Zigaretten, Syntharetten und Spirituosen. Der Schwarzmarkt bezahlte die Waffen der moslemischen Funs.

Sadiq nahm die Laterne in die Hand und ging voraus; zwei weitere Männer folgten ihnen und trieben sie in ein enges, volles Hinterzimmer, das einen Schreibtisch, ein abgeschaltetes Computerterminal und zwei Telefone beherbergte, durchdrungen vom Geruch filterloser Zigaretten und starken Kaffees. Die beiden dunkelhäutigen Männer blieben an der Tür stehen und rauchten.

Quinn zitterte noch von der Vision der Banshee – er hatte noch nie eine so klare Vision erlebt.

Doch als er sich umsah ... in einem kleinen Raum mit feindseligen und bis zu den Zähnen bewaffneten Guerilleros gefangen zu sein brachte ihn auf andere Gedanken.

Sadiq hängte die Laterne in einer Ecke des Raumes an einen Haken. Die Laterne schwang leicht hin und her, so dass die Schatten schaukelten und hüpften.

Sadiq bückte sich in derselben Ecke und kramte in einem Haufen Poster und Zeitschriften mit arabischen Buchstaben. Er zog einen flachen Pappkarton heraus, trug ihn zum Schreibtisch hinüber, öffnete ihn und legte den Inhalt auf die Tischplatte.

Ein Videogemälde, ausgeschaltet. Ein rechteckiges Teil aus Glas und Plastik, sechzig mal neunzig mal zwei Zentimeter. »Black Bettys Schwester gehörte zur Bewegung, und wir haben sie gekannt«, sagte Sadiq und sah sie an. »Sie hat uns dieses Gemälde gegeben. Sie hat gesagt, dass jeder, der zur Bewegung gehört, es auswendig kennt. Wenn ihr zur Bewegung gehört, kennt ihr es.«

Quinn sah Mahler an. Und Zizz. Und Cisco.

Cisco zuckte mit den Schultern.

Quinn dachte: *Wir haben nicht gesagt, dass wir zur Bewegung gehören ... wir haben gesagt, dass wir zum Alternative Channel gehören, den Rest hat er aus dem Zusammenhang abgeleitet ... Aber wenn ich jetzt sage, dass ich nicht zur Bewegung gehöre, bin ich vielleicht im Arsch ...*

Quinn hielt die Luft an und starrte auf das Gemälde, als Sadiq es anschaltete. Es gab eine ganze Reihe von Videogemälden der Bewegung. Aber es gab eines, das er auswendig kannte, denn er hatte es selbst gedreht, an der NYU. Und Black Betty hatte sich etwas darauf eingebildet …

Das Gemälde flackerte durch eine Reihe von Straßenaufnahmen (Quinn wusste sofort: Es war seins!) außerhalb der Squatslums; mit hohem Kontrast aufgenommene Bilder seltsam gut gekleideter Kids, die sich um brennende Öltonnen versammelt hatten; Smoky »das Gespenst« Casparino – mit verstecktem Gesicht, aber Quinn kannte Smokys gesprayte Fliegerjacke – kaufte D'Angelo, dessen Gesicht vom vielen chinesischen Synth ganz bleich war, eine Knarre; die alte Mrs. Pesca mit ihrer abgesägten Schrotflinte und ihrem zahnlosen Grinsen. Und immer wieder dazwischengeschnitten: Aufnahmen von Black Betty – groß, knochig, mit pechschwarzer Haut, in der Wange einen Stecker mit *NFC* – no federal control – in Rot auf Schwarz. Black Betty, die sich um Kids kümmerte, um Schwarzhändler, um geplagte alte Frauen, die redete, bis sie heiser war, allen erklärte, dass FedControl nicht allmächtig war, dass es ihnen nicht gelingen würde, sie aus Manhattan zu vertreiben, in die kleinen Hochsicherheits-Polizeistaaten, die sie Hochhausneuansiedlung nannten … Dass FedControl ihre Kieze den reichen Immobilienhaien versprochen hatte … Dass es schlicht dumm wäre, ihr Zuhause und ihr bisschen Freiheit gegen ein Bullen-verseuchtes Hochhaus einzutauschen, das innerhalb von zwei Jahren zu einem Slum verkommen würde.

Klick, klick, klick, drei sich bewegende Bilder in dieser Geschwindigkeit, und jedes vierte zeigte Black Betty.

Sadiq drückte auf einen Knopf im Rahmen und ließ das Gemälde zu einem Standbild von Black Betty erstarren, die eine Video-Umerziehungskabine aufstellte, um den Slums die Wahrheit über den Anteil von FedControl am Brasilianischen Krieg zu zeigen, und was mit Leuten geschah, die in die Armee eintraten, und was in den Flüchtlingslagern in San Francisco los war …

»Was kommt jetzt?«, wollte Sadiq wissen.

»Es gibt haufenweise Gemälde über die Bewegung«, sagte Mahler verzweifelt. »Wir können doch unmöglich –«

»Jetzt kommt die Aufnahme eines Jungen, der ein Fernseh-Graffiti-Muster betrachtet, das Black Bettys Namen enthält«, unterbrach ihn Quinn. Er wandte sich an Mahler. »Ich muss es wissen. Ich habe es selbst aufgenommen.«

Sadiq drückte auf den Knopf. Das Gemälde lief weiter, und ein kleines Kind saß mit dem Rücken zur Kamera vor einem Bildschirm, auf dem sich ein Schriftzug über das Gesicht des Präsidenten schlängelte: *Black Betty sagt, nur Narren hören auf Lügner …*

Sadiq nickte. »Gut.« Er richtete das Gewehr auf Quinn. »Und jetzt sagt ihr mir die ganze Wahrheit, was ihr wirklich vorhabt, ja? Ich weiß, dass ihr mich angelogen habt. Ihr gehört zur Bewegung, aber ihr lügt.«

Quinn starrte in die Mündung des Gewehres. Von irgendwoher hörte er sein Herz hämmern wie eine weit entfernte Baustelle. »Ähhh … Das haben wir doch gesagt. Wir werden Black Betty rausholen.«

»Black Betty steckt im Eisschrank«, sagte Sadiq, ein ungeduldiger Erwachsener mit einem begriffsstutzigen Kind. Das flackernde Licht des Videogemäldes beleuchtete sein Gesicht von unten und verlieh seinen Zügen ein unheimliches Aussehen. »Dort kann man niemanden rausholen. Wenn ihr behauptet, dass ihr das vorhabt, seid ihr entweder dumm, oder ihr lügt.«

Quinn blickte Mahler mit hochgezogenen Augenbrauen an. Mahler beschloss, die Wahrheit zu sagen, so wie er sie sah. »Wir werden uns mit dem Schamanen treffen. Dem Mittelsmann. Und nicht, weil ich glaube, dass an seinen, nun ja, Behauptungen über die Geister des Großstadtdschungels etwas dran ist. Ich glaube, dass sie irgendeinen Hardware- oder Wetware-Zugang zum FedControl-Netz haben. Was immer es ist«, fuhr Mahler eilig fort, »es scheint zu funktionieren. Black Betty selbst hat beschworen, dass es bei ihr einmal funktioniert hat. Der Mittelsmann ist vermutlich schizophren, also interpretiert er diese Dinge … nun ja, eher mystisch.«

Quinn musste an die Banshee denken. *Geister des Großstadtdschungels* … Aber er sagte nur: »Mahler hat ein Treffen mit dem Mittelsmann vereinbart, weil er glaubt, dass der Mittelsmann Black Betty aus dem Eisschrank rausholen kann. Wir müssen zu einem bestimmten Zeitpunkt dort sein. Die Stromausfälle haben die Sondereinheiten in Alarmbereitschaft versetzt, alle anderen Zufahrtswege sind abgeriegelt. Die einzige Möglichkeit, dorthin zu gelangen … führt hier durch. Durch euer Revier. Wir brauchen Begleitschutz, damit eure Leute uns nicht abknallen.«

»Auch eine Möglichkeit, in den Eisschrank reinzukommen.« Sadiqs Nasenflügel blähten sich, seine Augen wurden kalt. »Wenn das stimmt, werdet ihr ebenso unsere Leute rausholen. Von uns sitzen vier Mann im Eisschrank.« Er fuhr bedeutungsvoll über das Gewehr.

»Ich hab's euch gesagt«, murmelte Cisco. »Die Schwingungen –«

»Nein, das ist *klasse!«*, fuhr Zizz dazwischen und hüpfte aufgeregt im Kreis herum; die beiden Guerilleros schauten einander an und schnaubten. »Wir könnten sie alle rausholen! Wir könnten –«

Mahler schüttelte den Kopf. »Eine Person wird schon schwer genug sein. Wir haben den Videoschlüssel zu ihrer Zelle. Wir brauchen den Mittelsmann, um an den Wachen vorbeizukommen, an den Backups und den Kameras. Wir haben nur einen Videoschlüssel.«

»Eine Bombe!«, schlug Zizz fröhlich vor. »Wir könnten reingehen und ihren Com-pu-uuu-ter in die Luft jagen! Vielleicht gehen dann alle Zellen auf und –«

Quinn stöhnte. Er spürte, wie ihm sein Hemd am Rücken klebte. Das Zimmer schien ihn zu ersticken. »Zizz«, zischte er, »hör einfach auf, uns helfen zu wollen, bevor du uns mit deiner Hilfe noch tiefer in die Scheiße reitest.«

»Nein, es ist keine schlechte Idee«, sagte Sadiq und sah Zizz mit ganz neuen Augen an. »Eine Bombe in ihrem Zentralcomputer.«

Mahler schüttelte so heftig den Kopf, dass man seinen Bart rascheln hörte. »Nein! Hört zu –«

»Nein, *du* hörst mir zu – wenn ihr eure Leute rausholen wollt«, sagte Sadiq und zerknirschte die Wörter zwischen den Zähnen, »und wenn ihr wollt, dass wir euch helfen, dann werdet ihr auch unsere Leute rausholen! Wir werden den Sprengstoff besorgen.«

Er hatte das Gewehr angehoben und die Mündung auf Mahlers Gesicht gerichtet.

Zizz' Gesichtsausdruck wandelte sich im Bruchteil einer Sekunde von Begeisterung zu einem verbissenen *Oje*. Sie merkte, dass sie Mist gebaut hatte.

Langsam ging sie auf Quinn zu. Aus dem Augenwinkel sah er, wie sie die kleine Drahtpuppe von ihrem Handgelenk nahm …

Und die Drahtzunge in Quinns Unterarm stieß. Quinn zuckte zurück, holte tief Luft und spürte …

Einen weißen Lichtblitz; eine weiße Hitzewelle. *White light, white heat.*

Quinn erstarrte. Innerlich elekrisiert. Paralysiert. Da war. Jemand …

Klick. Plötzlich stand er neben sich. Er blieb mit sich verbunden und war doch weit weg, in einem finsteren Winkel, unsichtbar, von den anderen getrennt, beobachtete sich, sah einen Ausdruck auf seinem Gesicht, der noch nie dort gewesen war.

Er konnte nichts mehr riechen oder hören – außer seiner eigenen Stimme. Sie redete Unsinn. Nein, sie sprach arabisch mit Sadiq. Er, Quinn, sprach arabisch. Er konnte kein Wort Arabisch. Keine einzige Silbe. Aber er sprach arabisch. Und er wusste, was die Wörter bedeuteten:

»Sadiq! Der Eisschrank wird bis in den hintersten Winkel von Biosensoren überwacht. Alle Gefangenen sind gefesselt, hängen an IV-Schläuchen und stecken in Nervenklammern. Sie werden von Cyberwachen beobachtet, die nicht schlafen, keine Pause machen, einfach immer da sind – wenn du den Zentralcomputer zerstörst, laufen die Untersysteme vielleicht weiter und verpassen den Gefangenen eine Überdosis Medikamente, die Wachen könnten durchdrehen und sie umbringen – worauf ich hinauswill: Wenn du diesen Computer zerstörst, bricht das ganze System zusammen und die Menschen, die daran hängen, sterben. Deine Leute eingeschlossen.« Cisco und Mahler starrten ihn an; den sichtbaren Quinn, der redete. Vollkommen verblüfft.

Sadiq überwand seine Überraschung und antwortete auf Arabisch: »Warum sollten wir euch helfen, wenn ihr unsere Leute nicht befreien könnt? Wenn ihr uns da mit reinzieht und die Feds bekommen das raus, setzen sie uns nur noch mehr unter Druck. Sie erfinden jetzt schon diesen Stromausfall, um uns zu schikanieren und zu vertreiben. Sie schicken uns jetzt schon zwei Mal im Monat Razzien auf den Hals, sofern sie uns finden. Es würde uns nichts bringen, sie jetzt noch weiter zu provozieren. Der Druck wäre zu groß. Wir haben gelernt, wie man auffallen und doch überleben kann. Wir sind keine Narren.«

»Black Betty hat sich für eure Sache eingesetzt. Sie hat sich gegen die Gesetzesentscheide gegen die Moslems eingesetzt. Sie hat ihre Stimme erhoben und allen erklärt, dass ihr schikaniert und in den Krieg getrieben werdet, weil die christlichen Funs die Regierung unterwandern; sie hat erklärt, dass ihr nur auf Grund der Vorurteile gegen Moslems strafrechtlich verfolgt und eingesperrt und deportiert werdet. Sie hat ihren Mund so weit aufgerissen, dass sie sie irgendwann loswerden *mussten*. Also schmuggelten sie illegale Chemikalien in ihr Haus, eine Ausrüstung zum Bombenbauen. Welch unglaubliche Ironie! Black Betty als Bombenlegerin! Wieder und wieder hat sie sich auf Versammlungen der Bewegung gegen Bomben ausgesprochen. Sie hat gesagt, Bomben könnten keine Zivilisten erkennen. Aber FedControl hat ihr die Sache untergeschoben, sie haben gesagt, sie wäre eine Terroristin, und damit haben sie sie in den Eisschrank gebracht, zur Konditionierung. Sie hat für euch ihre Stimme erhoben, für uns alle – und sie haben sie entführt! Oberflächlich ganz legal – aber es war eine Entführung, Sadiq! Allah wird dir jetzt sicherlich sagen, was du zu tun hast ...«

Sadiq starrte ihn mit offenem Mund an.

Dann floss Quinn – der beobachtende, distanzierte Quinn – durch einen roten Schlauch und durchstieß einen Wall aus Schmerz. Durch weißes Licht, durch weiße Hitze ...

Klick.

Er steckte wieder in seiner eigenen Haut, schweißgebadet, zitternd, aber wieder Herr seines Körpers.

Alle starrten ihn an.

»Jener dort«, sagte Sadiq langsam auf Englisch, »hat sich die Mühe gemacht, unsere Sprache zu lernen. Und er hat weise gesprochen. Seine Worte haben mich ergriffen. Ich bin der Mufti, und ich habe entschieden.«

* * *

»... wisst ihr, wie viele schon vermutet haben, waren die Aliens bereits in die Belange der Menschheit verwickelt, als die Menschen noch keine Menschen waren ...«

Cephs wunderbare Stimme klang in der Dämmerung, als wäre sie bei einer Séance heraufbeschworen worden, als käme sie aus dem dunklen, Rorschach-gefleckten Schatten, wo sich Dodges Kopf hätte befinden sollen.

Auch Farraday wunderte sich, an was man sich alles gewöhnen konnte ...

Während Ceph fortfuhr, kratzten weit über ihnen drei fallende Sterne weiße Streifen ins Himmelszelt.

»... sie haben die ersten Primaten, die ihrer Einschätzung nach sonst ausgestorben wären, mit ihrem eigenen genetischen Bauplan versehen. Sie haben einen blinden Fleck, diese Strichmännchen von Zeta Reticuli. Sie waren nicht in der Lage, Gottes Werke wahrzunehmen. Sie waren und sind vollkommene Wissenschaftler. Immerhin waren sie sich der Macht des Religiösen bewusst ... sie kannten bestimmte genetische Phänomene mit großem metaphysischem Potential; Phänomene, die die Zetaner für rein zufällig hielten ...«

»Was für ›Phänomene mit großem metaphysischem Potential‹?«, wollte Campbell wissen.

»Nur dies: ein Gen, das es dem Menschen ermöglicht, teilweise Gott zu werden.«

Zehntes Kapitel

Black Betty Blam Buh Lam

Eine träge, modrig-feuchte Brise kroch vom East River her zwischen die Mietskasernen und vertrieb einen Teil der Hitze von Quinn und Mahler und Zizz und Cisco und dem Mufti, während sie die mit Schutt übersäte Straße in der Mitte entlangstapften.

Quinn fühlte sich seltsam. Immer noch irgendwie weit weg; als wäre er da und wiederum doch nicht. Zizz war schuld daran, irgendwie. Die Puppe. Die Drahtzunge …

Quinn ließ sich zurückfallen und flüsterte Zizz zu: »Was hast du da mit mir gemacht? Hast du mir irgendwelche Scheiße gespritzt oder so?«

Zizz biss sich auf die Lippe. »Ich habe das Ding von Ciscos Freunden bekommen, die uns erklärt haben, wo wir das Hope-Scope finden können – sie haben gesagt, es stammt von einer Frau, die sie die Fetischmaklerin nennen …«

»Wie?«

»Die Fetischmaklerin … sie arbeitet für den Mittelsmann … ich habe mich nur an Anweisungen gehalten, die sie von der Fetischmaklerin erhalten haben. Sie haben mir gesagt, dass ich im Notfall … na ja, die Fetischmaklerin hat die Puppe mitgeliefert, als Cisco den Deal abgeschlossen hat, aber sie haben mich gebeten, sie nur einzusetzen, wenn es absolut nötig wäre –«

Der Mufti wandte sich um und fauchte: »Seid ruhig!« Er wies mit einer Handbewegung auf die Dächer.

Die Gebäude zeichneten sich vor dem schwachen Sternenlicht ab, angestrahlt vom trüben Glanz der Lagerfeuer aus den Zwischenräumen im Geröll: rote Flecken auf der schwarz genarbten Wand der Nacht.

Kaum hörbare Fetzen Arabisch und Farsi drangen von den Dächern zu ihnen herunter, während sie sich durch die Lower Eastside von Manhattan bewegten. Sie befanden sich immer noch im Gebiet der moslemischen Funs, wenn auch am äußersten Rand.

Der prekäre Waffenstillstand hatte die Grenze zwischen den moslemischen und christlichen Zonen entlang der Clinton Steet gezogen. Die Nationalgardisten hatten ihre Straßensperren und Kontrollpunkte ein Stück weiter westlich errichtet; etwas näher konnten sie das ausgeschlachtete, radlose Fahrgestell eines Militärlasters und die ausgebrannten Wracks gesprengter Autos erkennen, von Schatten bedeckt wie vertrocknete Kadaver.

Quinn erstarrte jedes Mal, wenn sie an einer Kreuzung anlangten – dort waren sie potentiellen Scharfschützen aus dem christlichen Sektor ausgeliefert. Heute Nacht war die Wahrscheinlichkeit besonders hoch, dass die Chris-Funs die Gelegenheit nutzen würden, ein paar Allah-Kazams – wie sie sich ausdrückten – abzuknallen: Die Soldaten waren mit den Krawallen mehr als beschäftigt …

Auf diese Entfernung konnten die christlichen Heckenschützen nicht erkennen, dass Quinn und seine Freunde nicht in ihr Fadenkreuz gehörten.

Genau genommen würden sie auch schießen, wenn sie wüssten, um wen es sich bei Quinns Haufen handelte: Sie kamen direkt aus der sozialistischen Hochburg.

Quinn wünschte sich fast, jemand würde das Feuer eröffnen und damit den Lauf der Ereignisse unterbrechen, die Strömung, die ihn immer tiefer in diese Angelegenheit hineinzog.

Er hatte solche Angst, dass er das Gefühl anfangs gar nicht erkannte. Er hatte noch nie *solche* Angst gehabt. Eine schwere Kugel saß in seinem Magen fest, wie bei einem Kaninchen, das einen Herzanfall hat.

Etwas hatte ihm seinen Körper entrissen. Jetzt war es verschwunden, aber … er konnte die Fußabdrücke auf seinem Nervensystem fühlen. Und das machte ihm weit mehr Angst als Kugeln oder Bomben oder sogar der Eisschrank.

Hör doch auf, sagte er sich, du kannst jeden Augenblick eine Kugel in den Kopf bekommen …

Aber niemand schoss auf ihn. Zehn Minuten später sagte Mahler: »Dort ist das HopeScope.«

Es war eine Bank. Eine verlassene Bank.

»So weit, so gut«, sagte der Mufti. »Ich verschwinde.« Er wünschte ihnen auf Arabisch, Allah möge mit ihnen sein, und dann war er weg, um die nächste Ecke verschwunden.

»Mahler – das ist das HopeScope? Das ist eine kaputte alte Bank!«, sagte Quinn.

»Hier«, sagte Mahler und hielt ihm eine Plastikkarte hin. »Steck das in den Schlitz des Geldautomaten.«

»Was? Die Bude ist hinüber –«

»Tu's einfach. Du gehst da rein.«

»Warum ich?«

»Das weiß ich nicht, Quinn … sie haben ausdrücklich nach dir verlangt.« Mahler blickte ihn seltsam an. Ein wenig wütend. »Was hast du da vorhin für eine Nummer abgezogen? Dieses Gebrabbel … ich meine, du hast mir nie gesagt, dass du Arabisch sprichst oder Farsi oder was auch immer das war …«

»*Kann* ich auch nicht. Ich hab keine Ahnung, was da gelaufen ist.« Mahler verlagerte sein Gewicht auf das andere Bein und schaute mit gerunzelter Stirn zur Bank hinüber. »Ich mag dieses ganze Simsalabim einfach nicht. Okkultismus ist nichts anderes als pervertierte Religion, und Religion bedeutet eine Lähmung der Gesellschaft; erst dieser UFO-Schwindel und jetzt das. Großstadtmythen mit Zähnen. Ich dachte, der Mittelsmann wäre …« Er schüttelte den Kopf. Er streckte die Hand aus und schloss Quinns Finger um den Zettel und die Karte. »Scheiße. Tu's einfach.«

»Ehrlich gesagt hab ich ziemlich –«

»Wir haben alle Angst, Quinn. Tu es trotzdem, für Black Betty.«

Quinn holte tief Luft. Er schaute Zizz an. Sah, wie sie schluckte; sah, dass ihr Totenschädel-Make-up verlaufen war. Er verspürte das dringende Bedürfnis, sie in die Arme zu nehmen, sich mit ihr irgendwo hinzulegen, sie festzuhalten, einfach ganz lange festzuhalten.

Jetzt? Machst du Witze?

Aber das Gefühl blieb.

Er griff in seine Hemdtasche, holte den Videokassetten-Schlüssel und reichte ihn ihr. Ein Instinkt sagte ihm: *Gib das ihr und nicht Mahler.*

Ihre Finger berührten sich einen Moment lang, und unvermittelt drückte er ihre Hand, kurz und zitternd.

Er musste an ihr Zusammensein in der Zelle denken, in Nevada. Das war der einzige derartige Augenblick geblieben. Vielleicht waren sie einfach zu benommen. Oder vielleicht wusste er nicht mehr so genau, was es wirklich bedeutete.

Quinn wandte sich um und zwang sich, zu dem rußüberzogenen Gesicht des alten Geldautomaten hinüberzugehen. Er sah ihn zweifelnd an, er glaubte nicht, dass er funktionieren würde.

Der Automat gehörte zu einer Bank, deren Dach eingestürzt war; die Fenster mit Graffiti bedeckt, die Wände mit Brandspuren überzogen.

Aber er steckte die Karte hinein, die Anzeigen leuchteten auf, und er begutachtete den Zettel.

Zahlen. Zufallszahlen.

Er spürte, wie eine Welle durch seinen Körper lief, hörte ein Summen und roch etwas Verbranntes. Auf seinem Kopf spürte er eine leichte Schwingung.

Das war alles: Dann fielen die Türen seiner Wahrnehmung geräuschlos ins Schloss.

»Quinn«, schrie jemand, ganz in der Nähe. War das Zizz? »Du … bist du …« Die Stimme wurde leiser, so wie die Stimme der Späherin, und er fiel durch die Straße, als wäre sie eine Wolke geworden, eine Wolke aus Atomen, was auch zutraf, und er landete in einem finsteren Fluss … und trieb … trieb auf dem finsteren Fluss dahin … Er trug ihn in Abgründe, die noch nie ein Licht gesehen hatten, Tunnel, die in eine Materie gemeißelt waren, die aus der Schwärze selbst bestand …

Licht. Von irgendwoher …

Von – der anderen Seite seiner Augenlider. Also öffnete er sie.

Eine summende Neonleuchte. Ein Motte klatschte gegen das Licht.

Sein Kopf schmerzte, und er wusste nicht, wo er sich befand. Über ihm an der Decke hing eine Neonleuchte, und weiter hinten noch eine: *Zzt-zzt-zzt.*

Er setzte sich auf und schaute sich um. Ein langer rechteckiger Raum mit verlassenen graugrünen Spinden an der gegenüberliegenden Wand, mit rostigen Rohren an der Decke und rostfleckigen Wasserlachen auf dem Boden. Holzbänke wie die, auf der er saß. Was hatte ein Umkleideraum in einer Bank zu suchen?

Mahler oder Cisco oder Zizz waren nirgends zu sehen. Quinn war im Stehen eingeschlafen, er hatte nicht einmal gespürt, wie er auf den Boden gefallen war, und jetzt war er hier und saß an der Wand, ganz allein. Wie das? Ein subkutaner Pfeil? Stand er unter Drogen?

Da war noch jemand. Jemand saß ganz in seiner Nähe.

Vor einer Sekunde war der Kerl noch nicht hier gewesen. Aber das war unmöglich, sein Hirn war noch immer von Gott weiß was umnebelt. Der Typ musste reingekommen sein, als er außer Gefecht war.

Ein ganz normaler Kerl. Obdachlos, dem Aussehen nach. Verfilzte Haare, verfilzter Bart und so schmutzig, dass er mit der Stadt die grauschwarze Haut gemeinsam hatte. Lange schorfige gelbe Fingernägel. Keine Schuhe, die Kleider bis zur Unkenntlichkeit abgetragen, das Hemd nicht mehr vom Mantel zu unterscheiden. Er roch sicherlich ziemlich übel, wenn man in seine Nähe kam. Der Typ saß an der Wand zusammengesunken da, knapp außerhalb der direkten Beleuchtung, kaum drei Meter weit weg.

Wahrscheinlich ein Fanatiker, noch ein Bittsteller vor den Toren des HopeScope. Angeblich half der Mittelsmann jedem, der ihm gefiel, und bei seiner Auswahl richtete er sich meist nach dem Zufall.

»Geht's dir wieder gut?«, fragte der Typ.

»Glaub schon.«

»Auf was bist du aus?«, fragte der Typ.

»Ich will einem Freund helfen. Scheiße, mein Kopf schmerzt. Äh – was ist mit dir?«

»Eigentlich klar, oder? Ich brauche einen Ruheplatz für meinen Hintern und vielleicht eine Neueinstufung meiner Kreditwürdigkeit. Ist wohl nicht zu viel verlangt von diesem verdammten Zauberer von Oz hier.«

»Du könntest einen Antrag stellen, um in den sozialistischen Bezirk zu ziehen, die hätten dir –«

»Seh ich aus wie ein verdammter Roter, Mann?«

»Glaube nicht. Ich auch nicht. Aber sie haben ganz ordentliche Mieten dort … Wie sind wir eigentlich hier reingekommen?«

»Mit Kopfweh. Mehr weiß ich auch nicht.«

»Ich bin mir nicht mal sicher, ob ich wach bin. Oder ob dieser Bau hier –«

»Das ist keine Halluzination. Selbst die Halluzination, die du heute Abend am Himmel gesehen hast, war keine Halluzination. Das war die höhere Wirklichkeit der Ereignisse, in die du verwickelt bist, die Form angenommen haben. Du hast keine Halluzination. Du bist hier. Ich bin hier.«

»Woher weißt du, dass ich etwas gesehen habe?«

Der Landstreicher plapperte weiter: »Die Vision in dir hat nachgelassen, aber wegen ihr wird es mit dir klappen. Es hat dein Gehirn auf die richtige Wellenlänge gebracht, zumindest zeitweise. Visionen sind nicht nur Halluzinationen, Mann. Sie zeigen dir Sachen. Die begriffliche Dimension einer Sache. Und Sachen, von denen du nicht mal weißt, dass es sie gibt.«

Der ist verrückt, der hat seine Medikamente nicht genommen, dachte Quinn. Er schläft auf der Straße, weil er *zu wenig* Drogen nimmt.

»Schön«, sagte Quinn. »Und was machen wir jetzt?«

»Wir warten. Du sitzt in einem Wartezimmer, Mann.«

»Du scheinst dich ja wirklich auszukennen, was?«, stellte Quinn fest. »Dann erklär mir doch mal, wo wir sind. Erklär mir, wer der Mittelsmann ist.« Wahrscheinlich hatte der Kerl doch eh keine Ahnung. Aber Quinn hatte Angst. Er wollte hören, wie jemand redete.

»Der Mittelsmann arbeitet für die Geister des Großstadtdschungels, um mal mangels Alternativen diese bescheuerte Terminologie zu verwenden, und die Fetischmaklerin arbeitet für den Mittelsmann. Hast du mir eine Zigarette?«

»M-mm.«

»Dann rauch ich eben eine von meinen.« Er kramte eine krumme, schmutzige Zigarette aus den übel riechenden Tiefen seiner Kleidung und schob ein Ende in sein Röhrenfeuerzeug. Der Rauch duftete nach echtem Tabak. Er hatte einen großzügigen Menschen angeschnorrt. Der Landstreicher lehnte sich gegen die Wand, blies Rauch aus seiner Nase und sagte: »Der Mittelsmann ist ein Wetware-Medium. Er … wie genau willst du es wissen?«

»Alles, sofern das möglich ist.«

»Du wirst noch bereuen, dass du das gesagt hast …«

Der Obdachlose stieß eine Rauchwolke aus und fuhr fort: »Gut, lass mich überlegen; es gibt ein subatomares Teilchen namens IAMton. Die Physiker spekulieren darüber, der Mittelsmann dagegen weiß Bescheid. Er war ein erstklassiger Forscher in Stanford. Er hat ein IAMton mit Hilfe eines subatomaren Wetware-Scanners isoliert, der das Ding in seiner natürlichen zerebralen Darstellungsausrüstung wieder erschaffen hat, und als er damit fertig war, *sprach es zu ihm.* Es sprach zu ihm! Schnallst du das? Ein subatomares Teilchen, dass dir erklärt: *Yeah! Du hast mich entdeckt!*« Der Obdachlose lachte.

»Hat es englisch mit ihm gesprochen?«

»Nein, aber er hat es auf Englisch *gehört.* In Wirklichkeit waren das *alle IAMtonen auf dem verdammten Planeten*, die zu ihm sprachen, in der dortigen Makrooktave. Sie haben durch die Gruppe von IAMtonen zu ihm gesprochen, die er in seinem Tokomakfeld festhielt und mit dem Elektronenmikroskop untersuchte, das mit seiner Wetware verbunden war. Verstehst du?«

»Nein, eigentlich nicht. Ansatzweise.« *Mit dem Elektronenmikroskop, das mit seiner Wetware verbunden war?* Na gut, dann gehörte dieser Obdachlose eben zu jenen zungenfertigen Paranoikern, die während ihrer Jugend Neal Stephenson gelesen hatten – oder ähnliches Zeug.

»Jedenfalls hat sich der Mittelsmann danach ziemlich verändert, und jetzt, *jetzt* will er, dass auch andere Leute erfahren, was das IAMton dir geben kann; deshalb lässt er auch alle möglichen Menschen darüber palavern, so wie mich, denn er möchte den Menschen die Selbstständigkeit zurückgeben, zumindest denjenigen, die dazu in der Lage sind, wie du, verstanden? Er möchte, dass sie dieses Wissen einsetzen – dass sie ihren individuellen Nutzen daraus ziehen – aber bisher hat das noch keiner gemacht. Nicht jeder ist ein Schamane wie der Mittelsmann, verstehst du? Und der Mittelsmann steckt sozusagen dort fest, wo er gerade ist … Und er weiß nicht mehr, wie er dort hingekommen ist, weißt du … so ungefähr, als würdest du dir in deine eigenen Zähne beißen, oder dir deine eigene Zunge lecken, wenn du erst mal dort bist, bist du zu sehr drinnen, um … um … nun, er braucht Leute draußen … Leute wie dich vielleicht, verstehst du … Aber das ist schwer, alles ist so verborgen … und das hat seinen Grund. Es wurde so entworfen. Die Wahrheit schützt sich selbst, weißt du; die völlige Objektivität auf der übergreifenden Ebene versteckt sich vor uns, denn sie will, dass wir um sie ringen. Das ist alles Absicht – sogar das Chaos. Die höhere Macht will das so; wir halten es für zufälliges Leid – und das *ist* es auch. Das Gesetz des Zufalls. Kannst du mir folgen?«

»Nein.«

»Gut, gut …« Er zog heftig an seiner Zigarette, hustete, blies Rauch aus. »Nun, das IAMton ist ein subatomares Teilchen, das immer dann auftaucht, wenn ein Bewusstsein entsteht. Es ist die Voraussetzung für jeden Grad des Bewusstseins. Der Körper ist elektrisch, klar, wie jene alte patriotische Schwuchtel gesagt hat, wie hieß er doch gleich …«

»Whitman.«

»Genau. Der Körper besitzt ein eigenes elektromagnetisches Feld, stimmt's?« Er wandte sich ab und spuckte irgendetwas Ekliges in eine Ecke. Räusperte sich, spuckte erneut. »Das IAMton ist ein allgegenwärtiges Teilchen, aber nicht unbedingt ein *aktives* Teilchen in *deinem* System – doch wenn ein Organismus über das richtige magnetische Feld verfügt, den richtigen magnetischen Schwerpunkt, werden einige dieser Teilchen – bei den höheren Organismen sind es mehr – von diesem System angezogen, von diesem Organismus, und in den *holographischen Sitz des Bewusstseins* aufgenommen. Der wiederum im Gehirn steckt, verstehst du? Das ist das *Ich*, das *›ich bin‹*, das Ding, das zu Aktionen jenseits von Reaktionen fähig ist; die Bewegung, die über den Reflex hinausgeht. Das Wesen der Willensfreiheit, sozusagen. Wir alle verfügen über eine bestimmte *Menge* dieser Teilchen; die Meta haben viel mehr davon, denn sie sind Teil der Hypersphäre …«

»Der ›Hypersphäre‹? Mann, du machst nur meine Kopfschmerzen schlimmer –«

»Ohne Schmerzen keine Herzen. Die Hypersphäre oder auch Ruckersphäre ist die Dimension, die unsere Dimension und noch zwei höhere Dimensionen beinhaltet … Rucker hat nicht alles verstanden … Wenn also ein Volksstamm sich psychologisch auf einer Linie befindet, erzeugen sie um sich herum ein kollektives elektromagnetische Feld –«

»He, warte mal – du hast vor ungefähr zwei Minuten und einer Menge Kauderwelsch die Meta erwähnt. Was weißt du über die Meta?«

»Was man sich so erzählt. Gerüchte. Die Meta! Ha! Alles erfunden! Mythen! Hast du was zu essen dabei?«

»Nein, habe ich nicht. Erzähl mal – Was warst du, bevor du auf der Straße geschlafen hast?«

»Ein Rindvieh. Ein anders geartetes Rindvieh. Jedenfalls – die IAMtonen …«

»Ich meine, du redest manchmal einfach anders«, stellte Quinn fest. »Manchmal redest du wie ein Obdachloser, dann wieder wie ein Paranoiker auf dem Quasseltrip, und manchmal wie … ich kann es nicht beschreiben, ein –«

»Willst du jetzt was über den Mittelsmann erfahren oder nicht?«

Quinns Verwirrung wurde dadurch nicht gerade geringer, aber sei's drum.

»Jedenfalls erzeugt dieses Stammesfeld Wesen, oder es zieht sie an – der Mittelsmann ist sich da nicht ganz sicher, was zutrifft –, und diese Wesen, die so genannten Geister des Großstadtdschungels, erscheinen uns in Form unserer übereinstimmenden Interpretation unserer Umwelt.«

»Hee – warte mal – gibt es diese ›Geister‹ wirklich? Sind sie eine holographische Täuschung, oder sind es wirklich … ›Geister‹?«

»Es gibt sie wirklich – aber was waren Dämonen und Engel und Naturgeister seit ewigen Zeiten? Die Reaktion des IAMton-Feldes, des Großen Geistes, auf die gedanklichen Modelle der Menschen. Es gibt sie wirklich, von Menschen geschaffen … Allerdings sind sie oft weit mächtiger als normale Menschen. Der Mensch hat Kampfflugzeuge gebaut, aber ein Mensch kann nicht gegen ein Kampfflugzeug bestehen: Es ist weit mächtiger als ein einzelner Mensch.«

»Die Meta dagegen –«

»Die Meta stehen auf einer höheren Ebene, aber sie nutzen auch diese Ebene nach Belieben.« Er spuckte wieder in die Ecke. »Eure so genannten ›primitiven‹ Schamanen, eure Ureinwohner, eure ›Priester‹ können gelegentlich mit den IAMton-Wesen sprechen – sie nennen sie vielleicht Voudoun Loa oder so –, und manchmal erhalten sie auch eine Antwort, manchmal allerdings auch nicht. Wie du siehst, handelt es sich um eine völlig neue Kategorie von Lebewesen … und jetzt pass gut auf, mein Sohn: eine *völlig neue Kategorie von Lebewesen* … insbesondere jetzt, nachdem der Mittelsmann direkt Kontakt mit ihnen aufgenommen hat – Hörst du mir zu?«

Während Quinn den Landstreicher anstarrte, war dieser einen Sekundenbruchteil lang durchscheinend geworden. »Du bist ein Teil des HopeScope. Ein … Bild. Ein Bild hinter dem Bild … Du bist der Mittelsmann.«

»Na und? Ist das schlimm? Du kannst ja den kleinen Mann hinter dem Vorhang ignorieren.«

»Ich kann keine Anspielungen auf den Zauberer von Oz mehr hören –«

»Ich kann nicht genug kriegen. Hast du jemals Sean Connery in *Zardoz* gesehen? Hey, ich musste schließlich erst mal rauskriegen, wer du bist, oder? Ich meine, du und deine Freunde sind so was von lächerlich … dröhnt euch zu und lauft mit der Vorstellung herum, den Eisschrank zu knacken. Und du? Dein alter Herr ist Izzy Dose! Der Sohn eines Popstars? Klar hast du ein Rad ab. Verwöhntes kleines Millionärssöhnchen. Kurz gesagt: was für ein Haufen von Verlierern. Ich musste erst mal rauskriegen, wie ernst es euch ist. Also habe ich dein oberflächliches Bewusstsein beschäftigt und mir dein Unterbewusstsein angeschaut …«

»Du liest meine Gedanken?«

»Nein, du zeigst mir einen Teil von ihnen. Wir befinden uns eigentlich nicht hier, verstehst du? Dieser Raum existiert nicht. Es ist ein virtueller Raum. In Wirklichkeit liegst du auf einem Tisch im Untergeschoss der alten Bank, mit einem zerebralen Hackerhelm.«

»Erzähl kein Scheiß!«

»Dreh die Lautstärke runter, der Helm wird dich schon nicht beißen. Du bist an die Datenbank angeschlossen, über die ich mit den Geistern Kontakt aufnehme.«

»Mahler glaubt nicht an diesen Geister-Kram. Er meint, du beschäftigst einfach gute Hacker.«

»Mahler ist ein stalinistischer Ignorant mit einer aufgeweichten rechten Hirnhälfte und einer erigierten linken.«

»Na, hör mal –«

»Du möchtest wissen, was wir dafür verlangen, euch den Eisschrank zu knacken. Wenn es nicht um Black Betty gehen würde oder wenn ihr nicht denn Schlüssel hättet – und du kannst deinen Arsch drauf verwetten, dass der allein nicht genügt –, würden wir euch zum Teufel jagen. Es gibt tausend Leute, die nur zu gerne jemand aus dem Eisschrank holen würden. Das ist *schwierig*. Alles in allem würde ich dir sogar jetzt noch sagen, du sollst dich verpissen – aber an dir ist irgendwas Besonderes ... eine Schwingung, ein ganz bestimmter Geruch: der Geruch nach verbranntem Silikon der Meta, Quinn. Die Gnade der Meta ruht auf dir. Und die Meta ... denen vertraue ich. Und dann noch: Es geht um Black Betty, sie ist mit ein Grund, weshalb wir helfen möchten. Vielleicht ist sie eines der Puzzleteile, nach denen wir suchen, und *vielleicht* gelingt es dir tatsächlich, sie da rauszuholen ... Ein weiterer Grund ist die übliche Gage, die wir verlangen: Verehrung. Ihr zahlt mit Andacht. Und darunter verstehe ich wirkliche Andacht, nicht einfach nur erbauliches Geschwätz.«

»Du willst, dass wir die, äh, Geister anbeten? Die Geister des ›Großstadtdschungels‹ ...«

Der Obdachlose flimmerte erneut, war eigentlich nicht mehr wirklich *da*. Der Kerl wurde plötzlich zweidimensional, eine geometrische emblematische Figur auf einem Bildschirm, wie ein Warenzeichen.

Quinn überkam eine angenehme Taubheit, aus der heraus er das Emblem sprechen hörte, er konnte sehen, wie sich der Mund der Hieroglyphe bewegte, und er wusste, das er all dies auf der Innenseite seiner geschlossenen Augenlider sah ... während der Mittelsmann, der verwandelte Landstreicher mit einer Stimme so durchdringend wie ein Fanfarenstoß sprach:

»Uns zu verehren ist eine sehr angenehme Sache, Quinn. Es hat nichts mit Unterwerfung zu tun, im Gegenteil: Es fördert die Eitelkeit. Die Geister sind wir selbst. Es ist ein ziemlicher Kick, Quinn, den Geistern ein Lied zu singen, ein wenig für sie zu bluten, ihnen Opfergaben darzubringen, das ein oder andere Erg.

Ich spreche von Fluoreszenz, die Elektronen atmet.
Und von Fluoreszenz ausgehend Netzwerk und Grid – Netzwerk und Grid, die Boten Gottes, einer für den Hinweg, der andere für die Rückreise, beim Beischlaf mit ihrem Geliebten, der Wellenlänge.

Ich spreche von TeVau, dem Bauchkitzler, der alles isst und nichts verschlingt, der lügende Buddha.

Ich spreche von Eins-Null-Eins – dessen Halbling du bist, Quinn – der Geist, der das Schwert *Eingabe* schwingt und sich mit dem Schild *Ausgabe* schützt, dessen Erinnerungen aus den Schmelzwassern bestehen, die zwischen den nüchternen Speichern aller vernetzten Computer fließen; deren Silikon-Vereinigung dich schließlich über sämtliche Computer hinaustragen wird.

Ich spreche von Pixel, der Video-Königin – deiner wahren Mutter, Quinn –, die dich in der Halbwelt der Übertragung erwartet.

Ich spreche von Fraktal, dem lebenden Tor zur fünften Dimension, auf das du in einem Laternenpfahl und einem Abflussrohr gestoßen bist, das die Dimensionen der menschlichen Wahrnehmung mit den Dimensionen aus elektronischer Sicht vereint.

Ich spreche von Pharmus-Hormona, deren durchscheinendes Fleisch verlockend anschwillt oder zu sehniger Süße schrumpft; die dafür verantwortlich ist, dass Fruchtbarkeit und Mode nicht mehr voneinander zu unterscheiden sind.
Ich spreche von MaxBux, der Energie in Form von Geld, des Geldes in Form von Energie, dem lebenden Flussdiagramm der Leichtigkeit und der Macht.

Ich spreche von Score, dem Herrn der Beute, Meister Feindope, dessen Zähne aus Nadeln bestehen; flehe ihn an, bitte

ihn, er möge dich als Opfer annehmen, er möge deine Kehle zwischen seine Zähne nehmen. Er wird dich zerstören, wenn du ihn nur lange genug darum bittest; oder er wird dafür sorgen, dass du wünschst, er hätte es getan.

Ich spreche von Androgyna, der Disco-Königin, dem direkten Weg zu den Geistern, der Meisterin des Hip Hop-Voodoo, dem Mutterleib der Großstadtbarbaren, der großen Betrügerin.

Ich spreche von Vehikel, dessen Krone der Mack Bulldog und dessen Herz der Werbeslogan von General Motors ist.

Ich spreche von Gericht, dem Lügner, der mit gespaltener Zunge spricht, beide Hälften davon braun.

Ich spreche von Razzia, dem Bullen, dem Zerstörer, in dessen Gesicht aus Chrom alle Zahlen gestanzt wurden, dessen Arme in Schusswaffen und in Betäubungsknüppeln enden; Razzia, dem Zugeständnisse gemacht werden müssen.

Ich spreche über unsere Verwandten, Quinn. Denn manchmal verwandelt sich Zeus in einen Schwan …«

»Ich habe … ich habe, äh …«

»Ich weiß, dass du Angst hast. Aber dir wird nichts geschehen. Als Eins-Null-Eins dich übernommen hat, um mit dem Mufti auf Arabisch zu sprechen –«

»Ja – was *war* das?«

»*Das* war Eins-Null-Eins, der mit deiner Zunge zu Sadiq gesprochen hat, auf Arabisch von seiner Sprachdatenbank, die aus *allen* Sprachdatenbanken auf der ganzen Welt besteht; auch die Rhetorikdatenbank hat er heftigst angezapft und einige Vorschläge von mir eingearbeitet … Wichtig ist jedenfalls, dass du hinterher zwar ein wenig durcheinander warst, *aber dir ist nichts passiert*, dir ging es erstaunlich gut, wenn man die Umstände bedenkt. Das ist uns aufgefallen, das bedeutet, dass du für diese Sache geeignet bist. Du hast eines dieser Schlüsselgene, Junge. Du bist zum Schamanen geboren. Daher stammen auch diese ganzen Ahnungen, all diese Visionen und

Muster, die versucht haben, dich zu warnen, damals in Kalifornien und Nevada. Du bist ein Schamane. Also etwas mehr Selbstvertrauen, Quinn. Du hast deine Wellenlänge gefunden.«

»Aber ich weiß nicht, wie ich sie einsetzen soll, selbst wenn ich die entsprechenden Fähigkeiten besitze –«

»Ich weiß es. Ich werde dich führen. Und jetzt werden wir herausfinden, ob der Eisschrank zu knacken ist. Er verfügt über einen ganz eigenen Geist, der über ihn wacht, Quinn, einen entsetzlichen Geist.«

»Ich habe –«

Ein Schaltkreis schloss sich.

Quinn blickte plötzlich durch die Augen des Mittelsmanns. Augen, die über Ereignissen zu schweben schienen, die selbst unsichtbar waren. Sie mochten elektronisch sein, sie mochten menschlich sein, oder gar beides. Es waren … nicht seine Augen.

… er, der immer noch im Keller der Bank eingeschlossen war, auf einem Tisch, unter dem heftigen Einfluss eines REM-Musters.

Quinn betrachtete die Außenwelt; sein Körper schlief, doch er war noch nie im seinem Leben so wach gewesen.

Quinn beobachtete alles sehr distanziert; er wusste nicht, ob er aus weiter Ferne zuschaute, über eine psychische Verbindung, oder ob es etwas Elektronisches war. Beim Mittelsmann ging beides nahtlos ineinander über.

Genau genommen führte das eine zum anderen; eine Art Elektronik, die zu einer Art psychischer Verbindung führte, durch das IAMton-Feld.

Du wirst dort unten bleiben, während die Stunden vergehen; physisch wirst du weiterhin hier sein, Quinn, sagte der Mittelsmann, *während deine Freunde versuchen, Black Betty aus dem ›Eisschrank‹ zu holen. Aber du wirst mehr als nur im Geiste bei ihnen sein: Du wirst ihnen helfen, du wirst die Quantenebene der Wahrscheinlichkeiten kippen; das Kugellager der Zeit rollt mal in diese, mal in jene Richtung. Konzentriere dich, und du kannst diese Richtung beeinflussen, Quinn. Mit meiner Hilfe: mit deinen Fähigkeiten …*

* * *

»Ich mach mir Sorgen um Quinn«, sagte Zizz. »Ich meine – was ist passiert? Er steht da und steckt diese Karte in den Schlitz, und so ein *großer schwarzer Fleck* taucht aus der Maschine auf und löscht ihn aus – dann verschwindet er wieder, und Quinn ist auch weg …«

»Bühnenzauber«, sagte Mahler, »um die Gläubigen zu blenden. Damit müssen wir uns abfinden.«

»Ich wüsste trotzdem gerne, was mit ihm los ist«, sagte Cisco.

Mahlers frisch zurückgewonnenes Selbstbewusstsein war wieder verflogen. Dass Quinn plötzlich in fremden Zungen sprach – oder zumindest Arabisch –, hatte ihn ziemlich geschockt.

In diesem Augenblick tauchte der Landstreicher auf – er schwebte über den Ruinen.

Er erschien mit der Plötzlichkeit eines Witzes über den Heiligen Geist, den sich irgendein Schlaumeier ausgedacht hatte. Cisco und Zizz und Mahler starrten zu ihm hinauf; alle drei sahen, wie er über ihnen in der Luft erschien, ein heiliger Saufkopf, ein schwebender Landstreicher mit einer Aureole in der Farbe eines Bildschirmleuchtens in einem dunklen Zimmer.

Mahler schreckte zurück, wandte der Erscheinung den Rücken zu und schüttelte den Kopf. »Eine holographische Projektion. Beschissener Bühnenzauber …«

Die Vision sprach zu Cisco und Zizz: »Quinn geht es gut – er arbeitet mit mir zusammen an unserem Part der Angelegenheit. Wir können ein paar Dinge für euch aus dem Weg räumen … wir können der Rotation der Zeitkugel im Raum ein wenig Effet geben, versteht ihr … Aber es gibt ein paar Dinge, die müsst ihr selber tun, in *dieser* Welt: die ihr für die normale Welt haltet. Ihr müsst noch ein paar weitere Schaltkreise für uns schließen, in der Hypersphäre, und das läuft über die Fetischmaklerin …«

»Was ist die Hypersphäre?«, murmelte Zizz.

Der Mittelsmann flatterte mit seinen silbrig geschuppten Flügeln, kratzte sich eine Laus aus der Achsel und zog an einer ätherischen Zigarette; er blies einen Rauchring, der sich zu einem Hakenkreuz formte. Dann blies er das Hakenkreuz auseinander und sagte mit weltmännischer Distanziertheit: »Einen Block weiter südlich befindet sich ein altes Pornokino. Das Gebäude ist verlassen und sieht verbarrikadiert aus, aber wenn ihr über das Geröll klettert, seht ihr einen Eingang. Dort findet ihr die Fetischmaklerin. Sie wird euch ausrüsten. Sie existiert in eurer Welt. Sie wird euch mit allem Nötigen versorgen, damit ihr in den Eisschrank reinkommt. Oder«, fügte er philosophisch hinzu, »es funktioniert nicht, und ihr werdet abgeknallt. Das könnte natürlich auch passieren …« Die Stimme klang ganz leicht elektronisch.

Die Erscheinung verblasste, erst die Details, dann der Umriss, wie eine Holoprojektion.

Zizz und Cisco sahen einander an.

Cisco atmete langsam aus und sagte dann: »Ich weiß nicht, was wir sonst machen können … Du vielleicht?«

Zizz schüttelte den Kopf.

»Ich traue diesem … Ding nicht, was immer es ist«, sagte Mahler fröstelnd. »Ich werde hier auf Quinn warten.«

»Dann treffen wir uns hier wieder, Mahler«, sagte Zizz, »wenn du dich schon wie ein Arschloch benehmen musst.«

Und sie machten sich auf den Weg zur Fetischmaklerin.

Mahler blieb zurück, allein zwischen Ruinen, unbewaffnet, schmollend und umgeben von ideologischem Nebel.

* * *

Einen Block weiter, in der so genannten wirklichen Welt, kraxelten Cisco und Zizz über eingestürztes Mauerwerk in die Ruine des Adult Sensurround-Kinos auf der anderen Straßenseite und trafen dort die Maklerin.

Die Maklerin war eine ausgezehrte Frau, die in einem Bett in ihrer eigenen Scheiße lag.

Fotografien aus Pornomagazinen des 20. Jahrhunderts waren auf feinste Seide aus Ersatzhaut – die teure Sorte – übertragen worden, so dass die Maklerin auf einem automatischen Kissen lag, das aus Hunderten von kleinen, ineinander verschlungenen nackten Körpern bestand, ein Stoffdruckmuster müder Gesichter, schiefer Hintern, wogender Brüste und sich kreuzender Genitalien.

Die Fetischmaklerin selbst hatte eingesunkene Augen, abstehende Haare und war fast bis auf die Knochen abgemagert. Eine Tätowierung geschönter Nervenbahnen, von Schnörkeln, bourbonischen

Lilien und blühendem Wein eingefasst, war in düsteren Farben in Körper und Beine gestochen.

Sie war mit einer Alumitech-Wirbelsäule ausgestattet: Ein langer grauer Tausendfüßler lief ihren nackten Rücken hinunter, ein Tausendfüßler mit Implantat-Drähten statt Füßen.

Er funktionierte als Signalwandler an den Nervenenden, der die Impulse von den erogenen Rezeptoren verstärkte, von allen lustempfindlichen Nerven. Alles allerfeinste Arbeit, allerdings noch nicht lange auf dem Markt, ihre Bewegungen waren manchmal sehr unregelmäßig, wenn eingehende somatische Lustsignale die motorische Koordination störten. Ein Porzellanapparat neben ihrem Bett blies warmen therapeutischen Nebel über sie, aus Düsen, die ihre verstärkten erogenen Rezeptoren systematisch untersuchten; das Kissen bewegte sich langsam unter ihr, der versteckte Mechanismus massierte sie, erschlaffte, massierte sie wieder …

Zizz und Cisco standen vor dem Bett der Maklerin wie Höflinge bei einer königlichen Audienz. Und Quinn, in Trance und eingestöpselt, sah distanziert zu, aus seinem Versteck unter der alten Bank.

Quinn wechselte den Blickwinkel und bemerkte das fleischfarbene Plastikkästchen des Drogenspenders, der in ihre Wade implantiert war.

Zizz bemerkte es auch. »Ooooh, ein Spender, die sind aber teuer, wie hoch ist die Dosis?«

»Das ist eine sehr unhöfliche Frage«, sagte die Maklerin mit der Stimme einer verärgerten Siamkatze. »Bitte stellen Sie niemals diese Frage.«

Quinn ging davon aus, dass der Maklerin ein niedrige Dosis Amphetamine eingeflößt wurde, mit Demerol verschnitten und einem gelegentlichen Schuss Beta-Endorphine.

Der Raum war eine Beton-Tropfsteinhöhle, die Ränder verloren sich in roten Schatten, die elektronischen Fetische der Maklerin bildeten die Stalaktiten.

Cisco starrte begeistert hinauf. Sie hingen zu Hunderten von der Decke, jeder ungefähr fünfzehn Zentimeter lang. Unter Einsatz von winzigen Zangen und Pinzetten und den Zähnen der Maklerin geschaffen, aus Drähten mit komplexen Farbmarkierungen. Mit Bandsägen zerteilte Stückchen von Schaltkreisen, Mikroprozessoren, Halbleitern, Kondensatoren und ... Knochen. Haarbüschel. Blaue Samtstreifen, grüne Seide. Alle annähernd zu kleinen menschlichen Figuren gedreht oder zu Tiergestalten, die noch niemand gesehen hatte. Keines der Figürchen schien vollendet, doch jedes erfüllte seinen Zweck.

Die Fetischmaklerin grinste mit von den Zähnen zurückgezogenen Lippen, und die Wurzelspitzen in ihrem blauen Zahnfleisch wurden sichtbar.

Auf einem Holztisch voller Lötzinnspritzer neben dem Bett waren vier Fetische auf einem schwarzen Draht aufgereiht – Figuren aus Gummi in hellen Farben, mit einer Kupferlegierung überzogen.

Sie streckte eine Hand nach dem Tisch aus wie im Licht eines Stroboskops, die Bewegung war nicht fließend. Ruck-ruck-ruck.

Verärgert griff sie mit ihrer anderen Hand hinter sich und verstellte etwas an ihrer Wirbelsäule. Daraufhin bewegte sie sich fließender, als sie den Ring von Fetischen in die Hand nahm. »Für euch, mit schönen Grüßen vom Mittelsmann, und für Black Betty.«

Cisco griff nach dem Fetischreif und zog daran – doch die Maklerin ließ ihn nicht los. Ihre Lippen zogen sich wieder von ihrem Totenkopfgrinsen zurück.

»Ein Preis.« Sie bewegte sich ruckartig, in einer roboterhaften Parodie einer verführerischen Pose. »Er hat gesagt, ich dürfte euch dieses Mal keine Kohle abknöpfen. Aber ich kann etwas anderes verlangen.« Sie blickte Cisco auf den Schritt. »Dich, für eine Weile. Die anderen können zuschauen.«

Cisco schluckte sichtlich, murmelte: »Mahler hat wirklich Glück.«

Die Maklerin schob ein frisches Röhrchen in ihren Spender und streckte sich auf dem Bett aus. Sie spreizte ihre Beine und sagte: »Verschwende keine Zeit.«

Sie mussten warten, bis die Maklerin mit Cisco fertig war. »Sie kann einem wirklich auf den Sack gehen«, sagte der Mittelsmann. »Wenn sie zu lange braucht, bringt sie meinen Zeitplan durcheinander.«

Quinn konnte weder sich selbst noch den Mittelsmann sehen. Er beobachtete Cisco und die Fetischmaklerin auf dem Bett, von einem objektiven Nichtstandort. Aber er und der Mittelsmann konnten einander hören.

»He«, sagte Quinn. »Wie funktionieren denn diese Fetische? Ich meine, sind sie nicht nur ein psychologischer Trick?«

»Sie sind auf eine IAMton-Übertragung eingestellt und kanalisieren sie. Es kommt darauf an, *warum* sie funktionieren, Quinn. Die menschliche Welt hat eine psychologisch kritische Masse erreicht …«

* * *

Die Nacht in Nevada war weit fortgeschritten. Aber Ceph fesselte ihre Aufmerksamkeit: Sie lauschten der geheimen Geschichte der Geschichte. Ein für alle Mal.

»… die Zetaner haben der Menschheit ganz bestimmte genetische Komponenten ihrer selbst mitgegeben, sie haben der frühen Menschheit über einige evolutionäre Holprigkeiten hinweggeholfen – aber sie haben zu spät bemerkt, dass die Mehrheit der Rasse viele Triebkräfte der Primaten beibehalten hat, während sie davon ausgingen, dass diese beseitigt wären – Triebkräfte, die von kleinen Kriegen zu großen Kriegen führen würden und zum gleichen Ende wie ein anderes altes Experiment der Zetaner, auf einer anderen Welt: weltweiter Verwüstung. Zu diesem Zeitpunkt konnten die Zetaner keine genetischen Veränderungen an der menschlichen Rasse mehr vornehmen, also beschlossen sie, ihre Strategie zu ändern. Sie begannen – oder glaubten das zumindest – den Begriff der *höheren religiösen Ethik* einzuführen, um die Menschheit davon abzuhalten, sich selbst zu zerstören, bevor das Experiment abgeschlossen war.

Ihnen war bereits die Neigung der Menschheit aufgefallen, kosmologische Erklärungen für das Leben und die Natur und den Tod zu suchen … Sie selbst hatten in ferner Vergangenheit solche Neigungen verspürt, aber sie haben sie vor Tausenden von Jahrhunderten ausgelöscht …

Sie waren auf eine Kategorie von Wesen gestoßen, die wir Meta getauft haben. Diese Wesen waren in der Lage, der Entwicklung der Rassen, die sie aufsuchten, eine harmonische Zielsetzung zu geben. Warum? Das wussten die Zetaner nicht. Sie gingen davon aus, dass die Meta irgendeinem megalomanischen kulturellen *Reicht euch die Hand*-Wahn verfallen waren – und sie beschlossen, dass sie diesen Wahn für ihre Zwecke nutzen konnten.

Also fingen sie eine mächtige Meta in einem riesigen Tokomak-Spannungsfeld und brachten sie auf die Erde. Eine Variante eben dieses Feldes ist übrigens das ›Kraftfeld‹, das die Meta von den Zetanern fern hält …

Das planetare IAMton-Feld reagierte auf die gefangene Meta und bildete eine ›Gottheit‹ in Form einer Lebensform, die die örtliche planetare Lebensform, die Menschheit, verstehen konnte. Der *eine* Gott. Der *große* Geist. Aton. Jahve. G'Broagh Fram. Zahlreiche Namen an zahlreichen Orten. Der Einfluss der Meta auf das IAMton-Feld war an einigen Orten besonders stark – wie zum Beispiel im Mittleren Osten zur Zeit von Moses. Schlussendlich entkam die gefangene Meta den Zetanern und verließ die Erde. Aber ihr Einfluss blieb zurück. Sie hatte etwas zurückgelassen, das in der Luft hing und das das IAMton-Feld mit der Menschheit verband. Ein weiterer Faktor kam hinzu – das Höhere selbst … *Die Dritte Macht*. Und die Zetaner können, wie viele Menschen auch, die Dritte Macht nicht wahrnehmen …«

»Das reicht!«, platzte es aus Lyn Farraday heraus, überwältigt. »Ich meine, Jesus!«

»Stimmt«, sagte Ceph. »Apropos Jesus … ähm, also …«

* * *

Der Eisschrank glich einem Bürogebäude.

›Warum müssen Gefängnisse abstoßend hässlich sein, wenn die neuen Technologien die Sicherungsanlagen nach innen verlegen können?‹, hatten sich die Architekten gefragt und waren sich wahnsinnig innovativ vorgekommen. ›Warum gestalten wir sie nicht so, dass es den Anwohnern kaum noch etwas ausmacht, in ihrer Nähe zu wohnen?‹

Besucher von außerhalb, die das FedControl-Gefängnis sahen, das spartanisch, aber eben nicht bedrohlich auf der künstlichen Insel in der Mitte des Hudson aufragte, hielten es für die Zentrale eines auf seine Sicherheit bedachten multinationalen Konzerns.

Von Kummersdorf aus betrachtet sah die Sache anders aus. Kummersdorf war die turmhohe Personifizierung der Wohnungskrise: die Dachslums, das komplizierte, durch wacklige Brücken miteinander verbundene Labyrinth von Holzfaserhütten, die sich auf den

Dächern der Mietskasernen gefährlich türmten, auf den Dächern von Lagerhallen, auf jedem Stück freien Raumes, dessen sie dort oben habhaft werden konnten.

Von oben konnten die Kummersdorfer den rechteckigen Wolkenkratzer aus polarisiertem Glas überblicken, den Eisschrank, und sie wussten: Das ist ein Gefängnis. Ein siebzigstöckiges Gefängnis ohne Suchscheinwerfer, ohne Gefängnismauern oder elektrische Starkstromdrähte. Auf einer Seite gab es eine elegante Einbuchtung, weitläufige Rasenflächen, einen Formschnittgarten und einen erleuchteten Springbrunnen.

Die Kummersdorfer wussten trotzdem, was es war. Es ließ sie schaudern, weil es so *sorglos* wirkte.

Aber es wurde bewacht, und zwar nicht zu knapp.

Cisco und Zizz kletterten aus dem Boot, den Betondamm hinauf und auf den Rasen – da blieben sie reglos stehen. Sie lauschten. Sie hörten das gedämpfte Surren der Schwebekameras durch die Finsternis näher kommen.

* * *

Quinn lag immer noch auf einem Tisch, in einen Helm gepackt, in einem blitzblanken Kellergeschoss unter einer schmutzigen Ruine. Er war immer noch in Trance, elektronisch und psychisch. Eine Silikon-Vereinigung auf Sparflamme.

Quinn sah und lauschte über die Fernverbindung des Mittelsmanns, und er hörte auch, wie die Schwebekameras sich Cisco und Zizz näherten.

Der Mittelsmann schaltete auf Infrarotsicht, und Quinn sah die Schwebekameras als zwei Vögel, deren Motorwärme rot leuchtete, während sie in zehn Meter Höhe um Cisco und Zizz kreisten: Die Schwebekameras blickten auf Cisco und Zizz hinab, analysierten sie, klassifizierten sie als Eindringlinge und alarmierten die Cyberwachen in ihren Nischen entlang der Gebäudewand.

»Das war's«, sagte Quinn zum Mittelsmann. »Die sind im Arsch.« Er konnte den Mittelsmann nicht sehen, aber er war *da*. Er war der unsichtbare, allgegenwärtige Hintergrund. »Als das letzte Mal jemand versucht hat, dort wen rauszuholen, haben die Cyberwachen sie fertig gemacht, da waren gleich zwanzig von diesen Wichsern zur Stelle und haben losgeballert. Mit Hubschraubern, mit allen Schikanen – alles in kaum einer Minute. Die sind im Arsch.«

»Nicht, wenn wir eingreifen.«

»Dafür haben wir keine Zeit.«

»Haben wir. Du und ich unterhalten uns in Traumzeit. In Hirnzeit, die sich ganz deinen Wünschen anpasst. Frag deinen Freund Anatole mal danach. Hattest du jemals einen Traum, in dem alles, was passiert ist, Tage gedauert hat – und als du aufgewacht bist, hat der ganze Traum in drei Minuten echter Zeit stattgefunden? Genau so ist das. Wir sind zehn Mal so schnell. Zwanzig Mal. Dreißig. Okay?«

OOH BLACK BETTY BLAM BUH LAM

»Ich höre Musik«, sagte Quinn. »Ein Hip-Hop-Beat. House-Musik. Aber bluesig. Sie singen was über Black Betty …«

»Ja, das ist eine Art Remix des alten Leadbelly-Stückes, aus dem sie ihren *nom de guerre* hat, mit etwas Nick Cave reingesampelt.«

LOOKEE LOOKEE YONDER THE SUN DONE GONE
OOH BLACK BETTY BLAM BUH LAM
YEAH BAM BAM BUH-BAM
BLACK BETTY HAD A BABY BLAM BUH LAM
BABY WAS BLIND BLAM BUH LAM
BETTY DIDN'T MIND BLAM BUH LAM

»Du brauchst einfach mehr Selbstvertrauen und die nötige Konzentration, Mann. Du schaffst das: Du hast die Fähigkeiten, gleichzeitig Herr der Lage und aufnahmefähig zu sein. Eine Verbindung zu sein. Eine Null an der richtigen Stelle der Gleichung. Du und ich werden die Geister zum Eingreifen bringen. Um das möglich zu machen, musst du deine Gedanken ausblenden. Du musst … loslegen und TANZEN.

»Was bitte?«

»DANCE!« Die Stimme einer Frau, die sang.

OOH BLACK BETTY BLAM BUH LAM

»DANCE!« Eine Motown-Sängerin aus dem 21. Jahrhundert. »Come on and DANCE!« In die rhythmischen Pausen hineingesungen. BLAM BUH LAM

»Meinst du das ernst?«

Der Rhythmus, eine allgegenwärtige Detonation eines Linndrum, vibrierte in die Unendlichkeit, während sie (im Augenblick war es eine Sie) sang:

Come on and DANCE
Bam Bam Buh-BAM
OOH BLACK BETTY BLAM BUH LAM
DANCE YO WAY
to another place
Come on and DANCE
Bam Bam Buh-BAM
internalize space
Come on and –

Der Rhythmus drang aus dem Mark von Quinns Knochen. Das Linndrum war dem genetischen Code seiner Knochen einprogrammiert.

OOH BLACK BETTY BLAM BUH LAM

Plötzlich befand sich Quinn an einem anderen Ort: in Androgynas Mutterleib, einer mit kristallblauem Licht durchfluteten Discothek mit Spiegelwänden; er hatte wieder einen Körper, tanzte frei, tanzte mit sich selbst; einer der Fetische der Maklerin hing an einem Riemen um seinen Hals und peitschte im Rhythmus seiner Bewegungen. Mit jeder Bewegung schüttelte er seine Selbstzweifel ab, alle Unsicherheiten lösten sich auf, nur das Leben *dieses Augenblicks* zählte.

OOH BLACK BETTY BLAM BUH LAM

An der Decke blitzten Neonlichter und er erkannte an ihrem Muster, dass es Impulse waren, die in seinen Neuronen zündeten. *Dass er in seinem eigenen Schädel tanzte*.

OOH BLACK BETTY

Und sein Rückenmark sandte somatische Impulse in die Mitte der Decke hinauf: ein Splitlaser, der im Rhythmus der Musik Laserstrahlen ausspuckte, und um dieses Lagerfeuer tanzte er, den Tanz des Großstadtprimaten …

BAM BUH LAM
OOH BLACK BETTY
Come on and DANCE.

(Im Amazonas, in einem *Oca*, einem Dorf der Topajo, tanzte der *Feiticeiro* um ein Feuer; die Männer seines Stammes hockten um ihn herum und schenkten ihm einen Rhythmus. Sie zupften die *Birinbal* und trommelten auf hohlen Baumstämmen. Er war nackt bis auf die heiligen grünen Pigmente und den glänzenden Mantel seines Schweißes. Die Hütte glühte in der Hitze des Lagerfeuers und der Körper, der Schamane zitterte wie Espenlaub dank einer Droge, die von den amerikanischen Medizinschamanen Ibogaine genannt wurde, das Pulver einer heiligen Pflanze. Der Schamane tanzte im Rhythmus, den sein Knochenmark ausstrahlte und der seinem genetischen Code einprogrammiert war; zumindest sein Körper tanzte. Sein Gehirn verfügte über einen anderen Körper, der die Welt durchstreifte: den Dschungel auf der Suche nach dem schwarzen Jaguar, das Bambusblasrohr in der rechten Hand; tief in seiner Kehle summte er die fernen Klängen des Birinbal mit, während er die Geister anrief ...)

Quinn konnte buchstäblich spüren, wie sein Körper tanzte, in diesem Traum, der mehr war als ein Traum: Er schwitzte, seine Muskeln schmerzten, er schnappte nach Luft, sein Herz hämmerte, aber er fand seinen Groove, verfiel in die Trance, die es möglich erscheinen ließ, dass er ewig tanzen konnte; ihm wurde bewusst, dass das Tor in das andere Kontinuum auf einen Korridor führte, und dieser Korridor war der endlose Tanz; sich von der eigenen Körperwärme zusammenschmelzen und mitreißen lassen, die Hüften während der rhythmischen Pausen kreisen lassen, sich völlig darin verlieren. Die Schmerzen der Anstrengung schienen weit weg, ein ferner Farbklecks. Und während er tanzte (COME ON AND DANCE BLACK BETTY BAM BUH LAM), während er in dieser Traumwelt tanzte, in jenem Lichtkleid, das aus seinem Schweiß bestand, da war ihm, als befände er sich auf einem Weg, irgendwohin ...

Er berührte den Fetisch um seinen Hals. Ein Schaltkreis schloss sich.

Etwas klickte.

Elftes Kapitel

Tanz in jener Welt, wenn's in dieser nicht geht

Etwas früher in jener Nacht. Kapiert? Früher!

»Es gab zwei Fraktionen von Zetanern, die die Erde beobachteten, versteht ihr?«, sagte Ceph gerade. »Zum einen das Mikrobiologen-Team, das daran interessiert war, eine Spezies zu schaffen, die als Mikrobenfarm für ihre Zuchtexperimente geeignet war. Ein gewöhnliches Labor wurde ihren Absichten nicht gerecht: Sie wollten eine ganze, lebendige Welt als Labor, und für ihre Zuchtversuche wollten sie vernunftbegabte Kreuzungen zwischen Zetanern und Primaten. Die Menschheit war ihnen ausreichend ähnlich, um als Brutstätte für auf die Zetaner zugeschnittene Mikroorganismen nützlich zu sein. Und auf diese Art und Weise trug die Menschheit das ganze Risiko, falls mit den Mikroorganismen etwas schief lief. Letzten Endes wollte das Mikrobiologen-Team etwas schaffen, was sie als vorzüglich ausgerüstete Freilandmikrobe bezeichneten ... Die Pest gehört natürlich zu ihren Fehlkalkulationen, und dann gab es da noch HIV: Manche Viren waren nicht für einen ›Freilandversuch‹ an Menschen vorgesehen. Sie hatten bestimmte Organismen an afrikanischen Primaten ausprobiert, an bestimmten Affenarten, und HIV sollte eigentlich nicht mit Menschen in Kontakt kommen, aber die Menschheit steckte ihre neugierige Nase tiefer in den Dschungel, als die Zetaner es vorausgesehen hatten, und gewisse grüne Affen bissen gewisse menschliche Wesen ... und voilà: AIDS.« Cephs Hautfarbe veränderte sich traurig.

»Wir sind bloß eine *Mikrobenfarm*?«, fragte Lyn entsetzt.

»Nicht *bloß* eine Mikrobenfarm. Nur zum Teil. Also, die andere Fraktion der Zetaner bestand aus dem Makrobiologen-Team: Ihnen war aufgefallen, dass die Neigung der Menschheit zu ›spirituellen Systemen‹ und kosmologischen Philosophien einen interessanten Nebeneffekt hatte: *Wunder.*«

»Waschechte Wunder?«, wollte Campbell mit hochgezogenen Augenbrauen wissen.

»Ja. Sogar in den Augen der Zetaner – Wunder, für die es keine Erklärung ab. Eigentlich waren nur die Meta zu so etwas in der Lage, unfairerweise ...

Und die Meta glänzen für gewöhnlich durch Abwesenheit: Die Archonten – die Zetaner – halten sie möglichst von dem Planeten fern; einerseits durch das Kraftfeld und andererseits ... Nun, es gibt für die Menschheit einen Weg, mit den Wesen Kontakt aufzunehmen, die eins sind mit der höheren Macht. Dieser Weg liegt in den Menschen selbst. Die Zetaner wussten das, und es verwirrte sie. Doch statt der Sache auf den Grund zu gehen – es macht ihnen Angst, müsst ihr wissen –, versuchten sie alles zu unterdrücken, was damit zu tun hatte. Entsprechend haben sie die Menschheit genetisch programmiert, sich vor ihrem inneren Selbst zu verstecken, vor unserer inneren Verbindung mit dem Höheren, jenem Bewusstsein unserer Selbst, dessen Potenzial sie fürchteten; sie programmierten die Menschheit, sich nach außen zu wenden, ihr tieferes Wissen zu betäuben, sich mit dem Verlangen zu identifizieren, mit Leistungsstreben und Wettbewerb, mit der Errichtung von Imperien, weil dies die Wahrscheinlichkeit reiner *Fortpflanzung* erhöhte, der langfristigen Ausbreitung der gewünschten DNA und dem Überleben ihrer ›Mikrobenfarm‹ förderlich war ... Gleichzeitig wollte das Makrobiologen-Team bei ausgesuchten Exemplaren der menschlichen Rasse das erschaffen, was ihnen im Labor bisher nicht gelungen war: das Gen, das Wunder möglich zu machen schien. Sie waren auf handzahme Wundertäter aus. Sie erwarteten sich von einer ausgesuchten Gruppe der Menschheit spirituelle Macht, aber ohne spirituelles Wachstum – die Zetaner sind auf ihre Art ebenso verwirrt wie wir alle, versteht ihr.«

»Wunder ...«, sagte Lyn leise, die Augen weit aufgerissen. »Wunder?«

»Wunder. Wunder, die für die Zetaner nichts anderes waren als Manipulationen des Quantenwahrscheinlichkeitsfeldes, das der Wirklichkeit selbst zugrunde liegt. Dabei war das natürlich nur das Mittel zum Zweck: nicht die *wirkliche* Ursache. Sie konnten den Anteil der Dritten Macht daran nicht wahrnehmen ...

Bestimmte Volksstämme der Menschen entwickelten – offensichtlich von selbst – ein Gen, das ihre Empfänglichkeit für das sie umgebende IAMton-Kontinuum über das gewöhnliche Maß hinaus erhöhte: für das Meer der Gedanken, das die Quantenwahrscheinlichkeiten miteinander verbindet ... und die Unwahrscheinlichkeiten. Sie nahmen mit dem Kontinuum Kontakt auf und nannten es Gott.

Den Zetanern fehlten die natürlichen Voraussetzungen für diese Kontaktaufnahme, diese Manipulation, diese ›Magie‹, diese ›Gnade‹. Aber das Makroteam war der Meinung, sie könnten mit Hilfe der Menschheit diese Fähigkeit so weit entwickeln, dass es ihnen möglich sein würde, durch die ›erwachten Propheten‹ die Wirklichkeit selbst zu manipulieren ... Wenn man die Propheten manipuliert, die wiederum die Quantenstruktur der Wirklichkeit manipulieren, manipuliert man indirekt die Wirklichkeit ...

Doch alle derartigen Experimente schienen schief zu gehen. Die Zetaner schufen Moses und blieben mit ihm in Verbindung ... aber sie verloren die Kontrolle über ihn. Sie schufen Jesus und nahmen Verbindung mit ihm auf ... aber gewannen keine Macht über ihn. Er schien über die Reichweite ihrer Einflusssphäre auf eine Art und Weise hinauszuwachsen, die sie nicht verstanden.

Sie versuchten, diese Macht über das Wunderbare in ihre kalkulierbaren, wägbaren, festgelegten und definierbaren Elemente zu zerlegen. Sie versagten. Sie versuchten die Wirkung von ›Gebet und Gnade‹ im Labor nachzuvollziehen; sie versuchten, sich selbst menschliche Gene einzupflanzen, die sie Jesus und anderen entnommen hatten, um sich diese Macht anzueignen ... aber auch das misslang. Diese Macht schien der Menschheit vorbehalten, oder verrückten Wesen wie den Meta ... und erstaunlicherweise offenbarte sie sich manchmal in menschlichen Wesen, die *nicht* Träger des ›heiligen Gens‹ waren. Wie war das möglich? Die Zetaner verstanden es nicht. Es musste weitergeforscht werden.«

»Warum gelingt es den Zetanern nicht, dieses ... dieses Wundergen zu entwickeln?«, wollte Campbell wissen.

»Sie könnten das schon – aber das auslösende Moment entzieht sich ihnen, denn sie weigern sich, die höhere Macht daran teilnehmen zu lassen. Natürlich streiten sie ab, dass es existiert, außer als ziellose Kraft – nur weil sie selbst nichts wahrnehmen können ...«

»Heißt das, die Zetaner haben alles überwacht, was die menschliche Rasse treibt?«, fragte Anatole. »Unsere ganze Geschichte hindurch?«

»Die Zetaner haben nicht jede Kleinigkeit überwacht«, sagte Ceph. »Das lag auch nicht in ihrer Absicht. Der Zufall ist immer ein notwendiger Bestandteil langfristiger evolutionärer Experimente. Die Zetaner haben sich ganze Jahrhunderte lang zurückgelehnt und zugeschaut ...

Bestimmte Menschen sind allerdings telepathisch begabt, und von Zeit zu Zeit haben die Zetaner speziell diese Menschen durch telepathische Signale beeinflusst, die sie von einem Transmitter aus dem Weltraum abstrahlten, von jenseits der Umlaufbahn des Mondes; sie konzentrierten sich unter anderem auf bestimmte Königsfamilien in Europa, die von Joseph von Arimathea und Maria Magdalena und Jesus selbst abstammen, der mit Magdalena Kinder gezeugt hat, nachdem er aus Jerusalem geflohen war.«

»Geflohen?«, fragte Campbell. »Wurde er nicht gekreuzigt?«

»Doch, wurde er, aber er starb nicht am Kreuz. Jesus war danach noch unter anderen Namen in Rom und im Fernen Osten aktiv ... Die Zetaner haben versucht, diese ›heiligen‹ Familien an der Macht zu halten und ihre ›heilige‹ DNA mit Hilfe einer Vielzahl menschlicher Organisationen zu schützen, zum Beispiel durch das Priorat von Scion: eine uralte und geheime Organisation, der auch General Dodge angehörte. Dodge war sogar eingeweihtes Mitglied einer ganzen Reihe zusammenhängender Geheimorden, die in einem ganz bestimmten Freimaurerkult gipfeln, sowie Eingeweihter dreiundzwanzigsten Grades in einem Orden, der jenem wiederum untergeordnet war und allen anderen Orden zugrunde liegt und der auf Geheiß der Zetaner MJ15 ins Leben rief ...«

»Ich bekomme Kopfweh«, sagte Campbell. »Ich brauche einen Espresso. Ich brauche etwas zu trinken. Ich brauche Amphetamine. Irgendwas.«

»In Wirklichkeit«, kicherte Ceph und ignorierte Campbell, »gibt es viele Organisationen, die denken, sie würden ihre eigenen Ziele verfolgen – wie P2 und die Wahren Ritter von Malta und natürlich MJ15 und sogar die chinesischen Tong –, doch sie arbeiten alle für Agenten der Zetaner: Es war schon immer einfacher, zu Forschungszwecken, für Experimente und den Bau von Stützpunkten auf menschliche Ressourcen zurückzugreifen, als erst Mittel von Zeta Reticuli zu importieren. Und es war auch leichter, diese Ressourcen einfach zu kaufen, als sie immer wieder zu beschlagnahmen. Also brauchten die Zetaner Geld; sie brauchten geheime Bankkonten und Geschäfte mit Drogenhändlern, der CIA und dem Vatikan. Sie brauchten P2 …

Doch die Menschheit hat ihre Manipulationen immer wieder abgeschüttelt, hat immer um ihre Freiheit gekämpft. Die Ecclesia Gnostica, die Katharer, die Sarmoung, die Mystiker vom Berg Athos, bestimmte hermetische Gesellschaften, bestimmte esoterische Schulen der Buddhisten, insbesondere in Tibet – diese obskuren Gruppierungen arbeiteten heimlich gegen die Interessen derer, die von den Zetanern abhängig waren. Es gab nie nur eine Verschwörung. Viele widersetzten sich dem Priorat und den anderen ›allgegenwärtigen Verschwörungen‹ – hat nicht Robert Anton Wilson gesagt, dass wir in einer vernünftigen Welt leben würden, gäbe es nur eine *einzige* Verschwörung?«

»Und was war während dieser ganzen Zeit mit den Meta?«, wollte Anatole wissen.

»Ah, die Meta … Auch das Interesse der Meta an dieser Welt war nun geweckt, und sie haben uns auf ihre Art beeinflusst.

Die Zetaner hegen erst seit kurzem den Verdacht, dass sich noch ein weiterer Faktor in ihr Projekt eingemischt haben könnte, etwas, was sie noch nie gesehen haben: eine Macht außerhalb der Reichweite ihrer Forschungsgeräte, die noch über die Meta hinausgeht … Sie haben geglaubt, dass die Meta sie irgendwie daran gehindert haben, diesen versteckten Faktor wahrzunehmen … Diesen ›Dritten Faktor‹.

Sie kamen zu dem Entschluss, dass es einer direkteren Einflussnahme auf die Menschheit bedurfte, um ihr Experiment zu einem erfolgreichen Ende zu bringen. Sie planen …« Er zögerte, als wäre er unsicher, ob er weitererzählen sollte. Nach einer Weile sagte er leise: »Falls es ihnen gelingt … ist es wohl besser, wenn ihr nichts wisst …«

Campbell beugte sich vor, Schweißtropfen auf der Stirn. »Sag schon. Ich warte schon so lange auf die Wahrheit. *Sag schon!*«

Ceph überlegte, und der Dodgekörper »nickte« mit seinem Kraken-behelmten Kopf. »Sie haben vor, sich mit der Menschheit gentechnisch zu paaren, *und zwar in einem solch riesigen Maßstab, dass es die Einbeziehung von Millionen von Menschen erfordert.* Entsprechend müssen sie sich der Menschheit zu erkennen geben, die Menschheit von sich abhängig machen und so die Herrschaft über die Menschheit erlangen.«

»Sie wollen sich über uns hermachen, indem sie uns ›helfen‹?«, fragte Campbell und malträtierte aufgeregt einen Martinishaker. »Und dann wollen sie uns – versklaven?«

»Genau. Sie haben vor, sich mehr und mehr mit der Menschheit zu vermischen, *die beiden Rassen miteinander zu verschmelzen* und sich jene wunderbare Kraft anzueignen, die von Zeit zu Zeit sichtbar wird. Natürlich gehen sie völlig falsch an die Sache heran, worauf sie auch aufmerksam gemacht wurden, aber sie vertrauen nur ihrem eigenen Modell der Wirklichkeit. Also wird diese schwerfällige Massenverschmelzung weitergehen. Und deshalb müssen sie auch an die Öffentlichkeit gehen ... und darauf haben sie sich Jahrzehnte lang vorbereitet. Einerseits haben sie sich intensiv mit genetischen Verschmelzungsexperimenten auseinander gesetzt – ich bin das Ergebnis eines solchen –, und andererseits haben sie die Menschen mit einer ganzen Welle wohlüberlegter ›UFO-Aktivitäten‹ auf sich vorbereitet; sie haben sich ganz langsam gezeigt – Vallee nannte das ein Sicherheitssystem von Manipulationen an der menschlichen Rasse – die Einstimmung der Menschheit auf die *Vereinigung* ...

Aber sie haben die Menschheit einmal mehr unterschätzt. Einige der weiseren Menschen – insbesondere eine Gruppierung in Tibet, die mit einer anderen Gruppierung im Mittleren Osten zusammenarbeitet – haben ihre unerklärlichen spirituellen Fähigkeiten eingesetzt, um mit den Meta Kontakt aufzunehmen: um ihnen den Weg in unsere Welt zu weisen; um den Meta hier und dort Tore aufzustoßen. Die Meta wiederum haben die Pläne der Zetaner durchkreuzt, wo sie nur konnten. Sie sind durch Löcher im Kraftfeld eingedrungen, das die Spirituellen Herrscher gegen sie errichtet haben. Es findet tatsächlich eine Invasion der Meta statt – aber es ist eine Invasion, zu der sie aufgefordert wurden, die keine Gefahr für uns darstellt … Die Meta helfen, wo sie können: zum Beispiel, indem sie Anatole und Quinn zusammenbringen. Anatole und Quinn haben beide besondere Fähigkeiten – wenn auch Quinn bisher nur flüchtige Blicke auf diese Fähigkeiten erhascht hat – und *gemeinsam* sind sie noch weit stärker …«

»Ein für alle Mal«, fragte Farraday, »was *sind* die Meta?«

»Nun – was das angeht …«

* * *

Quinn befand sich irgendwo auf der IAMton-Ebene …

Er sah ein amöbisches Netz, ein gummiartiges Lichtgitter, das sich in dreidimensionalen Sinuswellen kräuselte. Wenn man es von der Seite anschaute, konnte man auch eine menschliche Gestalt erkennen. Sie bildete sich um den Fetisch, den Zizz auf den Boden geworfen hatte, gemäß den Anweisungen der Fetischmaklerin.

Quinn spürte, wie das wogende Plastikding in seinen Händen bebte. Es bestand aus zwei Hälften, zwei Geistern, und er spürte sie in seinen Händen, als würde eine schwache elektrische Ladung durch sie fließen … dieses summende Gefühl …

Wie das Summen, die Schwingungen, kurz nachdem er die Karte in den Schlitz gesteckt hatte.

Jetzt war es ihm gelungen, die IAMton-Geister in seinen Händen ineinander zu verschlingen wie kleine Tiere, die seinem Willen folgten, dressierte Tiere, hungrig und neugierig …

Schnappt euch die Kameras.

Das wogende Gitter dehnte sich aus, hungrig und neugierig, auf die beiden schwebenden metallischen Vogelgestalten mit Köpfen aus Objektiven zu – und schien sich in elektrische Amöben aufzuteilen und durch die Linsen einzudringen …

»Netzwerk und Grid sind untrennbar«, sagte der Mittelsmann. »Ein Einziges dringt gleichzeitig in zwei verschiedenen Dinge ein.«

(An einem weit entfernten Ort tanzte Quinn immer weiter.)

Quinn sah einen Mann, der eine ganze Batterie von Bildschirmen beobachtete.

Auf einem Monitor sah man den Rasen am Ufer des Flusses, wo Zizz und Cisco gestanden hatten. Aber (DRINGT in den Bildschirm EIN) das waren nicht Zizz und Cisco; durch die Fürsprache der Geister Netzwerk und Grid, von Quinn gesandt, hatten sich Cisco und Zizz – auf dem Bildschirm – jetzt in zwei Wachen auf ihrem abendlichen Rundgang um die Insel verwandelt. Normalerweise musste niemand die Insel selbst patrouillieren, aber angesichts der Krawalle in der Stadt und überhaupt ...

Die zwei Wachen traten an die Eingangstür, und der Mann vor den Bildschirmen »erkannte« sie und tippte die Tastenfolge ein, die das Tor öffnete und sie hereinließ.

Im Vorzimmer blickte der Wachmann auf und pisste sich fast in die Hose, als er Zizz und Cisco eintreten sah anstatt der Wachen, die er auf seinen Bildschirmen beobachtet hatte.

(Quinn und der Mittelsmann tanzten jeder für sich in seinem Schädel in schamanischer Ekstase und beschworen Pharmus-Hormona und MaxBux.)

Der Wachmann an den Bildschirmen hieß Krutzmeyer. Er war untersetzt und hatte ein Eselsgesicht und borstige schwarze Haare auf den Knöcheln seiner Hand. Er streckte seine Hand nach einem Alarmknopf aus, als das Mädchen mit den Stacheln ihn mit einer kleinen Drahtpuppe berührte.

Plötzlich war sie verschwunden. An ihrer Stelle stand ein den Phantasien des Wachmanns entsprungenes Ding, das vor Sex schier barst. Unglaublich üppig. Ihr Anblick war wie ein elektrischer Schlag. Seine Hose schien zu platzen.

Das Gefühl, das in Krutzmeyer aufstieg, war kein erotischer Reiz. Es war ein endloser sexueller Höhepunkt. Als wäre er von einem Güterzug aus weichem, warmem, feuchtem Damenfleisch überfahren worden; der Zug hatte ihn von innen heraus erwischt, raste aus seiner Schädelbasis und stürmte sein Rückgrat hinab ins Unterleibschakra und – TREFFER. Widerstand zwecklos.

(Für Cisco sah es so aus, dass der Wachmann Zizz anstarrte und – unerklärlicherweise – ein ekstatisches Heulen ungeheurer Erfüllung ausstieß und von Krämpfen geschüttelt zu Boden sank.)

Krutzmeyer wiederum wurde von weiteren Wachleuten auf einer zweiten Batterie von Bildschirmen beobachtet. Einer von ihnen wollte den Alarm auslösen, aber die Fluoreszenz der Elektronen strömte durch ihn hindurch und ließ ihn erstarren, bis Cisco eine Möglichkeit gefunden hatte, die Tür zum zweiten Kontrollpunkt aufzubekommen.

Dieser Wachmann hieß Wolfeton; er war zweiundsechzig, litt unter Emphysemen und hatte seinen Job satt, so locker er auch war. Und als die Fluoreszenz ihn nicht länger halten konnte, als er die beiden Gestalten hereinkommen sah und die Hand nach dem Alarmknopf ausstreckte …

… berührte Cisco ihn mit einem Fetisch.

Für Wolfeton wurde Cisco zu jemand anderem. Cisco wurde zu Darrel »Ducky« Barker, dem Enkel von Bob Barker und Gastgeber von *Mäuse, Jungs, Mäuse!*, der derzeit erfolgreichsten Fernseh-Gameshow, die während jeder Sendung $NB 100.000 verschenkte. MaxBux verwandelte Cisco von Blei in Gold, in die Apotheose leichten Geldes und plötzlichen Reichtums, er wurde zu einem Fahrscheinautomaten für eine direkte Verbindung auf jene Insel in den Florida Keys, von der Wolfeton immer geträumt hatte, und mit dem Geld, das Darrel auf sein Konto überwies, konnte er sich ein Grundstück auf der Insel kaufen – Teufel auch, er konnte *die Insel kaufen!* Und er und Gertie konnten …

Zur Hölle mit Gertie, er konnte sich eine teure Scheidung leisten, er konnte Gertie in die Wüste schicken und sich die beste Geliebte leisten, die es für Mäuse zu kaufen gab – Teufel auch, warum nicht *drei* Weiber, und wenn wir schon dabei sind …

Was mit Wolfeton passierte, ging über reine Gier hinaus. Bei klarem Verstand hätte er nie geglaubt, dass Ducky Barker ihn hier besuchen würde. MaxBux suchte sich jenen Teil von Wolfeton, der sich nach kindischer Genugtuung sehnte, unter den Fundamenten seiner Persönlichkeit begraben und direkt ans Nervensystem angeschlossen war. Wenn man den Schnittpunkt zwischen der Persönlichkeit und dem Nervensystem fand, hatte man mit dem restlichen Verstand leichtes Spiel. MaxBux war der schnelle Schuss, die große Erlösung, Mama und Papa in einem. Wolfeton hatte seit Jahren auf ihn gewartet.

Für Zizz sah es aus, als würde die Wache Cisco angaffen, ein erstarrtes Grinsen im Gesicht; der Mann keuchte, schnappte nach Luft, lief puterrot an … Und derweil nickte er unablässig und mur-

melte: »Klar doch, Darrel, was auch immer du sagst, Darrel«, während er den Code eingab, der die Tür zur Zentrale öffnete.
Sie zuckte mit den Schultern und betrat die Computerzentrale.

* * *

Brandis Danville war magersüchtig, analfixiert und – in den Worten seiner Kollegen – »ein Arschkriecher«. Er selbst hielt sich für »ehrgeizig und diplomatisch«. Er blickte auf und sah die seltsamste Frau, die er je gesehen hatte, ganz alleine in die Zentrale spazieren. Sie trug nicht einmal einen Antistaubanzug zum Schutz der Computer. Er streckte seine Hand nach der Konsole aus, und sie berührte ihn mit einer gesichtslosen Drahtpuppe.

Plötzlich war das Mädchen verschwunden; stattdessen stand ein Mann der FedControl-Führungsriege vor ihm, die Augen hinter einer Spiegelbrille verborgen, die Uniform über und über mit Borten und Blech behängt, er war *groß*, und Brandis hätte sich ihm so wenig widersetzen können wie ein Strohhalm einem Wirbelsturm. Er strahlte fünfhundertprozentige Autorität aus.

Denn Zizz ... Zizz war von Bust äußerlich verändert worden, von Bust dem Zerstörer. Bust, der bereits die geringste Widerspenstigkeit mit dem Tod ahndete.

Bust, der ultimative Offizier, sagte: »Black Betty Meriweather FB87041, in Abschnitt 4577BB wird entlassen und mir übergehen.«

»Selbstverständlich, sofort.« Kein Gedanke an all die Befehle, die Papiere, die unterschiedlichen Sicherheitschecks und Gegenzeichnungen und Genehmigungen per Video. Außer einem. »Wenn Sie mir den Schlüssel geben würden, Sir. Die Schlüssel werden in der Zentrale von FedControl aufbewahrt und in Notfällen übertragen oder –«

Zizz reichte ihm die Videokassette.

* * *

»Woher habt ihr den Bildcode?«, fragte der Mittelsmann einen Teil von Quinns Gehirn.

»Als sie ins Gefängnis gebracht wurde, hat ihr Anwalt sie begleitet und ihn mit einer Knopflochkamera von einem Bildschirm abgefilmt.

Ein verschwommenes Bild, das nicht ausgereicht hätte, aber ich hab es analysiert und eine Kopie gebastelt. Hat mich vier Monate gekostet.«

»Du hast ein gutes Auge. Scheint dir angeboren. Es funktioniert.«

* * *

Black Betty trat gerade in den dritten Zyklus ein. Während dieses Abschnitts schwiegen die Stimmen eine Weile, die schwachen Elektroschocks hörten auf, und der Rehabcomputer hielt sich mit der Übelkeitsdroge zurück. Sie gönnten ihrem Körper eine kurze Erholungspause, bevor die Rekonditionierung wieder einsetzte.

Sie spürte, wie ihre Arme und Beine in ihren Stahlmanschetten zuckten, während die Impulsgeber ihren Körper in seiner Kapsel fit hielten.

Kalenderbilder idyllischer Landschaften wurden auf ihr Gesichtsfeld projiziert, um ihre Psyche zu »erfrischen«. Sie hatte noch die Möglichkeit, mit dem *Freund* zu sprechen, wenn sie das wollte. Aber der Computer, der die Rolle ihres Freundes übernahm, lenkte das Gespräch stets behutsam auf das Thema Rehabilitation, und sie konnte ihn nicht dazu veranlassen, abzustürzen oder irgendetwas anderes Außergewöhnliches zu tun, also hatte sie aufgehört, mit ihm zu sprechen. Natürlich konnte sie auch nicht an die Bewegung denken, den Widerstand gegen FedControl, nicht offen jedenfalls, denn die Biomonitore wussten, wie ihr Körper und ihr Blutkreislauf reagierten, wenn sie an die Aufgabe dachte, die sie sich gestellt hatte, bevor sie eingesperrt wurde. Kleine verräterische Aktivitäten ihrer Drüsen, unwillkürliche Reaktionen ihres Körpers ... wenn er diese Dinge spürte, wurde sie bestraft.

Also versuchte sie an etwas zu denken, das –

Ein knirschendes Geräusch. Tiefe, Übelkeit erregende Desorientierung. Plötzliches grelles Licht.

O nein, dachte sie, *jetzt ist es passiert: Ich bin verrückt geworden.* Davor hatte sie am meisten Angst, seit sie hier war.

Sie bildete sich ein, dass die Cyberwachen sie aus dem Brei herausholten, sie in ein Gummilaken wickelten und sie eine ganze Zeit lang surrend zwischen sich trugen. Ihr Gehirn hatte sich in eine Fluchtphantasie zurückgezogen, stellte sie fest, wie in *Die Brücke über den Eulenfluss*. Sie war schlicht wahnsinnig geworden.

Als sie Ciscos Stimme hörte, war sie sich endgültig sicher.

»Oh, Black Betty …«

BLAM BUH LAM

* * *

»Die Meta«, sagte Ceph, »können sich einen größeren Teil ihrer selbst erschließen, als uns das möglich ist …«

»Was soll das heißen?«, wollte Anatole wissen. Er sah nicht im Geringsten müde aus.

Lila lächelte. Lyn war auf ihrem Stuhl eingeschlafen; Farraday döste vor sich hin. Campbell hörte noch mit einem halben Ohr zu, tief in seinen Sessel versunken.

»Es gibt Ebenen des Selbst, die nur wenige auf dieser Welt erreichen«, sagte Ceph. »Das behaupten zumindest die Meta. Diese anderen Ebenen ziehen immer größere Kreise reinen Seins, nehmen immer mehr und immer reinere Energien in sich auf, bis sie gleichzeitig in der Hypersphäre und auf dieser Welt existieren; eine sich wechselseitig durchdringende Spiegelexistenz: die Meta. Sie sind ›Außerirdische‹ – zumindest einige von ihnen. Außerirdische von anderen Planeten, die eine höhere Ebene erreicht haben. Doch einige von ihnen sind menschliche Wesen, denen dies gelungen ist. Sie stammen von unserem Planeten. Sie haben die Welt, auf der sie geboren wurden, transzendiert und sind zu Meta geworden, und sie haben vor Jahrtausenden ihre Ursprünge vergessen … Aber manchmal können sie unsere Hilferufe hören und eilen herbei und übertragen uns einen Teil der Energie des Absoluten, der Gedanken jenseits der Gedanken, des Seins jenseits der Fundamente allen Seins … Selbst jetzt hilft mir eine von ihnen, euch all dies zu erklären: und ich erfahre all dies, während sie durch mich zu euch spricht.«

»Du bist ein *Medium*?«, fragte Farraday überrascht.

»Nein. Das sind doch meistens alles Lügner und Schwindler und Menschen, die sich selbst etwas vormachen«, antwortete Ceph; er sprach die Beleidigungen mit unendlichem Mitgefühl aus. »Nein, die viel zitierte ›Inspiration‹ der Dichter trifft es eher. Viel subtiler als diese ganzen Medien …«

Farraday bemerkte etwas – etwas, das er sehr beunruhigend fand.

Dodges rechter Arm löste sich von seiner Schulter.

»Dodge scheint … wirklich tot zu sein.«

»Ja, er ist bereits seit einigen Stunden tot, ich habe ihn gerade noch so zusammengehalten. Er verwest ungewöhnlich schnell … Ich muss ihn jetzt abstreifen und mich auf etwas Besseres vorbereiten, und ihr könnt das als Parabel verstehen, wenn ihr wollt …«

Mit einem Seufzer der Erleichterung rutschte Ceph von Dodge herab. Von dessen Gesicht war fast nur noch der Schädel übrig – bis auf die lidlosen Augen.

Anatole würgte.

Lila schaute weg und zog eine Grimasse.

Campbell röchelte. »*Himmel*, Ceph, du hättest uns auch vorwarnen können!«

»Oh – tut mir Leid. Mike, würde es dir etwas ausmachen, die Leiche in die Wüste hinauszutragen?«

»Mit dem größten Vergnügen«, sagte Farraday. »Zum Glück schläft Lyn.«

Er warf den Arm auf die Leiche und schleppte sie mit Campbells Hilfe zu einer ausgetrockneten Mulde in der Wüste. Kojoten schnüffelten neugierig in den Büschen herum.

Sie warfen General Dodge, hochehrwürdiger Popanz dreiundzwanzigsten Grades, in die Rinne, gingen zurück und wuschen sich die Hände.

»Sollte er uns nicht irgendwie Leid tun?«, fragte Anatole, als sie wieder auf der Terrasse saßen.

»Tut er *dir* Leid?«, fragte ihn Lila.

»Nein.«

»Warum nicht?«

»Weil er ein Arschloch war, der uns umbringen wollte, und er hat meinen Vater umbringen lassen und damit auch Kian. Uuuuunnnnd … ich weiß nicht. Karma vielleicht.«

»Richtig.«

»Aber … du arbeitest für die Meta. Und du hast ihn sterben lassen. – *Töten die Meta?*«

Lila wandte sich um und blickte Ceph fragend an.

»Selbst unter denen, die der höheren Macht dienen«, sagte Ceph von dem Baum herab, in dem er hockte, »herrscht darüber keine Einigkeit. Die Weisen des Buddhismus verurteilen es. Andere Meister zucken mit den Schultern und sagen, dass es keine Rolle spielt, es sei eine Befreiung. Wieder andere behaupten, dass uns diese Entscheidung nicht zusteht. Das ist der Stand der Dinge. Alles dreht sich im Kreis. Die Meta schaffen durchaus Voraussetzungen, die es möglich machen, dass ihre Feinde sich in den Tod begeben … Nicht alle spirituellen Mächte sind pazifistisch. Sogar in den heiligen Büchern gibt es Engel, die Schwerter tragen …« Ceph hielt inne und fügte dann hinzu: »Erinnert mich daran, dass ich euch später noch von Atlantis erzähle.«

»*Viel* später«, sagte Farraday müde.

* * *

Als Quinn wieder zu sich gekommen war, lief er die Straße entlang, in Begleitung des Mufti und eines Guerillero, den er nicht kannte; sie hatten ihn zwischen sich genommen und stützten ihn wie einen Betrunkenen. Und sie hatten ihn ausgelacht wie einen Betrunkenen. Er sah sich um und fand die Welt matt, grau, blutleer. Eine riesige Kiesgrube, in der die Menschheit Mittelmäßigkeit wie Steine brach. Er hatte den Kontakt zu den Großstadtgeistern verloren und auch zu seinem eigenen Geist.

Am Staub und jener Schwere der Mittelmäßigkeit, die wie zum Spott auf ihm lasteten, erkannte er, dass er eindeutig wieder in die ›wirkliche‹ Welt zurückgekehrt war …

Quinn hatte sich auf den Weg zu Mahlers Wohnung gemacht und traf dort Mahler, Zizz, Black Betty und Cisco, die auf ihn warteten. Sie hatten sich ausgeruht und noch vor Sonnenaufgang Verbindung mit Mahlers Kontaktleuten aufgenommen.

* * *

»Es wird eine ganze Weile dauern, bis Betty ... bis es ihr wieder gut geht«, sagte Mahler mit brechender Stimme. »Ich hab keine Ahnung, ob sie sich je vollständig erholen wird. Aber zumindest halten sie sie nicht mehr dort fest.«

Es war frühmorgens, und der Smog überzog alles mit einem schmutzigen Blauton. Sie befanden sich in einer Gasse hinter einer Lagerhalle und einem privatisierten Halbleiterwerk in der Nähe der Brooklyn Bridge und warteten auf den Lastwagen, der sie aus Manhattan rausbringen sollte.

Mahler wollte Betty nach Maine bringen, in ein Haus in den Bergen, ein Übungsgelände für automatische Waffen, doch Mahler wollte keine weiteren Erklärungen abgeben. »Die Leute dort sind in Ordnung. Sie werden sich um sie kümmern«, war alles, was er gesagt hatte.

Sie sollten ihn alle begleiten.

Quinn fühlte sich ausgehöhlt, weit weg, als würde dies alles jemand anderem passieren. War er desorientiert? Verzweifelt? Er war sich nicht sicher. Er fühlte sich völlig ausgelaugt.

Zizz sprach mit einer trockenen, gebrochenen Stimme mit niemand Bestimmtem. »Ich fühle mich beschissen ... warum habe ich dieses Zeug genommen ... ich fühle mich beschissen ... ich werde es nie wieder nehmen ...«

»Ich hab dir gesagt, du sollst die Finger von dieser Scheiße lassen«, sagte Cisco. »Kräuter, Ginseng und Meditieren, damit kommst du auch drauf.«

»Ich will nicht draufkommen. Ich weiß nicht mal, was passiert ist ... ich fühle mich heut völlig ausgebrannt ... Keine Drogen mehr, keine Drogen mehr. O Gott, kann mir irgendjemand ein Beruhigungsmittel geben?«

Darüber musste Quinn lachen. Aber er legte einen Arm um sie. Heute trug sie Jeans und Stiefel und ein schwarzes T-Shirt und kein Make-up. Es war ihr egal, ob sie jemand anschaute.

Quinn schaute sie an und fühlte sich etwas besser.

»Wir bringen euch zu euren Freunden«, sagte der Mufti. »Also hört auf zu weinen.«

Er selbst *hatte* geweint.

Black Betty saß auf der rußigen Schwelle einer Hintertür, döste unter Beruhigungsmitteln, hielt ihre Knie umklammert und schaukelte hin und her; von Zeit zu Zeit bewegte sich ihr Kopf wie der eines Huhnes nach vorne, mit herausgestreckter Zunge: ein entsetzliches motorisches Zucken …

Quinn schaute weg. Er ertrug es nicht, sie so zu sehen. Die Konditionierung hatte etwas in ihr zerbrochen. Vielleicht nicht endgültig. Aber in Quinns Augen war sie für immer verändert.

Alles hatte sich verändert. Black Betty war nicht mehr im Eisschrank eingefroren, aber sie konnte nicht in New York bleiben. Sie musste fliehen; hier war ihr Kampf vorbei. Sie konnte nur fliehen und sich verstecken und versuchen, wieder gesund zu werden.

Und Quinn hatte den Glauben an die handelsüblichen Revolutionsmodelle verloren.

Denn in der Trance hatte er eine Vision gehabt, er hatte FedControl gesehen: die riesige und stetig wachsende Edelstahlmatrix, die sie mit wirtschaftlichen Mitteln an eine gesellschaftliche »Gefriereinheit« kettete, der makroskopischen Mutter jener Kapsel, in der sich Black Betty befunden hatte.

FedControl meinte es natürlich nur gut und wollte sie vor sich selbst und ihren anarchistischen Trieben schützen. Inzwischen war es zu groß geworden, technologisch zu strukturiert, um es mit Schusswaffen oder Bomben zu bekämpfen.

Der Mittelsmann hatte ihm gezeigt, wie man dagegen vorgehen konnte. Man musste sich auf eine Ebene begeben, die über eine rein technologische Überlegenheit hinausging.

Cisco plapperte unentwegt. »Ich meine, es war wirklich *phantastisch*, die ganzen Wachen haben sich in sabbernde Idioten verwandelt und ich hab, na ja, gespürt, wie der Geist durch mich wirkte –«

Nein, dachte Quinn, nicht durch dich, sondern an dir vorbei. Du hast höchstens die Vogelscheuchen aufgestellt.

Es gab noch anderes, was er gern zu Cisco gesagt hätte, aber nicht konnte.

Er wollte ihm erklären, dass sich die Erscheinung nur deswegen in Form eines Geistes zeigte, weil Typen wie er sonst überhaupt nichts mehr verstehen würden. Weil eintausend Millionen Leute sämtliche technologischen Errungenschaften der Zivilisation nutzten, ohne sie zu verstehen; die Kinder des neuen Analphabetismus. Ihr Verhältnis zur Technologie glich dem Verhältnis des Cro-Magnon zu Feuer: Sie hielten es für Zauberei. Für sie war ein Computer eine Verbindung zu den Geistern.

Und so geschah es: Das IAMton-Feld hatte ihnen ihren eigenen Begriff von der neuen Wüste zurückgegeben: die Wüste der Technologie …

Quinn hätte Cisco gern erklärt, dass er eigentlich gar nichts verstand. Der Geist war wirklich, aber er war nicht so, wie er sich das dachte. Wie er *wirklich* war, konnte man aus diesem Blickwinkel nicht erkennen, das konnte man nur leben.

Quinn zuckte mit den Schultern und schaute Zizz an.

Sie hatte sich auch verändert, stellte er fest. Sie war krank; doch darüber hinaus glitzerte etwas in ihren Augen …

Sie betrachtete ihn nicht durch die aufgesetzten Persönlichkeitsvariationen, hinter denen sie sich seit Jahren versteckte. Sie betrachtete ihn aus dem tiefsten Innern ihres Wesens.

»Ich war auch dort«, sagte sie plötzlich.

»Wo?«

»Beim Tanz. Ich hab einfach zugeschaut. Ich hatte das Gefühl … ich war fast …«

Quinn nickte. Sie konnte ebenfalls die Verbindung herstellen.

»Ich glaube nicht, dass wir darüber sprechen sollten«, sagte Mahler. »Führt nur zu Missverständnissen. Versucht euch mit der Notwendigkeit abzufinden, dass ihr euch auf Angelegenheiten konzentriert, die den Massen etwas bedeuten. Mystizismus ist dekadent, elitär.«

»Mahler, du bist so berechenbar«, sagte Quinn. »Vielleicht hast du das noch nicht gemerkt, aber ich bin kein verdammter Kommunist. Auch wenn ich dir das erst sechshundertsiebenundzwanzig Mal gesagt habe.«

Der Lastwagen kam die Gasse heruntergefahren und holperte durch Schlaglöcher und Abfälle.

»Ich will nicht fort«, sagte Zizz und betrachtete den Laster.

»Musst du aber«, sagte Mahler.

Und ich soll die beiden begleiten, dachte Quinn.

»Du wirst nicht gehen«, sagte eine triefende Stimme.

Quinn wandte sich um und trat einen unsicheren Schritt zurück.

Er sah ein quecksilbriges Wesen, ein Ballongesicht aus Silber. Es befand sich direkt hinter einer verrußten gesprungenen Fensterscheibe und war mit etwas in Verbindung, das er nicht sehen konnte, mit einer leeren Lampenfassung vermutlich. Es sprach erneut, und seine zweidimensionalen Lippen bewegten sich.

»Du bist für uns gemacht«, sagte es. Seine Stimme klang künstlich, aber nicht elektronisch. Sie war das mathematische Modell einer Stimme, in Töne umgewandelt. »Wir haben dir erlaubt, zu jenen anderen zurückzukehren, damit du dich fair entscheiden kannst. Frei von Angst. Wähle: Komm nach Hause und lerne, Quinn.«

Mahler zerrte an Quinns Handgelenk. »Komm schon«, sagte er. »Der Laster.« Er gab sich große Mühe, so zu tun, als würde er nichts sehen.

»Mahler, schau dir das an, das *bedeutet* etwas, Mann. Schau hin und dann sag mir –«

»Ich kann deine Halluzinationen nicht sehen. Und ich will nicht noch mehr Holo-Projektionen vorgeführt bekommen, Hypnose, was auch immer sie einsetzen, es hat funktioniert – aber das waren Tricks, Mann. Spielereien. Spiegel und versteckte Fächer.«

In diesem Augenblick fiel ein Schatten auf sie. Sie blickten nach oben und sahen, wie etwas den Himmel verdeckte, sich wuchtig auf sie herabsenkte; es schien gerade so zwischen die Gebäude zu passen (oder sah Quinn, wie es sich entsprechend zusammenzog?). Mahler rannte zu Black Betty, zog sie auf den Lastwagen zu und schrie: »Feds! Kommt schon, das sind die Bullen, beeilt euch!«

Aber Quinn schüttelte den Kopf. »Das sind keine Bullen. Das kommt vom Mittelsmann!« Er sah das Ding an und wusste es. Eine mechanistische Semiotik öffnete ihm die Augen. Die Identität des Flugzeugs wurde ihm in Chrom und Glas offenbar, sein fast heraldisches Styling.

Keiner von ihnen konnte das Ding klar erkennen. Es hatte ein ganz eigentümliches Design, aber diese spezifischen Eigenarten schienen zu verschwimmen. War es eine Kugel? Eine Untertasse, ein Tränentropfen, ein Jet mit geschwungenen Flügeln? Es definierte sich ständig neu, wie ein Trickfilm, der mit zitternder Hand gezeichnet war. Quinn hatte den Eindruck, als wäre das Design einem außerordentlich windschnittigen Hubschrauber nachempfunden, die Symmetrie einer japanischen Magnetschienenbahn, die Eleganz einem neuen, schlanken Orbitalshuttle, die Kompaktheit und *Einstellung* einem italienischen Sportwagen. All diese Effekte veränderten sich, versuchten sich gegeneinander zu behaupten. Das war kein Flugzeug: Das war ein Geist, der ein Flugzeug verkörperte.

Es war eine Meta, die sich menschlichen Erwartungen anpasste.

Es setzte zwischen Quinn und Mahler auf der Straße auf. Ein Abschnitt der schimmernden, nervösen Hülle leuchtete auf und verschwand. Eine Tür gähnte. Eine Einladung.

Kraft und Hoffnung kehrten zu Quinn zurück, den Glauben hatte er nie wirklich verloren.

»Bleib von dem Ding weg!«, sagte Mahler heiser, mit wildem Blick.

Zizz sagte: »Quinn ...« Sie nahm ihn am Arm. Quinn war erstaunt: Ihre Hand fühlte sich so gut an. Als gehörte sie dorthin.

Black Betty stand auf. Zuckend sagte sie: »Vielen Dank ...«

Und ging auf die Untertasse zu, das Flugzeug aller Flugzeuge, die Meta.

Mahler wollte sie aufhalten. Der Lastwagen blieb einfach stehen – wahrscheinlich sah der Fahrer zu und hatte Angst.

Cisco stotterte: »Ähhhh ... wow ... hey ... ich kann doch nicht ... Quinn? Ich meine, wenn das die ... sie könnten uns was reinstecken ...«

»Solche sind das nicht«, sagte Quinn. »Komm mit uns, Cisco.«

»Ich kann nicht, Mann – ich hab Angst.«

Das hält die meisten Menschen am Rande der Freiheit zurück, drang eine Stimme in ihr Bewusstsein.

Mahler hielt sich mit beiden Händen die Ohren zu. »Gedankenkontrolle ...!«

Cisco entfernte sich rückwärts von der Untertasse. Mahler schob Betty von der Meta weg.

»Mahler?«, sagte Quinn. »Bruder?«

Er legte Mahler eine Hand auf die Schulter. »Ich werde sie mitnehmen. Kommst du auch?«

Mahler holte eine große, hässliche, altertümliche russische Pistole unter seiner Jacke hervor. Er hatte sie aus einem Schließfach im sicheren Teil Manhattans geholt, nachdem Zizz und Cisco mit Black Betty zu ihm zurückgekehrt waren. Die Pistole war sein ganzer

Stolz. Sehr alt, vollkommen funktionstüchtig, und die Kugeln hatte er selbst gegossen. Wahrscheinlich waren die Kinder des letzten Zaren mit so einer Waffe hingerichtet worden.

»Nein. Sie kommt auch nicht mit.« Er richtete die Pistole auf Quinn.

Black Betty stöhnte und zuckte. Zizz sagte: »Mahler? Du bist ein Arschloch. Hab ich dir das jemals gesagt?«

Quinn sah ihn einfach nur an. »Also gut – dann erschieß uns eben. Nach allem, was wir gemeinsam durchgemacht haben. Drück ab.«

Quinn blickte Mahler in die Augen. Mahler sah weg und ließ die Pistole sinken.

Quinn klopfte Mahler erneut auf die Schulter. Mahler schüttelte seine Hand ab und trat ein paar Schritte zurück; dann wandte er sich um und torkelte auf den Lastwagen zu.

Und murmelte: »Idioten … Werkzeuge … Narren …«

Quinn zitterte vor Erleichterung und folgte seinen Instinkten.

Sirenen. Hubschrauber kamen näher.

Es ist Zeit, Quinn.

Quinn und Zizz legten beide einen Arm um Black Betty und halfen ihr in das Flugzeug.

Die Meta, die lebende fliegende Untertasse. Sie erhob sich himmelwärts und suchte sich ein anderes Ziel.

Cisco blickte ihr hinterher – und brach in Tränen aus.

Zwölftes Kapitel

Die Hochzeit von Wahrscheinlichkeit und Unwahrscheinlichkeit

Nevada. Quinn war wieder in Nevada. Er konnte es verdammt noch mal nicht glauben.

»Heißer Tag, was?«, sagte Campbell, als Quinn auf ihn zukam. Campbell fächerte sich mit seinem Strohhut frische Luft zu, während er sich zwischen den kleinen Rosenstauden zu schaffen machte, die seine Terrasse umrankten.

Campbell trug eine dunkle Brille, ein weißes kurzärmliges Hemd, weiße Shorts und Sandalen. Er blickte kurz zu Quinn auf und fuhr dann fort, seine Rosen zu gießen.

Der Boden um die Klappstühle herum war mit den Plastikbechern der vergangenen Nacht bedeckt. Wespen schossen zwischen den süßen Cocktailresten hin und her.

Campbell setzte seinen Hut wieder auf, drehte das Wasser ab und rollte den Schlauch zusammen, während sie sich unterhielten.

»Ja«, sagte Quinn, trat näher und blieb im Schatten eines Zierbaumes stehen. »Sie wirken nicht überrascht, mich zu sehen, Mann. Ich meine – ich glaube nicht, dass wir uns kennen, oder?«

Quinn hoffte, dass es kein Fehler gewesen war, einfach so in den Garten dieses Kerls reinzulatschen. Er wusste nichts über Campbell, außer dass er ein UFO-Forscher war und sich viel in der Nähe von Area 51 herumgedrückt hatte. Er wusste Bescheid über UFO-Forscher: alles unberechenbare, launische Exzentriker. Manche waren mehr oder minder bei Verstand – andere konnten kaum ihre

Psychose verbergen. Trotz seiner Gelassenheit mochte Campbell jeden Moment eine 44er Magnum ziehen und drauflosballern.

Aber Campbell lächelte nur und schüttelte ihm die Hand. »Sie sind Quinn, richtig? Sie sind mir beschrieben worden. Ceph hat gesagt, dass Sie kommen. Ich heiße Campbell.«

»Ich habe Sie erkannt. Ich habe einmal ein Buch von Ihnen gekauft. *Unsichtbare Invasion.*«

»Aha. Das alte Ding. Nutzlose Spekulationen. Nun ja, danke. Zumindest meinen Tantiemen hat es nichts geschadet.« Campbell drehte sich um und betrachtete Zizz und Black Betty, die hinter Quinn den Pfad heraufkamen.

Zizz hielt Bettys Hand und führte sie. Sie zuckte nicht mehr ganz so sehr und flüsterte von Zeit zu Zeit mit sich selbst, unhörbar.

Zizz kicherte, als sie Campbells Gesichtsausdruck bemerkte. »Er sieht aus, als könnte er sich nicht entscheiden, wen von uns beiden er unheimlicher findet …«

Campbell zuckte mit den Schultern. »Nach Ceph kann ich mich an jeden gewöhnen.«

»Ich nehme das als Kompliment«, sagte Ceph und ließ sich aus den Ästen des Zwetschgenbaums herab. Er hing dort an ein paar Tentakeln wie geschmolzener Weihnachtsschmuck.

Alle traten erschrocken einen Schritt zurück.

Ceph lachte leise.

»Ceph«, sagte Campbell, »ich wollte nichts Unschmeichelhaftes sagen.«

»Das weiß ich doch. Schön, dich wieder zu sehen, Quinn. Die junge Dame. Ich habe Ihren Namen nicht mitbekommen.«

»Ich heiße Zizz. Das ist Betty.«

»*Black* Betty!«, platzte Campbell heraus. »Ich *dachte* doch, dass sie mir bekannt vorkommt …«

Betty blickte vor sich hin. Ihr Kopf zuckte auf ihrem Hals hin und her; sie sagte: *Schusch-usch-usch-sussss.*

»Sie ist gefoltert worden«, sagte Zizz und hielt eine von Bettys Händen fest. »Ich bleibe bei ihr …« Zizz wandte sich um, schaute Ceph an und wappnete sich. »Ceph – ich habe mich noch nicht bei Ihnen bedankt, dass Sie uns geholfen haben. Ich wollte … mich einfach bedanken. Und mich entschuldigen, falls ich Ihre Gefühle verletzt habe … ich meine, wenn jemand bei der ersten Begegnung ›schlagt es tot‹ kreischt, kann das schon einen schlechten Eindruck machen …«

»Mitnichten!« Ceph streckte ihr spitzbübisch einen Tentakel hin. Sie zwang sich, ihn mit Daumen und Zeigefinger zu schütteln, dann lächelte sie. Sie war glücklich, etwas gutgemacht zu haben.

Quinn war diese Neigung von Zizz schon früher aufgefallen, bei Lila, als sie verletzt war, und jetzt bei Betty. Und er erinnerte sich, dass sie eine Ausbildung als Krankenschwester gemacht hatte. Zizz war eine Heilerin; vielleicht war sie zur Ärztin geboren und wusste es nur noch nicht.

»Betty … Gehört sie … gehört sie zum Plan der Meta?«, fragte Campbell und wusste offensichtlich nicht recht, wie er sich ausdrücken sollte.

»Ja«, sagte Quinn. »Sie ist ein Bestandteil, sagen die Meta. Ein … ein *notwendiger* Bestandteil.«

»Sie ist ein Bestandteil der wahren Alchemie«, sagte Ceph.

»Von diesen ganzen okkulten Intrigen bekomme ich Kopfschmerzen«, sagte Campbell mit krächzender Stimme, »… noch schlimmere Kopfschmerzen. Auf interplanetaren Kram war ich vorbereitet, auf geheime Labors und versteckte Aktionen, wildes, aber noch rationales Zeug … aber diese metaphysische Komponente …« Campbell rieb sich die Schläfen.

»Einen Kater, was, Mr. Campbell?«, sagte Zizz. »Dagegen habe ich ein Rezept.«

»Wie weit musstet ihr laufen, Quinn?«, wollte Ceph wissen.

»Vom Schiff aus?« Quinn zuckte mit den Schultern. »Zwei Kilometer vielleicht. Die meiste Zeit im Schatten, am unteren Rand der Klippen …«

Campbell blickte an ihm vorbei, entlang der überhängenden Felsen in die Wüste hinaus. »Ein … Schiff? Ein Raumschiff? *Verdammt!* Und ich hab's verpasst!«

»Was ist los?«, fragte Ceph freundlich.

»Ich gebe das nur ungern zu …« Campbell seufzte. »Der berühmte UFO-Experte – aber *mein* schmutziges kleines Geheimnis besteht darin, dass das 21. Jahrhundert schon ein paar Jahre alt ist und ich immer noch kein einziges UFO gesehen habe. Ich habe

Flugzeuge gesehen, bei denen ich mir ziemlich sicher bin, dass es Nachbauten fliegender Untertassen der Air Force waren. Ich habe eine Menge ungewöhnlicher Lichter gesehen, die alles Mögliche gewesen sein können. Ich habe Videoaufzeichnungen von UFOs gesehen. Zehntausende von Beschreibungen gehört ... Ein halbes Dutzend angeblich interplanetarer Raumschiffe habe ich nur knapp verpasst ... Jahrelang habe ich die Area 51 beobachtet, aber ... sie schienen immer dann aufzutauchen, wenn ich nicht dort war. Gäbe es da nicht ... bestimmte Beweise, bestimmte Kontakte, hätte ich nie geglaubt ...« Er schaute Quinn an. »Wie war das? Ich meine, wirklich in einem drin zu sein?«

Quinn hatte sich bereits dieselbe Frage gestellt. »Es gibt fliegende Untertassen«, sagte er langsam, »und es gibt fliegende Untertassen. Ich glaube nicht, dass die Raumschiffe der Zetaner diesen auch nur ansatzweise ähnlich sind ... ich meine – ich glaube nicht, dass das wirklich Raumschiffe sind, obwohl ich mir ziemlich sicher bin, dass sie durch den Weltraum fliegen können ... und das tun sie auch. Eher sind es lebende Wesen – irgendwie dehnen sie ihren Körper aus, so dass daraus ein Raumschiff wird, in dem sie selbst reisen können – und manchmal nehmen sie andere Lebewesen an Bord ... Es war wie ...«

Wie konnte er das beschreiben? Dieses Gefühl berauschender Gefahr und gleichzeitiger Überzeugung, sich in völliger Sicherheit zu befinden, sich im Zentrum des Universums zu befinden, egal wohin die Reise ging. Es war wie ein Traum gewesen, jener kurze Flug über den Wolken in einer lebenden fliegenden Untertasse: Aber es war so wirklich gewesen wie ein Schmerz oder ein Orgasmus.

»Es war, als ... würden wir auf Licht reiten. Ein Raum aus Licht. Schwebend, aber nicht im freien Fall. Es fühlte sich stabil an, aber es machte einem irgendwie auch bewusst, das nichts wirklich stabil ist.«

»Hat es mit euch gesprochen?«

»Ja. In Gedanken. Hat mir einiges erklärt ... Ehrlich gesagt kann ich das nicht beschreiben, ohne einen falschen Eindruck zu erwecken.«

Campbell schüttelte neidisch den Kopf. Er blickte reumütig zum blauen Himmel hinauf, zu den blassen Wolkenstreifen, und fing mit verstellter Stimme an zu singen: »*Que sera, sera – whatever will be, will be …«* Er blickte zu Zizz hinüber. »Doris Day konnte ich schon immmer ganz gut nachahmen.«

»Wen?«

»Vergessen Sie's. Sie haben einen langen Marsch in der Hitze hinter sich. Kommen Sie rein und trinken Sie etwas, ruhen Sie sich aus. Die anderen schlafen in …«

»Lassen Sie sie schlafen«, sagte Quinn, während sie hinter ihm das Haus betraten. »Aber nicht allzu lange. Wir werden bald erwartet, auf dem Roeser-First. Wir müssen noch einiges erledigen …«

»Haben Sie Hunger? Da fällt mir ein, dass ich auch ein paar Vitamine gebrauchen könnte, vielleicht etwas Tomatensaft. Mit etwas scharfer Sauce im Tomatensaft vielleicht. Und ein wenig Wodka in der scharfen Sauce …«

* * *

Die Sonne wurde von einer Wolkendecke gedämpft. Campbell montierte einen alte Minolta-Fotoapparat auf ein Stativ.

Der unterirdische Stützpunkt lag nicht direkt in der Area 51, sondern auf einem angrenzenden Gelände.

Sie standen knapp unterhalb des höchsten Punktes des Roeser-Firstes und blickten über das staubige Becken zu den Hügeln hinüber, zwischen denen sich der Stützpunkt versteckte.

Sie befanden sich ein ganzes Stück innerhalb des überwachten Gebietes, das sich die Regierung in den neunziger Jahren unter den Nagel gerissen hatte, also würden die Hubschrauber und mattschwarzen Jeeps nicht lange auf sich warten lassen.

Quinn, Farraday, Black Betty, Lyn, Anatole, Lila, Campbell und Zizz saßen im Schatten eines einzelnen, riesigen Felsens, der wie ein Dolmengrab emporragte, und blickten auf die Ebene unterhalb des Roeser-Firstes hinunter, auf S4 und die Area 51. Sie warteten auf die Jungs in den Tarnklamotten. Black Betty hockte auf dem Boden, die Arme um ihre Knie geschlungen, mit zuckenden Schultern, und flüsterte.

Anatole sah immer wieder zu ihr hinüber und musste Tränen zurückhalten.

Sie schien ihn wahrzunehmen, versuchte ihn anzulächeln, als sei sie sich ganz entfernt bewusst, dass er einer ihrer Fans war und sie ihn irgendwie enttäuschte. Er lächelte zurück, als ob er sagen wollte: *Ist schon gut, ich erwarte nichts weiter von dir, ich weiß, was du durchgemacht hast.* Aber sie war immer noch Black Betty. Oder nicht? Vielleicht war sie es auch nicht mehr.

Lila saß neben Black Betty, Anatole auf ihrer anderen Seite; sie trösteten sie ohne viele Worte. Lila sang ihr irgendein Lied vor, ganz leise, auf Japanisch.

Ceph saß oben auf einem Felsen im Schatten einer kleinen Steinmulde. Er wollte nicht auffallen.

Ein Jeep kam näher. Verstaubt, mattschwarz. Zwei Typen in Tarnklamotten saßen darin, ohne jegliche Kennzeichen und mit Pistolen an der Hüfte.

»Quinn?«, sagte Zizz. »Bist du sicher, dass es nicht ziemlich dumm ist, hier zu sein? Ich meine – das macht mir Angst … ich wollte nie wieder auch nur in die Nähe dieses Ortes zurück und jetzt … Jetzt klettern wir direkt in die Schlangengrube.«

»Da kann ich ihr nur Recht geben«, sagte Farraday. Lyn Farraday drückte sich noch etwas mehr an ihren Mann, während dieser fortfuhr: »Wir sollten nicht hier sein. Das ist verrückt. Wenn sie mich wieder in ihre gottverdammte kleine Termitenkolonie hinunterschleppen …«

»Uns wird nichts passieren«, sagte Quinn mit einer Überzeugung, von der er wusste, dass sie völlig unvernünftig war.

Unvernünftig – aber er hatte ein gutes Gefühl dabei; er spürte, wie die Muster sich aufeinander zubewegten …

Es hatte genügend Anzeichen für Gleichzeitigkeiten gegeben; die Zufälle in den Fernsehnachrichten hatten zu ihm gesprochen, das Krächzen der Krähen, dreiundzwanzig Minuten lang hatte er die Schwankungen des Dow Jones beobachtet: All dies hatte ihn durch das Gitter erreicht; die Fluoreszenz knisterte in diesem Augenblick in der Luft und sagte: *Es kommt, es kommt …*

Er würde den Mittelsmann nicht mehr brauchen; er wurde immer empfänglicher für die Zeichen, die Bedeutungen. Auch die Zeit für die Trance würde kommen.

»Zizz, du bist in einer Meta geflogen«, sagte Quinn. »Eine Gottheit hat dich in ihren Armen getragen. Wie kannst du zweifeln?«

Zizz nickte abwesend. Quinn wusste, dass sie an die Energiewände in der Meta denken musste.

Der Patrouillenjeep von Area 51 blieb ein paar Meter entfernt stehen: ein spitzbäuchiger Kerl mittleren Alters mit spärlichen grauen Haaren und lippenlosem Mund und ein hagerer Gockel mit Flachschädel. Sie stiegen aus, die Hände auf den Waffen, und kamen leicht breitbeinig auf sie zu.

Der MJ15-Hubschrauber kreiste um die Spitze des Hügels; er wollte schlicht Präsenz zeigen – eine Stellungnahme in Form von Hardware.

»Campbell«, sagte der ältere Kerl müde, »seit wie vielen Jahren erkläre ich dir jetzt schon, du sollst diese Scheiße lassen.«

»Zwanzig, Jerry. Vielleicht fünfundzwanzig.«

»Hee – ich reagiere nicht auf irgendwelche Namen, mit denen du mich eventuell ansprichst –«

Campbell wandte sich an die anderen in seiner Gruppe und stellte den älteren Kerl vor. »Das ist Jerry Niven, ein sehr, sehr guter Freund von mir, seit vielen Jahren, der mich wirklich erst drei Mal festgenommen hat …«

»Und ich werde es wieder tun müssen, Campbell, wenn du nicht verdammt noch mal verschwindest.«

Die Haare auf Quinns Armrücken hatten sich aufgerichtet; das hatte nichts mit diesen beiden Typen zu tun. *Etwas würde gleich passieren.*

»Komm, wir legen ihm einfach Handschellen an und rufen den Sheriff«, sagte der hagere Kerl.

Sechs Wüstenvögel flatterten herab und flogen um sie herum, ungewöhnlich nah. Zizz starrte sie an. »Diese Vögel …«

»Campbell und seine glotzenden Kumpels befinden sich mitten im Sperrgebiet«, fuhr der Hagere fort. Er hatte das dringende Bedürfnis, jemanden festzunehmen.

Mehr als ein Dutzend Eidechsen huschten unter einem Felsen in ihrer Nähe hervor und drängten sich um sie. Eine Staffel Tarantelfalken mit schwarzen Körpern und roten Flügeln kreiste um sie und wechselte sich mit einem Schwarm Holzbienen ab, als hätten sie sich abgesprochen. Eine spontane Menagerie versammelte sich, mit unnatürlich hoher wechselseitiger Toleranz.

»Campbell liebt es, verhaftet zu werden, Joel«, sagte Niven. »Das bringt ihn doch nur in die Medien.«

Campbell lächelte und schüttelte den Kopf.

Zwischen Zizz' Fingerspitzen sprangen elektrische Ladungen hin und her. Kojoten streiften rastlos durch die Büsche. Drei. Vier. Sie wimmerten und stimmten ein leises Heulen an. Dutzende von Gespenstheuschrecken bedeckten die Sträucher. Graufüchse und Luchse kletterten den Hang herauf und strichen seltsam furchtlos in ihrer Nähe herum.

Quinn dachte: Eigentlich müsste ich vor all diesen Tieren Angst haben, aber keiner von uns fürchtet sich. Wir sind alle zu high: high von der Energie in der Luft …

»Unser Mr. Niven«, erklärte Campbell Farraday mit einer gewissen sarkastischen Liebenswürdigkeit, »ist einer der untergeordneten Schutzengel, die über die Grenzen des Sperrgebietes um Area 51 wachen, zusammen mit anderen wohlmeinenden Jungs von Wackenbush Security, die für die CIA und die CIAD und die NSA und die DIA und letzten Endes für MJ15 arbeiten, auch wenn sie das nicht wissen.«

Joel blickte umher. »Da treiben sich erstaunlich viele Tiere in den Büschen herum … siehst du das? War das ein Luchs? *Zwei* Luchse? Das sieht man wirklich nicht alle Tage. Verdammt, schau doch, ein Fuchs, ich hab noch nie so viele … was zum Teufel …«

Um sie herum bildete sich ein Wirbelwind, stellte Quinn fest …

Der Hubschrauber?

Aber der Hubschrauber war nirgends zu sehen …

Sie hörten ein dumpfes metallisches Geräusch und das Ächzen von Stahl, wandten sich um und sahen, wie der schwarze Hubschrauber auf einem Kiesweg ein Stück den Hang hinunter notlandete; seine Rotoren zerbrachen an einer Felsnase. Der Motor war in der Luft einfach ausgegangen.

»Scheiße!«, platzte Joel heraus. »Was ist denn mit denen los!«

Sie beobachteten zwei USMC-Piloten, die aus dem Huschrauber kletterten. Sie starrten aus ungefähr fünfhundert Metern Entfernung zu ihnen hinauf, besprachen sich kurz und stiefelten dann den Hang hinunter davon.

»Wohin gehen die?«, wollte Joel wissen.

»Sieht aus, als hätte ihnen irgendetwas Angst eingejagt … Scheinen bei dem Absturz nicht verletzt worden zu sein … Mann, der Hubschrauber ist einfach … vom Himmel gefallen. Scheiße.«

»Den Jungs aus dem Hubschrauber scheint nichts passiert zu sein«, drang Cephs Stimme fröhlich von oben herab.

»Wer zum Teufel hat das gesagt?«, fragte Niven nervös und betrachtete misstrauisch den großen Felsen, der neben ihnen emporragte. »Joel, da oben ist noch jemand!«

Der Wind wurde stärker – er konzentrierte sich unheimlicherweise auf eine klar umrissene Fläche und war fast *sichtbar*, obwohl er keinen Staub aufwirbelte – äußerst eigentümlich. Wespen und Schwärme roter Fluginsekten, die Quinn noch nie gesehen hatte, summten um den Wirbelwind herum, als würden sie ihn begleiten; Nachtschwalben, die eigentlich nur bei Sonnenaufgang und Sonnenuntergang unterwegs waren, umflatterten sie. Skorpione tanzten auf den Felsen, krabbelten zwischen unfasslich furchtlosen Erdkuckucken herum, in merkwürdiger Eintracht.

Zwischen Quinns Zahnfüllungen sprangen elektrische Ladungen hin und her.

»Ich fühle mich … seltsam«, sagte Lyn.

»Ich auch«, sagte Farraday.

Auf der sonnenüberfluteten Ebene unterhalb des Firstes wurden die Umrisse riesiger Gestalten sichtbar, in Form von anfangs zufällig erscheinenden Mustern aus Kakteen und Sträuchern: die Umrisse eines tanzenden Schamanen und eines Pumas. Beide Gestalten waren Hunderte von Metern lang und breit – Gestalten, die noch einen Augenblick zuvor nicht da gewesen waren.

»Was zum Teufel ist das?«, sagte Joel.

»Das ist eine von diesen großen indianischen Zeichnungen, die man nur von weit oben sehen kann«, sagte Niven. »Nur … hier in der Gegend gibt es keine …«

»Hörst du nicht auch so etwas wie … einen Rhythmus, Musik in der Luft?«, sagte Joel. »Klingt nach … altem Country-Rock …«

»Nein«, sagte Zizz, »das ist Angst-Rock.«

»Nein«, sagte Lyn, »das ist eine alte Rolling Stones-Nummer.«

»Nein, das ist Disco«, sagte Niven.

»Nein, es ist 'ne alte Bebop-Nummer«, sagte Campbell. »Wo

kommt das her? Ich kann ... ich kann den Ursprung nicht ausmachen ... Als ob ... als ob es aus diesem Felsen kommt ... als ob der Felsen ein großer Kristallempfänger wäre, aber ... nein, nein, das ist ...«

Quinn wiederum hörte eine Tanznummer von Jerome-X. Ein Stück, das Black Betty einmal verwendet hatte, um die FedControl-Übertragungen mit einem unerträglichen Endlosband zu stören. *»Die Macht der Verzweiflung ...«*

Die Hügel auf der anderen Seite der Ebene ...

Die Hügel öffneten sich. Sie spien graue stählerne, von einem finsteren Licht umgebene Untertassen aus, die sich in einem Zick-zackkurs am Himmel verteilten.

»Lila, es ist so weit!«, brüllte Quinn über den stärker werdenden Wind hinweg.

Lila war bereits dabei, Betty auf die Füße zu ziehen. Betty schien Angst zu haben, ein kleines Mädchen im Körper einer großen erwachsenen Frau – sie wimmerte leise, ihre Augen flackerten ängstlich.

»Alles wird gut«, sagte Anatole. Er und Lila waren seit ihrer Ankunft nicht von ihrer Seite gewichen. »Du wirst geheilt. Du musst dich nur in den Schaltkreis einklinken.«

»Ich werde verdammt noch mal von hier verschwinden, Jerry!«, schrie Joel.

Aber er rührte sich nicht von der Stelle. Er und der andere Tarnanzug-Mann standen da wie Salzsäulen; ihre aufgerissenen Augen zuckten wie bei Schafen, wenn sie Blut wittern.

Die Soldaten aus dem Hubschrauber rannten Hals über Kopf die Straße hinunter, vom Hügelkamm weg.

Campbells Fotoapparat explodierte ohne ersichtlichen Grund. »Scheiße!«, brüllte Campbell. »Meine Kamera!«

Drei Untertassen der Zetaner kamen auf sie zu wie flache Steine, die über einen Teich flitschten ...

Lila ergriff Quinns Hand, Quinn fasste nach Bettys Hand, und Anatole nahm Bettys und Lilas Hände. Sie bildeten einen Kreis, gemäß ihren Anweisungen Hand in Hand, doch mit den Gesichtern nach außen, einander den Rücken zugewandt. Eine respektlose Freude erfüllte Quinn, als der Kreis sich schloss.

Die Musik dröhnte lauter, Elektrizität knisterte blau und weiß um sie herum, der Wind brauste. Die Musik bestand aus vielen Stücken, die zu einem verschmolzen. Quinn hörte die Melodien von diesem und jenem Song heraus …

Well I'm beginning to see the light
Some people work very hard,
but still they never get it right
Aw baby I'm beginning to see the light …

Zizz, Farraday, Lyn und Campbell kauerten im Schutz eines Felswalls auf dem Boden.

Diamantklapperschlangen schoben sich rasselnd durchs Gebüsch, Gilamonster zischten, Schildkröten krochen hervor und reckten ihre Köpfe himmelwärts.

Campbell grinste zu den fliegenden Untertassen hinauf, die fünfzig Meter über ihnen schwebten, und obwohl er grinste, schluchzte er: »Meine Kamera, meine verdammte Kamera!«

»Was ist los!«, schrie Lyn. »Bitte, Mike! Was passiert da?«

»Ich weiß es nicht«, antwortete Farraday. »Ceph hat gesagt, es hätte damit zu tun, dass alle hier beeinander sind – hier gibt es so etwas wie eine geomagnetische Kraftquelle, genau unter diesem Felsen da, und Quinn, Black Betty, Lila und Anatole … bilden die Grundsubstanzen wie bei einer chemischen Reaktion – oder so – Scheiße, ich *weiß* es nicht!«

»Aber du hast es ganz gut getroffen!«, rief Ceph fröhlich, glitt den Felsen hinunter und ließ sich in den Kreis fallen, der von Anatole, Lila, Betty und Quinn gebildet wurde. »Sie besitzen vier der chemischen Bestandteile, und ich habe das fünfte!«

Die Untertassen kreisten über ihnen; sie begannen in einem aggressiv roten Licht zu pulsieren und strahlten stoßweise Hitze ab. Die Zetaner hatten ihre Beobachtungen abgeschlossen, sie würden gleich angreifen, Quinn konnte es fühlen.

Die Zetaner standen kurz davor, sie alle zu vernichten.

Über welche Waffen verfügen die Außerirdischen?, hatte Farraday gefragt.

Sie verfügen über alle nur denkbaren Waffen …

»Betty, Anatole, Lila und Quinn zusammenzubringen …«, schrie Ceph und drehte sich und drehte sich, tanzte auf seinen unbeholfenen und anmutigen Gliedmaßen im Kreis seiner Freunde. »Das mächtigste aller Gene ist unter ihnen aufgeteilt – gemeinsam haben wir das vollständige Gen, die fünf Facetten des Juwels – und wir haben den Glauben, es zu aktivieren!«

Die Untertassen der Zetaner stießen herab und erfüllten die Luft mit Hitze und bevorstehendem Morden.

Der Himmel öffnete sich, ein Spiegelbild der Hügel. Der Himmel …

… das blauweiße Laken des Himmels schien aufzureißen, säte Donner und erntete rot geränderte Schwärze, in der die Sterne leuchteten. Die Nacht wurde sichtbar durch eine Spalte im Gefüge des Tages, und durch diese Spalte kamen sieben Form gewordene lebende Galaxien, kreisten und funkelten, sandten Lichtspeere aus wie eine Spiegelkugel. Und unter dieser Disco-Kugel tanzten Quinn und die anderen, tanzten einen schlichten Eins-zwei-Schritte-Takt, indianische Tanzschritte, die Rücken zueinander, doch die Hände ineinander verschränkt …

Quinn war sich des *Jetzt* als eines Seinszustandes bewusst; er war im Jetzt eingeschlossen; es gab Veränderungen, es gab die Zeit, aber alles wirbelte um das stille Zentrum des Hurrikan: JETZT.

Er blickte in dieses Jetzt hinauf und entdeckte Aspekte der Meta, die er noch nie gesehen hatte; komplizierte Geflechte geometrischer Formen; Facetten, die Facetten bis ins Unendliche reflektierten; jede einzelne Meta ein Mikrokosmos, der das Universum reflektierte.

Die Meta umzingelten die metallischen Untertassen, die wie Becken vibrierten – und sich langsam auflösten. Die Untertassen der Zetaner fielen vom Himmel, und einige Augenblicke lang …

Einige Augenblicke lang regnete es Zetaner.

Die Körper der Aliens schlugen um sie herum auf und heulten vor Verzweiflung. Drei von ihnen fielen aus großer Höhe – auf Jerry Niven und zerquetschten ihn.

Alle stürzten bis auf einen, dieser Zetaner wurde in der Luft gehalten und von der Hand eines unsichtbaren Riesen behutsam und unverletzt auf dem Boden abgesetzt.

In diesem Augenblick wuchsen die Gestalten der Erde, die riesigen Piktoglyphen des Schamanen und des Puma in der Ebene unterhalb des Firstes, in die dritte Dimension, nahmen Masse an und *erhoben sich*, Golems so groß wie die Hügel, Titanen aus Erde und Stein, mit Kakteen und Salbeisträuchern bedeckt. Die Giganten aus Stein, Erde und Sand – keine Visionen, keine Halluzinationen, sondern physisch greifbar, so wirklich wie ein Wolkenkratzer in Manhattan – richteten sich über dem unterirdischen Stützpunkt auf, griffen in die Öffnung des Hangars, aus dem die Untertassen gekommen waren, und zogen den ganzen Stützpunkt heraus –

Und kehrten das Innerste nach außen. Quinn hatte einmal zugeschaut, wie ein Termitenhügel unter Einsatz eines Brecheisens freigelegt worden war; von hier oben betrachtet drängte sich der Vergleich förmlich auf.

Der Hügel zitterte und bebte, tausend Entsetzensschreie erschollen wie aus einer Kehle; Lichter blitzten in den Erdspalten auf und zuckten aus der stählernen Infrastruktur unter der Erde – und erloschen. Hustende Explosionen und Rauch, Männer fielen schreiend durch Risse im Metall in vergessene Schächte, in erstarrte radioaktive Höhlen hinab ... Dann ließen sich die Riesen auf die sich windende stahlumrandete Wunde fallen, zwei lebende Lawinen, mit einem Dröhnen, das den Donner mit eingezogenem Schwanz davonschleichen ließ, und die Riesen waren verschwunden; der Stützpunkt allerdings auch ...

Quinn wandte sich ab, er konnte nicht länger hinsehen.

Ein Licht senkte sich auf ihn herab. Er spürte sie, bevor er sie sah: Die Meta landeten, überall um ihn herum; sie umringten ihn und die anderen.

Er hörte, wie Black Betty fast verzückt aufschrie.

Er drehte sich zu ihr um, und sie lächelte; ihre Augen leuchteten. Die Meta hatten sie geheilt.

»Befinde ich mich noch unter Drogen im Eisschrank?«, fragte sie.

»Nein, ganz eindeutig nicht. Das alles ist wirklich. Wir haben dich rausgeholt.«

»Ich erinnere mich, glaube ich – teilweise. Es ist so ...« Ihre Augen füllten sich mit Tränen. »Danke.«

»Geht schon in Ordnung – wir haben dich gebraucht.«

»Ist das … Voodoo?«

»Nein – und ja.«

»Aber das alles muss ein Traum sein … die Riesen!«

»Auch dazu kann ich nur sagen – nein, und ja.«

Sie nickte glücklich. »Das verstehe ich gut: ›nein und ja‹. Alles hat zu mir immer nein gesagt und ich habe mit ja geantwortet. Himmel, ich bin froh, dass ich hier bin … Diese Lichter … diese Lichter …! Diese Energie!«

Dann bemerkte sie die Verwüstungen auf der Ebene. Der aufgeplatzte Stützpunkt, die fernen Schreie, der aufsteigende Rauch, die gedämpften Explosionen von dort unten.

»Haben wir das getan?« Grauen lag in ihrer Frage.

»Ich fürchte schon …«

»Ich habe nie Gewalt angewendet … nie. Ich habe immer durch Bilder in das Geschehen eingegriffen. Ideen auf Bildschirmen. Angriffe auf festgefahrene Vorstellungen. Ich habe nie … Ich kann einfach nicht glauben …«

Hubschrauber aus den überirdischen Gebäuden der Area 51 kamen aus einigen Kilometern Entfernung herbeigeflogen und schwebten über den Ruinen des S4 wie empörte Vögel über ihrem zerstörten Nest. Bald trafen Lastfahrzeuge und Krankenwagen mit Höchsttempo am Ort des Geschehens ein; Rettungsarbeiter machten sich daran, die Trümmer zu durchsuchen.

»Wir müssen dort hinunter«, sagte Zizz. »Wir müssen helfen …«

»Alles, was für diese Menschen getan werden kann, wird getan«, sagte Ceph. »Die Meta werden die Unschuldigen unter den Überlebenden heraussuchen; die, deren Körper nicht überlebt hat, werden auf andere Art weiterleben.«

»Aber da unten sind so viele Menschen gestorben«, sagte Betty. Zizz nickte. Quinn wurde übel, wenn er nur daran dachte.

»Und in den anderen Stützpunkten auch«, sagte Ceph. »Wir dürfen uns nicht einmischen. Wir haben nur dafür gesorgt, dass sie ihrem eigenen finsteren Trieb erlegen sind.«

Plötzlich wurde es still. Eine beklommene Stille; der Wind hatte sich gelegt, das Licht schimmerte und wurde stärker –

Dann fiel ein Schuss.

Quinn fuhr herum und sah Joel, der hysterisch schluchzend seine

Pistole abfeuerte – Ceph direkt in den Kopf, drei Mal. Quinn empfand ein Gefühl, als wäre er selbst erschossen worden.

»Du *Idiot!*«, brüllte Farraday, sprang herbei, riss Joel die Pistole aus den Händen und schlug damit auf ihn ein. Joel fiel auf die Knie und kroch brabbelnd davon.

Farraday rannte zu Ceph … der bereits tot war.

Doch während das Licht – blauweiße Wellen in immer kürzeren Abständen, mit irisierenden Lichtpunkten gespickt – um sie herum immer heller glänzte, schien es etwas aus Cephs zuckendem groteskem Leichnam zu ziehen, wie ein Vogelkind aus seiner Eierschale: ein schwaches Glimmen, sichtbar und doch nicht sichtbar – nur wenn die Lichtwellen darüber hinwegglitten, dann zeichnete es sich schärfer ab, nahm immer mehr Form an. Etwas schwebte über Cephs Körper, eine Gestalt aus violettem Licht, mit Venen aus Feuer und Gedankengeflechten aus Elektrizität. Nur die Augen waren gleich geblieben … ansonsten hatte er die Gestalt eines Mannes angenommen, eines Mannes, den sie noch nie zuvor gesehen hatten, der ihnen aber fast vertraut vorkam … ein Fremder, der ihnen vertraut war, der eigentlich kein Fremder war. Das war …

»Ceph!«, sagten Farraday und Quinn gleichzeitig.

»Ja. Endlich frei, endlich frei. Ja, nennt mich Ceph; nennt mich Ishmael, wenn ihr wollt; nennt mich Yeshua, nennt mich Heimat, nennt mich nur nicht Präriequalle. Endlich frei!« Die Lichtgestalt wirbelte und tanzte vor Entzücken.

Dann schwebten andere Gestalten aus den Meta herab. Und die Gestalt, die in Ceph gefangen gewesen war, eilte ihnen entgegen: Männer in Roben, Männer mit Bärten, Männer mit Augen aus Licht und leuchtenden Mündern und glänzenden Fingern.

Moses. Elias. Und Ceph war …

»Jesus!«, platzte Quinn heraus. Diesmal mit dem Kreuz der Entstellung, dem verrenkten Körper einer Landkrake. Jesus in einem Präriettintenfisch. Christus als Cephaloped.

Ich freue mich, euch wieder zu sehen, sagte Ceph, sagte Yeshua, sagte Jesus von Nazareth zu Moses und Elias. *Die Zetaner, die armen Zetaner …*

Du hattest schon immer ein zu weiches Herz, sagte Elias und lachte. Dann erschien auch Petrus, lachte und lächelte die Menschen an, die in einer Mischung aus Ehrfurcht und Verwirrung zu ihm aufblickten.

»Sollen wir einen Tempel bauen?«, fragte Lila.

Das scheint nicht nötig zu sein, sagte Petrus.

»Hört ihr sie auch?«, wollte Quinn von Farraday wissen.

»Ja. Ja, ganz eindeutig.«

Petrus und Elias nahmen Ceph, der Jesus war, auch Yeshua genannt – sie nahmen ihn an der Hand; und bei ihnen war Moses, und bei Moses war ein glatzköpfiger, griechisch aussehender Mann mit durchdringendem Blick und einem schwarzen Schnauzbart, den Quinn nicht kannte. Er hörte, wie Moses ihn »George Iwanowitch« nannte.

Wir gehen jetzt, du, den sie hier Ceph rufen, sagte George Iwanowitch mit einem ironischen Lächeln. *Andere warten ... Clive Staples Lewis wartet bereits eine lange Zeit darauf, dich zu treffen ...*

Er ist da?, rief Ceph. *Lewis ist da! Zapft das Bier und ruft ihn zu mir!*

Ceph und die anderen leuchtenden Gestalten erhoben sich in die Luft.

»Warte, Ceph!«, sagte Farraday. »Warte!«

»Wir sehen uns – ›Wo sich drei in meinem Namen versammeln, werdet ihr mich finden ... Spaltet ein Stück Holz und ich werde kommen; dreht den Stein um und ihr werdet mich finden.‹«

»Ceph –«

»›Die Gedanken des unbegreiflichen –‹«

»Ceph!«

»Ja, Mike?«

»Hör mit dieser E.T.-Scheiße auf, Ceph, von wegen ›ich werde im Herzen immer bei euch sein‹! Schieb uns nicht einfach ab!«

»Ich werde bei euch ...«

»Ceph – verdammt!«

Ceph, der astrale Ceph, der vollkommene Ceph, den sie auch Yeshua nannten, stieg mit jenen empor, die gekommen waren, ihn zu holen: fuhr empor, um sich den anderen Meta anzuschließen, die über ihm kreisten ...

Farraday seufzte und ging zu seiner Frau.

Langsam begannen sie zu tanzen, wie ein Teenagerpärchen auf einer

Party, auf der nackten Erde des Hügels; Klapperschlangen wanden sich um ihre Knöchel. Sie ignorierten die Schlangen, erstaunlicherweise völlig furchtlos, ebenso wie die Schlangen. Lila und Anatole hielten sich an der Hand und wiegten sich hin und her; in Anatoles Gesicht rangen Freude und tiefe Traurigkeit miteinander.

Auf der Ebene zu ihren Füßen, in der ewigen Nacht bei hellstem Sonnenschein hauchten Männer ihr Leben aus, und andere weinten und knirschten mit den Zähnen und schlugen sich auf die Brust.

Aber hier, auf dem Roeser-First …

Sie konnten die Energie geradezu spüren. Eine ganz bestimmte Wellenlänge setzte ihre Herrschaftsansprüche durch. Unter der schützenden Hand dieser Energie konnte es keine Trauer um die Toten geben. Alles erwies sich als Historienspiel, als Passionsspiel, alles war tragikomisch, das Schauspiel war die Hauptsache, und alle sahen der Aufführung zu und wiegten sich im Rhythmus der Musik und befanden sich in diesem Augenblick außerhalb jeglicher Zeit und Konsequenzen.

Hubschrauber flogen herbei und schwebten in ihrer Nähe, mit allen Anzeichen ausdrucksloser Verwirrung. Jeeps kamen angefahren und hielten an einer unabgesprochenen Grenze. Im Augenblick befanden sie sich im Schutz dieser Energie, dieser eigentümlichen Energie: unberührbar. Sie nahmen ihre Schuld hin; sie akzeptierten ihre Entscheidung und schickten sich in die Unvermeidlichkeit der Dinge. Die Energie hatte sie völlig high gemacht, sie gestattete ihnen keine Furcht oder Trauer oder Reue. So war es ihnen möglich, auf dem First zu tanzen, während der Stützpunkt auf der Ebene unter ihnen brannte und die Hubschrauber außer Reichweite lauerten.

Die Meta veränderten ihre Gestalt und bildeten einen lebenden Tempel aus leuchtendem Buntglas über ihnen; Farben vibrierten in der Luft. Die Körper der Zetaner versanken in der Erde, die sich ihnen entgegenreckte; die Erde schuf ihnen Gräber und schloss sich über ihnen.

Die Tiere, die sich um sie versammelt hatten, zogen sich aus dem Lichtkreis zurück, als ob sie einem Befehl folgten.

Black Betty und die anderen tanzten zu einem Rhythmus, der immer noch in der Luft lag. Alle außer Zizz.

»Ich bin eine verdammte Mörderin«, sagte Zizz.

»Du weißt wirklich, wie man einem Kerl die Ehrfurcht raubt‹, sagte Quinn.

Betty hörte auf zu tanzen, kam herüber und fragte: »Hast du nicht das Gefühl, als würdest du … darüber schweben? Oder daneben? Ziemlich high von etwas, das dir das Gefühl gibt …«

»Doch – aber ich stelle es in Frage, Betty. Das ist, als ob wir Drogen genommen hätten … Und all die Menschen, die im Stützpunkt umgekommen sind … wir haben sie umgebracht! Wir haben jedenfalls geholfen …«

Betty nickte anerkennend. »Du vermittelst den Eindruck, als wärst du völlig oberflächlich, dabei weißt du nur nicht, wie du mit deiner eigenen Tiefe umgehen sollst.«

Quinn nickte überrascht. Betty hatte Zizz durchschaut.

»Ich weiß, was in dir vorgeht, Zizz«, fuhr Betty fort. »Aber wir stehen nicht unter Drogen – das fühlt sich anders an. Ich glaube eher, dass ein Gefühl in uns freigesetzt wurde, das immer da war.« Sie sah sich glücklich um. »Ich wusste schon immer, dass es diese Freiheit gibt … das habe ich die ganze Zeit versucht, der Welt zu erklären … aber ich wusste nicht, wie ich es ausdrücken sollte …«

»Ich kenne das Gefühl«, sagte Zizz. »Aber ich wehre mich dagegen, weil … ich all diese Menschen nicht umbringen wollte, Betty … ich habe mitgeholfen, dich aus dem Eisschrank zu holen; damit habe ich ein Teil der Bombe hierher gebracht, die all diese Menschen getötet hat … ich meine, wahrscheinlich waren die meisten von ihnen Arschlöcher, aber *trotzdem* – mir tun sogar die Zetaner Leid …«

»Alles wird gut«, sagte der Zetaner und kam auf sie zu.

Er sprach nicht mit ihrer Stimme wie Jaron, sondern mit einer Stimme, die leicht mechanisch klang und aus einer kleinen Metallkugel kam, die er in der Hand hielt. Er trug einen mattsilbernen Overall. Quinn fand, er sah mehr oder minder wie Jaron aus, aber irgendwie war er sicher, dass es nicht Jaron war.

Und der Außerirdische sprach durch ein Gerät mit ihnen statt das zetanische Mimikry-Talent zu benutzen, und Quinn maß dem eine gewisse Bedeutung bei, auch wenn er nicht wusste, welche.

»Ihr könnt Bill zu mir sagen«, sagte der Zetaner. »So hat Dodge mich immer genannt … der arme alte Dodge … er hat immer gesagt, ich erinnere ihn an eine Eidechse in *Alice im Wunderland* …«

»Nun, äh ... Bill ...«, sagte Quinn. »Wie zum Teufel geht es dir?«

»Ganz gut, angesichts der Traurigkeit, die mich erfüllt«, sagte der Zetaner. »Es ist schwer, in dieser ... Atmosphäre traurig zu sein. Aber es gelingt mir, es liegt in meiner Natur. Ich bin auf einem der zetanischen Schiffe gefangen gehalten worden. Sie wollten mich nach Zeta Reticuli zurückbringen und den Mikrophagen zum Fraß vorwerfen. Wisst ihr, ich bin ein Verräter. Aus ihrer Sicht habe ich mich mit den Meta verschworen, schon ziemlich lange. Die meiste Zeit habe ich in einer Höhle in Tibet gelebt, fast hundert Jahre lang ... es tut gut, die Höhle endlich verlassen zu können ... Junge Frau, es ist wirklich nicht nötig, dass sie sich um jene sorgen, die heute umgebracht wurden. Die Schamanen, und mit ihnen die Meta, haben nur die zerstörerischen Triebkräfte meines Volkes und die von MJ15 auf der Quantenebene umgeleitet und zugelassen, dass Brechung und Widerhall an ihren Ursprungsort zurückkehren. Eine beeindruckende spirituelle Judorolle. Die Männer im Stützpunkt haben die Riesen eigentlich selbst herbeigerufen. Auch die Zetaner haben ihren Untergang selbst verursacht. Euch trifft keine Schuld.«

»Ich muss dich das fragen, Bill«, sagte Quinn. »Was wirst du jetzt machen?«

Farraday und Lyn kamen herüber, und kurz darauf Campbell und Lila und Anatole, und sie alle hörten zu. Die Meta-Kathedrale wölbte sich über ihnen – sie mussten nicht zuschauen und zuhören: Sie waren die personifizierten Augen und Ohren.

»Ich werde möglichst bald ein Treffen mit Ihrer Präsidentin arrangieren. Ich habe mir sagen lassen, sie sei eigentlich eine sehr nette Dame, die schlicht zwischen die Fronten geraten ist. Ich werde ihr ein paar Dinge erklären müssen. Die Zeit ist gekommen; die Wahrheit war dort draußen und nun ist sie aus der Kälte hereingekommen.«

»Du bist ... ein Verbündeter der Meta?«, fragte Lyn.

»Das bin ich«, sagte Bill. »Ich bin ein Anhänger des Weges, und die Meta sind seine lebendige Verkörperung, ein Leuchtfeuer auf jenem Weg. Ich bin nicht der Einzige: Einer meiner Freunde, auch ein Zetaner, hat sich jahrelang in einer Grotte am Berg Athos versteckt gehalten, von den Mönchen beschützt. Die Traditionen sind schlussendlich immer dieselben, im Wesen des Seins. Einige von uns haben die Wahrheit gesehen; das Makrobiologische Team hat etwas zu schaffen versucht, was es schon immer gab – es wurde nur von jenen, die über den besonderen Samen verfügen, hier und da ganz leicht beschleunigt. Für diejenigen, die intensiv genug danach suchen, war es schon immer da …«

»Ich bin sehr erleichtert, Sie kennen zu lernen«, sagte Farraday »Es wäre mir sehr unangenehm, die Zetaner für …«

»Nein. Wir sind nicht durch und durch schlecht – ebenso wenig wie ihr durch und durch gut seid, vorsichtig ausgedrückt«, sagte der Außerirdische. »Wir sind weder für Pol Pot verantwortlich noch für Stalin oder Mao oder Joe McCarthy oder auch nur für einen Ihrer Serienkiller. Auch Hitler war nicht unser Mann. Er hat ein paar Ideen verdreht, die er von einer unserer Geheimgesellschaften übernommen hat – aber wir sind weder für ihn noch für seine Taten verantwortlich. Er gehört ganz Ihnen …«

»Schon verstanden«, sagte Farraday. Er reichte dem Alien die Hand und hielt seine knochenlosen Finger einen Moment fest.

Zizz lächelte. Betty legt ihren Arm um Zizz. »Alles in Ordnung, Zizz?«

Quinn konnte geradezu sehen, wie Zizz sich entspannte; wie sie die Gabe annahm, die in der Luft vibrierte, in der Erde um sie herum.

»Ja. *Ja.*«

Campbell war losgelaufen, um etwas zu untersuchen, das aus dem Sand auftauchte, von der lebendigen Erde emporgestoßen: Ein Abschnitt einer fliegenden Untertasse der Zetaner, die herabgefallen war und sich in die Erde gebohrt hatte. Es war ein zerbrochenes Segment aus einem gebogenen, aluminiumfarbenen Material, das aus Metall und etwas anderem bestand. »Schaut!«, platzte Campbell heraus und deutete darauf. »Etwas …«

Die Hülle des Schiffes schälte sich auf und legte ein Schott offen – darin befanden sich zwei Körper.

Anatole rannte mit einem lauten Schrei auf sie zu.

Ceph tauchte zwischen den beiden Körpern auf und berührte sie; er schwebte gleich einer Flamme über einem Kerzendocht und sprach einen Segen in einer vergessenen Sprache, während Anatole und Lila herbeirannten und sich neben die verdrehten Körper von Sullivan und Kian knieten.

Anatole weinte eine Weile, während die anderen die Leichname herauszogen, in ein flaches Grab legten und einen Steinhügel über ihnen auftürmten.

Dann verdichtete sich das Licht über den Steinen und eine junge Frau erschien darüber, als würde sie über dem Grab schweben. Sie war völlig nackt, doch sie leuchtete so stark, dass von ihrem Körper kaum etwas zu sehen war.

»Späherin!«, schrie Anatole heiser und rannte auf sie zu. Lila rannte ihm nach. »Anatole, warte!«

Die Späherin streckte eine Hand aus – und Anatole fiel ein paar Schritte von ihr entfernt auf die Knie und versank in seine vertraute Trance. Lila kniete sich neben ihn und senkte ihren Kopf wie zum Gebet.

Quinn blickte ehrfürchtig zur Späherin auf … Sie warf ihm nur einen Blick zu, schien sich dann zusammenzufalten und verschwand.

* * *

Er wusste, dass er einst einen Namen gehabt hatte; er wusste, dass der Kleinere neben ihm einst einen Namen gehabt hatte. Er wusste mehr oder minder, was ein Name war. In seiner Nähe gab es Namen.

Sullivan. Kian.

Es war eigentlich nicht weiter wichtig.

Es ging ihnen gut, mit oder ohne Namen.

Er sah sie als Muster, miteinander verbunden, auf der Oberfläche einer Welle, die sich auf ewig durch die Finsternis bewegte. Doch er wusste, dass sie sich auf das Licht zubewegte. Das war so, seit …

Seit wann?

Er konnte sich nicht daran erinnern, wie es genau passiert war. Er und der Kleine hatten es zusammen erlebt: den Tod.

Das also war der Tod.

Eine weitere Strömung kreuzte sich mit der ihren; eine andere, weit stärkere Welle spülte ihre Muster in eine andere Richtung, einen Abfluss hinunter, das Innerste nach außen, zu den Schmerzen und der seltsamen Verdichtung zurück, der Aufsplitterung, der Trennung …

Das also war das Leben. Na toll.

Er spürte, wie er und Kian in einen Körper zurückkehrten, in einer Zwischensphäre schwebten, in der der Himmel blau war, wenn man an Blau dachte, und grün, wenn man an Grün dachte. Aus dieser manipulierbaren Leere kamen zwei Gestalten, dann eine dritte, weder von oben noch von unten.

* * *

Als er sie erkannte, spürte Sullivan eine tiefe, befriedigende Wärme, eine tief greifende Zufriedenheit, die vom Meer des Seins, auf dem er eine Welle war, geteilt wurde: Seine Verkörperung fand nur auf einer Ebene statt; er existierte auf mehreren. »Kian – dein Bruder! Und Lila!«

»Ist die andere Frau ein Engel, Dad?«

»Ganz sicher ... Worte fühlen sich irgendwie komisch an, stimmt's?«

»Ja. Das macht aber nichts ... Hallo, Anatole!«

»Kian! Lila, es geht ihm gut! Dad, Kian!«

Sullivan nahm Anatole und Lila und Kian, alle drei, in seine Arme.

Wenn du oder ich einen geliebten Menschen verloren gegeben haben und ihn dann wunderbarerweise wieder finden, freuen wir uns. Doch das ist ein Schatten jener echten Freude, der Erfahrung, die jemand macht, wenn er wirklich frei geworden ist; jemand außerhalb des Lebens, außerhalb des Todes.

Wir können es versuchen. Wir können versuchen, uns das vorzustellen.

* * *

Als Anatole und Lila wieder aufstanden, sah Quinn sie einfach nur an und fühlte, wie die Spannung von ihm abfiel, wie er wieder seine Mitte fand: Sie strahlten Gelassenheit aus.

»Sie befinden sich jetzt im leuchtenden Meer, oder?«, wollte Anatole von Lila wissen.

Lila nickte. »Ich weiß es genau – ich kann sie in unserer Nähe spüren. Die Späherin hat gesagt, wir würden sie spüren, wenn sie das leuchtende Meer erreichen ...«

Quinn nahm sich vor, sie irgendwann einmal zu fragen, was in ihrer Trance geschehen war, aber er tat es nie.

Das gleißende Licht glitt in unmöglichen Farben über sie hinweg. Sie sprachen zu Quinn, diese Energien.

Er schloss die Augen, und die andere Welt war nur noch ein Blinzeln entfernt. Er sah …

Er sah die verbliebenen Untertassen der Zetaner, die sich von überallher zurückzogen, sich um ihren Stützpunkt auf der Rückseite des Mondes und um ihren künstlichen Mond in der Nähe der Sonne Sirius versammelten. Die Meta flogen in einer solch großen Zahl Streife, wie er es noch nie gesehen hatte: ein enormer Schutzgürtel aus lebenden Juwelen von unglaublicher Macht. Er sah, dass er und seine Freunde mit der seltsamen Alchemie ihres Wesens, genetisch und spirituell, den Weg für die Meta freigemacht hatten; sie hatten das Feld der Zetaner zerstört, das sie zurückgehalten hatte.

Doch dann hörte er eine Stimme und erkannte die Meta, die mit Anatole gesprochen hatte: die Späherin.

»*Ihr wart nur das Medium; wir sind nur das Medium; die Zetaner sind nur Werkzeuge; die höhere Macht kann nicht direkt mit uns Kontakt aufnehmen, aber langsam greift sie nach uns: durch Spürsinn, und durch eine zur anderen: du zu mir, ich zu dir. Die höhere Macht hat den Meta die Tore geöffnet, um das Gleichgewicht wieder herzustellen. Bill wird euch die Mittel an die Hand geben, die Zetaner in Schach zu halten – doch dann werden wir uns zurückziehen …*«

»Ich würde gern wissen … es gibt so viel, was ich wissen möchte … !«

»*Magst du die Rolling Stones?*«

»Was? Das war doch eine Polkatruppe, oder?«

»*You can't always get what you want … Du kannst nicht immer kriegen, was du willst, aber manchmal bekommst du das, was du brauchst, Quinn …*«

»Späherin –«

Doch sie sagte nichts mehr zu ihm.

»Alles okay, Quinn?«, fragte Zizz und berührte sein Gesicht.

Er öffnete die Augen und sah sie an, nahm sie in die Arme und küsste sie. »Ja.«

»Also gut, Bill«, sagte Campbell. »Ich habe eine Kühltasche im Wagen und ich brauch ganz dringend was zu saufen … Darf ich dir etwas zu trinken anbieten?«

»Haben Sie heiße Schokolade?«, fragte Bill. »Oder vielleicht eine Zigarette?«

Unter dem Gewölbe der Meta, unter Buntglas, das sich bewegte und ihre Gedanken reflektierte, im Schutz der Meta und der höheren Macht begann die Musik erneut, und wieder hörte jeder ein anderes Lied, alle jedoch den gleichen Rhythmus, selbst bei Stücken, die einen unterschiedlichen Rhythmus hatten, was natürlich ganz unmöglich ist und was tatsächlich geschah.

Die Party dauerte bis weit in die Nacht hinein.

* * *

Joel, der Wachmann, ging weiter wie ein Hund auf allen vieren und erreichte den Fuß des Hügels bei Sonnenaufgang. Er kroch in die Wüste hinaus und ließ eine Spur im Staub zurück.

Er wurde noch Jahre später gesichtet. Noch immer kroch er auf Händen und Füßen und brabbelte vor sich hin.

Epilog

Quinn richtete den Zwillingen das Frühstück; ein Junge und ein Mädchen, Bette und Mikey. Dann küsste er sie und schickte sie auf den Schulweg. Sie mussten etwas früher los, da heute eine Exkursion in das neue Antigrav-Testcenter auf dem Programm stand.

Es war ein schöner Herbsttag in Montana, zwölf Jahre nach jenem Tag auf dem First.

Quinn und Zizz gingen in den Ahornhain hinter ihrem Haus und betraten die Meditationshütte. Zizz läutete ein kleines Glöckchen, und sie meditierten eine Stunde lang.

Dann standen sie auf, küssten sich und frühstückten. Nach dem gemeinsamen Frühstück kümmerten sie sich um ihre Geschäfte. Zizz absolvierte ein Medizinalpraktikum in einem Krankenhaus; in zwei Jahren würde sie es zur Assistenzärztin für Geburtshilfe gebracht haben.

Quinn arbeitete vier Stunden am Schnitt seiner Dokumentation über den Einsatz zetanischer Technologien bei der Beseitigung von Giftabfällen in der Wüste von Nevada. Er überließ es seinem Computer, ans Telefon zu gehen, das ununterbrochen läutete und läutete. Er ging nur selten ans Telefon. Er schrieb einen Antwortbrief auf eine Anfrage eines Journalisten, der wissen wollte, ob er wirklich bei der Zerstörung eines der verhängnisvollen Stützpunkte dabei gewesen sei und ob er – wie offensichtlich die meisten Leute – glaubte, dass diese Zerstörung Ergebnis einer konzertierten Aktion unbekannter menschlicher Saboteure gewesen sei, die Sprengstoff eingesetzt hatten. Er schlug dem Journalisten vor, gewisse Bücher zu lesen, die angeblich in keinem Zusammenhang mit der Angelegenheit standen, und enthielt sich ansonsten jeder Meinungsäußerung oder Aussage.

Einen weiteren Brief schrieb er an Mike und Lyn Farraday in New York und gratulierte ihnen zu ihrem jüngst geborenen Kind, Jason, und bedankte sich für die Fotografien vom New York United-Festival; Aufnahmen von Moslems, die gemeinsam mit Christen tanzten, Schwarze mit Juden. *»Zu schön, um wahr zu sein?«*, hatte Farraday auf die Rückseite eines Bildes geschrieben. *»Aber es scheint sich durchzusetzen – vielleicht weil wir FC aufgelöst haben.«* Seit es Fed-Control nicht mehr gab, hatte der Druck nachgelassen: Das Land hatte zumindest die Möglichkeit, wieder gesund zu werden. Und nur ein kleiner Teil von Kalifornien hatte sich schließlich abgespalten, nachdem der Waffenstillstandsvertrag unterschrieben war, sowie ein Bundesstaat. Das Land konnte ohne Orange County und Louisiana leben, wenn es sein musste.

Quinn hätte sie fast gefragt, ob sie bei der Bürgermeisterwahl von New York für die Performance-Künstlerin und Dauerkandidatin Betty »Black Betty« Meriwether stimmen würden, auch wenn ihre Chancen nicht besonders gut standen. Aber diese Frage war überflüssig; natürlich würden sie für Betty stimmen.

Er fragte sie allerdings, ob sie etwas von Anatole und Lila gehört hatten, die seit einem Jahr verheiratet waren und sich dem Vernehmen nach irgendwo in Tibet herumtrieben.

Scheiß auf den Altersunterschied, schrieb Quinn. *Sie sind glücklich.*

Während er den Brief schrieb, musste er an Mahler und Cisco denken. Mahler war während der Polizeiaufstände in Brooklyn ums Leben gekommen, von einem Polizisten in den Bauch geschossen. Cisco hatte versucht, seine verpasste Gelegenheit im virtuellen Raum wieder zu finden und dort ein höheres Bewusstsein zu erlangen; er wurde abhängig und verhungerte in einem Cyberspace-Helm, der illegalerweise mit Luststims gekoppelt war.

Zizz ... Zinnia lautete ihr richtiger Name. Zinnia hatte den Großteil ihrer Tätowierungen entfernen lassen. »Mir haben sie immer gefallen«, hatte Quinn ihr versichert. »Tu es nicht meinetwegen.«

»Ich tue es mir zuliebe. Ich habe nichts gegen Tätowierungen«, hatte sie geantwortet. »Aber ich möchte meine Vorstellungen von meinem Selbst nicht so festlegen.«

Nach dem Mittagessen ging Quinn nach draußen und harkte den Garten. Er war mit ganzer Seele bei der Arbeit, mit ungeteilter Aufmerksamkeit, er dachte nur an das Harken, beobachtete sich selbst, und harkte.

Danach goss er die Blumen und fütterte die Hühner, ging dann hinein und richtete das Essen für Zizz und die Kinder. Er tat dies bewusst und mit ungeteilter Aufmerksamkeit.

Einmal, als er zum Himmel aufblickte, sah er eine Botschaft in der Nähe eines Flugzeugs und einer seltsam geformten Wolke; er spürte, wie sich eine Vorahnung ankündigte und durch ihn hindurchfuhr, und er zuckte mit den Schultern. Manchmal kamen die Geschöpfe zu ihm und manchmal sagte er für Menschen die Zukunft voraus, die seine Hilfe ganz besonders nötig hatten. Aber absichtlich beschwor er die Geister des Großstadtdschungels nur selten herauf. Das waren einfach Phänome; er hatte jetzt anderes zu erledigen.

Nach dem Abendessen meditierten Zizz und Quinn noch eine Stunde. Dann spielte er mit den Kindern und sprach mit ihnen über das, was sie auf der heutigen Exkursion gesehen hatten.

Die Kinder gingen ins Bett und schliefen. Quinn und Zizz gingen ins Bett, liebten sich und schliefen ein.

Am nächsten Morgen richtete Quinn den Zwillingen das Frühstück und schickte sie in die Schule. Dann meditierten Zizz und Quinn eine Stunde.

Sie frühstückten, und Zizz ging ins Krankenhaus.

An jenem Nachmittag jätete Quinn etwas Unkraut und erntete die Karotten.

Der Roman? Das Ende.

Anhänge

Zur freiwilligen Lektüre

LESER

Zur freiwilligen Lektüre? Hey, Shirley, hör mal zu – das *ganze Buch* ist freiwillige Lektüre, kapiert? Ich *muss* überhaupt nichts lesen.

AUTOR

(hastig)

O, ich weiß! Da Sie nun einmal schon *so* weit gekommen sind, dachte ich, Sie würden sich vielleicht verpflichtet fühlen –

LESER

(fällt ihm ins Wort)

Hör zu, du Hanswurst, ich bin zu rein gar nichts *verpflichtet*. Wie ich schon sagte, ich habe das ganze Buch freiwillig gelesen.

AUTOR

Sie haben natürlich Recht. Mal angenommen, Sie hätten das Buch, wüssten aber nicht so genau, ob sie es ganz lesen wollen, könnten Sie doch auch einfach nur *jedes dritte Wort* lesen. Die erste Zeile würde entsprechend lauten: *Peter Johannes von sie den und Abenddämmerung* ... Nach diesem Schema. Das ganze Buch, wenn Sie Lust dazu haben. Wer weiß? Vielleicht steckt eine geheime verschlüsselte Bedeutung dahinter?

LESER

Ist das der Fall?

AUTOR

Nein.

(Pause)

Zumindest weiß *ich* nichts davon ...

Appendix A

Was Ceph noch so über die Zetaner zu sagen hatte:

»Der Mensch wurde mit zwei Augen geschaffen, die nach außen gerichtet sind, und mit einem Auge, das nach innen schaut; die Zetaner haben dieses innere Auge durch telepathische Beeinflussung und genetische Manipulationen geblendet. Einige Menschen haben gelernt, die Fähigkeiten dieses Auges wieder zu erwerben; die meisten Menschen sterben jedoch, ohne diese dritte Macht je wahrgenommen zu haben – sie sind sich selbst gegenüber blind, Sklaven ihrer Triebe; sie schlafwandeln ihr ganzes Leben hindurch, kennen nur einen winzigen Teil ihrer selbst, einen winzigen Teil ihrer Welt: Das Innere ist eine eigenständige Welt.

Die Zetaner haben die Menschen ermutigt, sich nach außen zu wenden, sich mit dem Flüchtigen zu identifizieren, mit der oberflächlichen Welt außerhalb ihrer selbst; das führte zum allerersten Bruch, der eine ganze Reihe weiterer Brüche zur Folge hatte und das Leid der Menschheit um ein Vielfaches verstärkte …

Natürlich ließ dieser Bruch, diese erbarmungslose Wendung nach außen in den Menschen das Gefühl entstehen, dass ihr Leben von einem Dualismus bestimmt wird, dass sie von jenem Universum getrennt existieren, dem sie entstammen: Entsprechend erkannten sie in den Zetanern – den Archonten – die Diener des Demiurgen, des mythischen Betrügers, des falschen Gottes, der uns einigen uralten Überlieferungen zufolge vom Paradies getrennt hat …«

Appendix B

Was Ceph noch so über Jesus von Nazareth und die frühe christliche Kirche zu sagen hatte:

»Jesus hatte natürlich nie beabsichtigt, eine neue Religion zu stiften – diesbezüglich hat er sich den Zetanern widersetzt. Eigentlich wollte er nur die mystischen Wurzeln der verbreiteten Religionen offenlegen; die Einsichten der jüdischen Mystiker, der Essener und, ja, der frühen Buddhisten, mit denen er Verbindung aufgenommen hatte.

Einige ausgewählte Schüler retteten Yeshua, auch Jesus genannt, unter dem Einfluss der Meta vom Kreuz und gaben ihm ein Betäubungsmittel, das ihn in einen todesähnlichen Zustand versetzte: Er starb keineswegs und wurde später aus dem Grab gebracht; allerdings ist es richtig, dass er einigen seiner Schüler wunderbarerweise erschienen ist: ein Fall von Bilokation … Paulus stand stark unter dem telepathischen Einfluss der Zetaner und schuf seine eigene Fassung der Lehren Jesu, heftigst mit messianischem Brimborium gespickt, dem ganzen Höllenfeuerkram, der Ursünde; er erfand eine Menge Dinge, die Jesus nie gesagt hat. Paulus' Fassung führte auf direktem Wege zur Heiligen Römischen Kirche, einer Religion, die großen Wert auf gehorsame Anhänger legte und die sich darauf konzentrierte, die geheimen Logen der Zetaner zu beschützen und jeden Fortschritt zu unterdrücken, den die Zetaner für gefährlich hielten; sie hatten nichts gegen Zivilisation, aber die ›Aufklärung‹ ging ihnen zu weit. Trotzdem ließen sie eine ganze Menge durchgehen, einschließlich mehrerer gegenläufiger Strömungen innerhalb der katholischen Kirche; Katholiken, die für die höhere Macht arbeiteten und damit gegen die Pläne der Zetaner: Diese Toleranz war ebenfalls Teil des Experiments … Die Ächtung der Verhütung durch den Vatikan kam den Zetanern und ihren genetischen Versuchsreihen natürlich sehr gelegen, auch wenn sie einer überbevölkerten Welt eher schädlich waren … Der Vatikan war in die Pläne der Zetaner ausgiebig verwickelt, auch wenn es da graduelle Schwankungen gab …

Nachdem den Zetanern aufgefallen war, dass Jesus seinen Samen in ganz Europa verbreitet hatte, organisierten sie das Priorat von Scion; Jesu Same war ungewöhnlich, etwas Besonderes; es gelang ihnen nie wieder, eine genaue Nachbildung davon zu schaffen … Sie waren blind gegenüber den Mächten, von denen sie manipuliert wurden, während sie sich selbst für die großen Manipulatoren der menschlichen Rasse hielten …

Die Zetaner selbst wurden von der höheren Macht benutzt, den reinen Energien, die vom Absoluten ausströmen: von Gott; allmählich und äußerst langsam liehen diese Strömungen ihre wohlgeordnete Führung den Verkettungen des Chaos, den Exkursen des Zufalls, und aus einer übergeordneten Perspektive verwandelten sie Sein in Bewusstsein, so wie Tau durch Verdampfen himmelwärts strebt. Das ist ein langwieriger Vorgang, der nicht ohne Leid vonstatten geht; es gibt keinen anderen Weg.

Es gibt nur zwei Dinge im Universum: Verstand und Chaos.

Wer Ohren hat, soll hören.«

Appendix C

OFFIZIELLE BEKANNTMACHUNG:
SEINE EXKREMITÄT, DER GROSSINQUISITOR
SURREALER NEOPRENE IPSISMUS
DOKTOR DER DEPRESSION: JOHN SHIRLEY
SETZT SIE IN KENNTNIS:
DIE HYPOTHESE IST BEWIESEN WORDEN: SIE SITZEN IN DER SCHEISSE.

HYPOTHESE 788857A sagt voraus, dass das Unaussprechlich Privilegierte Geheime SubGeniale Forschungsteam unter peinlich genauem Einsatz seines unwahrscheinlichen 74 MILLIONEN DOLLAR BUDGETS und ausgiebiger Labortests und Feldforschungen, genau und fehlerlos durchgeführter Versuchsreihen zu folgendem Ergebnis kommen wird: Die Erde befindet sich am Arsch des galaktischen Spektrums, sie ist ein vergessenes Experiment von Außerirdischen, eine verschimmelte Petrischale, die zu lange in einem Kühlschrank gestanden hat, dessen Stecker aus Versehen aus der Dose gezogen wurde, und steckt weitestgehend im Morast existentieller Vergiftung und psychophysischer Dämmerzustände. Nach vielen Jahren unablässiger und sinnloser Forschungen ist das SubGeniale 788857A-Kontrollteam zu dem folgenden, eindeutigen Schluss gekommen: JAWOHL, SIE SITZEN IN DER SCHEISSE*.

SIE SIND IN KENNTNIS GESETZT WORDEN.

//////////////////////////////

* Man erzählt sich, dass es einen Ausweg gibt, der gleichzeitig hineinführt.

Appendix D

Es gibt keine Zetaner. Ich will nicht behaupten, dass es keine Außerirdischen gibt; es kann schon sein, dass ein paar Untertassenpiloten um die Erde herumfliegen.

Es gibt keine Entführungen durch »graue Aliens«. Es gibt keine Implantate. Einmal abgesehen von Ereignissen, die – wie manche angedeutet haben – von Geheimdiensten der Regierung inszeniert worden sind.

Ich habe den Feind gesehen, und der Feind sind wir.

* * *

Im wirklichen Leben, und nicht nur in diesem Buch, hatten die amerikanischen Geheimdienste – manche sagen, das trifft immer noch zu – ein schwarz finanziertes Projekt namens MK Ultra, das sich mit der Steuerung von Gedanken beschäftigte, teilweise sogar unter Einsatz der Massenmedien. Innerhalb dieses Programms wurde unter experimentellen Bedingungen versucht, das Verhalten von Menschen durch die Übertragung von Mikrowellenimpulsen zu beeinflussen (die paranoide Wunschvorstellung jedes Schizophrenen) sowie durch die (ausgiebig dokumentierte) Verabreichung von LSD und anderen Drogen an ahnungslose, nicht freiwillige Probanden und, wie manche behaupten, durch Körperschaften wie die Warren-Kommission, die den Mordanschlag auf John F. Kennedy »untersucht« hat und der Öffentlichkeit ihre »Oswald war ein bekloppter Einzeltäter«-Schlussfolgerung mittels fügsamer Medien eingetrichtert hat.

Weiterhin gibt es zahlreiche Gerüchte – darunter einige, die über die »Akte X«-Fernsehserie an die Öffentlichkeit durchgesickert sind –, dass MK Ultra in die UFO-Entführungsgeschichten verwickelt war; diese Geschichten seien erfunden worden, um andere ruchlose Geheimdienstaktivitäten oder, so behauptet ein weiteres Gerücht, um Testreihen zur Methodik der Gedankensteuerung zu vertuschen.

Wenn es möglich ist, Menschen davon zu überzeugen, dass sie von Wesen von einem anderen Stern entführt worden sind, von außerirdischen Kreaturen, die ihnen Sonden in die Ärsche stecken und ihre »Zeit« stehlen, kann man sie schlussendlich von allem überzeugen.

Der Forscher und Autor Jacques Vallee hat berichtet, dass eine Untersuchung einer vorgeblichen UFO-Entführung in Frankreich Anhaltspunkte dafür ans Licht gebracht hat, dass die ganze Angelegenheit von Menschen inszeniert worden war: Einem Mann wurde ein Betäubungsmittel verabreicht und er hatte den Eindruck, als würde er von einem leuchtenden Nebel verschluckt; Tage später wachte er mit einer vagen Erinnerung an eine Entführung durch Außerirdische auf. Bestimmte Agenten des französischen Geheimdienstes gaben in Paris Vallee gegenüber zu, sie hätten das ganze Ereignis für ein Gedankensteuerungs-Experiment inszeniert.

Es gibt Anhaltspunkte dafür, dass eine »unheimliche Begegnung mit einem UFO« auf einem amerikanischen Luftwaffenstützpunkt in England, über den in der Presse ausgiebig berichtet wurde, wahrscheinlich vom Geheimdienst des amerikanischen Militärs inszeniert wurde. Solche inszenierten Ereignisse werden gezielt eingesetzt – Theater als Wirklichkeit verkleidet; und dieses Theater schließt sogar die Berichterstattung der Medien ein. Das mag auch auf den berüchtigten »Autopsie eines Außerirdischen«-Film zutreffen, bei dem es sich mit großer Wahrscheinlichkeit um eine Erfindung gewisser Kornkreis-Schwindler handelt, die mit einem CIA-Agenten an irgendeiner ominösen Gedankensteuerungssache arbeiten – vielleicht im Auftrag von MK Ultra.

Zu einer Zeit, als die SALT-Verträge gerade in Kraft getreten waren, wurden aus Sibirien ein ganzer Schwung von UFO-Sichtungen gemeldet. Die sowjetischen Medien befragten verwirrte Landbewohner, die ehrfurchtsvoll von seltsamen Lichtern am Himmel erzählten. Nach Glasnost offengelegte Dokumente des KGB brachten zum Vorschein, dass die »Lichter« in Wirklichkeit von nächtlichen Raketentests stammten, die von den Sowjets unter dem Deckmantel einer »ganzen Reihe von UFO-Sichtungen« durchgeführt worden waren, um ihren Verstoß gegen die SALT-Veträge zu vertuschen. Die berüchtigten UMMO-Briefe, vorgeblich von »Außerirdischen« verfasst und vor ein paar Jahren im Umlauf, stammen wahrscheinlich auch vom KGB.

Rael. Sonnentempel. Haltet Ausschau nach Kulten, die Bildmetaphern von UFOs verwenden, um die Verlorenen und Entwurzelten zu verführen. Vertraut auf Gott und bindet euer Kamel gut an.

Appendix E

Noch ein paar Worte zu Anatole.

Anatole kam sehr müde von seiner Arbeit in der Schule nach Hause und schrieb einen Brief an Farradays Sohn Jason, bevor er wie gewohnt am Strand spazieren ging. Es gab ein langes PS. Das PS war länger als der Brief.

PS: Jason, Du hast mich nach Seelenschöpfung gefragt, wie dein Vater es nennt; und du hast nach den Meta gefragt. Der Begriff Seelenschöpfung ist etwas missverständlich, auch wenn es einen Zusammenhang gibt, in dem er wörtlich gemeint ist. Ich beziehe mich auf die Liste der Bücher, die ich dir das letzte Mal geschickt habe, einschließlich des Moses Maimonides und des Boris Mouravieff und des Thomas-Evangeliums (die gnostische Fassung aus der Bibliothek des Nag Hammadhi). Im Evangelium nach Thomas steht zum Beispiel: »... Dies sind die geheimen Worte, die der lebendige Jesus gesprochen und die Didymos Judas Thomas niedergeschrieben hat: Und Er sprach: Wer immer diese Worte versteht, wird dem Tode entkommen. Jesus sprach: Möge jener, der sucht, nicht aufhören zu suchen, bis er findet, und wenn er fündig wird, wird er heimgesucht werden, und wenn er heimgesucht worden ist, wird er staunen, und er wird über Alles herrschen. Jesus sprach: Wenn diejenigen, die euch führen, zu euch sagen: ›Sehet, das Königreich ist im Himmel‹, dann werden euch die Vögel des Himmels vorausgehen. Wenn sie zu euch sagen: ›Es ist im Meer‹, dann werden euch die Fische vorausgehen. Doch das Königreich liegt in euch und es liegt außer euch. So ihr euch selbst kennt, so werdet ihr gekannt werden, und ihr werdet wissen, dass ihr die Söhne des Lebendigen Vaters seid. Doch wenn ihr euch selbst nicht kennt, dann seid ihr arm und seid die Armut selbst.«

Dieses ›sich selbst kennen‹ ist nicht eben einfach. Es gibt eine Geschichte (in unterschiedlichen Fassungen) über einen Zen-Mönch, der zu seinem Meister geht und fragt: »Meister, ich möchte sein wie Ihr, und zwar bald, wie kann mir das gelingen?« Und der Meister antwortete: »Das mag dir folgendermaßen gelingen: Beobachte sieben Tage lang alles, was du tust, und alles, was du fühlst, und möge deine Aufmerksamkeit nie nachlassen während jener sieben Tage.« Der Mönch sprach: »Nichts leichter als das!« So ging er hin und versuchte sich daran, doch bereits nach wenigen Minuten bemerkte er, dass er an das Abendessen dachte und seine Wachsamkeit sich selbst gegenüber nachgelassen hatte. Er versuchte es erneut, doch er konnte nur wenige Minuten lang wachsam bleiben. Und man erwartete von ihm, er möge sieben Tage lang *ununterbrochen* wachsam sein! So kehrte er zu seinem Meister zurück und sprach: »Das ist zu schwierig, um es in nur sieben Tagen zu lernen – kann ich nicht mehr Zeit dafür haben?« Der Meister sprach: »Ja. Nimm dir siebzig Jahre.«

Die Zeit ist vorbei, in der uns die Meta etwas schenken. Die Meta haben ihren Stützpunkt innerhalb der Schwingungen zurückgezogen. Wir können zu ihnen gehen, und sie können uns mittels dieser Sache mit der höheren Macht helfen, aber sie – und Ceph, der sich jetzt bei ihnen befindet – können uns nicht mehr in sich aufnehmen, wie sie es mit Lila und mir getan haben und wie Ceph es nach seiner Verwandlung getan hat, sie können uns nicht mehr direkt den Transformationsenergien aussetzen. Sie haben sich auf eine höhere Ebene begeben, außerhalb unserer Reichweite, und sie rufen uns und wir müssen uns bemühen, ihnen zu folgen; wir müssen lernen, unser Bewusstsein wie einen Waldbrand lodern zu lassen und die Funken freizusetzen, die nach oben streben: Dieses langsame Brennen, dieses stete Bemühen, das mag der richtige Weg sein. Und selbst jenes, das sie uns damals gegeben haben, ist nicht von Dauer; es ist ein offenes Fenster, doch es ist keine offene Tür. Lila ist zur Zeit wieder in Tibet und arbeitet daran, diese Tür zu öffnen (meine Arbeit mit den Kindern hält mich dieses Mal hier fest). Selbst die Erleuchtung kann unter dem gewohnten Trott des Lebens leiden. Also müssen wir arbeiten. Und wir arbeiten und arbeiten, Sekunde um Sekunde, Jahr um Jahr, mit den Methoden, die uns die unterschiedlichen Traditionen gelehrt haben, die wiederum alle auf eine Tradition zurückgehen; wir müssen jenen Weg selbst gehen, Schritt für mühseligen Schritt. Wir können nicht getragen werden.

* * *

Nachdem er dies geschrieben hatte, ging Anatole Osterberg alias Anatole Sullivan am Strand in der Nähe seines Hauses spazieren.

... Abenddämmerung am Meer. Reine Energien strömten in stark abgeschwächten Wellen durch die harten und weichen Orte der Welt. Anatole spürte, wie der Weltuntergang sanft an ihm zupfte; allgegenwärtige Erscheinungen; es war wieder Zeit für Veränderungen.

Er lächelte müde und zuckte die Achseln.

Er interessierte sich weit mehr für diesen Augenblick, am Strand in der Bucht von San Francisco. Unter dem Meeresspiegel wurden Ränke geschmiedet. Während Anatole an den Ausläufern des Wassers entlangging, konnte er knapp unter der Wasseroberfläche Maschinen erkennen. DuChamp-Kolben und Ventile und, noch weit größer, eine chromblitzende Unterwasserkonstruktion, die aus endlosen Reihen von Orgelpfeifen bestand, die mit einer Reihe von Dynamos verbunden waren, wie ein unter Wasser gesetzter Szenenaufbau eines Fritz-Lang-Filmes (er musste an die Fritz-Lang-Videos denken, die der Kino-besessene Quinn ihm geliehen hatte); einige Teile bewegten sich mit der Präzision einer Maschine; andere waren zu stählernen Gebirgen erstarrt. Unveränderliche Gesetze wurden unwahrscheinlicherweise im reinen Chaos sichtbar. Maschinen des Meeres. Unmöglich, widersprüchlich, und trotzdem in ihrem ganzen Glanz gegenwärtig.

Ein Shuttle startete vom zetanischen Raumstützpunkt und durchbrach dröhnend die Schallmauer, das einzige Geräusch, das dieses gravitationsfreie Flugzeug verursachte. Eine ganze Reihe kleiner schwarzer Kinder in abgeschnittenen Hosen tobten in der Brandung; sie spielten Guter Zetaner und Böser Zetaner und wateten direkt durch seine visionäre Maschinerie, bis zu den Knien im Stahl – und doch wusste Anatole, dass es sie gab; er wusste, dass sie keine Halluzination war. Eine Vision ist keine Halluzination. Eine Vision ist eine Enthüllung.

Warum das Meer?, fragte er sich. Welch unaufhaltsamer Zweck wird hier vorweggenommen?

Der Wind blies Sandschwaden den Strand entlang, die ihm um die Fußknöchel pfiffen, ihm mit einem angenehm körnigen Stechen in Socken und Manschetten drangen; der Himmel war aufgewühlt, misstrauisch und machtvoll, und am Horizont waren kleine Engel aus trübem Neon wie Papiermännchen an einer Leine aufgereiht und falteten sich zu kristallenen Gestirnen auseinander.

Anatole betrachtete den Horizont und dachte über die Zeit nach, über Verluste ... Magie und Verluste ... und natürlich über Lila. Es tat ihm schrecklich weh, von ihr getrennt zu sein.

Er betrachtete dieses Leiden als ein Ding-an-sich, dachte an jenen Ort im Zentrum des Seins, kurz unterhalb des Absoluten, am Übergang zur Fülle der idealen Welt; der Ort, an dem Plus und Minus sich treffen, wo positiv und negativ, aktiv und passiv einander aufheben; an dem die Spitzen zweier Nadeln aufeinander treffen, ihre unendlich scharfen Spitzen genau aufeinander ausgerichtet; die Nadeln verbreitern sich ausgehend von den zentralen Spitzen zu unendlichen Kegeln und weisen in genau entgegengesetzte Richtungen.

Und zwischen diesen unendlich scharfen Spitzen steckt das Bewusstsein fest, in der Gegenwart: der erste Kreis des Bewusstseins, der Stein, der in den Teich geworfen wird; zwischen diesen spitzen Dornen *ist* das unsagbare Leiden Gottes gekreuzigt.

Das unsagbare Leiden Gottes.

Und von diesem Leiden strahlt aus: die unaussprechliche Gnade Gottes.

Er spürte Lila, ganz in der Nähe. Nähe: nur auf der anderen Seite des Planeten. So nahe wie ein Herzschlag.

SF
Social Fantasies
Ariadne

Redaktion und Lektorat: Iris Konopik und Else Laudan

Myra Çakan, *When The Music's Over*
Social Fantasies 2045; ISBN 3-88619-945-6

Sarah Dreher, *Stoner - Der Rat der Schamanin*
Social Fantasies 2047; ISBN 3-88619-947-9

Hartwig Hilgenstein, *Digitale Tänzer*
Social Fantasies 2034; ISBN 3-88619-934-7

Ursula K. LeGuin, *Das Wort für Welt ist Wald*
Social Fantasies 2029; ISBN 3-88619-929-0

Ursula K. LeGuin, *Planet der Habenichtse*
Social Fantasies 2043; ISBN 3-88619-943-6

Maurilia Meehan, *Furie hinter den Spiegeln*
Social Fantasies 2039; ISBN 3-88619-939-8

Florian Nelle, *Kalter Frühling*
Social Fantasies 2032; ISBN 3-88619-932-0

Marge Piercy, *Er, Sie und Es*
Social Fantasies; ISBN 3-88619-452-3

Marge Piercy, *Frau am Abgrund der Zeit*
Social Fantasies/Zweite Reihe 2015; ISBN 3-88619-915-0

John Shirley, *Es werde Licht*
Social Fantasies 2046; ISBN 3-88619-946-0

Sean Stewart, *Die Nachtwache*
Social Fantasies 2044; ISBN 3-88619-944-4

Die Reihe SF - Social Fantasies finden Sie im Internet unter
www.argument.de